SELİM ÖZDOĞAN

# DEMİRCİNİN KIZI

ROMAN

İSTİKLAL
KİTABEVİ

**EDEBIYAT**

**Selim Özdoğan**
*Demircinin Kızı*
(Die Tochter des Schmieds, 2005, Aufbau)
© Selim Özdoğan 2005

**Almancadan çeviren**
İlhan Pınar

**Yayın yönetmeni**
Fahrettin Çiloğlu

**Editör**
Durmuş Akbulut

**Düzelti**
Aycan Çörek

**Kapak tasarımı**
Salih Koca

**Genel uygulama**
Hüseyin Bektaş

© Bu kitabın Türkçe yayın hakları İstiklal Kitabevi'ne aittir.

**Birinci Basım:** Kasım 2007
**İkinci Basım:** Kasım 2007

**ISBN**
978-975-6115-52-7

**Ofset Hazırlık, Baskı ve Cilt**
Mart Matbaacılık Sanatları Tic. San. Ltd. Şti.
Tel: (0212) 321 23 00 Faks: (0212) 295 11 07

**İstiklal Kitabevi**
İstiklal Caddesi No. 79-81, Beyoğlu – İstanbul
Tel. (0212) 292 95 18 – 249 61 47 / Faks. (0212) 249 68 71
www.istiklalkitabevi.com

SELİM ÖZDOĞAN

# DEMİRCİNİN KIZI

Türkçesi
İlhan Pınar

**İSTİKLAL
KİTABEVİ**

SELİM ÖZDOĞAN, 1971 yılında doğdu. Yazarlığa yirmi yaşında başladı. 1995'te yayımlanan *Es ist so einsam im Sattel, seit das Pferd tot ist* adlı ilk romanı, genç bir erkeğin aşk, ayrılık ve hayatla mücadelesini anlatır. Özdoğan, 1996'da Kuzey-Ren-Vestfalya Genç Sanatçı Teşvik Ödülü'ne, 1999'da Adelbert-von-Chamisso-Ödülü'ne değer görüldü. 1996-2005 arasında, ikisi öykü kitabı olmak üzere toplam yedi eseri yayımlandı. 2005'te yayınlanan *Die Tochter des Schmieds* (*Demircinin Kızı*, 2007), diğer kitaplarından biçim ve içerik olarak farklıdır. Selim Özdoğan, halen Köln'de yaşıyor.

*Gerçekten böyle olup olmadığı kuşkuludur, ama bilmediğimizi bilemeyiz.*
Mihail Bulgakov

*Yaşam sonlu, bilgi sonsuzdur; sonu olanla sonsuzun peşinden gitmek tehlikelidir.*
Dschuang Dsi

I

– Bak, kocam gebertir seni, dedim ona. Kocamı katil etme! Kenara çek ve indir beni, ondan sonra da defol git buralardan.

Timur'un nefes alışı duyuluyordu. Gözlerindeki yaşı Fatma'nın görmemesi için başını bir an yana çevirdi. Nefes alışı daha da zorlaşıyordu. Bu kadının kaderinin, kendi kaderiyle kesişmesine o kadar şükran duyuyordu ki... Bu, daha doğduğu gün, kendi kader çizgisine yazılmış olmalıydı. Zamanın nasıl akıp gittiğinin farkına bile varamamıştı.

...

Arkadaşlarıyla sokakta oynadığı, komşunun bahçesinden armut çaldığı günler, daha dün gibi gözünün önündeydi. Komşunun, hırsızları fark etmesiyle çocukların, cepleri armut dolu bir halde duvardan atlayarak kaçmaları bir olurdu. Elbette her zamanki gibi, sadece Timur orada öyle kalakalırdı. O da mutlaka diğer çocuklar kadar hızlı koşabilirdi. Ancak her zaman, zamanlama hatasının kurbanı olurdu.

Orada öylece kalakalır; korkudan tir tir titrer; komşu, Timur'un yanından hışımla geçer ve duvarın üstünden atlayarak kaçan çocukların arkasından bağırırdı.

– Kaçmayın! Kaçmayın! Geri gelin bakayım! Hiç olmazsa Timur'a bir tane armut verin! Ne biçim arkadaşsınız siz!

Daha sonra Timur'a döner, "Hadi sen de git!" derdi. Fakat Timur buna rağmen, komşunun yanından geçmeye cesaret edemez, bahçeyi dolaşarak öteki taraftaki duvardan atlardı.

Daha dün küçücük bir çocuktu; okulda başarılı olmayan, özel bir becerisi bulunmayan ve arkadaşları arasında saygınlığı olmayan bir çocuk. Ta ki, babasının demirci dükkânında çalışmaya başlayana; ağır demirci körüğünü kullanıp, Necmi'nin kor haldeki çeliği daldırması için su dolu koca kovayı taşımaya başlayana dek. Dükkânda çalışmaya başlayalı kasları gelişmişti. Kısa sürede, çalışkan ve becerikli bir çocuk olup çıkmıştı. Timur, yaptığı birçok işi kısa sürede kavradı ve gün boyu babasına yardımcı olmak hoşuna gitmeye başladı. Ayrıca, gücünün sınırlarını keşfetmekten de hoşlanıyordu. Artık eski haylazlık günleri geride kaldığından, yeteneklerini ortaya koymaktan başka bir seçeneği de yoktu. Timur'un Hülya adında bir kız kardeşi vardı ve beş yaşında olmasına rağmen, onun dünyaya geldiği geceyi unutamıyordu. O günlerin telaşlı ev halini ve özellikle babasının, kararlı bir yüz ifadesiyle, kızının ayaklarını her ne pahasına olursa olsun, açtıracağına dair yemin ettiğini unutamıyordu. *Açtırmak*; tam da bu kelimeyi kullanmıştı. Küçük kızın ayakları içe dönüktü, başparmakları birbirine değiyordu. Bunu gören hiç kimse, kızın iyileşeceğinden umutlu değildi.

– Allah bizi imtihan ediyor, dedi Timur'un annesi Zeliha, ağlamaklı bir sesle. Necmi hemen cevap verdi.

– Eğer bir imkânı varsa, ben de arayıp bulacağım.

Doktor, burada çocuk için yapabilecekleri bir şey olmadığını, çocuğu Ankara'ya götürmek isterlerse elinden gelen yardımı yapacağını söyledi. Orada uzman doktorlar vardı. Çocuğun Ankara'ya götürülmesi demek, para demekti.

Neyse ki, Necmi'nin parası vardı. Zeliha'nın direnmelerine rağmen, trene bindiği gibi Ankara'nın yolunu tuttu.

– Kızın ayaklarının kapalı olması Allah'ın bir takdiri, diyordu Zeliha kocasına. Necmi bunlara aldırış etmedi.

Ankara'daki doktor, çocuğun yaşının henüz küçük olduğunu, iki-üç yıl sonra tekrar gelmesini, o zaman ameliyat edebileceğini, ancak kesin bir söz veremeyeceğini söyledi ve daha fazla para gerekeceğini de ekledi.

Farkında olmadan Zeliha, Necmi'ye omzuyla dokundu; küçük Hülya Zeliha'nın kucağında, muayenehanede ikisi yan yana oturuyorlardı. Necmi, karısının ayağına bastı ve elinde şapkasıyla oradan ayrıldılar. Dışarıda, tozlu yolda yürürken karısına döndü.

– Kadın! Ben celep değilim; ben bir demirciyim. Bir doktorla pazarlık edemem. O adam da celep değil ki, doktor! Bu kızın iyileşmesi için her şeyimi feda etmeye hazırım ben. Yemin ettim bir kere.

– Sen kafana bir şeyi koydun diye aç mı kalacağız. Aç! Allah'ım, dik kafalılığının yanına biraz da akıl koyaymış ya! diye de daha alçak bir sesle ekledi.

Geceyi ucuz bir otelde geçirdikten sonra, ertesi gün kendi kasabalarından gelen kamyoncuyla birlikte geri döndüler. Zeliha yolculuktan hiç memnun kalmamıştı. Trene göre daha uzun sürmüştü ve rahatsızlık vermişti. Ama daha ucuzdu.

Aslında kocasının durumu iyi sayılırdı. Ama müsrifliğini frenlediği ve kendisi, ufak tefek gelirlerle katkıda bulunduğu sürece.

Eve dönmeden bir gece önce Necmi, onu kebap yemeğe götürmüş, kendi de bir şişe rakı içmişti. Sanki peynir, ekmek, domates, bir bardak da su yetmezmiş gibi. Hayır, bu adam para harcamasını bilmiyordu. Paranın nasıl harcanacağını ve biriktirileceğini ancak kendisi bilebilirdi.

Yaklaşık on saat boyunca, kucağında küçük Hülya'yla pencere tarafında otururken, iki adamın içtikleri tütünün dumanını solumak zorunda kalmıştı. Yolda verilen molada erkekler tavla oynarken; o, gazocağında çay pişirmiş ve hep birlikte bir şeyler atıştırmışlardı.

Tam üç yıl sonra, Necmi, Hülya ile birlikte Ankara'ya gitti. Hülya artık yeteri kadar büyümüştü ve annesinin onun yanında olması gerekmiyordu. Dört gün sonra, demirci geri döndüğünde, Hülya, dizlerine kadar alçı içinde ve babasının sırtındaydı.

Altı hafta geçmişti ve alçıda olan kısmı iyice kaşındığından, Hülya neredeyse her gün ağlıyordu. Timur, babasının yanına kadar geldi, durdu. Ancak aklından geçen soruyu bir türlü soramıyor, babasının kızacağından korkuyordu.

– Ben de gelebilir miyim?

– Olur, dedi Necmi, hiç umulmadık bir şekilde. Hem de hiç tereddüt etmeden. Ayrıca sarı saçlarını da okşadı. Koş, annene söyle, biraz fazla yolluk koysun çıkına.

Timur, elinde peynir-ekmek, sabırsızlıkla kapıda beklerken, mutfaktan annesinin sesi duyuldu.

– Ne gereği var şimdi. O daha küçücük çocuk. Ankara'da ne işi var onun.

– Değişiklik, dedi Necmi. Onun için bir değişiklik olur.

– Yaaa!

– Tamam işte, o kadar. O da geliyor!

Timur'un içinden, koşup arkadaşlarına anlatmak geçiyordu. Ama treni kaçırmak da istemiyordu. Hayatında hiç trene binmemişti.

Kocaman tablayı kafasının üstünde taşıyarak geçmekte olan simitçiyi gördü.

– Abi, abi, biliyor musun, ben Ankara'ya gidiyorum...

– Ankara'ya mı?

Timur'dan birkaç yaş daha büyük olan simitçi gülümsedi.

– Bak göreceksin, orada, araba tekerleği kadar büyük simitler var. Orada insanlar zengindir, her şeyi satın alabilirler.

Timur sevinç içindeydi; büyük şehir ve kocaman simitler görecekti; daha da önemlisi kız kardeşi iyileşecekti.

Yolculuk boyunca, gözünü pencereden ayırmadan dışarıya baktı. Arada sırada, trenin çıkardığı seslere tempo tuttu. Koca şehrin gözleri önünde belirdiği anı kaçırmamak için uyumak istemiyordu. Trenin çıkardığı ses, gözünün önündeki bozkır, ufuktaki yükseltiler ve babasının horultusu onu yormuştu. Ankara'ya varmadan kısa bir süre önce uyuyakaldı.

Trenin istasyona girmesiyle başlayan fren gıcırtısı üzerine Timur uyandı.

– Korkacak bir şey yok. Otomobillere dikkat et! dedi Demirci, trenden inerken oğluna.

Timur korkmuyordu. O sadece, hayatında ilk defa gördüğü kalabalıktan, kocaman binalardan ve otomobillerden dolayı şaşkınlık ve hayranlık karışımı duygular içindeydi. Babasının sırtındaki Hülya'nın çok korkmuş olduğunu görünce, babasına biraz daha sokuldu. Kız kardeşine dokunmak ve onu okşamak istedi. Eli ancak alçıya kadar yetti.

– Neden simitçilerin arkasından bakıp duruyorsun öyle, diye sordu Necmi. Arkasından, güldü ve ekledi.

– Yoksa sana birileri Ankara'da araba tekerleği kadar büyük simitler olduğunu mu söyledi?

– Evet, dedi Timur.

– Cahiller, işte böyle, her zaman saçma sapan şeyler bulurlar.

Timur, cahil olmadığına şükretti.

Hülya'nın elini tutması için doktor izin vermişti. Kız kardeşi ağlamıyordu, ama onun korkudan kaskatı kesildiğini fark etmişti.

– Gözlerini kapalı tut, dedi Timur.

Doktor sıcacık bir sesle ekledi.

– Hiç korkma, hiç acımayacak.

Hülya sanki ikisini de duymuyordu. Alçı kesilirken Timur bağırdı.

– Baba, gözleri kayıyor.

Artık olan olmuştu. O günden sonra kız kardeşi şaşı kalmıştı.

Küçük kız, demirci dükkânının önünde oynarken, Necmi dışarı çıkar, kızını yanına çağırırdı. Birlikte bakkala giderler, iki eliyle tuttuğu eteğine babası avuç dolusu şekerler doldururdu. Timur'un babasının kocaman elleri vardı.

Demircide çalışmaya başladığından beri Timur, babasının bu alışkanlığını üstlendi. O zamanlar, Fatma'nın eteğini de şekerlerle doldururdu. Timur, 14-15 yaşlarındaydı. Fatma ise on yaş daha küçüktü. Hâlâ, kızın o günkü gülümsemelerini anımsıyordu.

Hiç kimse, Fatma'nın ailesi hakkında bir şey bilmiyordu. Kimisi onun Rum, kimisi Arami, kimisi de küçük kızın Çerkez olduğunu söylüyordu. Herkesin fikir birliği içinde olduğu tek şey, küçük kızın ailesinin Birinci Dünya Savaşı sonrasındaki kargaşa ortamında şehre geldiğiydi.

Babası daha Fatma doğmadan ölmüş; bir gün, sırt ağrılarından şikâyet etmeye başlamış ve iki hafta içinde kanser tüm vücuduna yayılmış. Küçük kızın annesi, kendisine ve çocuğuna bakabilmek için varlıklı bir ailenin yanında bakıcı olarak çalışmak zorunda kalmış. Fatma henüz altı aylıkken, annesi de, pazarda bir beygir tarafından çiğnenerek ölmüş. Bu konuda da rivayet muhtelifti; ancak kesin olan şey, kadının beygirin önünde düştüğüydü. Yanında çalıştığı aile de, kimsesiz kalan Fatma'yı yanlarına almıştı.

Fatma'dan çok daha büyük olmasına rağmen Hülya, Fatma ile sık sık oynardı. Çünkü Fatma, Hülya ile dalga geçmezdi. Hem şaşı olduğu, hem de ayakları az da olsa hâlâ içe dönük olduğu için, diğer çocuklar Hülya ile hep dalga geçerlerdi. Fatma, Hülya'yı seviyordu. Fatma aslında herkesi severdi. Herkesle hemen arkadaşlık kurabilen sıcakkanlı bir çocuktu Fatma. Timur, bu sıcakkanlı kız çocuğunun eteğine şekerler koyardı. Ama artık büyümüş olması gerekirdi.

– Fatma'yı sana alalım mı? diye ikinci defa sordu annesi. Yaşın yirmi beş oldu; artık evlenme zamanın geldi.

Hülya, şaşı olalı altı yıl geçtikten sonra bir gün, babası hastalandı. Bir hafta boyunca yattıktan sonra, sekizinci gün, artık uyanmadı. Necmi'nin ölümünden sonraki bir yıl zorluklarla geçti. Fakat Zeliha, demirci dükkânını kiraya vererek, geçinmek için gerekli parayı buldu. Hatta bazen daha da fazlasını. Timur, dükkânda çalışmaya devam etti. On altı yaşına gelince de dükkânı devraldı ve annesinin idaresine verdiği paraları kazanmaya başladı.

Artık yirmi beş yaşına gelmişti ve hayatından gayet

memnundu. Demirciliği severek yapıyor, ara sıra kahvehanede oturup nargile fokurdatıyor ve nadiren de kafayı çekiyordu. Hayatından o kadar memnundu ki, tam anlamıyla bunun keyfini çıkarıyordu. Küçük kızın eteğini şekerlerle doldurduğu anda da, ondan mutlu insan yoktu dünyada. Hele, kafayı biraz çektiğinde, onun için her şey birdi: güzel ile çirkin, cennet ile cehennem, ipek ile basma, yastık ile taş. Mutluluğu ve işi böyle gittiği müddetçe her şey yolundaydı. Değişikliğe ihtiyaç duyduğu zamanlarda da, atlayıp şehre gidiyor ve ilk gidişinde tattığı serüven duygusunu yaşıyordu. Evlenmek, aklının ucuna bile gelen bir şey değildi. Bir kış akşamı, omuzları karlı, sarhoş olarak eve geldi.

– Peki, git sor bakalım, onu bize verecekler mi? dedi annesine.

– Allah seni bana bağışlasın. Yarın hemen gidip soracağım.

Elinde olmadan, bu sözler ağzından çıkıvermişti. Geceydi; sarhoştu ve evet, demişti. Fatma, annesinin teklif ettiği ilk kız değildi zaten. Daha önce başka kızları da teklif etmişti. İşte, bu sefer, ağzından evet çıkmıştı. Acaba Fatma, evlenecek kadar büyük müydü? Hemen ertesi günü kardeşini kenara çekti.

– Şu Fatma var ya, biliyorsun değil mi?
– Evet.
– Annem onunla evlenmemi istiyor.

Hülya, o anda abisine sarılmak istedi. Ancak kendisini tutmasını bildi.

– Bana bir iyilik yap e mi? Bir bahane bul ve gece onlarda kal. Zaten arkadaş değil misiniz?

Hülya anlamsızca dinliyordu.

– Bak bakalım memeleri çıkmış mı? Evlenme zamanı gelmiş mi, gelmemiş mi? Memeleri bile olmayan birini ne yapayım ki?

Hülya'nın mütereddit halini görünce, Timur ekledi.

-N'olur...

Bu daha çok, hadi git anlamındaydı.

– Peki, dedi Hülya, deneyeceğim. Memeleri var ya da yok, inan bana, Fatma sana iyi bir eş olacaktır.

Timur, Hülya'nın bu tespitinden emin değildi. Çenesini tutamadığından, öğle paydosunda arkadaşlarına konuyu açtı.

– Annem bugün Fatma'yı istemeye gidecek. Fatma ile evleneceğim.

– Şu küçük, kimsesiz Fatma mı? dedi berberin oğlu ve ekledi, hadi git oradan be! O kız sıtmalı gibi.

– Sıtmalı mı?

– Ne bileyim ben işte. O kız hep sapsarı ve hasta gibi. Sen onu son zamanlarda hiç gördün mü?

Timur, hayır anlamında başını salladı. Öğle arasından sonra çırağına, işi olduğunu, birazdan döneceğini söyleyerek dükkândan çıktı.

Lapa lapa kar yağmasına rağmen, karanlık çökene kadar Fatmaların evinin çevresinde dolaştı durdu.

– İlkbaharda, dedi Zeliha akşam, ilkbaharda evleneceksiniz. Bugün kararlaştırdık. Uyumlu ve çalışkan bir kız Fatma. Bana yardımcı olacağı gibi, sen de artık başıboş, orada burada dolaşmayacaksın.

Sıtmalı ve memesiz; Timur, çok daha başka şeyler düşlemişti. Kendine gelse iyi olurdu. Sonunda laf ağzından çıktı.

— Bu iş biraz aceleye geliyor galiba. Düşünmeye de hiç vaktim olmadı.

— N'olsun daha; yirmi beş sene zamanın vardı düşünmek için.

Timur, bir aslan kadar güçlüydü. Öyle ki, hiç kimse onunla güreş tutmaya cesaret edemezdi. Hem güçlü hem de gururlu. Hastalıklı bir kızla ne işi vardı ki? Dün, başı bulutluyken, evet, deyivermişti. Oysa bugün ayakları yere basıyordu.

Kötü geçirdiği geceden sonra iştahı da kaçmıştı. Sabah eve dönen kız kardeşine sordu.

— Eeee!

— Eeee, ne?

— Var mı, yok mu?

— Oda karanlıktı. Göremedim.

— Fark ettirmeden dokunabilirdin.

— Olmadı işte.

— Geceliğinin altından anlaşılmıyor muydu?

— Hayır, o henüz küçük, memeleri fark edilecek kadar büyük değildir herhalde.

— Eğer varsa...

Aynı gün Timur, demirci dükkânını yine çırağa bırakıp gitti. Çırak da şaşkındı. Çünkü Timur'un bu kadar uzun zaman dükkândan ayrılmasına alışık değildi.

Demirci, yine Fatmaların evine doğru gitti. Soğuktan ayaklarını hissetmez olduğu bir anda, Fatma elinde testiyle kapıda göründü. Timur, bir duvarın arkasına saklanmıştı. Fatma onu, ancak yanına kadar geldiğinde fark edebildi. Dün söz kesilen adamın bu adam olduğunu biliyordu. Hemen birkaç adım geriledi ve durdu. Bir açıklama getirmeden eve dönemezdi; komşudan sirke alması lazımdı. Ağır ağır iki adım ilerledi. Başı öne eğikti. Tekrar bir adım geriledi. Kar gıcırdıyordu. Durdu. Yanakları kor gibi al al olmuştu. Karın çıkardığı sesleri duyuyordu. Bir adım. Bir adım daha. Başını hafifçe kaldırdığında, karşısında demircinin geniş sırtını gördü.

Timur, bir sigara yaktı ve gülümsedi. Belki memeleri yoktu, ama çok güzeldi. Bir ay parçası kadar güzeldi. O kadar güzeldi ki, sanki başında yıldızlardan bir taç vardı. Timur, dükkâna hemen dönmedi. Doğruca bir mağazaya gitti ve karyola bakmak istediğini söyledi. Mağaza sahibinin arkasından depoya indi. Uzun uzun ilgiyle karyolaya baktı.

Mağaza sahibi, genç adamın alıcı olduğunu sezmişti.

– Satın almak istiyor musun? Altı aydan beri depoda duruyor bu karyola. Kasabada hemen herkes, ya yer yatağında ya da divanda yatıyor. Varlıklı insanlar bile karyolaya ihtiyaç duymuyor.

Timur cevap vermeyince, mağaza sahibi devam etti.

– Tebrik edebilir miyim? Evleniyor musun?

Timur gözlerini karyoladan ayırmadan, anlaşılmayan bir şeyler mırıldandı.

– Fiyatta bir şeyler yaparım.

Demirciden ses çıkmıyordu. Kısa bir süre gözlerini kapattı ve ardından, karyolanın etrafında ağır adımlarla bir tur attı. Mağaza sahibine döndü.

– Evet evleniyorum. İlkbaharda. İlkbaharda, her yerin yemyeşil olduğu, mis gibi koktuğu zamanda. Ama hayır, karyolayı almayacağım. Sağ olasın. Sana hayırlı kazançlar.

Timur, neşesi yerinde, dükkâna döndü ve birikmiş

bir sürü işin başına geçti; yatağı gerçekten istiyorsa çalışması gerekiyordu. Karyolanın ayakları, mağazadaki modelde olduğu gibi olmalıydı; diz yüksekliğinde, yuvarlak ve parlak. Üstüne gelecek tahtalar da beğendiği tahtalar olacaktı. Fakat başlık kısmı, hapishane çubukları gibi dümdüz değil, kıvrımlı güllerden olmalıydı.

O gün, gece yarısına kadar aralıksız çalıştı. Yatağa uzanır uzanmaz gözlerini huzurla kapadı.

Fatma ile Timur, düğün gecesinde ilk defa bir yatakta yattılar. Odalarına girdikten sonra her ikisi de tek laf etmedi. Daha sonra, Timur tam uykuya dalmak üzereyken, Fatma mırıldandı.

– Demek krallar böyle uyuyor.

Timur, kafasından geçen düşünceyi aynı kelimelerle işitince, sadece gurur duymakla kalmadı. Şaşırdı da. Kendisini zengin, güçlü ve hami olarak hissetti. Dünyaya hükmedecek kadar güçlü hissediyordu kendisini.

İlkbahardı. Henüz yeni evliydiler. Timur'un yeteri kadar işi vardı. Para sıkıntıları da yoktu. Fatma her öğlen, Timur'un yemeğini götürüyor, biraz oturuyor ve konuşuyorlardı. Ta ki, Fatma, gitme zamanı geldi, diyerek Timur'un çalışmasına fırsat vermek için kalkıncaya dek. Timur, bazen yemeğe dokunmazdı bile. Fakat Fatma bilirdi ki, kocası akşama kadar yemeğini mutlaka yiyecek, hatta akşam eve geldiğinde yine acıkmış bile olacaktı. Çünkü o, iri kıyım bir adamdı ve yaptığı iş çok ağırdı.

İlkbahardı; evleri, Timur'un babasından kaldığı haliyle, tek odalıydı.

Zeliha, oğlunun bu kızla nasıl yakından ilgilendiğini, neredeyse her akşam, ya bir parça kumaş, ya bir simit ya da yeni bir başörtüsü veya bazen çikolata getirdiğini gördükçe sorunlar başladı. Zeliha, oğlunun, yeni gelinin dizinin dibinden ayrılmayışına, başında nasıl kavak yelleri estiğine ve karısına nasıl şefkatle davrandığına dikkat ediyordu.

Artık yaz gelmişti. Bir akşam, oğlunu kenara çekti.

– Oğlum, karın çok tembel. Ev işlerini yapmamak için hep bir bahane buluyor. Eğer iş yapacak olsa bile gönülden yapmıyor. Geçen, çamaşır gününde, leğenin önünde oturdu. İki saat boyunca, hiç su değiştirmeden çamaşır yıkayıp durdu.

– Peki sen neden bir şey söylemedin?

– Söylemem mi! Hem bana kızdı, hem de suyu değiştirmediği halde, değiştirdim, dedi. Ona biraz daha saygılı olmasını öğretirsen iyi olur.

– Anam, sen onun çalışkan ve güvenilir olduğunu söylememiş miydin?

– Herhal o zaman yanılmışım. Hem tembel, hem saygısız.

Akşam yatakta, annesinin şikâyetinden bahsetti karısına. Fatma alçak sesle.

– Gerçekten elimden geleni yapıyorum. O kadar çaba harcıyorum ki... Ama annen haksızlık yapıyor, inan bana.

Şikâyetler gün geçtikçe artıyordu: Yok, Fatma peyniri yanlış kesiyordu; yok, Fatma bıçağı temizlerken bulaşık bezini parçalıyordu. Dışarı çıktığı zaman, özellikle ördek gibi yürüyordu ki kışa yeni ayakkabı aldırsın diye. Yağı ekmeğine bol sürüyordu. Timur, sorunu yavaş yavaş anlamaya başladı.

– Bana bak, dedi bir akşam Fatma'ya, dinle beni, ne yapacağımızı biliyorum. Bir dahaki sefere, annem şikâyetlerini sıralamaya başladığı zaman, seni buraya odaya sokacağım ve minderlere vurmaya başlayacağım. Sen de canın yanıyormuşçasına bas bas bağıracaksın. Ondan sonra ben dışarı çıkacağım, sen biraz daha içeride kalacaksın.

Zeliha, gelininden her şikâyet edişinde, karıkoca odalarına gidiyor ve ardından gürültüler ve bağırışlar geliyordu. Şikâyetler gittikçe azalmaya başladı.

Timur, zekâsıyla böbürlenerek, arkadaşlarına bulduğu çözümü anlatıyor; hep beraber neşelenip içiyorlardı.

Sonbahar bitmek üzereyken, olayı duymayan kalmamıştı.

– Yeni bir şey bulmamız lazım, dedi Timur bir akşam yer yatağında uzanmışlarken. Karyolalarını Timur'un evlenen yakın bir akrabasına vermişlerdi; zifaf gecesini onların da doğru dürüst bir yatakta geçirmeleri için. Ayakları pirinç kaplama olan demircinin karyolasına zenginler bile imreniyordu.

– Göçelim, dedi Fatma. Sen bir demirci dükkânı açar, biraz da bir şeyler alır satarsın. Ben de halı dokurum. İki de beygirimiz var. Her yerde rahatça geçinip gideriz.

Evet iki beygiri, bir eşeği, hatta biraz parası da vardı. Fakat nereye gidebilirlerdi ki? Akrabaları ve arkadaşları olan bir yerden, hiç kimseyi tanımadıkları bir başka yere nasıl gidebilirlerdi ki?

– Yabancı bir yere mi? diye sordu.

– Bir köye taşınırız, dedi Fatma.

– Köy hayatını ne bileceksin ki sen? Köy yerinde

bambaşka bir hayat vardır. Helâ bile yoktur oralarda. Çalıların arasına yapıverirsin.

— Biz de helâlı bir ev yaparız. Demircilik yaparsın; bir yandan da köylünün mahsulünü pazarlarda satarsın. Timur, kendi hayatımızı kurarız.

— Ben bunları bir düşüneyim.

Daha da iyi düşünebilmesi için kendine birkaç gün izin verdi. Trenle Ankara'ya gitti. Birkaç gün büyük şehirde keyif sürmek, otomobilleri, zengin evlerini seyretmek, kalabalıklar arasında dolaşmak için. Gün boyu kahvehanelerde şehirli insanlarla sohbet etti. Birisi, savaşın yakında biteceğini söylerken; diğeri, daha uzun yıllar süreceğini ve Almanların altı ay içinde -tıpkı Osmanlının Viyana önlerine gittiği gibi- İstanbul önlerine geleceğini söylüyordu. Timur için savaş çok uzaklardaydı. O sadece dinliyor, fırsatını bulunca da, konuyu değiştirmeye çalışarak, kimin hangi takımı tuttuğunu soruyordu. Kendisi koyu bir Beşiktaşlıydı. Siyasetten çok futbol ilgisini çekiyordu.

Özellikle büyük şehrin gece hayatı, onu daha çok ilgilendiriyordu. Gazinoda birkaç saat oturup, açık saçık giysili şarkıcıları dinleyip, iki kadeh rakının yanında beyaz peyniri ve kavunu meze yapmak, üçüncü kadehten sonra şarkıcılara eşlik etmeye başlamak. Sonra da ucuz bir otel odasında, yalnız başına saatlerce yatmak. Bu sırada her şeyi unutuyordu. Annesi ve demirci dükkânı çok uzaklarda kalıyordu. Burada hiç kimse onu tanımıyordu. Büyük şehirde kaybolup gidiyordu; hırsını kaybediyor, dertlerini, tasalarını ve zincirlerini de. Bir otel odasında kendini, gülümserken bulmak için kaybetmişti. Soluk alıp vermesi düzelmişti.

– Kış günü, taşınmak için hiç de iyi bir zaman değil, dedi döndüğünde.

Timur, ilkbaharda bir ev buldu ve eşyasının bir kısmını beygir ve eşeğiyle yeni evine taşıdı. Bu arada, artık geri gelmiş olan karyola için de bir at arabası tuttu. Son olarak da karısını almaya geldi. Eşek sırtında yolculuk iki saat sürmüştü. Aynı yol beygirle, bir saat kadar zaman alıyordu.

Köye taşınmak Fatma'nın düşüncesiydi. Fakat köyü ve köylüleri, anlatılanlardan tanıyordu. Köylüler onun için pazardaki satıcılardan ibaretti.

Yeni evlerinde yattıkları ilk akşam Fatma, Timur'a sordu.

– Buradaki kadınların hepsi birbiriyle akraba mı?
– Hayır, neden?
– Hepsi aynı giyiniyor da.

Timur güldü.

– Köy yerinde böyledir.

Gülüyordu ama kafasına takılan sorular vardı. Her gün çalışmak için şehre gitmek zorunda olması ve Fatma'nın buraya alışıp alışamayacağı, kafasını meşgul ediyordu. Aradan bir hafta geçmişti ki, bir akşamüstü şehirden döndüğünde, Fatma'yı köy meydanında, onu dinleyen kadın ve kızların ortasında buldu.

Fatma, kocasını görür görmez yerinden fırladı. Timur, oturması için işaret etti. Atını ahıra bağladı ve evin merdivenine oturarak bir sigara yaktı ve güneşin batışını seyre daldı.

– Masal, Fatma'nın ağzından çıkan ilk söz oldu eve geldiğinde. Masal anlatıyordum onlara. Biliyor musun, hiç masal bilmiyorlar. Ne kadar ilginç değil mi? Bense masalların hep köylerden şehirlere geldiğini sanıyordum... Bugün erken geldin. Daha geç gelirsin diye düşünüyordum. Ama olsun, yemeğimiz hazır zaten.

Demirci, evin içine bir göz gezdirdi. Dokuma tezgâhındaki halıyı görünce, sessizce içinden gülümseyiverdi.

Timur, köylülerden fasulye ve bulgur, yaz ve sonbahar aylarında domates, kavun, üzüm, elma, taze fasulye satın alıyor; aldıklarını eşeğe yüklediği gibi pazarlarda satıyor; iyi de para kazanıyordu. Ayrıca iki inek, birkaç tavuk ve Fatma'nın ısrarlarıyla, bir de küçük bağ satın almıştı. Dükkân da iyi çalışıyor, eskisinden daha çok para kazanıyordu.

Sonbaharın sonuna doğru, Fatma'nın dokuduğu halıları da satınca, elinde o kadar nakit para birikti ki, atladığı gibi büyük şehre gitti. Fakat bu defa Ankara'ya değil, Beşiktaş'ın maçının olduğu, daha güzel kadınların daha güzel şarkılar söylediği ve şarabın şurup gibi içildiği İstanbul'a gitti.

İstanbul'da bir hafta kaldı. Eve döndüğünde, paranın yarısı İstanbul'da bitmişti.

Fatma, köylülerle gayet iyi anlaşıyor ve onlar tarafından sevilip sayılıyordu. Fakat bu sevgi ve saygının nedeni, onun demircinin, kuvveti dillere destan demircinin, akıllı, keskin mavi bakışlı ve atının sırtında vakur duruşuyla dikkat çeken bir adamın karısı olduğu için değildi. Hayır. Köylü kadınlar Fatma'yı genç olduğu için, her daim sıcakkanlı olduğu için ve en önemlisi şehirden gelmiş olmasına, durumları iyi olmasına rağmen bilmişlik taslamadığı için ve de kendilerine masal anlattığı için seviyorlardı. İyi kalpli olduğu, küsleri barıştırmayı bildiği için seviyorlardı. Onun yumuşak huyluluğu kadar, kararlı halini de seviyorlardı.

Fatma'nın, kış aylarında hamile olduğu duyulunca, köylü kadınlar sevinçten ne yapacaklarını bilemediler.

Demirci, ticaret ağını komşu köylere kadar genişletmişti. Köylüler için, mahsullerine iyi fiyat veren bir adam vardı artık. İlkbaharda, Fatma'nın karnı iyice büyümüştü. Değişiklik olsun diye Timur bir gün, karısını, uzaktaki bir köye giderken yanında götürdü.

Hâlâ karısına armağanlar getiriyor; şefkatini ondan esirgemiyordu. Belki ilk günlerdeki gibi değildi ilgisi, ama bunun nedeni, duygularının zayıflamasından çok, günlük işlerin telaşındandı.

Köyde geceyi, şişman bir adamın evinde, yer yatağında geçirdiler; bir süredir kendi evlerinde yaptıkları gibi. Timur'un bir arkadaşı evlenmişti ve karyolayı onlara vermişlerdi.

Ertesi sabah Timur, bir köylüyle sıkı bir pazarlığa girişti. Pazarlık bittiğinde öğle yemeği vakti gelmişti. Ev sahibi, yemek yedirmeden, yola çıkmalarına izin vermemişti. İkili, ata bindiğinde zaman ikindiyi bulmuştu.

Akşam olmaya başladığında, henüz köylerinden çok uzaktaydılar. Akşam vakti yol almak tehlikeli olabilirdi. Karanlık olduğu için değil de, gece vakti ne olacağı belli olmadığı için.

– Geceyi burada geçirelim. Sabah erken yola koyuluruz, dedi Timur.

– Nerede yatacağız ki? Burada benim gözüme uyku bile girmez.

— Yakında bir yer biliyorum.

Alacakaranlık çöktüğünde, bir mezarlığa geldiler.

— Buraya gelmeye kimse cesaret edemez, dedi Timur ve ekledi. Korkmana hiç gerek yok. Bana inan. En güvenli yer burası.

Fatma, tedirgin olmasına rağmen, geceyi dingin bir uykuyla geçirdi. O günden sonra Timur, karısını sık sık yanında götürdü. Ve Fatma böyle gecelere alıştı. Yıldızların altında, gecenin sessizliğinde uyumak Fatma'nın da hoşuna gitmeye başladı. Başını kocasının omzuna yasladığı; kocasının saçlarını okşayarak, ay parçası karım benim, dediği yer yatağı ona kuş tüyü yatak gibi geliyordu.

Bu adamla mutluluğu bulduğunu düşünüyordu.

Bütün yaz boyunca, dokuma tezgâhının başında kazandığı paranın yarısını har vurup harman savurmasına bile kızmıyordu. Elbette, onu rahatsız eden bazı şeyler yok değildi. Bir defasında Timur, çırağına atını vermişti. Bunu neden yaptığını Allah bilir kendisi de bilmiyordu. Çırak iyi bir işçiydi. Ancak düşüncesiz, fevri davranan bir insandı. Atı aldığı gün şehrin ortasından dörtnala koşturmuş, insanlar korkarak sağa sola kaçışmışlar ve bağırıp çağırmışlardı. Arkasından da zaten polis durdurmuş ve ata el koymuştu. Polisler, atın Timur için ne kadar değerli olduğunu biliyorlardı. Onun için de Timur, atı geri alabilmek amacıyla yüklü bir para ödemek zorunda kalmış, neredeyse atı yeniden satın almıştı.

Bir defasında da, yeterli parası olmayan bir arkadaşının arazi satın alması için kefil olmuştu. Parası olmayan birisi neden arazi satın almak isterdi ki? Sonunda arazinin parasını Timur ödemişti. Arazi ise arkadaşının olmuştu.

Fatma pek dert etmiyordu bu durumu. Nasıl olsa kocası iyi kazanıyordu ve her zaman paraları vardı. Fakat Fatma, bir şeyin farkına varmıştı; kocası parayı harcamasını bilmiyordu ve kötü günlerin gelebileceğini seziyordu. Kocasının yanında olduğu sürece bu kötü günleri de atlatabileceğine inancı tamdı.

Mezarlıkta geçirdikleri ilk gecede, yan yana yatarlarken, uyku öncesi sessizliğindeydi her ikisi de. Timur, iki dakika daha, iki dakika daha yıldızları seyredeyim, karımı kollarımın arasına alayım, ondan sonra uyuyacağım, diye düşünüyordu.

– Gül, dedi Fatma sessizliğin içine.

– Ne? dedi Timur.

– Bebeğin kız olacağını hissediyorum. Adını Gül koymak istiyorum. Gül adında bir kızım olsun istiyorum.

Demirci, elini karısının karnına koydu.

– Gül, dedi. Eğer erkek olursa adı Emin olsun.

– Erkek değil, kız o.

Gül, sıcak bir eylül gününde dünyaya geldi. Demirci, akşamın karanlığında eve geldiğinde, küçük Gül, annesinin yanında yatıyordu.

– Eli ayağı yerinde mi? diye sordu öncelikle.

Çok dikkatli bir şekilde Gül'e dokundu. Sanki kocaman elleri bebeği incitecekti. Eğildi, nemlenmiş gözleriyle karısını gözlerinden öptü ve kızının alnına nazikçe dudaklarını değdirdi. Dışarı çıktı ve merdivene oturdu. Gömleğinin altından, daha çok, sıcak bir akşam esintisini çağrıştıran serinliği fark etti. Kendini hafiflemiş hissediyordu. Sanki ağırlığının birazını oracıkta bırakıvermiş de ayakları yerden kesiliyormuş gibiydi. Oturduğu yerde kalakaldı; sigara içmeyi bile unuttu.

O sonbahar, her şeyin kendiliğinden olacağını düşünüyordu; köylüden aldığı bol mahsulü şehir pazarında sattı. Bağından ummadığı kadar mahsul kaldırdı. Demirci, dükkânına ikinci bir çırak aldı. İlkbaharda, içinde ev olan kocaman bir elma bahçesi ve en azından yaz aylarında şehre gidiş gelişi daha kısaltmak için hemen şehrin kıyısında bir ahır satın aldı.

Şehirde birçok kişinin böyle bir bağ evi vardı, şehrin hemen yakınlarında. Yazın bunaltıcı sıcaklarında biraz olsun nefes almak için. Birer arık diktikleri domates, salatalık, biber, kabak, mısır gibi sebzeler de yiyecek ihtiyaçlarını karşılıyordu. Ayrıca, mahsul aldıkları takdirde birkaç kuruş da gelir elde etme umudundaydılar. Kasabadaki evlerini de, Adana'nın kavurucu sıcağından kaçmak isteyen zenginlere kiraya veriyorlardı.

Eğer bağda da şehirdeki gibi kavurucu sıcak olursa, bu defa bahçedeki cevizin gölgesi vardı. Açık havada yaprakların hışırtısı duyulurdu. Fakat, yarım saat uzaklıktaki dip dibe avlulu kasaba evlerinde bir tek ağaç bile yoktu.

Timur, yatağını ve ufak tefek ev eşyasını taşıyacak bir arabacı buldu ve mayıs başında taşındılar. Arabayı yüklediklerinde neredeyse arabacıya bile yer kalmamıştı. Arabacı, eşyaları indirmek için iki hamal bulmasını söyledi ve eşyaları indirdikten sonra gelip kendilerini almayı teklif etti. Gül bir süredir babaannesinin yanındaydı.

— İyi, dedi Timur ve hamalların parasını ödemesi

için arabacının gömlek cebine para koydu ve ekledi, biz de yavaş yavaş yola koyuluruz.

Karıkoca, tozlu yolda kendi hallerinde giderlerken, arkalarından bir otomobil yaklaştı ve sürücü ayağını gazdan çekti. Adamın simsiyah saçları briyantinden pırıl pırıl parlıyordu; kalın kaşları vardı. Pencereyi açarak sordu.

– Nereye böyle?
– Şehre, dedi Timur.
– Sizi götüreyim, hadi binin, dedi adam.

Fatma hayatında hiç otomobile binmemişti. O günlerde, kasabada hiç kimsede otomobil yoktu. Bir iki defa kamyon kasasında veya şoför mahallinde yolculuk yapmıştı. Ancak, bir otomobille asla. Arka koltuğa oturduğu anda, kendini bir an kapana kısılmış gibi hissetti. Timur ise ön koltuğa oturmuştu.

Şoförün elleri, çalışan bir insanın ellerine benzemiyordu. İnce bıyığına hiç de yakışmayan iri bir yapısı vardı.

Küçük bir tepeye tırmanırken, otomobil yavaşladı, öne doğru bir hamle yaptı ve motor stop etti.

– Allah kahretsin! dedi şoför ve Timur'a döndü.
– Birader, gördüğüm kadarıyla güçlü kuvvetli bir adama benziyorsun. Aşağı insen de şu tepeye kadar arabayı biraz itsen diyorum. Tepeyi aştık mı, aşağı doğru tekrar çalışır bu meret.

Demirci, hafif bir tebessüm etti. Mavi gözlerinde, kendisiyle duyduğu gurur okunuyordu. Otomobilden indi ve yüklenmeye başladı. Tahmin ettiğinden daha kolaydı. Tepeyi aştıklarında, daha terlememişti bile.

Otomobil, yokuş aşağı giderken çalıştı ve adam gazladı. Timur, ilk anda adamın motoru ısıtmak istediğini düşündü; adamın gerçekten gittiğini fark edene kadar. O anda ter içinde kaldı. Başladı otomobilin arkasından koşmaya. Onu öldürmeyi, sadece ve sadece öldürmeyi düşünüyordu. Eğer, onu şimdi yakalamayacak bile olsa, Fatma'ya bir kötülük yaptığı takdirde onu kesinlikle öldürecekti.

Otomobilin durduğunu ve Fatma'nın otomobilden indiğini fark etmedi bile. O sadece koşuyordu. Bir anda Fatma'yı yolun kenarında gördü. Fakat Timur, yavaşlamadı. Fatma'nın önüne gelene kadar koştu. Otomobil gözden kaybolmuştu.

– Ne oldu, diye sordu Timur.

– Bak, kocam gebertir seni dedim ona. Kocamı katil etme! Kenara çek ve indir beni, ondan sonra da defol git buralardan. Hemen uzaklaş buradan, yoksa kocam seni öldürür. O namuslu bir adamdır, dedim. Ellerimle boğazını sıktım ve kocamı katil etme, dedim.

Timur, rahat bir nefes aldı. Fatma ile evli olduğuna şükrediyordu. Fatma'nın destek olduğu sürece, hayatın hep daha güzel olacağını düşündü. Daha dün, küçük bir oğlan çocuğuydu; bugünse Fatma ile evli bir adam. Birlikte oldukları sürece üstesinden gelemeyecekleri hiçbir şeyin olamayacağını düşünüyordu.

Timur, bir inek daha satın aldı. Fide yatakları ısmarladı. Bir yandan da demir dövmeye devam ediyordu. Akşamları da kızını kucağına alıyor, doyasıya kokluyordu. Fatma, komşularla arkadaşlık yapıyor, sabah alacasında ve otlaktan geldiklerinde inekleri sağıyordu.

Gül ile yalnız kaldığında da onunla konuşuyordu; ona, yaptıklarını, ettiklerini, annesiz kaldığını, üvey annesinin kendisine iyi baktığını anlatıyordu, belki de sadece kız çocuğu olduğu için, o kadar isteyip de sahip olamadığı kız çocuğu olduğu için. Fatma üç erkek kardeşiyle hiç anlaşamamıştı. Fatma'yı hep kızdırmışlar ve acı çektirmişlerdi. Hatta bir defasında, zorla çürük elma yedirmişlerdi. Bir defasında da, derede yıkanırken, elbisesini saklamışlardı. Ama bunların hepsi çok geride kalmıştı. Şimdiyse Timur'u vardı, Gül'ü vardı. Allah'ın izniyle daha çok çocuk istiyordu.

Böylece yaz geçti. Neredeyse sonbahar bitmek üzereyken köydeki evlerine taşındılar. Elmaları toplamışlardı ve burada yapacakları başka bir şey kalmamıştı. Ayrıca, sobaları olmadığı için soğukta daha fazla kalamazlardı. Komşuları da, kasabadaki evlerinden, yumuşak kış aylarını geçirmek için taşınan Adanalıların boşalttıkları evlerine dönmüşlerdi. Artık burada, un ya da bir çuval gübre isteyecek kimse kalmamıştı. Timur, Fatma ve Gül köylerine döndüler; karyolasız ama inek ve tavuklarıyla. Karyolayı yine yeni evli bir tanıdıklarına vermişlerdi.

– Birkaç yıl içinde, kasabadaki herkes, kralların nasıl uyuduğunu öğrenecek, dedi Timur ve ardından, sanki bundan memnun olmayacakmış gibi bir ifade takındı. Aslında, karyolasıyla gurur duyuyordu. Karyolayı verir vermez, yakında yine toprağı görmeden ve koklamadan uyanacağı için, içi sevinçle doluyordu.

Gül, konuşmaya çok erken başlamıştı, ama buna karşılık, diğer çocuklardan daha geç yürümüştü. Neredeyse iki yaşına gelmişti ve annesi dertlenmeye başlarken, demirci sadece gülüyordu. Gül emeklemeye başlamıştı; ama diğer çocuklar gibi değil de, geri geri emekliyordu ve arkasına bakmak için omuzları üstünden başını arkaya çeviriyordu.

– Bu deli bir Gül, dedi Timur.

Fatma ikinci defa hamile kaldığında, Gül artık yürüyebiliyordu. Fatma, Timur'un kollarında, bir mezarlıkta yatarken, kesin olarak hissetmişti hamile olduğunu. Ay, yeniay halindeydi. Fatma, mevtaların ruhlarının iyiliksever olduğunu, iyiliksever ve çok yakın olduğunu hissediyordu.

– Timur, dedi, erkek çocuğun mu yoksa yine kız çocuğun mu olsun istersin?

– Elleri, ayakları düzgün olsun da, dedi demirci, sağlıklı olsun, analı babalı büyüsün, başka bir şey istemem.

– Bir kızın daha olacak. Adı ne olsun?

– Melike.

Melike, geceler boyu ağlıyordu. Yüzü mosmor olana kadar bağırıyor, bazen hırsla emiyor, bazen de hiç emmiyordu annesini. Sanki bütün gücünü yitirmişçesine sadece uyuyordu. Aşırı yorgun ve güçsüz düşen Fatma, Melike'nin gece boyu hiç susmayacağından emin olabilirdi. Fakat, bir defa bile, halinden şikâyetçi olmadı.

– Nasıl bir çocuk bu? diye sordu Timur Fatma'ya.

– Bambaşka bir çocuk, diye cevapladı. Sıkıntılı ve inatçı. Sen ona Melike dedin, o da melike gibi davranıyor.

Timur güldü ve kızını kollarına aldı; yanağından hafifçe ısırırken, biz de onu bundan kurtarırız, dedi.

Fatma gülümsedi. Timur, çatıyı onardıktan sonra ertesi sabah kahvaltı yaparken, çatıdan çay bardağına yine bir damla düşünce, bardağı tuttuğu gibi duvara fırlattı. Yaptığının hiçbir faydası olmamıştı. Beşiktaş'ın kaybettiği zaman da günlerce böyle burnundan solurdu. Dükkânda işler istediği gibi gitmezse, çekici çılgın gibi kullanır, ertesi gün de tırnaklarının altında mosmor kan toplanırdı.

Kocasının Melike'yi hiçbir zaman atmayacağını biliyordu. Her iki kızını da deli gibi seviyordu. İkisine de bol zaman ayırıyordu. Fakat Fatma onu ne kadar değiştirebiliyorsa, o da kızlarını o kadar değiştirebilecekti.

Her yıl, yaz aylarını elma bahçesindeki evlerinde, kış aylarını köydeki evlerinde geçiriyorlardı. İyi de kazanıyorlardı. İşleri çok olsa da, kış sert geçse de, demirci, günler boyu hiç konuşmasa ve Fatma bunun sebebini bilmese de, bazen yatakta, ertesi gün için gücü nereden bulacaklarını sorsalar da, bugünler henüz iyi günlerdi. Gül, yürümeyi öğrenip sokakta çocuklarla oynamaya başladı. Melike ise konuşmayı öğrenmeden yürümeyi öğrendi. Ancak, söylenen hiçbir şeyi yapmıyordu; yemeği beğenmezse ortalığı ayağa kaldırıyor; elinden makas alındığı zaman bas bas bağırıyordu. Kafasını bir keresinde sertçe yere vurduğundan beri, istediğini alamazsa, yani üç yaşında olmasına bakmadan ineği sağmasına izin verilmezse, kendini yavaşça arkaya bırakıyor ve ancak ondan sonra yırtınırcasına debelenmeye başlıyordu.

– Güzel kızım, diyordu Timur, onlar tehlikeli, tepiverirler vallahi.

Melike, ciğerlerindeki havayı boşaltırcasına bağırıp

çağırıyor, kendini yerden yere atıyordu. O akşam, Timur'un morali bozuktu; hesaplarına borç yazdırıp iş yaptıran iki müşterisi ortadan kaybolmuştu. Beşiktaş, Galatasaray'a karşı üç sıfır kaybetmişti. Ahırın çatısında aynı yeri üç defa onarmıştı ve merdiven bile hâlâ aynı yerde duruyordu. Melike'yi kaptığı gibi çatıya çıktı. Fatma ve Gül aşağıda, şaşkın bakışlarla onu izliyordu.

Hâlâ bağırmakta olan Melike'yi tutmuş, çatıdan aşağı sarkıtırken bağırıyordu.

– Yeter artık! Bıktım senin bağırmalarından! Beni duyuyor musun? Cehenneme kadar yolun var. Sus artık, yoksa aşağı bırakıvereceğim.

Melike, kısa bir süre için sustu. Ardından, tekrar başladı. Tam bu esnada Gül, çığlığı bıçak gibi kesen yabancı bir ses duydu:

– Timur, yeter artık!

Gül, başını kaldırdı ve annesine baktı. Hiç tanımadığı bu sesle konuşan annesi olmalıydı. Yüzü de hiç görmediği bir hal almıştı. Melike de bağırmasını kesmişti. Birkaç saniye hiç kimseden ses çıkmadı.

– Annene şükret, dedi Timur ve Melike ile birlikte merdivenden aşağı indi.

– Bir gün kendimi tutamayacağım. O zaman olan olacak, diye de ekledi.

Timur, Melike'yi bırakır bırakmaz, küçük kız, yavaşça sırt üstü yatmaya yeltendi. Annesi kolundan tuttuğu gibi eve soktu. Gül, babasının yanında kaldı. Timur, bir yandan başını sallarken, diğer yandan da merdiveni ahıra taşıyordu.

Timur, köyde birçok insandan saygı gören birisiydi.

O bir şehirliydi, durumu iyiydi, sıcakkanlı ve yardımseverdi. Her şeyden önce, köyün erkekleri, onun geniş omuzlarına ve heybetli duruşuna saygı duyarlardı. Ancak, köyde onu sevmeyen birkaç kişi de vardı. Onlara göre, Timur, kendi mahsullerini pazarda satarak para kazanan, sıcak yaz aylarını bağda geçiren ve sonbaharda elma paralarını cebine koyup köye gelen ve kendisini akıllı zanneden bir adamdı.

Bir gün, köylülerden biri Timur'a, dikkatli olmasını, birinin onu jandarmaya ihbar ettiğini ve jandarmanın, evini aramaya geleceğini söyledi.

Demircinin korkmasını gerektirecek bir durum yoktu. O çalıp çırparak zengin olmamıştı. Alın terinin değmediği para kazanmamıştı. Dolayısıyla korkmasına gerek de yoktu.

Belki sadece tüfeğini saklayabilirdi. Her şeyden önce, bir erkek ve bir aile reisiydi. Bir tüfeği de olmayacak mıydı? Arada sırada kuşlara bir iki fişek atar, kürkü para ettiği için tavşan veya tilki avlardı. Yaz aylarında da bazen köstebek avlardı. Bahçesinde bir toprak yığını gördüğünde, küreğini kaptığı gibi yuvanın girişini çıkarana kadar toprağı kazardı. Ondan sonra da biraz uzakta, yüzüstü yatarak, elinde tüfekle beklerdi. Er ya da geç, köstebek gelecek ve yuvasının girişini düzeltecekti.

O bir erkekti ve ikisi de devamlı dolu olarak duvarda asılı duran tüfekleri vardı. Ancak her ikisi de ruhsatsızdı. Timur, hemen eve geldi ve tüfekleri duvardan indirdi.

– Gül, dedi, hadi sen biraz dışarı çık oyna.

Gül dışarı çıktı. Evin perdelerinin örtüldüğünü görünce meraklandı. Ayak parmakları üzerinde yürüyerek pencereye yaklaşsa, belki içeride olanları görebileceğini düşündü.

Timur geçen kış, pencerelerden bir tanesini tamir ederken, *podyenin* altında bir boşluk olduğunu fark etmişti. O, her şeyden önce, adam gibi bir adamdı. Elbette tüfeğini herhangi birisine emanet etmeyecekti. Pencerenin ahşap *podyesini* kaldırdı, tüfekleri içine koydu ve tekrar çiviledi. Timur, mutlu bir şekilde gülümserken Fatma, duvardaki kancayı göstererek başını sallıyordu. Hemen bir penseyle kancayı söktü ve deliği kapatmak için oraya bir duvar halısı astı.

Jandarmalar üç gün sonra geldi. Tam akşam yemeğine oturacakları sırada nal seslerini duymuşlardı. Kapıyı Timur açtı.

– İyi akşamlar beyler, ziyaretinizin sebebi hayırdır inşallah!

– İyi akşamlar, dedi jandarmalar hep bir ağızdan ve birisi devam etti: İçeri girebilir miyiz?

– Tabii, buyurun girin.

Hepsi üniformalı olan ve ikisinin elinde tüfek bulunan yabancı adamları görünce Gül korktu. Silahsız olan, Gül'e doğru eğildi.

– Merhaba küçük kız. Senin adın ne söyle bakalım?
– Gül.
– Peki, orada uyuyan kardeşinin adı ne?
– Melike.
– Gül ve Melike demek.

Gülümseyerek doğruldu ve Timur'a döndü.

– Sen, Demirci Timur musun?
– Emrinizdeyim.

– Duyduğumuza göre, evinde ruhsatsız tüfek bulunduruyormuşsun.
– Yooo, dedi demirci. Benim tüfeğim falan yok. Yanlış duymuşsunuz.

Silahsız adam, diğerlerine döndü ve başıyla aramayı başlatmaları için emir verdi. Hiç duraksamadan dolapları, divan altlarını, yatak ve yastık aralarını ve hatta dokuma tezgâhının yanındaki halı aralarını aramaya başladılar.

– Size bir şey ikram edebilir miyim, dedi Fatma, kahve içer misiniz?

Arama yapanlardan birisi, silahsız adam başıyla işaret edince, mutfağa doğru giden Fatma'yı izledi. Silahsız adam, Gül'ün yanına oturdu. Timur da tam karşılarına. Çok rahat görünüyordu.

– Gel buraya bakalım küçük hanım... Hadi, gel ama Gül Hanım, dedi kepini çıkardıktan sonra.

Gül'ü kucağına oturttu.

– Kardeşinle iyi anlaşıyor musunuz?

Gül başını salladı.

– Sen kocaman abla olmuşsun artık, kardeşine bakıyorsun değil mi?

Gül yine başını salladı.

– Aman ne güzel. Kaç yaşındasın bakalım? Yoksa bilmiyor musun? Beş mi? Altı mı? Okula gidiyor musun?

Gül susuyordu. Ne ağzını açıyor ne de başını sallıyordu.

Komutan, artık nereye bakacağını bilememenin şaşkınlığıyla odanın içinde dolaşan jandarmaya döndü ve "Gel buraya," dedi.

- Bak bakalım, dedi ve Gül'e tüfeği gösterdi. Sen hiç böyle bir şey gördün mü?

Ardından gülümsedi ve küçük kızın yanaklarını okşadı.

- Korkmana hiç gerek yok Gül.

Gül ne korkuyordu, ne de yabancı bir adamın kucağında olmaktan rahatsızlık duyuyordu. O sadece susuyordu.

- Mutlaka bir tüfek görmüşsündür, ha? Tüfeği olmayan insan yok gibidir. Bu çok normal bir şey, öyle değil mi? Babanın da bir tüfeği var değil mi?

Bu sırada Fatma, elinde tepsiyle içeri girdi ve ilk ikramı doğruca komutana yaptı. Ondan sonra iki askere verdi. Onlar bir yudum bile almadan, fincanlarını bir kenara koydular. Önce diğer odayı, birkaç haftadır karyolanın geri geldiği yatak odasını aramalıydılar.

Son olarak, Timur kahvesini aldı. Ellerinde hiç titreme yoktu. Gül, babasının bir tüfeği olduğunu söylese bile ne olurdu ki, bulamadıktan sonra.

- Biriniz ahıra baksın, diyerek yatak odasına doğru bağırdı komutan ve tekrar Gül'e döndü.

- Babanın tüfeği var değil mi? Ve sen, babanın onu nereye sakladığını biliyorsun, ha? Sen akıllı bir ablasın ve bana, babanın tüfeği nereye sakladığını söyleyeceksin değil mi? Hatta babanın iki tüfeği var ve sen onların yerini bana söyleyeceksin, ne dersin?

Allah'tan çocuğu dışarı göndermişim, diye düşündü demirci. Gül, suskun kalarak omuzlarını kaldırdı.

Jandarmalar aramayı bıraktıklarında ve kahve için teşekkür ederek ayrıldıklarında hava iyice kararmıştı.

– Hadi kızım, sen yan odaya git ve ben çağırana kadar orada kal, dedi Timur Gül'e.
– Yarın sabahı bekleyemez mi, diye sordu Fatma.
Timur başını sallamakla yetindi.
– Hadi kızım.
– Ama ben tüfeklerin nerede olduğunu biliyorum zaten!
– Neredeymiş peki, diye çocuk şivesiyle sordu babası.
Gül, pencereye doğru yürüdü ve küçük elini ahşap *podyenin* üstüne koydu.
Fatma kahkahayı koyuverdi, Gül'ü kucakladığı gibi yanaklarına öpücükler kondurmaya başladı ve "Aferin, benim kızıma! Evde olan bitenler öyle yabancılara söylenmez. Aferin benim akıllı kızıma," dedi.
Timur'un elleri o an titremeye başladı..
Gül, evde olanları dışarıda, dışarıda olanları evde anlatmıyordu... O yaz, evden dışarı çıkmaya, çocuklarla oynamaya pek hevesli değildi. Hatta Fatma, Melike'ye göz kulak olmasını istediğinde bile hep bir bahane bulup, evden dışarı çıkmıyordu. Çok sevdiği elma ağaçlarının altında çamurdan ev yapmayı veya annesine çiçek toplamayı bile istemiyordu.
– Neden diğer çocuklarla oynamıyorsun ki? Köyde çocuklarla severek oynardın ama...
Gül omuzlarını kaldırarak suskunluğunu sürdürdü.
– Melike de onlarla severek oynuyor. Hepsi de iyi çocuklar. Öyle değil mi?
Fatma, Gül'ü kucağına oturttu. Gül yine omuzlarını kaldırdı. Ardından başını annesinin göğsüne yasladı.

– Kızdırıyorlar mı yoksa seni? Dalga mı geçiyorlar, ha?

Gül, başını salladı.

– Peki neden dalga geçiyorlar? Yoksa iyi koşamadığın için mi?

Gül, yine başını salladı.

– Sen koşuda en az onlar kadar iyisin ama. Bence bir sorun yok.

– Sorun yok, dedi alçak sesle küçük kız.

Fatma şimdi anlamıştı.

– Sen köydeki çocuklar gibi konuştuğun için seninle dalga geçiyorlar.

Gül, başını öne eğdi.

– Ama bu hiç de büyütülecek bir şey değil ki. Birkaç gün onlarla oynasan, sen de onlar gibi konuşursun. Belki bir, bilemedin iki defa dalga geçerler sen öğrenene kadar. Ondan sonra onlar da sıkılırlar. Bunun için utanmana hiç gerek yok.

Fatma, küçük kızı yakaladığı gibi koltuk altlarını gıdıklamaya başladı. Önce yavaşça, ardından hızlı hızlı. Birlikte yere yuvarlandılar. Gül çatlarcasına gülüyordu. Annesinin ayakları üstüne oturdu ve onun ayaklarını gıdıklamaya başladı. Fatma, önce biraz debelendi ve bağırdı, sonra kendini öylece bıraktı.

– İşte şimdi öldüm.

Yüzüstü, hareketsizce kaldı. Gül, annesinin ayaklarını gıdıklamaya devam ederken, Fatma, ses çıkarmamak için dişlerini sıkıyordu. Annesinden ses çıkmadığını gören Gül, gıdıklamaktan vazgeçti ve onun yanına uzandı.

– Anne?

Fatma hiç ses vermedi.
— Anne, anne, sakın ölme. Anne, anne?
Fatma, Gül'ün korkmaya başladığını görünce kahkahalarla birlikte gözlerini açtı ve kızını kollarına aldı.
— Buradayım kızım. Eğer şimdi dışarı gider biraz oynarsan, yarın yine oynarız tamam mı?
O günden sonra, her gün birlikte oynamaya başladılar. Bazen, Fatma ölü numarası yapıyor, Gül de inanmış gibi görünüyordu. Ön kapıdan, çocuklarla oynamak için dışarı çıkıyor fakat hemen, bir kapısı sokağa, bir kapısı bahçeye açılan ahıra kaçıyordu. Ahırdaki farelerden korktuğu için de, bir kapıdan diğerine koşana kadar, gözlerini sıkı sıkıya kapatıyordu. Bütün yaz boyunca, okula başlayana kadar kendi başına bahçede oynadı.

İlk beş sınıfında altmış öğrenci olan, elinde cetvelle sınıfta dolaşan ve yanlış cevap veren öğrencinin eline cetvelle vuran bir öğretmeni olmasına rağmen okula gitmeyi seviyordu. Erkek çocuklar ensesine tokat yiyor veya kulakları çekiliyordu. Ancak kız öğrencilerin böyle bir korkusu yoktu. Gül, sadece ilk yılında eline cetvelle dayak yemişti.

Köyün tek sarışın erkek çocuğu olan Recep, dördüncü sınıftaydı ve yaramazlıklarıyla nam salmıştı. Bir gün kâğıttan yaptığı küçük mermilerle sınıfı savaş alanına çevirmişti. Öğretmen, Recep'i yakaladığında yanağına öyle okkalı bir tokat indirmişti ki, kızarıklığı ertesi gün bile geçmemişti. Aynı haylazlığı ertesi gün yine yaptı ve bu defa mermi, öğretmenin ensesine isabet etti... Öğretmen arkasını bile dönmedi.
— Recep! diye bağırdı.

- Bendim öğretmenim, dedi Gül, hiç farkında olmadan. Halbuki Recep'le arkadaşlığı bile yoktu. Sadece Recep'in annesi, annesinin iyi arkadaşıydı. Recep'in babası bir gün, İstanbul'a diye evden çıkmış ve bir daha dönmemişti.

Öğretmen döndü ve bir süre öylece Gül'e baktı. Yapanın Gül olmadığını biliyordu, ama buna rağmen onu yanına çağırdı ve sol elini uzatmasını istedi. Öğretmenin, otoritesini göstermesi gerekiyordu. Sınıfta herkes nefesini tutmuştu. Cetvelin elinde çıkardığı ses, verdiği acı kadar korkunçtu Gül için. Gül yerine oturduğu zaman, annesinin bundan haberdar olacağından ve yaramazlık yaptığı için kızacağından emindi. Küçük kızın gözleri ıslandı.

- Artık acımıyor değil mi, diye sordu Recep, okuldan çıktıktan sonra.

- Hayır, diye mırıldanırken Gül, bir yandan da başını kaldırdı ve Recep'in mavi gözlerine baktı.

Recep cebinden kayısı çekirdeği çıkardı ve Gül'ün avucuna bastırdı.

- Yarın görüşürüz, dedi ve gitti.

Gül eve geldiğinde, taşla kırdığı çekirdeği afiyetle yedi; Melike'ye hiç sormadan.

Cetvelle ikinci defa dayak yediğinde Gül, hiç ağlamadı. Kız çocuğu da olsa, geç gelmeye kimsenin hakkı yoktu. Özellikle İstiklal Marşı'nın okunduğu pazartesi sabahları. Belki diğer günlerde affa uğrayacağını tahmin edebilirdi. Ama pazartesi sabahları geç kalana, cetvel dayağı kaçınılmazdı.

Melike, gece kâbus gördüğünde veya uyanıp da bir

daha uyuyamadığı zamanlarda Gül, Melike'nin yanına gelir, biraz saçlarını okşar ve küçük kız yine uykuya dalardı. Gül, gecenin tatlı uykusunda, kardeşinin vücudunu yanında hissetmeyi seviyordu.

Bazen Melike yatağa kaçırdığı için uyanırdı. Dört yaşına basmasına az kalmasına rağmen hâlâ yatağa işemeye devam ediyordu. Yatak yorgan ıslanıp da kokmaya başlayınca, Melike kalkar ve Gül'ün yanına yatardı.

Gül'ün ikinci dayağı yemesinden bir gece önce de Melike, kötü rüyalar görmüş, uyanır uyanmaz Gül'ün yanına yatmış, sabah da kendi yatağına geçmişti. Mutfaktaki gürültülerden uyanan Gül de kendisinin yatağa işediğini sanmıştı. Geceliğinin eteği, bacak arası ıslaktı ve tam yattığı yer nemliydi.

Gül hemen soyundu ve pijamasını nereye saklayacağını düşündü. Pijamayı gizlice kurutmalıydı. Öyle ya, koskocaman, okula giden bir kızdı; artık yatağa kaçırmaması gerekirdi. Pijamasının altını önce Melike'nin yatağının altına sakladı. Okula giderken de ahıra saklamak için yanına aldı. Ancak ahır kapısını açar açmaz duyduğu fare seslerinden, karanlıktan korkarak, inek, beygir ve eşeğin olduğu ahıra girmeye cesaret edemedi. Bağdaki ahır bu kadar korkunç değildi onun için.

Okul formasıyla ahırın kapısı önünde öylece kalakaldı Gül. Pijamalarını yanına almıştı, ama okula da götüremezdi. Başka bir yere de saklayamazdı. Muhtemelen çalınırdı. Gül'ün pijamasını samanların altına saklamak için ahıra girmek için cesaret toplaması o kadar uzun zaman aldı ki, en az, İstiklal Marşı süresine denkti.

Yaklaşık birkaç hafta sonra, daha doğrusu tam da

annesinin Gül ve Melike'ye, yeni bir kardeşlerinin olacağını söylediği gün, Recep okula geç kaldı. O kadar geç kaldı ki, insan bu süre içinde belki elli defa İstiklal Marşı okuyabilirdi. Okul neredeyse bitmek üzereydi. Aslında hiç gelmeseydi onun için daha iyiydi. Çünkü gelmeyene dayak da yoktu. Ertesi gün, aileme yardım ettim, dedin mi tamamdı.

Fakat Recep ne yaptı; kapıyı çaldı, sınıfa girdi ve öğretmenin yanına giderek ellerini uzattı. Öğretmen de bu kadar açık davete icabetsizlik edemezdi.

Recep, sessizce gelip Gül'ün yanına oturdu ve kulağına, "Baban Tufan'la kavga etti. Köy meydanında büyük kavga olacak. Baban güçlü kuvvetli ama Tufan'ın adamı çok," dedi.

Gül birden heyecanlandı, her yanını ter bastı. Yerinden kalkmak istedi, fakat oturduğu yerde kaldı. Babası nasıl olsa onları döverdi.

– Neden kavga ettiler? diye sordu Recep'e.

– Bilmiyorum. Benimle geliyor musun?

– Evet, diye yanıtladı Gül. Şimdiye kadar hiç yetişkin kavgası görmemişti.

Okul paydosuna kadar, neredeyse bir yıllık İstiklal Marşı'nı peşinen okuyabilirlerdi. Zaman o kadar uzun gelmişti Gül'e. Kulaktan kulağa fısıldamayla sınıfta herkesin haberi olmuştu kavgadan. Öğretmenin paydos demesiyle birlikte öğrenciler, her zamankinin iki katı hızla sınıftan fırladılar köy meydanına doğru. Herkes önlerden yer kapmak niyetindeydi.

– Benimle gel, dedi Recep ve devam etti, meydandan bizi kovarlar.

Merdivenden, bir evin çatısına çıktılar. Buradan köy meydanı gayet iyi görünüyordu. Aşağıda, karşılıklı iki grup adam, bir taş atımı mesafede duruyorlardı. Gül, sayıca az olan grubun içindeki babasını hemen tanıdı. Adamlar karşılıklı birbirlerine bağırıyor ve küfrediyorlardı. Demircinin sesi çok çıkmıyordu. Öyle heybetli duruyordu ki, gözüpek olduğu her halinden belliydi. Bazen Tufan'ın grubundan olan adamlar, bazen de Timur'un grubundan adamlar yerden taş alıp karşı tarafa atıyordu. Taş yağmuru altında kalanlar, elleriyle başlarını koruyor ve geri adım atıyorlardı. Timur'un tarafından bir tanesinin kaşına taş isabet etti ve yüzü gözü kan içinde kaldı. En çok o bağırıyordu. Öbür tarafta da, cırtlak sesiyle Burunsuz Abdül'ün sesi duyuluyordu. Henüz delikanlıyken, kardeşi burnunu koparmıştı, babalarının boş zannettikleri tüfeğiyle oynarken. Çocukların köyde en çok korktukları insandı Burunsuz Abdül. Yabancılara kendisini göstermemek için de pek köyden dışarı çıkmazdı. Köydekiler de nasıl olsa onun bu durumuna alışmışlardı.

– Şerefsiz herif, diye bağırıyordu Abdül.

Onun bıraktığı yerden Tufan devam ediyordu. "Üçkâğıtçı, domuz soyu..."

Timur, grubundan ayrıldı ve ötekilerin üstüne doğru yürüdü. Atılan taşlardan sadece bir tanesi omzuna isabet etti. On adım kadar ilerleyince, adamların önünde durdu. Onlar da zaten taş atmayı kesmişti.

– N'oldu öküzoğlu öküz? Erkek gibi dövüşeceksen dövüş. Kadın gibi taş atmak da neyin nesi öyle?

– Bilmiyorsan söyleyeyim; burada köpekleri taşla

kovalarlar. Sen de köpekten başka nesin ki? Ne işin var bu köyde?

– Akıllı köpek kendi köyünde ısırmaz. Gel bakalım da adam gibi dövüş.

Gül, elinden gelse bir şeyler yapmak istiyordu, ama çaresizdi. Ancak, köy meydanından kovulan ve çatıya çıkan çocuklarla birlikte, olan biteni nefesini tutmuş izliyordu. Çocuklar birbirlerine babalarının hangi grupta olduğunu gösteriyorlardı. Recep de bir babasının olmasını ve aşağıdaki bir grupta yer almasını istiyordu. Hiç olmazsa bir abisi... Fakat onun, kendisinden büyük dört kız kardeşi ve bir annesi vardı.

Tufan, Timur kadar cesur olmasa da, birkaç adım ilerledi ve döndü arkadaşlarına baktı. Timur ve Tufan birbirlerine sadece on beş adım kadar yakındılar. Birisi dimdik ve vakur, diğeri ufak tefekti ve omuzları çökük duruyordu.

– Beni kandırdın, beni sildin, yok ettin, dedi Tufan. Sana son defa söylüyorum, payımı isterim.

– Ne payı? Biz bir pazarlık yaptık ve sen paranı aldın. Şimdi, daha ne parası istiyorsun?

– Beni kandırdın. Verdiğin para az.

– Ben sana iyi bir fiyat verdim ve sen de kabul ettin.

– Benim hakkım, senin verdiğinin iki katı tutar.

– *Hassiktir* oradan, madem öyle, hadi gel de al!

Timur iki adım daha ilerledi. Amacı, Tufan'ın hareket etmesini engellemekti. O anda, Timur'un tam alnının ortasına bir taş geldi. Herkes, birbirine meydan okumakta olan iki adama odaklanmış olduğu için, taşı kimin fırlattığını kimse görmedi. Timur, bir an durakladı, alnını avucuyla sildi ve Tufan'ın üzerine doğru yürüdü. Tufan, döndüğü gibi adamlarının arasına daldı. Adamlar da Timur'u yaklaştırmamak için taş yağmuruna tutmuşlardı. Birkaç isabet aldıktan sonra demirci durdu ve yavaş yavaş geri döndü. Yeteri kadar uzaklaştığına emin olunca dönüp seslendi.

– Korkaklar! Adam gibi dövüş nedir bilmez misiniz siz? Eğer yakalarsam, hepinizi ananızdan çıktığınız deliğe geri sokmazsam bana da Timur demesinler!

Timur, havayı döven bir sesle bağırırken, alnından akan kan, kaşlarının arasından burnunun sol yanına iniyor, oradan da sapsarı bıyıkları arasında kayboluyordu.

– Gidelim, dedi.

Bu arada Tufan çoktan kaçmış, olay da bitmişti.

Heyecanla eve koşan Gül, gördüklerini hemen annesine anlattı. Fatma sadece başını sallamakla yetindi. Olayı dert etmediği anlaşılıyordu.

– Kızım, baban eve geldiğinde sakın bu konudan söz etme, e mi? Ona hiçbir şey sorma, tamam mı?

Demirci eve geldiğinde, iyice akşam olmuştu. Melike yatağına gitmek istememişti ve odada yuvarlanıp duruyor, pencereye tırmanmaya çabalıyordu. Babası yemeğini yedikten sonra da zıplayıp onun kucağına çıktı. Gül ise sanki ödevlerini yapacakmış gibi yerde oturuyordu.

Melike, parmağını yaranın üstüne koyarak sordu.

– Buraya n'oldu?

– Küçük bir çocuk parmağıyla deldi, dedi Timur ve devam etti.

– Dükkânda çalışırken, senin yaşlarında küçük bir kız çocuğu çıkageldi ve parmağını alnıma bastırarak, benim çocuğum olmak istediğini söyledi. Ben de ona, benim iki sevimli kızım olduğunu söyledim. Belki de yakında üç olacak dedim. Ama sen bir daha yaramazlık yapacak olursan, ben o kızı alacağım ve seni başkasına vereceğim.

Güldü ve Melike'yi öptü. Gül, babasının gülüşünü koklayacak kadar yakındı; gülüş ekşi ve keskin kokuluydu, hatta yasak kokuyordu.

Gece, anne babasının fısıldamalarına tanık oldu Gül. Ancak hiçbir şey anlamadı. Ona kalsa, kalkıp Melike'nin yanına yatacaktı. Fakat yine işeyecek ve onu baştan ayağa ıslatacaktı.

Son defa da öyle olmuştu işte. Annesi pijamasının altını ahırda bulduğunda sormuştu.

– Pijamanın altını neden sakladın?

Gül omuzlarını silkmekle yetindi.

– Yoksa yatağa işediğini mi zannettin? Sen değildin ki o, Melike'ydi. Eğer sen yapmış olsan bile, ne var ki bunda. Bu, her çocuğun başına gelebilir. Tıpkı, öğretmenin seni dövdüğü gibi. Bu da olabilir. Yeter ki sık olmasın. Çünkü sen artık koca kızsın ve kardeşine örnek olman lazım. Hadi gel şimdi, pijamanı birlikte yıkayalım.

Fatma, su kaynattı ve kocaman leğenin içine boca etti. Sonra, tokmağına oturduğu gibi oturup pijamayı yıkamaya başladı. Bir ucunu da Gül'ün yıkamasına izin verdi.

Anne babasının fısıldaşmaları çoktan bittiği halde, Gül hâlâ uyumamıştı. Kalbi, tıpkı çatıda olduğu gibi yuvasından çıkacakmış gibi atıyordu. Kalbi çarpıyor, uyumasına izin vermiyordu.

Fatma, şehirde işi olduğu bir gün, çocukları kayınvalidesine bıraktı. Melike uyurken, Gül divandan aşağıya atlayıp duruyordu; divanın bir tarafından tırmanıyor, koşarak diğer taraftan aşağıya atlıyordu.

Zeliha, mutfakta yaprak sararken birkaç defa bağırdı.

– Bir şey kırılsın da ben sana gösteririm!

Belki de ellinci atlayışında Gül, hızını alamayıp, daha önce hiç fark etmediği kavurma dolu tencereyi devirince korktu. Hiçbir şey olmamış gibi çabuk çabuk ayakkabılarını giydi ve dışarı çıktı. O zamanlar burada bir sokakta, bir köyde olduğu kadar ev vardı. En azından ona öyle geliyordu. Beş dakika uzaklaşmamıştı ki yolunu kaybetti. Hava soğuktu, üşümeye başladı. Bir sokağın köşesinde yaklaşık on beş dakika kadar bekledi; korkudan ağlamak üzereydi. Yeşil gözlü esmer bir adam yaklaştı.

– Seni buralarda hiç görmemiştim. Evini mi kaybettin ufaklık?.

Gül başını salladı.

– Seni evine götüreyim mi? Gel, önce sana şu kazağı giydirelim. Hah şöyle... Nerede oturuyorsun bakayım?

Gül omuzlarını kaldırdı.

– Sen kimin çocuğusun bakayım?

– Demircinin kızıyım ben.

– Tamam o halde, seni demirciye götüreyim.

Genç adam Gül'ü omuzlarına aldı. Gül de yol boyunca, etrafı yüksekten seyretmenin zevkini yaşayıp, bir yandan da genç adamın yolda rastladığı kişilere yolu sormasını dinliyordu. Sonunda genç adam, bir kapıyı çaldı. Gül de adamın omzundan aşağıya atladı ve beklemeye başladı. Kapıyı bir kadın açtı. Açık kapıdan, içeride yemek yiyen bir adam ve birkaç çocuk görünüyordu.

– Hayırlı akşamlar ve afiyet olsun, dedi adam ve devam etti, Demirci, sana kızını getirdim.

– Kızım mı? diye sordu yemekten kalkıp kapıya doğru gelen adam. Hadi git oradan be, benim zaten dört kızım var, benim istediğim bir oğlan çocuğu. Allah'ım bana bir tane bile oğlan çocuğu bağışlamadı. Bir kız daha mı, eksik olsun.

Kapı arkalarından kapandıktan sonra yeşil gözlü adam Gül'e sordu.

– Babanın adı ne ki?
– Timur.
– Timur mu, Tolga değil ha? Sen, Demirci Timur'un kızı mısın?

Gül başını salladı ve "Biz köyde oturuyoruz," dedi.
– Biliyorum. Sen hiç korkma, e mi. Ben seni şimdi babana götüreceğim. Önce gidip bir at bulmamız lazım.

Böylece, sonradan elekçi olduğu anlaşılan genç adam Gül'ü evine götürdü. Geç olduğu için de mecburen geceyi onların evinde geçirdi. Gül, anne babasının çok kızacağından korkuyordu. Ancak ikisi de hiçbir şey söylemedi.

Ertesi sabah elekçi, Timur ile birlikte şehre doğru yola koyuldu. Fatma da Gül'ü bir kenara çekti ve okkalı bir tokat indirdi.

– Ne olursa olsun, bir daha asla kaçmayacaksın

tamam mı? Yabancı adamlarla da asla bir yere gitmeyeceksin! Başına çok kötü şeyler gelebilir, çok kötü. Bana söz ver, söz ver bir daha kaçmayacağına dair.

Böylece Gül, ikinci tokadı da yemişti. Bu arada annesinin gözünden inen yaşları gördü. O anda, annesinin yüzünde kendisini korkutan bir şey fark etti. Bu korku, babaannesinin verdiği korkudan daha büyüktü. Fatma, kızını kolları arasına aldı, saçlarını okşadı.

– Benim nazlı güvercinim, bir daha asla, tamam mı?

– Tamam.

O kış çok sert bir kış oldu. Fakat unları, kuru erzakları vardı ve ekmeği bandırdın mı ip gibi uzayıp giden pekmezleri de bol bol vardı. Ama kış koşulları olağanüstü sertti. Hatta öyle günler oldu ki demirci, işine bile gidemedi ve hamile karısının yanında kaldı. Bu, Fatma ile Timur'un, başından sonuna kadar karyolalarında geçirdikleri ilk kışı oldu. Yine tanıdık ve akrabaların düğünleri olmuştu; ancak kardan kapanan yollarda karyolayı götürmek mümkün olmadı.

O kadar soğuk oldu ki, o kış okulun odunu bile bitti. Her gün sınıftan iki öğrenci evlerinden odun getirdiği halde sınıf yine ısınmıyordu. Fatma durumu anlatınca, Timur, bir eşek yükü odunu okula indirdi. Bu arada birçok öğrenci hastalandı ve okula gelemedi. Çevre köylerden öğrenciler de gelemedi. Timur'un getirdiği odunlar da tükeninceye, öğretmen okulu tatil etmek zorunda kaldı.

Havanın ılındığı ilk günlerde, çok erken saatlerde Sibel dünyaya geldi. Gül, ertesi sabah uyandığında, küçücük pembe yanaklı bir kız kardeşi olmuştu; bebek o kadar küçüktü ki kendisinin de bir bebeği olabileceğini düşündü. Annesinin karnı o kadar büyük olduğu halde kardeşi Sibel de bir o kadar küçüktü.

Melike ise yeni kardeşine sadece göz atmakla yetindi, sanki onu pek ilgilendirmiyordu. Onu ilgilendiren şey, kahvaltının ne zaman hazır olacağı ve evin karışıklığıydı. Hediyeleriyle tebrike gelenler eve girip çıkarken, Timur'un aklında sadece bir şey vardı: Bebeğin elleri ve ayakları sağlıklı ve yerinde olduğu için Allah'a şükretmek. Arkadaşları ve komşuları iyi dilek yağmuruna tutmuşlardı. Sağlıklı bir çocuk olmasını, analı babalı büyümesini, uzun ömürlü ve mutlu olmasını diliyorlardı.

Sibel on dört günlük olduğunda karlar erimiş, dere ve çayların suları yataklarından taşmıştı. Güneş, insanın içini sıcacık yapıyordu. Timur bazen evinin önünde oturuyor, gözlerini kapatıyor, başını hareketsizce tutarak yüzüne vurmakta olan güneşin keyfini çıkarıyordu. Bir süre sonra kuşlar cıvıldamaya, ağaçlar tomurcuklanmaya başladı. Timur'un bir kızı daha olmuştu ve adını da bereket tanrıçasından almıştı. Yaşam alanı gittikçe genişliyor ama dere taşkınları gibi kendisine yeni bir yatak oluşturamıyordu. Ailesi büyüyordu. Tıpkı çocuklarının büyümesi gibi. Yaşamı genişlediği gibi, bir gün yüreğinin de böyle büyüyeceğini ve içinde dost ve arkadaşlarına olduğu kadar, Tufan gibi kendisini jandarmaya bile şikâyet eden düşmanlarına da yer olacaktı.

Ancak, son günlerde kendisini biraz güçsüz hissediyordu. Sanki grip başlangıcıydı. Halbuki kış boyunca nezle bile olmamıştı. Kendisi de buna bir anlam veremiyordu.

Her sabah biraz daha iyi olacağına, tam tersine daha kötüye gidiyordu. Bir sabah, öyle bir vücut ağrısıyla uyandı ki, iş falan düşünecek hali yoktu. Üzerindeki giysileri bile tenine acı veriyordu. Henüz dükkâna yeni gelmişti ki, kalktığı gibi kahvehaneye gitti ve bir bardak çay içti. Ardından, iyice terleyip hastalığı üzerinden atmak için hamamın yolunu tuttu.

Ertesi sabah, oturduğu yerden kalkamaz haldeydi. Neredeyse sürüklenerek, demirci dükkânına kadar gitti. Fakat gün boyu kahvehanede oturdu.

– Son günlerde hiç de iyi görünmüyorsun, dedi Fatma, akşam eve geldiğinde.

– Zannederim, hastalanıyorum, dedi demirci.

Fatma elini kocasının alnına koydu.

– Ateşin çıkmış biraz. Şimdi sana sıcak bir çorba yaparım. Akşama da sarıp sarmalayalım, şöyle iyice bir terle.

Timur suskundu; gündüz hamamda terlemesine rağmen, gece de sırılsıklam terledi. Fatma, üstünü değiştirmesi için yeni çamaşırlar getirdi. Timur soyunduğunda, gaz lambası ışığında, göğsündeki ve sırtındaki kırmızı lekeler Fatma'nın dikkatini çekti.

– Timur sen hiç üşütmüşe benzemiyorsun. Senin derhal bir doktora gözükmen gerekiyor.

Timur da kendi bedenine bakınca, Fatma kadar keskin olmasa da, o da kırmızı lekeleri gördü. Çok halsizdi. Sanki her şeyi bir sis perdesinin arkasından görüyordu. Başını veya gözlerini hareket ettirdiğinde, perde sanki daha da kalınlaşıyordu.

– Aman sen de! İki günde hiçbir şeyim kalmaz.

İki gün sonra ateşi daha da arttı. Yataktan kalkmaya mecali yoktu. Arada sırada kalbine kulak verdiğinde, çok yavaş attığını hissediyordu. Ateşi her gün azar azar artmaya devam ediyordu. Hırıltılar ciğerine kadar inince, Fatma endişelenmeye başladı. Şehre gitmekte olan bir köylüyle kayınvalidesine, oğlunun durumuyla ilgili haber gönderdi. Bu arada, kendi durumunun da hiç iyi olmadığını, ne kocasına ne de çocuklara bakabilecek durumda olmadığını da saklamadı.

Ertesi gün Zeliha, tüm aileyi bir kamyonla şehre getirtti. Timur o kadar bitkindi ki, şoför arada sırada, dik durması için omuz atmak zorunda kalıyordu.

Bir haftadan beri aralıksız ateşler içinde yatıyordu. Yetmezmiş gibi ishal de başlamıştı. Derisi sapsarı kesilmişti. Elmacık kemikleri çıkmıştı. Omuzları öne doğru çökmüştü ve istese de dik duramıyordu. Gözlerinde, yorgunluktan da olsa bir parlaklık vardı.

Melike ve Gül, babalarını sadece yatarken görüyorlardı. Her ikisinin de ağzını bıçak açmıyordu. Oysa şimdi karşılarında yatan adam, tuttu mu ikisini birden havalara kaldırırdı.

Şehre gidene dek tek bir söz edilmedi. Ses çıkaran şey sadece kamyonun gürültüsü, şoförün yaktığı kibritin sesi ve derin derin çektiği nefesiydi. Fatma, yolda kötü olmuştu. Başı o kadar dönmeye başladı ki, birkaç defa yolda durmayı teklif etmeyi denedi. Fakat midesi biraz düzelir gibi olunca yine vazgeçti.

– Tifo, dedi doktor ve devam etti, tifo olduğunu düşünüyorum. Fatma'ya döndü, siz de hasta mısınız?

Fatma başıyla onayladı.

– Bu bulaşıcı bir hastalıktır. Köyden mi geliyorsunuz?
– Evet.
– Evinizde bir helânız var mı? Çünkü tifo büyük aptesle bulaşan bir hastalıktır.
– Evimizde helâmız var. Hem de köydeki tek helâ... Tehlikeli midir?
– Tehlikesiz diyemem. Korkarım çocuklara da bulaşmıştır. Onları derhal evden uzaklaştırmak lazım. Hastalık şu anda son aşamasına gelmiş. Birkaç gün içinde kocanız ayağa kalkacaktır. Korkulacak bir şey yok.

Zeliha, yatağın başucunda oturuyor, oğlunun ateşten parıldayan alnını nemli bezle siliyordu. Doktor çantasını toparlayıp gittikten sonra Fatma'ya döndü.

– Çocukları Hülya'ya götür. Orada iyi bakılırlar.

Hülya geçen ilkbaharda bir gardiyanla evlenmişti ve henüz çocuğu olmamıştı. Fatma, çocukları at arabasıyla götürürken arabayı yolda durdurdu. Arabadan indi ve yolun kenarına çöktü. Mendiliyle elini yüzünü sildikten sonra arabacının uzattığı sudan bir yudum içti. Melike ve Gül, oturdukları yerden sessizce annelerini seyrediyordu. Küçük kardeşleri de ikisinin arasında oturuyordu.

– Sen de hasta mısın? Bir yerin acıyor mu?

Gül, annesinin korkacak bir şey olmadığını, her şeyin iyi olacağını söylemesini bekliyordu. Ne olduğunu anlayamıyordu. O, annesinin sözleriyle dünyayı küçültmesini, anlaşılır kılmasını bekliyordu; küçücük anlaşılır parçalar halinde olsun ki dünya korkutucu olmaktan çıksındı.

— Hayır, gülüm. Acımıyor. Galiba hastalanıyorum. Ama korkulacak bir şey yok.
— Hülya halama mı gidiyoruz?
— Evet canım. Sizi Hülya hala ile Yücel enişteye götürüyorum. Sadece birkaç gün onlarda kalacaksınız. Ama uslu durun olur mu? Yakında gelip sizi alacak ve köyümüze döneceğiz. Sen de kardeşlerine dikkat et, e mi? Baban hasta ve doktor ancak burada var. Hep beraber iyileşeceğiz ve köyümüze döneceğiz.

Hülya misafirlerini çok sıcak karşıladı. Çocukları ve Fatma'yı sarılıp sarılıp öptü. Çay pişirdi, kurabiye ikram etti. Fatma kalmak istemedi.

— Benim hemen geri gitmem lazım. Timur'un bana ihtiyacı var. Lütfen çocuklara iyi bak. İyi bak ki gözüm arkada kalmasın.

— Sen hiç merak etme.

Fatma, Gül ve Melike'yi öptü. Tam Sibel'i öpecekti ki, küçük kız, bas bas bağırmaya başladı.

— Son bir defa daha emzireyim.

Hülya, Fatma'nın gözlerine baktı. "Sen onu daha çok emzireceksin" demek geçti içinden. Hatta bunu söylerken kahkahalarla gülmek istedi. Avurtları çökmüş olsa da Fatma güzel bir kadındı. Hem de bir ay parçası kadar. Fakat gözleri içine çökmüştü, akşam güneşinin uzun gölgesinin koyu karanlığı gibi. Gözleri yine dış dünyaya açıldı; gülümsedi; küçük memesini çıkardı ve Sibel'i emzirmeye başladı. Gül hâlâ korkuyordu. Annesi, sözleriyle dünyayı küçültmüştü, ama bu onun korkusunu azaltmaya yetmemişti.

Ertesi gün, Fatma da yattığı yerden kalkamadı. Ateşlenmişti. Fakat kayınvalidesinin daha çok oğluyla ilgilendiğini fark etti. Terlemekten ıpıslak olmuş giysileriyle yatmaktan ve ağır ağır yutkunduğu için kendisine yarım tas çorba verildiğinden, yarı aç kalmaktan başka ne yapabilirdi; bu durum ertesi gün de devam edecek olursa, elinden ne gelirdi ki. Her gün biraz daha iyiye doğru giden kocasının yanında yatıyordu. Hatta o, kalkıp birkaç adım bile atabiliyordu. Oysa, kendisi hummalı ateşler içinde yatıyor, hiçbir şey yapamıyordu.

– Timur, beni hastaneye götür, dedi fırsatını bulduğu bir sırada. Annen bana, sana baktığı gibi bakmıyor. Benimse başka hiç kimsem yok. Lütfen beni hastaneye götür. Ben gittikçe daha kötü oluyorum. Annen seninle daha çok ilgilendiğinden, çok daha çabuk iyileşirsin. O zaman gelir beni hastaneden alır ve bana sen bakarsın. Timur sana yalvarıyorum. Allah'ını seviyorsan beni hastaneye götür. Ben kötüleşiyorum... Korkuyorum.

Timur karısının alnını öptü ve başıyla onu onayladı.

Sibel, yabancılık çektiği evde ilk gece, hep ağladı. Ertesi gün işe gitmek zorunda olan Yücel de onu susturmak için evin içinde dört döndü, havalara atıp atıp tuttu, hatta ona şarkılar bile söyledi. Aynı gece Melike üç defa yatağa işedi. Gece boyunca uyuyamayan Hülya da üç defa çarşafları değiştirdi. Gül ise yatağında uzanmış uyuyor gibi yapıyordu. Gül, halasını da, sessiz ve genellikle ciddi duran Yücel eniştesini de çok seviyordu.

Sabahın erken saatlerinde Hülya, Sibel'i annesinin yanına götürdü; hiç olmazsa günde bir defa da olsa emzirmesi için. Her defasında da şöyle diyordu: Gördün mü? Kim bilir daha kaç kere emzireceksin. Ancak Fatma'nın göğüslerinden neredeyse hiç süt gelmiyordu.

Yücel cuma namazına gittiğinde, kızlar halalarına geleli birkaç gün olmuştu bile.

– Gel bakalım, dedi Hülya Gül'e ve devam etti, nasıl abdest alındığını biliyor musun?

Gül, başını evet anlamında salladı. Annesi abdest almayı ona öğretmişti. Beraber abdest aldılar. Onlar henüz namazdayken, odaya Melike girdi. Namazda rahatsız etmemesi gerektiğini bildiği halde konuştu.

– Bakın, bakın tersten de takla atıyorum ben.

Halasının yaptığı gibi namaza devam etmek istedi. Fakat Melike'nin sabırsızlığına daha fazla dayanamadı ve kızgın bir sesle onu kovaladı. Fakat bu durum, maharetini göstermek konusunda Melike'yi daha da teşvik etti. Namazdan sonra Hülya, Melike'yi uyarmadı bile. Sanki hiç bir şey olmamış gibi davrandı. Üzerini değiştirdiği gibi Sibel'i kucağına aldı ve Gül'e de Melike'nin elini bırakmamasını tembihledi.

– Babaanneye gidiyoruz.

O gün Fatma, hastaneye gidecekti. Konu komşu ve akrabaların yanı sıra Yücel de Zeliha'ya gelmişti. Ev o kadar kalabalık olmuştu ki, bu kadar kalabalığa alışık olmayan Gül, oynamak için arkadaş arayan kardeşi Melike'yi unutmuştu. Gül annesinin hangi odada yattığını biliyor, ancak içeri girmeye cesaret edemiyordu.

Sonunda, Zeliha Fatma'yı odadan çıkardı. Onu dışarıdaki at arabasına götürürken, annesine bakmakta olan Gül sadece "Anne," diyebildi.

– Gül'üm! Gül kızım!

Bütün çocuklarını tek tek öptü ve ardından kalabalığa dönerek kırık bir sesle, "Komşular, hakkınızı helal edin," dedi.

Gül, bunun ne anlama geldiğini bilemedi; ama iyi bir şey olmadığını tahmin etti. Böyle, anlamadığı birçok şey vardı. Annesi önceleri, kelimelerle kocaman dünyayı küçücük hale getiriyordu; ama nafile. Şimdiyse öyle şeyler söylüyordu ki, o küçülen dünya yine kocaman oluyordu. O kadar kocaman ki, Gül olduğu yere çakılı gibi kalakalıyordu.

Bir hafta sonra, hastaneye annesini ziyarete gittiği zaman da kalakalmıştı. Yedi gün boyunca Hülya her sabah, Sibel'i hastaneye götürüp getirdi. Yedi gün boyunca her gece, Melike, yatağına işedi. Yedi gün boyunca Sibel, geceleri Hülya'nın kolları arasında bağırarak geçirdi. Hülya en küçük bir sabırsızlık göstermedi. Yücel saatlerce, küçük kızı ayaklarında sallamak zorunda kaldı. Yedi gün boyunca, Timur her gün biraz daha iyileşti. Artık kendi başına yemek yiyebiliyor, birkaç adım atabiliyor, eski gücüne yavaş yavaş kavuşuyordu. Hatta karısını bile üç defa ziyarete gitti. Yakında köydeki evlerine döneceklerdi. Tekrar bir aile olacaklar ve Timur, elinde ağır demirci çekiciyle işinin başında olacak, dörtnala atına binebilecekti. Yakında, çok yakında.

Yedi gün sonra, cuma günü, Hülya abdest almak için Gül'ü yanına aldı. Bu defa Melike de yanlarındaydı. O da hareketleri tekrar ediyor ve onların dikkatini bozmadan kıkırdıyordu.

Yücel, Hülya, Sibel, Melike ve Gül hep birlikte hastanenin yolunu tuttular. Zeliha ile Timur önceden gelmiş, onları bekliyorlardı. Gül annesini görünce korktu.

Fatma'nın göz çevresi morarmıştı, tıpkı evde rakı şişesinde sakladıkları ispirto rengindeydi.
– Yaklaşmayın, diye uyardı Zeliha, Melike ve Gül'ü. Bu hastalık bulaşıcıdır.
Fakat Melike bu uyarıyı hiç dinlemedi bile ve hemen yatağın kenarına tırmandı, oturdu.
Annesinin gözleri, bu mor çerçevenin içinde neredeyse kaybolmuştu. Gül'e göre annesinin gözleri üzüntülü bakıyordu ve sanki bir şeyleri saklamaya gayret ediyordu. Birisinin Melike'yi yatağın kenarından indirmesini bekledi; ama boşuna. Gül, akıllı uslu kızlar gibi davranmak niyetindeydi. Odada bulundukları süre içinde olduğu yerden hiç kımıldamadı. Hiç kimse de bunun farkına varmadı.
Timur artık iyice iyileşmişti. Gül ve Melike'yi alarak babaannelerine götürdü. Sibel birkaç gün daha halasının yanında kalacaktı. O gece Gül, bir türlü uyuyamadı. Melike'nin yanına sokulmak isterken kardeşi uyandı ve cevabı sert oldu: "Git buradan!"
O da babasının yanına gitti.
– N'oldu kızım?
– Uyuyamadım.
– Babaannenin yanına gitsene. Ben çok hareket ederim.
Nihayet Gül, babaannesinin odasına gitti. O da biraz mızmızlandı, ama torununu yanına almaktan da geri kalmadı. Hastane odasında bir köşede beklediği an ve annesinin içler acısı görüntüsü, gözlerinin önünden bir türlü gitmiyordu. Uykuya dalması epey bir zaman aldı. Ancak, babaannesi horladığı için gecenin bir yarısı uyanıverdi.

Sırtını babaannesine dayadı, gözlerini kapadı ve resimlerin kaybolup gitmesini bekledi.

Kış aylarında kahvaltı olarak, insanı gün boyu tok tutan sıcak bir çorba olurdu; mercimek, yoğurt veya işkembe çorbası. Timur'un kendisini toparlaması gerektiği için ertesi sabah et suyu çorbası vardı kahvaltı olarak. Melike, Zeliha, Timur ve Gül, ortasında çorba tenceresi, ekmek, tabaklar, zeytin ve peynirin olduğu sofra bezinin etrafına çoktan oturmuşlardı. Zeliha, kâseye çorba koyarken, Timur'un kaşığının olmadığını fark etti. Gül'e döndü.

– Hadi git, babana bir kaşık al da gel, dedi.

Mutfağa giderken geçmek zorunda olduğu giriş kapısı önüne geldiğinde halasının sesini duydu. Hülya komşu kadınla sohbet ediyordu. Sohbetin sonuna gelmişti. Kapıyı açarsa kapının sesini duyabilirlerdi. Olduğu yerde kalakaldı. Dinlemeye başladı.

– Hiç bilmiyorum. Acaba önce eve mi getirelim yoksa hastaneden doğrudan...

– Allah size kuvvet versin. Gerçekten kuvvet versin. Asıl çocuklara yazık olacak. Anneleri öldüğünde çocuklar n'olacak?

Gül hızla mutfağa yöneldi, kaşığı aldığı gibi odaya giderken, halasının ağladığını fark etti. Babasına kaşığı uzatırken kapı çaldı.

– Annem öldü, dedi Gül.

Timur çok kısa bir an hareketsiz kaldı. Elinde tuttuğu kaşığı tüm gücüyle duvara fırlattı. Küçük bir sıva parçası yere düştü.

II

Gül, babasının kaşığı fırlatışını gördü, ardından kopan gürültüyü duydu, ama duvardan sıva parçasının düşüşünü görmedi. İşte o anda, kötü bir şeyin olduğunu anladı. Babasının davranışına tanık olduğunda, kelimelerin ne anlama geldiğini öğrenmiş oldu. Komşu kadının sözleri, dünyasını değiştirmeye yetmemişti. Ancak demircinin sözleri ve kaşık bunu başarmıştı. Gül, Melike'nin gece uyuduğu odaya girdi ve kapıyı içeriden kilitledi.

Daha önce de gözlerinden yaşlar dökülmüştü. Ama ilk defa hıçkırıklarla ağlıyordu. Masallardan bildiği bir şey, şimdi kendi başına geliyordu ve yaşlar gözlerinden

kendiliğinden boşalıyordu; kelimeler gözyaşı olup dökülüyordu.
Anneciğim ölmedin değil mi? Şaka yapıyorsun değil mi? Uyanacaksın değil mi anneciğim? Anneciğim n'olur beni yalnız bırakma! Anneciğim yine beraber ekmek yapacağız değil mi? Bana şaka yapıyorsun değil mi? Anneciğim lütfen beni bırakma. Anne!
Anne n'olur beni bırakma.
Anneciğim.
Zeliha kapıyı açmaya çalıştı. Açılmayınca da Gül'e seslenerek, "Hadi gonca Gül'üm kapıyı açıver," dedi.
Fakat Gül'ün kapıyı açmaya hiç mi hiç niyeti yoktu. Yatağa uzanmış, ayaklarını karnına doğru çekmiş ve yastığa sarılmış bir vaziyette yatıyordu. Kokuyu ve nemliliği algılamıyordu bile. Ancak ağlamaya ara verdiği bir sırada, herkesin kapıya vurduğunu ve kendisiyle konuşmaya çalıştığını fark etti. Gül olduğu yerde yatıyor ve sadece ağlıyordu. Kapıyı açmayacaktı. Açmayacak ve annesi gelene kadar bu odadan dışarı çıkmayacaktı.
Birisinin pencereyi açmaya çalıştığını fark etti. Ne kadar zamandır odada olduğunu düşündü. Çıkaramadı. Bu arada pencereden bir oğlan çocuğu içeri süzüldü. İçeri girenin Recep olduğunu düşündü. Ağlamayı bıraktı.
Fakat içeri giren çocuğun, onun konuşmasıyla dalga geçen, bağdaki komşularının çocuğu olduğunu anladı. Gül hemen arkasını döndü ve ağlamaya devam etti. Bu arada oğlan kapıyı açmıştı bile. Babaannesi Gül'ü kucağında odadan çıkarırken, o hâlâ ağlıyordu.
Ancak babasını gördüğünde ağlamayı kesti.
Babası ağlıyordu.

Gül babasını ilk defa ağlarken görüyordu.

Demirci, kaşığı fırlattığı yerde hâlâ oturuyor, sabit olarak yere bakıyor ve zor duyulan bir sesle ağlıyordu. Bağdaş kurarak oturmuş, dik dik yere bakıyor ve çenesinden süzülen gözyaşlarının düştüğü yerde çıkardığı ses ağlama sesini bastırıyordu.

İnsanlar, evin içinde oradan oraya koşuşuyordu. Gül, Melike ve Sibel'in nerede olduğunu düşünürken, önünden geçen Hülya'yı, Yücel'i, komşuları ve daha önce hiç tanımadığı birçok insanı görüyordu. Ağlamayı bıraktı ve "Ben kocaman bir ablayım. Melike ve Sibel'e dikkat etmem lazım," diye düşünmeye başladı. Hülya'ya döndü.

– Kardeşlerim nerede?
– Komşudalar. Zaten hemen bize gideceğiz. Tamam mı?
– Babam da gelecek mi?
– Hayır, o biraz daha burada kalacak.

Hülya sessizce konuşuyordu. Ancak gözleri kan çanağına dönmüştü.

– Ama ben babamın da gelmesini istiyorum.
– O daha sonra gelecek. Biz şimdi arabayla eve gidelim. Ben Melike'ye ve sana şekerli tereyağlı ekmek yapayım. Olur mu?

Eve gelenlerin ardı arkası kesilmiyordu. Bir sürü insan geliyor, bir süre kalıp gidiyor ve ardından yenileri geliyordu. Gelenlerin hepsi de üzgün ve acıyan bir yüz ifadesiyle Gül'e bakıyor ve aynı şeyleri söylüyordu: Zavallı çocuklar. Allah geride kalan bu öksüzlere kuvvet versin. Arada da bazı kelimeler duyuyordu: İstanbul, amca, Sibel, Gül.

Hülya, çocukları eve götürdü ve şekerli, tereyağlı ekmek hazırladı. Gül, kendi ekmeğini yerken, Melike, ekmeğin üzerindeki şekerleri dökmek için uğraşıyordu. Dökülen şekerlere gelen karıncaları da ayağıyla eziyordu. Ardından hiç kimse görmeden ekmeğini duvara yapıştırdı.

Hava kararmak üzereydi ve babası daha gelmemişti. Babasının ne zaman geleceğini sorduğunda, aldığı yanıt, bir gece uyuduktan sonra oldu.

Gül'ü uyku tutmuyordu. Uykuya dalmak üzere olduğu her defasında, kaşığın duvarda çıkardığı sesi duyuyor, babasının yüzü gözünün önüne geliyordu; bazı şeyleri anlıyor, bazı şeyleri anlamıyordu.

Annesi bir daha gelmeyecekti.

Belki çok ama çok isterse. O kadar çok ki, ne kadar çok olabilirse. Annesi bu isteğini duyacak, kızının kendisini ne kadar özlediğini görecek, bu arzunun ne denli önlenemez olduğunu duyumsayacak ve işte o zaman Fatma geri gelecekti. Gül şimdi uyuyacak ve ertesi sabah uyandığında annesi karşısında olacaktı. Annesi kızına bunu yapamazdı. Öyle birdenbire çekip gidemezdi. Şimdi yorganı başından aşırır ve yüze kadar hatasız sayarsa, sabah annesi yanında olacaktı.

Yüze kadar sayması bittiğinde duyduğu ilk şey, evin kapısının açılış sesi oldu; hemen sonra da Yücel'in fısıltı halindeki sesi. Belki babası da gelmişti. Yavaşça odanın kapısını açtı, gaz lambasının silik ışığının aydınlattığı odaya doğru yaklaştı. Hafif aralık kalmış kapıdan, ağlamakta olan Hülya ve nargilesini hazırlamakta olan Yücel görünüyordu. Yücel anlatıyordu:

– ...Aslında çocuklar için çok daha iyi olurdu. Fakat o bir kere kafasına koymuş. Ne kadar söylersek söyleyelim, onu fikrinden çevirmek imkânsız. Keşke daha sonra teklif etseydik, hiç olmazsa birkaç gün daha.

Yücel, nargilesine köz koydu. Birkaç nefes çekince nargile fokurdamaya başladı. Ardından, derin bir nefes çekti, ciğerleri bayram etsin diye. Dumanı uzaklara üflerken bir yandan da arkasına yaslanıyordu. O anda kapıda Gül'ü gördü.

– N'apıyorsun orada bakayım? Yoksa uyku mu tutmadı?

Arkası Gül'e dönük olan Hülya döner dönmez Gül'ü gördü. En azından Gül, halasının kendisini gördüğünü zannediyordu. Zira Hülya'nın şehla bakışlarından nereye baktığını anlamak kolay değildi.

– Gel, ben seni yatağına götüreyim. Yoksa kötü rüyalar mı gördün? Gel, ben sana ninni söyleyeyim.

Gül kendini halasının kollarına bıraktı ve birlikte yatağa kadar gittiler. Halasının mırıldandığı ninniyle uykuya daldı.

İki gün aradan sonra ilk defa babasını görecekti. Vefatından iki gün sonra Fatma defnedilmişti. Artık cenazeyi eve getirmemişler, hastaneden doğruca mezarlığa götürmüşlerdi. Tıpkı bir *bimekân* gibi.

Taziye dilekleri için evleri doldu taştı. Fatma o kadar sevilen bir insandı ki, duyup da gelmeyen kimse kalmadı. Şimdiye kadar şehirde görülen en uzun cenaze konvoyu meydana geldi. Erkekler cenazeye eşlik ederken, kadınlar Zeliha'nın evinde toplanmışlardı. Hülya, Gül'ü ve Melike'yi yanında getirmiş, biraz ateşi olan ve sürekli bağıran Sibel'i Yücel'in yanında bırakmıştı. Herkes hastalığın Sibel'e de bulaştığını ve yakında küçük kızın da öleceğini düşünüyordu.

Gül, Melike ile yerde oynarken bir yandan da halasıyla babaannesinin ne konuştuğuna kulak kesiliyordu.

– Çocukları kesinlikle vermeyecek, dedi Zeliha. Başka ne yapabilirim bilmiyorum. Saatlerce konuştum. Boşuna. Beni hiç dinlemiyor bile. Çocukları alıkoymak için benim cesedimi çiğnemen gerekir, dedim. Ama nafile. Öylesine dik kafalı ki, tıpkı babası gibi. Ben de başka bir şey düşündüm. Arabacı Faruk'un kızı Arzu'yu tanıyorsun değil mi?

– Hani şu üç erkek kardeşi olan ve sarı cami yanında oturanlar mı?

– Tamam işte, o. Babası onu bize verir.

– Neden? Neden kızını dul bir adama versin ki? Timur'un parası var diye mi? Faruk, kızını niye üç küçük çocuğu olan dul bir adama versin, çocukları büyütsün diye mi?

Zeliha ağır ağır başını salladı.

– Sen olayı bilmiyor musun?

Hülya soran gözlerle baktı.

– Senin biliyor olman lazım; o kız bir kere evlenmişti.

– Hayır hiç hatırlamıyorum.

– Onu on dört yaşındayken evlendirmişlerdi. Sonra...

Zeliha, kızların dinleyip dinlemediklerinden emin olmak istedi.

– Anlaşıldı ki, oğlan kızı istemiyormuş. Ama bahane. Faruk da gitmiş kızını alıp evine getirmiş. Adamlara da, niyetiniz samimi olunca gelir kızı alırsınız, o zamana

kadar da kızım benim yanımda kalır, hadi eyvallah demiş.
— O halde, kız hâlâ...?
Zeliha başıyla onayladı.
— Yarın akşam hemen arabacıya gideceğim.
— Çocuklar için çok iyi olur. En azından bir anneleri olur.

Bir süre sonra erkekler cenazeden döndü. Timur kızlarını sarıp sarmaladı. Gül, babasının her zamankinden çok farklı koktuğunu fark etti. Bütün gün körüğün karşısında çalıştığı günlerde babasını derin derin koklardı. Babasının nasıl koktuğunu iyi bilirdi; onun ahırdan mı geldiğini yoksa bahçeye gübre mi döktüğünü, kokusundan anlardı. Hiçbir zaman da babasının kokusunu rahatsız edici bulmamıştı. Ama şimdi babası ekşi ekşi kokuyordu. Ekşimiş gözyaşı kokuyordu.

Gül, biraz önce konuşulanları tam olarak anlamamıştı. Ancak babasına şunu söyleyecek kadarını anlamıştı.
— Babacığım, bize bir anne buldular.

Kısa bir an için, demircinin gözlerinden alev fışkırdı sanki. Alev bir süre sonra gözyaşına dönüştü ve yanaklarından akmaya başladı. Gül'ü kucağından indirdi. Hiçbir şey söylemeden döndü ve avluya doğru yöneldi. Gül, hiç konuşmadan arkasından gitti, babasının helâya girişini izledi. İçeri girdiğinde de, kapının önünde zıplayarak, "Baba, teyzem ve babaannem bizim için bir anne buldu," dedi.

Timur, izlendiğinin farkında olmamış gibi, "Ne işin var senin burada, dışarıda? İçeriden neden çıktın ki?" diye sordu.

Gül, hiçbir şey söylemeden zıplamaya devam etti. Tıpkı ondan sonraki günlerde de yapmaya devam edeceği gibi. Neredeyse devamlı olarak babasının yanında oluyordu. Babası helâya gitmek için kalktı mı, o da kalkıyor, onu helâya kadar izliyor ve işi bitene kadar bekliyordu.

Eğer Timur yıkanacak olursa, küçücük banyonun kapısı önünde oturup bekliyordu. Arada sırada sobanın üstünde ısıtılan suyu içeri taşımak gerekiyordu. Eğer babası, üzerindeki gözyaşı kokusunu temizlemeyi başarırsa, bu, Gül için korkunç olurdu.

Gül artık babasını adım adım izliyordu. Artık babasının, sabah kahvaltısında nasıl iştahsızca lokmaların boğazına dizildiğini, uzamış sakallarının arasından gözyaşlarının nasıl süzüldüğünü, sabah yüzünü yıkadığında nasıl ıpıslak yüzle dolaştığını ve namaz kılarken gözyaşlarının nasıl seccadeye düştüğünü hep görecekti. Sonraları Gül, o günleri düşündüğünde, sanki babasını hep ağlamış ve ağzından bir kelimenin çıktığını duymamış olarak hatırlayacaktı.

Sibel çok ağır hastaydı. Zeliha, kızını istemek için arabacı Faruk'un karşısına geçtiğinde, en küçük torununu yok farz ediyor, belki böyle, iş daha kolaylaşır diye umuyordu. Yeni gelinin bakacağı çocuk sayısı ikiye düşerse, Faruk da belki he deyiverirdi.

– Altı ve dört yaşlarında iki kız ve bir de iki aylık bebek. Fakat en küçükleri o kadar hasta ki, biz yaşayacağını hiç zannetmiyoruz. Yani iki çocuk diye düşünelim biz.

– Ben bunu biraz düşüneyim, dedi Faruk.

Faruk, kabul edecek bile olsa, bunu Zeliha'ya belli etmek istemiyordu. Zeliha ise daha çok, oğlunu ve çocuklara kimin bakacağını düşünüyordu. Bu yaşta, kendisi çocuk mu bakabilirdi; Allah korusun.

Sibel, dört gün, dört gece ölüm kalım savaşı verdi. Küçücük, solgun yüzlü bir bebekti. Hülya ise gece gündüz başında nöbet tuttu. Doktor tifo teşhisi koymuş olmasına rağmen, o buna inanmıyordu. O, daha çok, normal bir ateşlenme olduğunu düşünüyordu. Sibel ateşler içinde yanarken, Hülya sıcak sıcak terler döküyordu. Buna karşılık Timur, her şeyi bırakmıştı. İşe de gitmiyor, bütün gün sadece bol şekerli çay ve derin derin nefesler çektiği sigara içiyordu. Gül ise hep yanındaydı.

Melike ise, olan bitenin farkında değildi. Sokakta oynamaya devam ediyor, annesinin cennette uyuduğunu düşünüyordu. Annesini özler gibi bir hali yoktu. Ama geceleri yatağa işemeye devam ediyordu.

Dört gün sonra Sibel'in ateşi düştü. Timur, bu sevindirici haberi alınca, ertesi gün erkenden kalktı ve işe gitmeye karar verdi. Gül ise babasının bacağına sarılmış, küçük bir çocuk gibi ağlıyordu.

– Korkma kızım. Korkma. Akşama döneceğim. Söz veriyorum.

– Söz mü?

– Söz.

Timur, dükkânın önünde oturuyor, her dakika birisi taziyeye geliyor ve onlarla birlikte çay kahve içiyordu. İş yapmasına gerek kalmadığı için de mutluydu. Kendinde çekici kaldıracak hal görmüyordu. Akşam eve geldiğinde Gül ile Melike'yi yanına çağırdı.

– Çocuklar, birkaç gün içinde köye dönüyoruz. Artık hepimiz sağlık, sıhhat içindeyiz. Gül'ün okula gitmesi lazım. Sizlere bakmak için de Hülya halanız bizimle birlikte gelecek. Sonra... Bir zaman sonra da... Bir anneniz olacak.

Yeni anneniz veya üvey anneniz dememiş, sadece yakında bir anneniz olacak, demişti.

Timur'un kaşığı duvara fırlatması gibi bir şeydi bu. Babasından ilk duyduğu anda aynen babasının dediği gibi anlamıştı o da. Bir anneleri olacaktı. Gül heyecanlı ve meraklıydı. Melike'ye baktı. Yüzünde herhangi bir ifade yoktu. Ne yapması gerektiğini bilemez gibiydi. Timur gülümsedi ve ayağa kalktı. Gül ise onu helânın kapısına kadar izledi.

Okulun ilk gününde çocukların kendisine soğuk davrandıklarını fark etmişti Gül. Hiçbirisi gelip bir şey sormuyordu. Sadece Recep yakınlık gösterdi. Büyüklerden öğrendiği gibi konuştu.

– Allah geride kalanlara sabır versin.
– Amin.
– Baban uzun zaman ortada gözükmeyince, Tufan da bütün köyü ona karşı kışkırttı...

Gül bunu hiç dert etmedi. O, ilk defa köyde istisnasız herkesin babasına karşı iyi olacağını hissediyordu.

Gül köyüne döndüğü için mutluydu. Babaannesinin kuralcı ve soğuk ortamından uzaklaşmıştı ve Recep ile birlikteydi. Köyde hiç kimse, konuşmasıyla alay etmiyordu ve halası hem kendisi hem de Melike ile her akşam oyun oynuyordu. Halası yemek pişiriyor, temizlik yapıyor, çamaşır yıkıyor, kısaca evin her işini görüyordu. Gül de Sibel'i besliyor, Melike'yi giydiriyor ve ekmek sürüveriyordu. Hülya ise yüzünde üzüntülü bir tebessümle seyrediyor, ama gururunu okşamayı da ihmal etmiyordu.

– Aferin kızıma benim. Çalışkan, akıllı, güzel kızım benim.

Hülya her gün, kızlara yeni bir annelerinin olacağını ve mutlu olacaklarını söylüyordu. Bu mutlu gün hazırlıkları için de onlara beyaz çiçekli mavi bir kumaştan elbiseler dikiyordu.

Fatma öleli ve Timur şehre gidip evlenip, yalnız olarak geri döneli tam elli iki gün geçmişti. Arzu ertesi gün, çeyizi ile birlikte kamyonla gelecekti.

Ertesi gün pazardı. Hülya kızların yeni elbiselerini giydirmişti. Recep, koşmaktan nefes nefese eve geldiğinde, kızlar evde oturuyordu.

– Göründüler. Aşağı sokak başındalar.

Eğer göründülerse eve ulaşmaları çok sürmezdi. Gül, Sibel'i kucağına aldı. Melike de arkalarından, birlikte ahıra dayalı duran merdivene doğru gittiler. Melike merdivene tırmandığında, Gül kucağındaki Sibel ile henüz aşağıdaydı. Gül, Sibel'i merdivenin yanında yere bıraktı. Bir nefeste o da yukarı Melike'nin yanına çıktı. Buradan her yer görünebiliyordu. Annesini ilk olarak kendisi görmek niyetindeydi. En azından Melike'den önce.

– Aşağı in de Sibel'i yukarı çıkar.

– Hayır sen çıkar.

– Ben daha büyüğüm. Benim dediğimi yapman lazım.

– Ben gitmiyorum. Aşağıda kalsın.

– Ama o bizim kardeşimiz.

– Bana ne. Ben gitmiyorum. Sen git.

Bir süre daha birbirlerine bakmadan inatlaştılar. Her ikisi de yolu bir an olsun gözden kaybetmek istemiyordu.

– Sen getireceksin.

– Hayır sen. Eğer sen yukarı getirirsen, aşağı ben indiririm.

O zaman Melike, annesini daha önce görebilirdi.

– İkimiz birlikte inelim o zaman.

Gül, Melike'nin kolundan tutuyordu birlikte inmek için. Melike ise direniyordu. Sibel ise aşağıda, oturduğu yerden ablalarını seyrediyordu. Gül Melike'yi kucakladığı gibi indirmeye çalıştı. Melike o kadar direniyordu ki, her ikisi de dengesini kaybetti. Gül, Melike'yi bıraktığında artık çok geçti. Her ikisi de Sibel'in yanına düştü. Melike Gül'ün saçlarından tutmuş çekiştiriyordu. Gül de bir yandan Melike'nin kolundan tutarak acısını azaltmaya çalışırken, diğer yandan Sibel'i kollamaya çalışıyordu. Melike Gül'ün elini ısırmaya; Gül, Sibel'i uzaklaştırmaya çalışırken, Sibel ağlamaya başladı. Gül bir an duraklayınca, saçlarından daha kuvvetli çekildiğini hissetti ve bağırdı. Melike, onun sesini bastırmak için daha yüksek sesle bağırdı. Bu arada dikkatli olmaya özen gösteren bir ses duyuldu.

– Çocuklar uslu durun bakayım. Kavga etmeyin.

Tombul yanaklarıyla sevimli görüntüsü olan genç bir kadın hemen önlerinde duruyordu. Gül ve Melike sesin geldiği yere döndüler. Gül, Melike'nin tırnaklarından alnına bir yara almıştı. Melike ise dizinden yaralanmıştı. Sonra fark ettiler ki, her ikisi dirseğinden de yaralanmıştı.

Arzu, kızlarla böyle tanışmış oldu. Üç kız da yerlerdeydi ve ikisi birbiriyle boğuşurken diğeri yüzükoyun yerde yatıyordu.

– Allah'ım bana sabır ver, diye mırıldandı.

Genç kadın hiç de annesine benzemiyordu. Buna rağmen Gül dikkatlice sordu.

– Anne?

– Evet kızım.

Gül ayağa kalktı. Tek kelime etmeden genç kadına doğru değil de aksi yöne doğru gitti. Melike de kalktı, gidip genç kadının bacağına sarıldı; Gül'ün payına düşen de bu oldu.

Timur eski gücüne yeniden kavuşmuştu. Ancak gözleri yuvalarından çıkacak gibiydi. Bir doktora görünmek de istemiyordu. Çünkü onlara güvenini kaybetmişti. Karısının ölümüne seyirci kalmışlardı. Belki de çok ağlamaktan ağrıyordu gözleri. Son haftalarda ağladığı kadar, neredeyse hayatı boyunca ağlamamıştı.

Bu arada Timur, köylünün mahsulünü kendisine satmaktan kaçındığını fark ediyordu. Tufan, kendisinden daha az bir para vermesine rağmen, köylü mahsulünü ona veriyordu. Timur, bunun böyle devam etmeyeceğini, insanların paranın cazibesine daha fazla dayanamayacağını düşünüyordu. Başka dertleri olduğu için uzun zaman konudan uzak kalmıştı.

En azından Gül ve Sibel'i İstanbul'daki akrabalarının yanına göndermek niyetindeydiler. Melike, büyük amcanın yanına gitmek istemiyordu. Hayır, dedi Timur. Gücüm kuvvetim yerinde olduğu müddetçe çocuklarıma kendim bakarım. İşte şimdi bu kadınla evlenmişti.

Belki yeni karısı bir ay parçası kadar güzel değildi. Ama herkesin dediği gibi çalışkan ve temiz kalpli bir insandı. Son defa annesi, kendisi için kadın aradığında iyi bir seçim yapmıştı. Kendisini doğuran ve büyüten annesinden daha iyi kim ona bir kadın bulabilirdi. Başka da bir çaresi var mıydı ki. Bir kadın olmadan çocuklarına nasıl bakardı.

Arzu belki bir ay parçası kadar güzel değildi, ama çirkin de sayılmazdı. Gerçekten çalışkandı. Çocuklarla ilgileniyordu. Dokuma tezgâhında çalışamaması veya çalışmak istememesinin ne önemi olabilirdi ki. Timur da bunun üzerine dokuma tezgâhını iyi bir paraya elden çıkardı.

Gül hasta olduğunda, yeni annesi geleli on dört gün olmuştu. Ateşler içinde yatıyor, su gibi terliyordu. Gözlerini açtığında, tavan üstüne düşüyormuş gibi oluyor, kapadığındaysa bu duygu daha da kuvvetleniyordu.

Bu duygunun kaybolduğu anlardaysa, ya kardeşlerini ya da annesinin yemek pişirmesini dinliyordu. Melike ve Sibel'in, odanın neresinde olduklarını biliyor, annesinin el hareketlerini ve hatta mimiklerini izliyordu. Ancak gözlerini açtığında her şey birden yok oluyordu. Çıkan seslerin sanrı olduğu anlaşılıyordu.

Sadece çıkan sesleri duymak için gözlerini hemen kapatıyordu. Bu defa da, tavan üstüne çöküyormuş da altında eziliyormuş gibi oluyordu. Yalnız kalmak istemiyordu. Tavanın ağırlığı altında ezilmek istemiyordu. Arada sırada korku dolu iniltiler çıkarıyordu.

Arzu, yatağın kenarına oturdu. Hem ağlıyor hem de Gül'ün alnını okşuyordu. Ağlıyordu ama Gül için değil, kendisi için ağlıyordu. Kendi kaderine ağlıyordu. İlk kocasının iktidarsız olması onun suçu değildi ki. Ondan sonra da bir daha kendisi evlenmek istememişti. Peki, şimdi burada ne yapıyordu? Henüz on dokuz yaşındaydı ve birdenbire üç çocuk sahibi oluvermişti. Tamamen yabancı üç çocuk ve ölen karısının acısını henüz unutmamış bir adam. Arzu'nun gözyaşları Gül'ün alnına düşüyordu. Bunu gören Timur, gözyaşlarının neden aktığını bilmeden gülümsedi.

– Hiç korkmana gerek yok, dedi sessizce. Bu tifo değil. Doktorların okulda ne öğrendiklerini bilmiyorum, ama bunun tifo olmadığını biliyorum. Çocuğun sadece ateşi var.

Ateşi düşürmek için Gül'ün vücudunu alkolle ovdular. Aynı zamanda dua etmesi için bir hoca çağırdılar. Hoca efendi duadan sonra sülük de tavsiye etti; kuyruksokumu üzerine üç sülük bırakacaklardı ve bu üç sülük, kötü kanı emecekti.

Arzu'nun cam şişe içinde getirdiği üç sülüğü koyduktan sonra dört gün geçmişti. Gül yine sağlığına kavuştu. Fakat üç gün daha, kâbus görmeye devam etti. Tavanın üstüne çökmesi artık olağan bir kâbustu. Daha da kötüsü, kendisini yitip gitmiş hissediyordu; dev sülükler tüm ağırlıklarıyla sırtına yerleşmişler, çıplak bedenini ısırıyorlar, derisi ve saçlarıyla birlikte yutuyorlardı. Üç gün boyunca "Anne, Anne," diye inledi ve her defasında da gözlerinin önünde Arzu'yu gördü.

Gül iyileşince, Timur ve ailesi yine normal köy yaşantılarına döndüler. Gül okuluna devam ediyor, Melike bazen sokakta oynuyor bazen kavga ediyor, Sibel de bazen ev işleri yapan bazen de komşularla oturup laflayan annesinin yanında oturuyordu. Timur da atla şehre gidiyor ve bozulan işlerini toparlamaya çalışıyordu. Fakat bir türlü olmuyordu. Tufan, Timur hakkında o kadar olmadık laflar yaymıştı ki, köydeki herkes ona olan güvenini kaybetmişti. Hatta bazıları, onun şehirde otomobili olduğunu bile düşünüyordu.

Evet zengindi ama o kadar da değil. Bu arada, şehirde sadece bir tane otomobil vardı. Eğer dedikleri kadar zengin olsa, hatta ve hatta otomobil alacak kadar zengin olsa, bütün gün körüğün karşısında terlemeye ne lüzum vardı.

Ona kalsa, bu işi erkek gibi halletmek istiyordu. Ancak Tufan bir yılan gibi, o delikten o deliğe giriyordu. İnsanlara, eğer benimle bir sorunu varsa gelsin benim yüzüme karşı söylesin. Allah şahidimdir ki, bugüne kadar sizlere karşı hiçbir hile yapmadım. Eğer o orospu çocuğunun söyleyeceği bir şey varsa yanıma gelsin, diyordu.

Timur, herkesin önünde Tufan'a hakaret edeli yeni olmuştu ki, Tufan el sıkışmak için aracı gönderdi. O kadar korkak birisiydi bu adam.

Bütün bu olanlar, Timur'u İstanbul'a gitmekten alıkoymadı. Dokuma tezgâhının parasını alır almaz, yazın ilk günlerinde yola koyuldu. Trene bindiğinde, yine ondan mutlu insan yoktu; hiçbir şey düşünmeyecek, dansözleri seyredecek, futbol maçlarına gidecek ve lokantalarda istediği gibi yeyip içecekti. Orada burada dostluk kurduğu şehirlilerle sohbet etmeyi seviyor, o anlarda hastalık, ölüm, doğum ve düğün gibi şeyleri aklına bile getirmiyordu.

Geçirmekte olduğu günlerin zor günler olduğuna dair işaret, ancak gözlerinde okunuyordu. Özellikle sabah uyandığında zor oluyordu. Çünkü akşamları, genellikle o kadar sarhoş oluyordu ki, hiçbir şey hissetmiyordu, her şeyi unutacak kadar sarhoş.

Timur'un İstanbul'da bulunduğu sıralarda bir akşam, evinin penceresine bir taş atıldı. Arzu, kaçanı Tufan'a benzetmişti. Arzu, Fatma gibi şehirli birisi olmadığı için köylünün alışkanlıklarını iyi biliyordu. Fatma gibi değildi; çünkü eve gelen köylü kızlar tarafından masal bilip bilmediği konusunda sorguya bile çekilmişti. Köyün âdetlerini yeteri kadar biliyordu; amaç camı kırmak değildi. Amaç, Timur'a gözdağı vermekti; karına dikkat et, yoksa yakında boynuzlu dolaşırsın, demekti.

Önce, hiç kimse onu istemiyordu. Şimdiyse onu isteyen bir erkek daha vardı. Arzu hiçbir şey yapmamış; ne ona umut verecek biçimde yüzüne bakmış ne de başka bir şey yapmıştı. Çocuklar uykuya dalıp yalnız kaldığı akşamlarda, Arzu, gaz lambasının ışığını kısarak oturur, bir yandan için için ağlar, bir yandan da kendisine güç vermesi için Allah'a dua ederdi.

Köyde, bu konuyu açabileceği hiç kimsesi yoktu. O da dert arkadaşı olarak Gül'ü seçmişti. Gül ise bazen anlıyor, bazen anlamıyordu. Anladığı zaman, konunun Tufan ile babası arasında değil de, ailesiyle köylü arasında olduğunu fark edince korkuya kapılıyordu. Babasının yanına yaklaşmaktan korkan birisinin, ona pusu kurmasından endişeleniyordu. Artık sokakta oynarken evden pek uzaklaşmıyor; okuldan çıkar çıkmaz Recep'le laflayacağına hemen eve dönüyordu.

Yakında hep birlikte bağa taşınacaklardı. Arzu da o günü iple çekiyordu. Hiç olmazsa ailesini yeniden düzenli olarak görebilecekti. Timur eve geldiğinde ve artık taşınacaklarını söylediğinde, üzülen sadece Gül olmuştu. Çünkü, şehirli çocuklar onunla yine alay edeceklerdi, evdeyse artık birlikte oynayacağı hiç kimse olmadığını düşünüyordu.

Artık gıdıklamak yoktu; boğuşmalar ve tatlı sözler yoktu. Ne burada, ne de köyde. Gül'ün en çok eksikliğini hissettiğiyse, annesinin tatlı güzel sözleriydi: küçük kızım, tatlım, biriciğim, gözümün nuru. Artık hiçbirisi yoktu.

Arzu, ailesinin yanına veya komşulara gittiğinde Gül ile Melike'yi saatlerce yalnız bırakıyordu. Timur bir gün, beklenenden daha erken eve geldiğinde Arzu, Sibel ile komşuya gitmişti. Melike sokakta oynuyor, Gül ise tek başına evde oturuyordu. Timur'un bıyığı kömür karası bir renk ve yapıştırma gibi bir hal almıştı; uzun süre kendi kendine lanetler okuyup durdu, büyük kızına olan biteni anlatmadan önce.

– Halletmem gereken bazı işler için köye gitmem gerekiyordu. Birkaç köylüden sebze almıştım. Onlara, değirmene gitmem lazım, dedim. Eşeğe fazla yük sardığım için ağır ağır değirmene gittim. Değirmen kapısının arkasına, elinde kürekle Tufan saklanmış meğerse. Ben kapıyı açınca küreği suratıma yapıştırmak istedi. Allah'tan kürek, sapından çıkıp gitti de, ancak sapıyla tam burnuma vurabildi. O an gözümden yaşlar fışkırdığını hissettim. Eğer küreği doğru dürüst bir demircide yaptırmış olsaydı yanmıştım. Ona bir tane okkalı yapıştıramayacak kadar şaşırmıştım. Düşünsene, kapıyı açar açmaz burnunda bir sopa patlıyor. Neyse küreğin sapını fırlattığı gibi kaçmaya başladı. Canını kurtarırcasına koşuyordu korkak herif. Bu arada, burnumdan oluktan boşalırcasına kan akıyordu.

İlerleyen yıllarda Timur, bu olayı sıklıkla anlatmaya devam edecekti. Fakat olaydan iki hafta sonra, olayı noktaladı. Şöyle ki: Bu herifi arayıp bulmam ve teşekkür etmem lazım. O kan boşalmasından sonra, bir daha gözlerim hiç ağrımadı. Gözlerimdeki sancı kayboldu gitti. Bu adama gerçekten müteşekkirim.

Fakat olay günü kızgındı ve intikamdan başka bir şey düşünmüyordu.

– Bu herifin kemiklerini ayırmazsam bana da Timur demesinler, dedi akşam karısına.

Sinirinin geçmesini bekleyen Arzu, Timur'un biraz sakinleştiğini görünce sordu.

– Köye dönmemiz gerekmiyor değil mi artık? Biz ikimiz de şehirden...

– Deli misin sen kadın? Kendime korktu dedirtir miyim ben? Olmaz öyle şey.

Şöyle, akşam karısının yanına yattığında, gönlü huzurla dolduğu anda düşününce, belki de hiç fena olmaz, diye aklından geçirmeye başladı. Aslında, köye taşınmasının nedeni, annesinin Fatma'yı çekememesiydi. Yeni karısına da aynısı olacak değildi ya.

Köydeki evi ve bağı satar, şehirde annesinin evinin yakınlarında yeni bir ev satın alırdı. En kötü ihtimalle, Arzu'nun beraberinde getirdiği bilezikleri bozdururdu. Hem dükkâna daha yakın olurdu, hem de ticarete daha kolay devam ederdi. Atla köye gitmeye devam eder, Tufan'a korkusuz olduğunu gösterirdi.

Birkaç gün sonra Arzu, aynı konuyu iki defa daha açtı. Timur, her iki defasında da hayır, demesine rağmen, o, Timur'un bu teklifi onayladığını düşünüyordu. Madem kendisinin olmayan üç çocuğu büyütmek zorundaydı. En azından bunu şehirde yapmak istiyordu, her gün aynı giysiler içinde olan ve ancak ayda bir defa yıkanan köylüler arasında değil. Timur'un bu konuda ne kadar duyarsız bir insan olduğunu fark ettiğinde, bu konuyu bir daha ona açmadı. Doğruca kaynanasına gitti.

– Anne, Timur yine şehir yakınına taşınsa senin için de iyi olmaz mı? Allah korusun ama sana bir şey olsa, bizler ta oralardan gelene kadar... Biliyorum, Hülya yanı başında, komşuların iyi ama... Ayrıca, Timur her gün şehre at üstünde gidip geliyor. Köydeki işleri de zaten o kadar iyi değil. Burada, şehirde otursa, demirci dükkânı da daha iyi gitmez mi? Kardan yollar kapanınca işe gidemez. Ah, ben de kendi kendime konuşuyorum işte.

Bu yaz da, Gül genellikle evdeydi. İp atlamıyor, evcilik oynamıyordu. Arkadaşlarını eve davet ediyor, onlara çay yapıp kurabiye pişiriyordu. Babası işten dönünce de ona sofra hazırlıyor, önüne tencerede kuru fasulye, yeni fırından çıkmış ekmek ve tahta kaşık koyuyordu.

Ya evin içinde yalnız başına kalıyor ya da evin arka bahçesine çıkıyor ve yalnız başına oynuyordu. Bazen de annesinin kendisiyle yaptığı gibi, o da Sibel'le konuşuyordu. Kardeşiyle saatler geçiriyor, yanaklarından şapır şupur öpüyor ve gerekirse bezini değiştiriyordu.

Arzu ise daha çok, komşularıyla birlikte oluyor,

onları evine kahve içmeye davet ediyordu. En azından kahve alabiliyorlardı. Timur iyi para kazanıyordu ve Arzu da bununla gurur duyuyordu. Arzu evde olduğu zamanlarda, Gül'ün evden uzaklaşmasına pek izin vermiyordu. Çünkü bazen tulumbadan su çekilmesi, bazen de odaların süpürülmesi, divan örtüleri ve minderlerin silkelenmesi gerekiyordu. Bu işleri yapmak Gül'e hiç de zor gelmiyordu. Onun zoruna giden, Arzu'nun onu annesi gibi güzel sözlerle sevmemesiydi.

Bazen Melike'ye de iş çıkıyordu. O da bu sorumluluktan kaçmak için, kahvaltıdan sonra hemen helâya gidiyor ve helânın alçak duvarları üstünden atlayıp akşama kadar ortadan kayboluyordu. Bazen de karın ağrısını bahane ediyordu. Çünkü ham meyve yedikten sonra insanın kendisini nasıl hissettiğini iyi biliyordu ve bunu iyi taklit ediyordu.

Elmalar olgunlaştı. Melike karın ağrısı numarasını sürdürdü. Sibel konuşmaya başladı. Arzu hamile kaldı ve bunu Timur'a nasıl söyleyeceğini bilemedi. Derken, yaz öylece geçip gitti. Timur tek kelime söylemeden köydeki evi ve bağı sattı. Annesi haklıydı; şehirde olursa demirci dükkânı daha iyi işlerdi. Annesinin oturduğu semtte olan ve bağ evine yarım saat yürüyüş mesafesinde bulunan bir ev satın aldı. Bütün parasını, iki ev arasında sıkışıp kalmış bir ev için harcadı. Köydeki ev gibi bunun da iki odası ve bir mutfağı vardı. Ancak odalar daha büyüktü ve zemini taş kaplıydı. Ayrıca, birkaç basamakla inilen bir kileri, bir avlusu ve ahıra bitişik bir odunluğu vardı.

Gül, Recep'i ve arkadaşlarını artık uzun bir süre

göremeyecekti. Artık ağzını açar açmaz kendisine gülen çocuklarla aynı sınıfta okuyacaktı. Babasının duvar içine tüfek sakladığı ev artık çok uzaklarda kalacaktı.

Artık Tufan'ın bir kalleşlik yapmasından korkmasına gerek kalmayacak veya babası bir gün eve yaralı olarak gelmeyecekti. Ama babası helâdayken, helânın önünde oturmayı hâlâ sürdürüyordu.

Şehre taşınmalarının ikinci gününde, Timur, ilk defa okula gidecek olan Melike ile Gül'ü okula götürdü. Doğruca, bir kadın öğretmenin yanına gitti ve Gül'ün yanağını okşayarak, "İşte kızım," dedi ve ardından Melike ile ortadan kayboldu. Melike'nin öğretmenine ise, eti senin kemiği benim, diyecekti.

Sert bir mizaca sahip yaşlı öğretmenle okul girişinde beklerken, öğretmen adını sormasına rağmen, ağzını bıçak açmıyordu. Şimdiye kadar hep erkek öğretmende okumuştu. Şimdiyse karşısında, onu elinden tuttuğu gibi koridordan sınıfa götürmekte olan kadın öğretmen vardı. Okul, Gül'e o kadar büyük gelmişti ki, burada kaybolacağını düşündü. Eski okulundaki teneffüslerde, sokakta oynuyorlardı. Burada ise, bütün öğrencilerin toplanarak marş söyledikleri kocaman avlu vardı. O kadar çok çocuk vardı ki, Gül, bu kadar çocuğun sınıfa nasıl sığacağını sormadan edemedi.

– Burada dur, diyerek, Gül'ü bir grup çocuğun içine soktu öğretmen.

Gül marşın söylenişine katıldı; en azından o aynıydı. Marştan sonra öğretmen, Gül'ün içinde bulunduğu grubu sınıflarına götürdü. Gül, ancak şimdi, okulun ne kadar büyük olduğunu anlamaya başlıyordu; öğrenciler farklı sınıflara veriliyordu. Ertesi gün ise bir başka şeyi daha anlayacaktı; kendisinin olduğu sınıf üçüncü sınıftı. Bütün öğrenciler aynı sınıfta okumuyordu.

Gül'ün sıra arkadaşının adı Özlem'di. Daha kendisine sorulmadan, babasının general olduğunu söyledi Gül'e. O da yavaşça, adını ve babasının ne iş yaptığını söyledi. Eğer alçak sesle konuşursa, köyden geldiğinin anlaşılmayacağını düşünüyordu. Ancak, kısa bir süre sonra fark etti ki, burada, köylü ağzıyla hiç kimse dalga geçmiyordu. Çok daha büyük olan bir başka sorunu vardı onun. O zamana kadar öğretmeni hep kitaptan çalıştırdığı için, kitabı ezberleyerek iyi okuyormuş gibi yapabiliyordu. Buradaysa, öğretmen kitaba bağlı kalmıyordu. Buna rağmen diğer öğrenciler dersi izleyebiliyor, kendisi bu konuda zorlanıyordu.

Öğretmen Gül'e yardımcı olmak için çabalıyor, ancak, sınıfta kırk öğrenci olduğu için, bu yeterli olmuyordu. Zaten Gül de hevesini kaybediyordu. Öğretmen göründüğü kadar sert birisi değildi. Ama dayak konusunda tam bir eşitlikçiydi. İster kız, ister erkek olsun hiç sakınmadan cetveli ya da tokadı indiriyordu.

Gül ilk haftalarda okulda olmaktan yine de mutluydu. Öğle paydosunda, ki bir buçuk saatti, eve gidebiliyordu. Evde iş olması onu hiç rahatsız etmiyordu. Bazen Sibel'e bakıyor, bazen mercimek veya pirinç ayıklıyor, bazen de kapının önünü süpürüyordu. Akşamları da, karanlığın çöküp sokaklarda kimselerin kalmadığı saatlerde, yalnızca lüks lambasının cızırtısının duyulduğu saatlerde, ev ödevlerini yapıyordu.

Okula başladıktan bir süre sonra Melike, öğle paydosunda eve gitmemeye başladı. O daha çok arkadaşlarıyla sokakta oynamayı seviyordu. Eğer acıkacak olursa da, koşarak eve gidiyor, ekmeğin üstüne yağ sürüyor ve annesi onu görmeden yine evden sıvışıyordu. Okuldaki arkadaşlarıyla çabuk kaynaştı ve köylü ağzını da kısa sürede unuttu. O öyle alay edilecek bir kız değildi; en iyi ip atlayan, saklambaçta hep kazanan, kaydırak oyununda hiç hata yapmayan hep oydu. Eğer aklına yatmayan bir şey olursa kavga çıkaran da oydu.

Havanın soğumaya başladığı günlerde, Gül, okula alışmaya başladı, artık eskisi gibi eve gelmiyordu. Ancak dersleri izlemekte zorlanmaya devam ediyordu. Ayrıca yeni arkadaşlar da bulmuştu ve Özlem'le de iyi anlaşıyordu. Hatta birkaç defa Gül'ün babaannesinin evinde karşılaşmışlardı bile -babaanne, generalin karısıyla dost olmaktan ayrı bir gurur duyuyordu.

– Özlem iyi bir çocuk, annesi de çok iyi bir insan, diyordu Zeliha Gül'e.

Gül ise Özlem'in annesini pek sevmiyordu; çünkü yüzüne bakmadan başını okşuyordu ve bir şey anlatırken çok yüksek sesle kahkaha atıyordu. Bu yüzden de anne-kızla, babaannesinde karşılaşmayı sevmiyordu. Kıskanıyordu. Çünkü Özlem'e her defasında şeker verilir ve tatlı söz söylenirken, kendisine bayramdan bayrama bir parça çikolata verilirdi.

Hasat zamanı Timur, atına atladığı gibi köy yoluna koyuldu. Korkusu olmadığını herkese gösterebilecekti. Köylülerin mahsulüne ve meyvelerine iyi fiyat verdi ve hatta bazıları mallarını ona sattılar da.

– Söyleyin o orospu çocuğuna, onu karınca gibi ezeceğim. Gözünün yaşına bakmayacağım, diyordu her fırsatta.

Köyün dış kısmında, Fatma ile iyi arkadaş olan ve Timur'un sıklıkla tarhana satın aldığı, Filiz adında dul bir kadın vardı. Onunla konuşuyordu.

– Bir insan korkak olabilir. Ama bu adam yalan da söylüyor ve karşısındakini inandırıyor. Eğer bu herif yarın senin Galatasaraylı olduğunu söylese ona da inanırlar, diyordu Filiz.

– Hele bir söylesin bakalım. Ben beşikten mezara kadar Beşiktaşlıyım. Eğer bunu da söylerse, bu sefer kemiklerini gerçekten kırarım.

– Eğer gerçekten bir şeyler yapmak istiyorsan, tehditler savurmaktan vazgeç ve insanlarla konuş. Tehditler savurup bununla gurur duymak yetmez.

– Ne yapayım ki? Kocakarılar gibi dedikodu mu yapayım?

– Eğer ticarete devam etmek istiyorsan köylülerle sohbet etmen lazım.

– Ben onlara iyi fiyat veriyorum. Eğer bunu göremiyorlarsa ben daha ne yapayım.

Filiz içini çekti.

– Evet, biliyorum.

Bağ bozumundan sonra bağlarda kalan üzümlerden, kışın soğuk günlerinde tüketilmek üzere, cevizle yenen köfter yapılırdı. Pirinç, buğday ve komşuların bir arada pişirdikleri kışlık bazlama, demircinin evindeki kilerde saklanırdı. Köfter ve ceviz ise mutfakta rafın en üstünde dururdu.

Lamba ışığında ödevini yapmaya çalışan Gül zorlanıyordu. Annesi, sobanın başında oturmuş örgü örüyordu.

Sıklıkla uğrayan babaannesi, sobanın başında çayını yudumlarken, babası rakı ve sigara içiyordu. Kışın sert geçeceğinin habercisi bir akşamdı.

Zeliha mutfağa kadar gitti ve dönüşte Timur'a dönüp şöyle dedi.

– Doğru, köfter bayağı azalmış. Gül, her gidişinde yanına alır, okulda arkadaşlarına dağıtırsa tabii azalır.

Gül, babaannesinin dediğini duydu, ama kulaklarına inanamadı.

– Doğru mu Gül?

Gül, hayır anlamında başını salladı.

– Özlem seni okulda köfter dağıtırken görmüş, dedi Zeliha.

Gül hiçbir arkadaşına köfter vermemişti. Fakat şimdi ne diyeceğini bilemiyordu. Birden ateş basmaya başladı. Diğer yandan da, yalan söyleyen insanların yüzünün kızarmasından belli olduğunu da biliyordu. Ama ne yapabilirdi ki.

– Ben hiç kimseye köfter götürmedim, dedi.

Arzu öylece kızına bakıyordu.

– Babaannen Özlem'in gördüğünü söylüyor. Eğer gerçeği söylüyorsan neden kızardın ki?

Timur, sigarasını söndürürken kararlı bir ses tonuyla, "Gül, bir daha böyle bir şey duymak istemiyorum," dedi.

Gül başını eğerek, sessiz kalmayı tercih etti. Başka ne yapacaktı ki. Babaannesi hiç kimsenin anlamadığı birkaç kelime daha mırıldandı. Bir süre sonra da Timur, helâya gitmek için yerinden kalktı. Ardından da Gül. Karanlıkta gitti, helânın kapısı önünde oturdu. Bunu uzun zamandır yapmamıştı. Ben yapmadım, ben yapmadım, diye içinden geçirdi. Çıkar çıkmaz babasına söyleyecekti. Ama ağzından tek kelime çıkmadı.

Daha sonra annesi onu yatağa götürürken şöyle dedi.

– Gül, kızım, yalan söylemek ve çalmak günahtır. Bunları sadece kötü insanlar yapar. Bize yakışmaz böyle şeyler... Anladın mı kızım?

Gül başını eğdi. Başka ne yapabilirdi ki? Gece gözüne uyku girmedi. Okula gider gitmez Özlem'in yanına gitti.

– Benim okula köfter getirdiğimi sen mi söyledin?
– Evet.
– Ama... ama neden? Ben böyle bir şey yapmadım ki.
– Tabii ki yaptın. Gözlerimle gördüm ben.

İşte o gün, ilk defa, Gül öğle paydosunda eve gitmedi. Gitti, derenin kenarına yalnız başına oturdu. Sanki birisi kapıyı açmıştı da, sıcacık odaya, kılıçtan keskin bir soğuk giriyormuş gibi hissetti; içi ürperdi. Bu işin üstesinden gelmekten başka seçeneği yoktu.

Herkes yalan söylüyordu. Gerçeği o biliyor, ama kimseyle paylaşamıyordu. Yalnızdı. Hayatında ilk defa tamamıyla yalnızdı. Gidebileceği, ona inanacak hiç kimsesi yoktu. Yapayalnızdı.

Böyle bir şey bir kere oldu mu, artık arkası gelirdi bunun. Ancak o bunu henüz bilmiyordu. İlerleyen günlerde de dere kenarında yalnız başına oturmaya ve köfter düşünmeye devam etti. Özlem böyle bir şeyi nasıl söyleyebilirdi; yapmadığı halde nasıl yaptı derdi? İnsanların kendisine inanması için ne yapması lazımdı?

Babaannesinin iftirasının üzerinden üç gün geçmişti. Akşam babasını, elinden tuttuğu gibi mutfağa götürdü. En azından babasının kendisine inanmasını istiyordu.

Yukarıda rafın üzerinde duran köfterleri gösterdi.

– Oraya, yukarıya nasıl ulaşabilirim ki? diye sordu babasına.

Ne masaları vardı ne de sandalyeleri. Sadece oturma odasında duran ağır, hasır bir sandalyeleri vardı, ki Gül onu da kaldıramazdı.

Timur bir yukarı rafa, bir aşağı kızına, tekrar rafa baktı. Alnını buruşturdu. Düşündü. Başını öne eğdi.

– Anladım, dedi.

Hafifçe başını salladı. Gül'ü kucağına aldı. Küçük kızı bıyıklarıyla gıdıklarken, kulağına fısıldadı.

– Biliyorum. Senin yapmadığını biliyorum. Ötekiler bize inanmayacak ama benim kızımın hırsız olmadığını biz ikimiz de biliyoruz. Önemli olan da bu, öyle değil mi?

Sadece Gül'ün hırsız olmadığını ispatlayamayacağı gibi annesinin yalancı olduğunu da söyleyemezdi.

Ertesi gün Gül, yine dere kenarındaydı. Bu defa, ayaklarını derenin buz gibi sularına sokmuş, elleriyle de derenin dibini karıştırıyordu.

Timur, bozuk moralle eve gelmişti. Pantolonu ıslanmıştı. Biraz da alkol kokuyordu.

– Allah kahretsin! Saatimi kaybettim. Zincirini de takmamıştım. Dereden karşıya geçerken yeleğimin cebinden düşüvermiş. Allah kahretsin güzelim saatim gitti. Dere güzelim saatimi çaldı.

O zamanlar kimsede öyle saat yoktu. Çocuğunu okula gönderenler, kendilerini Timur'un çocuklarına göre ayarlarlardı. Gül ile Melike'yi yolda gördüler mi, okul saatinin geldiğini anlarlardı. Saatin gururunu yaşayan sadece Timur da değildi.

– Nerede kaybettin saatini? Yerini göster sen bana.
– Aramadığım yer kalmadı. Yok. Gitti artık.
– Sen bana yerini göster, diye Gül ısrar edince birlikte dereye gittiler.

Gül, hemen suya girmiş, aramaya koyulmuştu. Suyun soğukluğu, parmak uçlarını donduruyordu. Timur çömelmiş, yere bakıyor, kendi kendine mırıldanıyordu.

– Hem de kendi torunu... muhtemelen sattı... aldı, sattı, aldı sattı... birazcık köfter...
– Burada kaybettiğinden emin misin?
– Evet. Belki biraz daha aşağı tarafta olabilir...

Gül saati buldu, irice bir taşın altına kaçmıştı. Saati sudan çıkarmadan önce babasına döndü.

– Bak.

Timur o tarafa bakar bakmaz Gül, saati sudan çıkardı. Timur'un yüzündeki sevinç ifadesi bir çocuğunki gibiydi. Sanki kaybolan oyuncağı bulunmuştu.

– Aferin ufaklık. Aferin benim kızıma.

Timur ayağa kalktı. Dereye doğru birkaç adım atmıştı ki, boylu boyunca suya uzandı. Gül elinde saatle suyun ortasında olanları şaşkınlıkla izlerken, Timur hızla ayağa kalktı.

– Düşmedim, düşmedim diyordu Timur, bir yandan da gülerken, sadece kendimi suya attım. Ardından Gül'ü kucakladı. Gül, babasının ıslaklığının kendisine geçişini hissetti. Ama olsun. Saat bulunmuştu ve babası tarafından, kucakta eve götürülüyordu. Önemli olan buydu.

Havalar daha da soğuyunca, Gül eve gitmeyi iyice seyrekleştirdi. Babasının demirci dükkânı daha yakındı ve hem de sıcacıktı. Üstüne üstlük, orada da yemek vardı. Bazen Timur'un çırağı bir şeyler pişiriyordu. Bazen de lokantadan bir şeyler ısmarlıyorlar, oturup yere yaydıkları kalın bir sofra bezinin üstünde üçü birlikte yiyorlardı. Bazen de, sanki köşede gizlenip bakmış da, yemek hazır olunca fırlayıp gelmiş gibi Melike hızla içeri giriyordu. Melike karnını doyurur doyurmaz hemen kalkıp gidiyor, Gül ise, babasının karşılığında birkaç kuruş verdiği körüğü çalıştırıyordu. İlk kar düştüğü sıralarda, Melike de dükkânda kalır ve körüğü çalıştırmak için gayret sarf eder oldu. Aldığı birkaç kuruşla da hemen bakkala gider, şeker alırdı. Gül, babasından aldığı paraları biriktirdiği için, bazen Melike'nin yalvarmalarına tanık olurdu.

– N'olur bana biraz leblebi alıver.

– Hayır.

Önce hep, hayır, derdi. Ama biraz daha üstelerse, cevabın evet olacağını Melike de bilirdi.

Gül'ün gün içinde iliklerine kadar ısındığı tek zaman dükkânda olduğu zamanlardı. Okul soğuktu. Kışın ne kadar süreceğini kimse bilmediği için yakacağı tasarruflu kullanıyorlardı.

Timur hâlâ hali vakti yerinde birisi olarak biliniyordu; şehirde bir ev almıştı; elma iyi para etmemesine rağmen, parasının bir kısmını İstanbul'da harcamıştı; köylülerle yürüttüğü ticaret de eskisi kadar iyi gitmiyordu; dolayısıyla, onun da biraz tasarruflu olması gerekiyordu. Tufan, bütün köylüleri kendi yanına çekmeyi başarmıştı. Onlara göre demirci, kendilerinden tokatladığı parayla birkaç bağı ve bahçeyi götürü usulü almıştı. Timur'un verdiği iyi paraya değil de, Tufan'ın sözlerine inanıyorlardı.

Tasarruf etmeleri gerektiği için onlar da sadece büyük

odayı; Arzu, Timur ve Sibel'in birlikte yattığı odayı ısıtıyorlardı. Küçük odanın kapısı, yatmadan kısa bir süre önce açılıyordu. Odanın soğuğu biraz kırılır gibi olunca da, Gül ve Melike kendilerini yatağa havadan bırakıyorlardı.

Havalar bu kadar soğumadan önce Gül, kokudan Melike'nin altını ıslatıp ıslatmadığını bilirdi. Artık bunu da bilemez olmuştu. Gece uyandığında bir bardak su bile içemiyordu. Odada bulunan küçük sürahi, soğuktan neredeyse buz tutuyordu. İçmek için önce sürahinin ağzındaki ince buz parçasını kırması gerekiyordu.

– Çok soğuk oluyor baba. Geceleri o kadar soğuk oluyor ki.

– Damda yatın isterseniz. Orası daha sıcaktır.

– Hayır, olmaz.

Farelerle birlikte uyumaktansa donmayı tercih ederdi.

Şehirdeki ilk kış böyle geçti. Arzu'nun karnı da iyice şişmişti. Fakat o, Timur fark edene kadar söylememek niyetindeydi. Ancak Timur'un bakışları, hamileliği fark ettiğini ele veriyordu. Hamileliğini sakladıkça sevincini de saklamak zorunda kalıyordu; yakında kendi kanından kendi canından bir çocuğu olacaktı.

Çok paraları olmasa da, yine de her sabah sıcak çorbaları, cevizle yedikleri köfterleri vardı. Akşamları, bazen Gül, ödevinin üstünde uyuyup kalsa da, lüksün ışığında oturuyorlardı. Onlar daha az gitmesine rağmen, Zeliha sıklıkla onlara gelirdi. Gül babaannesinin yanına oturmamaya özen gösterirdi. Evine ise, sadece gönderildiğinde gidiyordu. Artık iyice uzaklaştığı Özlem'le orada karşılaşmak istemiyordu.

Havalar biraz ısınmaya başladığında bile, Gül sıklıkla demirci dükkânına gitmeye devam ediyordu. Ama eskisi gibi değildi. Çünkü annesi kızıyordu. Artık kendisinin yardıma ihtiyacı olduğunu düşünüyordu. Ev işleriyle uğraşırken, arada sırada, "Allah'ım sen bana kuvvet ver," diye mırıldanıyordu. "Allah'ım sen bana kuvvet ve sabır ver."

Dükkânda işlerin çok olmadığı zamanlarda Timur, Gül'e sırtını kaşıtıyor ve birkaç kuruş veriyordu.

O gün, Gül yine babasının sırtını kaşımış ve babası, ona harçlığını vermek üzereydi. O anda Gül, birkaç gündür söylemek istediğini söyleyiverdi.

– Ben sınıfta kalacağım.

Babasının rahatlığını görünce ağzından çıkıvermişti.

Timur parayı tuttuğu elini indirdi. Bir an paraya baktı. Gülümsedi. Bir tane daha çıkardı ve uzattı.

– Üzülme kızım. Seneye daha fazla çalışırsın olur biter. Çok çalışacağına, bana söz veriyor musun?

– Söz, dedikten sonra parayı almakta tereddüt etmesine rağmen, yine de aldı.

Gül aldığı bu parayı saklamak niyetinde değildi. Melike'nin sevdiği renkli *stanyol* kâğıt içindeki çikolatalardan alacaktı. *Stanyol* kâğıt parladığı ve çikolatanın kokusu uzun süre kâğıdın içinde kaldığı için çocuklar bu çikolatayı çok seviyordu. Hatta haftalar geçmesine rağmen, Melike, çikolata kâğıdını çıkarır ve koklardı.

– Çikolata.

Gül, sınıfta kaldığını çabuk unuttu. Köylü ağzı da yavaş yavaş kayboldu ve diğer çocuklarla oynamasına engel olan bu neden de ortadan kalkmış oldu; kaydırak, koşturmaca, saklambaç ve evcilik oynuyordu artık.

Havalar da sıcaktı; artık parmağıyla sürahinin ağzındaki buz parçasını kırmadan geceleri rahatça su içebiliyordu. Okula gitmesi için erken kalkması da gerekmiyordu. Bu günlerin tek kötü yanı, Melike'nin sidik kokusunun sabahın ilk ışıklarıyla burun kemiğini kırmaya başlamasıydı.

Bağ evinde, Timur ile Arzu yatak odasında, Sibel, ablalarıyla diğer odada, Zeliha da oturma odasında yatıyordu. Gül'ün babaannesi, yazı yanlarında geçiriyordu, ama evde de pek kalmıyordu. Kahvaltısını yapar yapmaz, diğer yaşlılarla birlikte oturmaya başlıyor; çay, kahve ve sigara içip, ta akşam vakti eve geliyordu.

Arzu, sabah kalkar kalkmaz inekleri sağıyor, ahırı temizliyor, kahvaltı için domates ve salatalık topluyordu. Kahvaltıdan sonra Gül'ün görevi başlıyordu; bulaşıkları yıkamak, ortalığı süpürmek, kendisinin ve kardeşlerinin yataklarını toplamak onun göreviydi. Yatak olarak ise şilte kullanıyorlardı; ikişer şilte Gül ve Melike için, bir şilte Sibel için her akşam yayılır, her sabah toplanırdı. Eğer Melike şiltelerden birisini ıslatmışsa, kurutmak için şilteler dışarı serilirdi. Geri kalanları ise, Gül, odanın bir köşesine istifler, üstüne katlanmış örtüleri koyar, en üstüne de yastıkları koyarak tozdan kirlenmesin diye örterdi. Bu sırada annesi sebzelerle uğraşır, yavaş yavaş öğle yemeği hazırlıklarına girişirdi.

Perşembe günleri pazar kurulurdu. Arzu, kahvaltıdan hemen sonra pazara giderdi. Annesi gözden kaybolunca, Gül de hemen arkasından dışarı çıkardı. Diğer çocuklarla birlikte, sabahın erken saatinde sokakta oynamanın keyfini çıkarmak için. Gül özellikle saklambaç oynamayı çok seviyordu. Bu oyunu oynarken neredeyse kendisini kaybederdi. Yalnız kalabileceği bir yer arayıp bulmak, orada öyle sessizce saklanmak ve genellikle de bulunmamak, çok hoşuna gidiyordu.

Perşembe günleri, hiç olmazsa birkaç saat, her şeyi unutuyordu. Öğleye doğru da eve gidiyordu. Bugün biraz elini çabuk tutması, bulaşıkları yıkaması, ortalığı toplaması ve de odaları süpürmesi lazımdı. Ayrıca, sokak kapısının önünü sulaması da lazımdı ki, annesi pazardan at arabasıyla geldiğinde toz kalkmasın. Bu kadar çok işi bitirmek için acele etmesi, onu hiç rahatsız etmiyordu. Onu asıl rahatsız eden şey, bu kadar iş yaptıktan sonra, annesinin ona sevgi dolu tek bir söz etmemesiydi.

Abdurrahman Amca, yalnız yaşayan, emekli bir köy öğretmeni, aksakallı yaşlı bir adamdı. Gül'ün sınıfta kaldığını öğrenince, yaz aylarında Gül'e ders çalıştırmayı teklif etmişti. Bu adam çocukları, çocuklar da onu severdi. Gül de, boğuk ve kalın sesli bu adamı severdi. Salı günü, Abdurrahman Amca, Gül'e ders çalıştırdı ve sonra kontrol etmek üzere biraz da ödev verdi.

– Aferin çok güzel yapmışsın. Ancak şuraya dikkatlice tekrar bak. İnanıyorum ki, sen bunu da yapabilirsin. Sadece biraz daha dikkatli olman gerekiyor. Gördün mü, yapabileceğini biliyordum. Şimdi oldu işte.

Sonunda da aksakalını sıvazlayarak gülümsedi.

Gül bazen, salı gününü bile bekleyemez, pazartesinden Abdurrahman Amcası'na gider ders çalışırdı. Hatta bazen haftada üç gün gittiği bile olurdu.

Bu arada, Timur'un yatağı bütün şehirde ünlenmişti. Yatağın bir aydan fazla evde kaldığı nadirdi. Yatağın ününü duyan şehrin iki ileri geleni, Timur'a aynı yataktan ısmarladılar. İki kişiden biri, şehirdeki tek otomobilin sahibi olan tüccardı; diğeri, Özlem'in general olan babasıydı. Her ikisi de iyi pazarlık yapmaktan memnundu; Timur ise, böylesine güzel karyola yapmaktan gurur duyuyordu. Fiyat kırmaktan da rahatsız değildi. Bu parayı kazanmak için kavurucu yaz sıcağında ter dökecekti. Ter dökecek, para kazanacak ve istediği radyoyu satın alacaktı.

Sokaktaki ilk ve tek radyoydu. Tüm komşular radyonun başına toplanır ve aletten çıkan sese kulak verirlerdi. Babası Gül'e radyonun nasıl çalıştığını anlatıncaya kadar, Gül, radyonun içinde küçücük insanların olduğunu ve tiyatro oynadıklarını düşünüyordu. Radyoyu kapattıktan sonra programın hâlâ devam etmesine akıl erdiremiyordu. Bir gün sonra, neden bıraktığı yerden devam etmiyordu ki; sesler kutudan dışarı çıkmadıklarına göre, nereye gidiyorlardı acaba?

İki hafta boyunca, bütün komşular tarafından ziyaret edildikten sonra, demirci usandı. Radyoya bağlanan bir hoparlör satın aldı ve bağ evinin çatısına yerleştirdi. Akşamları radyoyu açtı mı, kapısının önündeki basamakta minderli mindersiz oturan, çay içip çekirdek çıtlatan komşular radyo oyunlarını, haberleri ve çaldıkları saz eşliğinde özlemlerini dile getirdikleri türküleri söyleyen türkücüleri dinlerlerdi. Bunlardan, *güzelliğin on para etmez, neden bu dünyaya geldim*, en severek dinledikleriydi. Şarkıcıyı dikkatle dinliyorlardı; özellikle umut vaat eden, geleceğe dair sevinçten söz eden yerleri kaçırmamak için. Her ne kadar, insanın kaderine razı olması gerekirse ve keder insanı bir kere tutmaya görse de. Yeter ki insan, ileri bakmayı bilsin, ışık gelecektedir. Işık mutlaka oradadır.

Bu müziği Timur kadar Gül de çok seviyordu. Her ne kadar şarkının sözlerini anlamasa da, bu melankolik müziğin ölümle ilgili olduğunu biliyordu. Acıyla mücadele boşuna olsa da, yine de insan sevebilir ve sevgiyi koruyup, büyütebilirdi.

Futbol maçlarının naklen yayınlanmasının da keyfini çıkarıyordu Timur. Artık başkalarının anlatımına bağımlı kalmayacaktı. Okula gittiği zamanlarda henüz Arap alfabesiyle eğitim yapıldığı için, Latin harfli gazeteleri de okuyamıyordu.

Arzu'nun karnı da gün geçtikçe büyüyordu. Bir gün Gül'e, artık çamaşır da yıkaması gerektiğini söyledi. Annesi çamaşır yıkarken, tulumbadan su çeker, kaynamakta olan suyun üzerine döker ve annesinin yanında çamaşır yıkardı. Arzu'nun yığdığı çamaşır dağını görünce umutsuzluğa kapıldı. Gözünden birkaç damla geldi. Ama hiçbir şey söylemedi ve ağlamadı.

Bir dahaki çamaşır gününde, artık korkmaması gerektiğini biliyordu. Çamaşırları yıkarken, radyodan dinlediği şarkıları kısık sesle yalan yanlış söylüyordu. Hayattaki her şey gibi bu da geçecekti ve sonunda çamaşırların hepsi buz gibi tertemiz olacaktı. Ancak leğenin içinde kalan kirli suyu dökecek takati kalmayan Gül, akşam eve gelen babasının dökmesi için bırakacaktı.

Mayıs sonunda, kardeşi Nalan dünyaya geldikten sonra da Gül çamaşır yıkamaya devam etti. Annesi leğendeki suyu dökmek ve yıkanan çamaşırları asmak konusunda yardım ediyordu. Gül, çamaşır ipine yetişemiyordu; çünkü eski hasır sandalyeyi hâlâ taşıyamıyordu.

Okullar tekrar açıldığında hâlâ bağ evinde oturmaya devam ediyorlardı. Sabahın erken saatlerinde, çevrede oturan çocuklar bir araya geliyor, hep beraber şehirdeki okula gidiyorlardı. Yolda oyun oynayıp, bahçelerden elma çaldıkları için okula varmaları yarım saati buluyordu. Artık okula severek gidiyordu; çünkü yeni sınıf arkadaşlarıyla iyi anlaşıyordu; şişmanca bir kadın olan yeni öğretmeni, hiç kimseyi dövmüyor, her şeyi sabırla ve anlatarak öğretmeye çaba harcıyordu.

Gül okula severek gidiyordu, ama sabahları evden ayrılmak ona zor geliyordu. Henüz beş yaşına basmamış olan Sibel, yaz boyunca kendisine arkadaşlık yapmış olan ablasından ayrılmak istemiyor, her sabah arkasından ağlıyordu. Okulun ne olduğunu, orada ne yapıldığını bilmese de, o da birlikte gitmek istiyordu. Zayıf, solgun yüzlü, sıklıkla hasta olan bir çocuktu Sibel. Fakat sabah olup da ablasının arkasından ağlamaya ve tepinmeye başlayınca, bambaşka bir çocuk oluyordu.

Bir pazar sabahı, Abdurrahman, Timur'un yanına gitti.

– Bu sene Sibel'i okula göndermek istemez misin?

– O daha küçük. İki senesi var daha.

– Ama bu çocuk altı haftadır her sabah hüngür hüngür ağlıyor. Daha ne kadar bu duruma seyirci kalacaksın ki? Buna yüreğin nasıl dayanacak?

– Elbette, benim de yüreğim kanıyor. Ama ne yapabilirim ki? O daha küçük ve kendisine bakamaz. Ne yapabilirim ki?

– Sen gönder çocuğu okula. Hiçbir şey yapamazsa sınıfta kalır. Kaybedecek neyi var ki?

– Abdurrahman Amca, o daha küçük, onu okula bile sokmazlar ki.

Abdurrahman başını salladı ve hafifçe gülümsedi.

– Yani, sana kalsa göndermezsin, öyle mi?

– Elbette.

– Milli Eğitim'de bir arkadaşım var. Yaşını büyük göstereriz. Sen bu işi bana bırak. Öğretmenle de ben konuşurum. Sen çocuğu yarın sabah bana gönder.

Pazartesi sabahı Abdurrahman, Sibel'i arabayla doğruca okula götürdü ve öğretmene teslim etti. Salı sabahı ise üç kız kardeş birlikte okul yolundaydılar. Sibel, Melike yollarda oyalandığı ve geri kaldığı için, Gül'ün elinden tutuyordu. Sibel, yol boyunca ablalarıyla birlikte olmaktan son derece mutlu oluyordu. Ancak, sınıfa girer girmez olduğu yere sinip kalıyordu. Her şey çok yabancıydı ve ağzını bıçak açmıyordu. Tüm tedirginliğine rağmen, dersleri dikkatle izliyordu. Altı hafta geç başlamasına rağmen, sadece sınıf geçmekle kalmayacak, hatta sınıfın en iyilerinden bile olabilecekti.

Timur, komşusunun yardımıyla, iki ağacın cevizlerini çırptı. Zeliha ve Gül, biri küçük ikisi büyük olmak üzere, üç yığın yapacaktı cevizleri.

– Birisi bizim, birisi babaanne için. Küçük olan da bize yardım eden komşumuz için, diye açıkladı Timur kızına.

Toplamayı bitirince, cevizleri içine doldurdukları sofra bezinin ağzını bağladılar. O kadar çok ceviz vardı ki, Gül bohçayı kaldıramıyordu bile.

Zeliha Gül'e döndü, kulağına fısıldadı.

– Şimdi bu küçük ceviz yığınını, komşuya sürpriz

yapmak için toprağa gömeceğiz. Tamam mı? Ama bunu kimseye söylemek yok. Aksi halde, sürprizin anlamı olmaz. Söz mü? Tamam mı?

Gül, başıyla onayladı. Yaşlı kadın, kürekle bir çukur açtı. Cevizleri içine yerleştirip üstünü de örttü. Yerin yeni kazıldığı anlaşılmasın diye de, üzerine biraz yaprak attı.

Komşunun, cevizleri asla göremeyeceğini Gül de anlıyordu; onun için, verdiği sözde durmadı. Akşam annesine olan biteni anlattı. Arzu da küçük kıza dönüp şöyle dedi.

– Olabilir. Bazen insanlar yalan söyleyebilir. Hatta yaşlı insanlar da yalan söyleyebilir. Ama biz böyle bir şeyi asla yapmayız. Anladın mı? Baban da yalan söylemez.

– Biz böyle bir şey yapmayız, dedi Gül mırıldanarak.

– Hadi bakalım, şimdi bana biraz su çek de bulaşıkları yıkayayım.

Melike kendini tutamayarak, birkaç tane ceviz yürüttü, sınıfta bir oğlan çocuğunun anlattığı şeyi denemek için. Gitti, çam ağacından biraz reçine aldı. Dört adet yarım ceviz kabuğunun içine doldurdu. Ondan sonra da Gül'ü çağırarak, yapacağı şeye yardımcı olmasını istedi.

– Elimde bir parça ekmek var. Gel komşunun kedisini bulalım ve ona yedirelim.

Gül, Melike'nin bu niyeti karşısında şaşırdı. Kedileri de sevdiği için kabul etti. Komşunun kara kedisini buldular. Gül ekmeği kediye uzattı ve bu arada, Melike'nin cebinden bir şey çıkardığını fark etti. Hızlı bir hareketle kediyi yakalayan Melike, el çabukluğuyla, kedinin ayaklarından üçüne reçineli ceviz kabuklarını yapıştırdı. Elinde sadece bir ceviz kabuğu kalmasına rağmen, kedi Melike'yi tırmaladığı için onu bırakmak zorunda kaldı. İki arka ayağı ve bir ön ayağına yapışan ceviz kabuklarıyla yampiri yampiri yürümek zorunda kalan kedi miyavlarken, Melike kıkır kıkır gülüyordu.

– Bizim at gibi yürüyor.

Kedi bir duvarın üzerinden atlarken kaydı ve düştü. Bir süre daire çizdikten sonra bir köşeden kayboldu, gitti. Melike hâlâ gülüyordu.

– Çok fenasın Melike, dedi Gül. Arkasından da, kendi kahkahasını bastırmak için verdiği mücadeleyi kardeşinden saklamanın zorluğunu düşünüyordu. Gerçekten kedinin düştüğü durum çok komikti. Gül, hayranlıkla kediyi izlerken, bir yandan da reddiye içindeydi.

– Neden kötü olayım ki? Yakalanmasaydı.

Gül büyüdükçe, çok sevdiği babasına daha çok benziyordu. Timur da kızının yakınında olmasından mutlu oluyordu. Timur Gül için, saatimi bulan kızım, Demirci Timur'un kızı gibi ifadeler kullanıyor; hitap ederken de, tatlım, gülüm veya iki gözümün nuru gibi tatlı sözler söylüyordu. Eğer yapacak bir işi varsa, kızını yanına alıyordu; çünkü Gül de demirci dükkânına gitmeyi çok seviyordu. Babası ne isterse, zevkle yerine getiriyordu; Melike gibi yapmaya hiç niyeti yoktu. Bu sonbaharda da birkaç defa, elma bahçesine yaprak süpürmeye gitti. İlk defa gittiğinde oldukça korkmuştu. Ancak, onun korkmasına neden olan şey, iş değildi.

Bahçeye ilk defa geldiğinde babası Gül'e, "Bu yaprakları burada bir araya toplamaya çalış. Ben Araslara kadar gidip geleceğim," dedi.

Buraya, diyerek gösterdiği küçücük yere Gül, bütün yaprakları topladı. Sonra da bir ağacın altına oturdu. Sessizdi. Çevrede duyduğu her türlü ses ve çıtırtı küçük kızı ürkütmeye yetiyordu. Babası gideli çok olmuştu; çok uzun zaman olmuştu. Eğer yanılmıyorsa birazdan hava kararmaya başlayacaktı ve karanlık olunca da yalnız başına eve dönmeye cesaret edemeyecekti. Babasının mutlaka geleceğinden emindi. Emindi, ama işte şimdi burada değildi ve o, hiç olmadığı kadar yalnızdı. Gerek yalnız başına evin avlusunda oynarken, gerekse saklambaç oyununda kimsenin bulamayacağı bir yerde saklanırken yalnız olsa da, biliyordu ki, yakınlarda bir yerde birisi vardı. Şu ana kadar, hiçbir zaman terk edilmişlik duygusu yaşamamıştı.

Kötü bir adam gelirse, ne yapacaktı, nereye kaçacaktı?

Bahçeler birbirinden sadece alçak bir duvarla veya çalılarla ayrılıyordu. Gül duvarın dibine çöktü, küçülmek için iyice büzüştü. Hakikaten, biraz sonra hava kararmaya başladı. Basmakta olan karanlık, Gül'ün korkularını daha da büyüttü.

Nihayet, batmakta olan güneşin kızıllığından dolayı karaltıdan çok kızıl görünen babasını görünce ona doğru koştu ve beline sarıldı.

Timur bir kuş gibi kaldırdığı kızını kollarının arasına aldı.

– Çok korktum, dedi Gül.

– Ama neden? Korkmana hiç gerek yok ki. Geleceğimi biliyordun. Öyle değil mi?

Gül, başıyla onayladı. Evet, biliyordu ama bunun bir yararı olmuyordu ki.

– Çok korktum, diye tekrarladı.

– Burada korkacak hiçbir şey yok. Yaprakları ne güzel süpürmüşsün öyle, benim gözümün nuru.

Timur her ne kadar konuyu değiştirmeye çalışsa da, Gül'ün her an ağlayabileceğini de görmüyor değildi.

– Neden korktun bakayım?

Nedeni belli olmayan bir korkuydu bu. Buna rağmen, bir şeyi söyleme ihtiyacı duydu.

– Yemeğim olmadığı için korktum. Sen gelmezsen acıkırım, diye korktum.

– Konuşmaya dalınca zamanın nasıl geçtiğini fark etmemişim. Geç kalmayı ben de istemezdim.

Ertesi gün öğleden sonra gelip gelmeyeceğini sorunca, Gül yine de evet demekten kendini alamadı. Timur bu defa, kızının korkmaması için yanına peynir ve ekmek de aldı. Öyle ya, belki yine bir süre için ayrılabilirdi. Belki o gün olmayabilirdi, ama birkaç gün sonra. Timur, peynir, ekmek ve zeytini Gül'ün yanında bırakarak atıyla değirmene kadar gitmek için bahçeden ayrıldı.

Babası geri döndüğünde, Gül bu defa, korkusunu belli etmemek zorundaydı. Korkunun nedenini açıklayacak kelimeleri bulamıyordu. Yine duvarın dibine büzüştü; bir süre sonra ayak sesleri ve konuşmalar duyar gibi oldu. Acaba bu sesler gerçek miydi? Acaba bu sesler kötü insanların sesi miydi? Gül nefes dahi almaktan korkuyordu. Ayak sesleri ve konuşmalar yaklaştı. Sesler kadın sesiydi; ancak bu durum Gül'ün sakinleşmesini sağlamıyordu.

– Başlamadan önce gel birer sigara tüttürelim, dedi içlerinden birisi.

Herhalde sesler, Gül'ün olduğu yere pek uzak değildi ve komşu bahçeden geliyordu. Çünkü konuşmaları çok net duyuyordu; otururken çıkardıkları sesleri ve hatta kibriti çakışlarını bile duydu. Gül, çok yavaş nefes alıyordu.

– Nuray'ın oğlunu duydun mu?
– Hangi Nuray?
– Hangi Nuray olacak, İsmail'in Nuray.
– Şu topal İsmail'in mi?
– Elbette; Nuray, İsmail'in yeğeni olur.
– Peki babası kim?
– Bilmiyorum. Zaten ben şahsen tanımıyorum kendisini. Sadece topal İsmail'in yeğeni olduğunu biliyorum.
– Peki n'olmuş ona?
– Nuray'ın altı aylık bir oğlu vardı. O ölmüş. Duyulmuş görülmüş şey değil; çocuğun yatağında kocaman bir çengelli iğne varmış. Nasıl olmuşsa olmuş, iğne bir şekilde açılmış. Çocuğun arkasına batmış. Onlar da çocuğun neden böyle ağlayıp bağırdığına bir anlam verememişler. Çocuğu yataktan almışlar hoppacık yapmışlar, havalara atıp tutmuşlar, nafile. Ancak saatler sonra çocuk susmuş ve uyuyakalmış. En azından onlar öyle zannetmiş. Ta ki, ertesi sabaha kadar. Meğer çocuk ölmüşmüş. Onlar çocuğu susturmak için atıp tutarlarken meğer iğne çocuğun bel kemiğine kadar iyice girmiş.

– Aman Allah'ım. Gerçek mi bu?
– Evet. Bana da Aylin anlattı, ki Nuray'ın kız kardeşiyle iyi görüşür.
– Allah'ım, sen bizi böyle felaketlerden koru.
– Amin.

Gül'ün korkusu daha da artmıştı. Kadınlar sigaralarını içtikten sonra yaprakları süpürmeye başladılar. Gül, babasının kendine doğru gelişini görmesine rağmen rahatlayamadı. İçi daralmıştı. Eğer kadınlar, Timur'un kızına seslenişini duyarlarsa, Gül'ün bütün konuşulanları duyduğunu anlayacaklardı. Gül dikkatlice ayağa kalktı. Önce ağır adımlarla, sonra koşarcasına babasına doğru gitti. Bir yandan da neşeli görünmeye çalışıyordu. Timur çömeldi, kollarını açtı ve kızını kucaklamaya hazırlandı.

– Sen hiçbir şey yememişsin ya, neden?
– Ben... Ben seni bekledim.

İlk kar düştüğünde, Gül, annesinin karnının yine şiş olduğunu fark etti. Artık bu durumun yeni bir kardeşe delalet olduğunu biliyordu. Annesi, akşamları sırtını divana vererek, bacaklarını bağdaş yaparak oturuyor ve de için için gülerek karnını okşuyordu. Bu gülüş, tıpkı Nalan'ı kucağına aldığı zamanlardaki gülüşe benziyordu. Bu gülüş, Gül'ün başka zaman annesinin yüzünde gördüğü bir gülüş değildi.

O yıl, Gül'ün sınıftaki başarısı oldukça iyiydi. Belki sınıfın en iyileri arasında değildi, ama Abdurrahman Amca'nın yardımları sayesinde, artık okuma yazma konusunda bir sıkıntısı kalmamıştı. Bazen derslerde zorlandığı oluyordu ama bu da, onun yeteri kadar zaman ayıramamasından kaynaklanıyordu.

Bir gün öğretmeni, yalnız başına ormana odun toplamaya giden bir adamın hikâyesini okudu sınıfta. Adamın yanında bir eşeği vardı ve adam eşeğine öyle yük sarmıştı ki, hayvan neredeyse yürüyemeyecek haldeydi. Yolda yağmura yakalanınca adam küçük bir mağaraya saklanır. Hava da kararmaya başlamıştır. Hikâyenin tam burasında bir aslan çıkar ortaya; mağaranın önüne gelen aslan, günlerdir hiçbir şey yememiştir. Aslanın çıkardığı sesler, korkudan adamın ödünü patlatır.

– Evet şimdi defterlerinizi çıkarın ve bu hikâyenin sonunu yazın bakalım. Sonra da defterleri toplayacağım.

Gül, düşündü, düşündü ve sonunda yazmaya karar verdi.

*Adam, aslandan çok korkuyordu. Geri geri gitti, sırtını duvara verdi. Karanlıktı. Aslan adamı göremezdi. Sadece kokusunu alabilirdi. Fakat aslanın mağaraya girmeye niyeti yoktu. Çünkü aslan, farelerden korkardı. Hayatta tek korktuğu şey fareydi. Elinden bir şey gelmezdi. Fareden korkuyordu. Aslan, mağaranın içinde fare olduğundan korkuyordu. Havayı koklayan aslan, içerideki eşeğin kokusunu da aldı. Bu sefer, dışarı çıkarlarsa hangisini önce yiyeceğini düşünmeye başladı. Adam, sırtını duvara yaslamış, sessizce duruyordu. Eğer sessiz olursa aslanın, kendisini belki unutacağını düşünüyordu. Aslanın gözlerinin açlıktan nasıl çakmak çakmak yandığını görüyordu. Gece olunca, aslan yoruldu ve göz kapakları kapandı. Adam aslanın iyice uykuya dalmasını beklemeye koyuldu. Emin olunca, bir koşuda, aslanın yanından geçerek köyüne ulaştı. Eşeği orada bırakmıştı. Aslan da eşeği bir güzel yemişti. Karısı ve çocukları adamın eve gelişini büyük bir sevinçle karşıladılar. Hatta şenlikle kutladılar.*

Teneffüs sırasında, çocuklar birbirlerine ne yazdıklarını anlatıyorlardı. Görünüşe göre, adama yaşama şansı veren tek hikâyeyi Gül yazmıştı. Çoğunlukla adamı aslan yemişti. Bazılarında bacağı falan kopmuştu. Tek bacağıyla eve gidemeyeceği için, sonunda yine ölüyordu. Hatta bazıları, adamın topladığı odunları yaktırmıştı. Çünkü aslan ateşten korkardı. Ama ateş bitince, aslan, adamı yine yiyordu.

Ertesi gün öğretmen, çocukların defterlerini iade etti. Bu arada Gül'e döndü.

– Dersten sonra biraz daha kalır mısın?

O kadar yumuşak ve içten söylemişti ki, Gül buna rağmen tedirgin oldu. Acaba adamın hayatta kalması yanlış mıydı?

Yalnız kalınca, öğretmen Gül'e döndü.

– Gül, arkadaşlarının hepsinin hikâyedeki adamı öldürdüğünü biliyor musun?

Gül başını salladı ve sonra öne eğdi.

– Peki, sen neden ölmesini istemedin?

– Ben ona acıdım.

– Peki, neden acıdın?

Gül düşündü.

– Karısı ve çocukları için acıdım. Çünkü çocuklar babasız kalacaktı.

– Senin baban var ama değil mi?

– Evet.

– Annen de var değil mi?

Gül öğretmeninin yüzüne baktı.

– Evet... Üvey annem var.
Gül hâlâ öğretmeninin yüzüne bakıyordu.
– Seninle yeteri kadar ilgileniyordur herhalde, ha?
– Evet, dedikten sonra Gül, başını öne eğdi.
– Sen en büyük çocuk musun?
– Evet.
– Annesi ölen bir kız çocuğu kendisini, annenin yerine koyar derler, biliyor musun?
– Biliyorum.

İnsanlar Gül'ün yanında konuşurken genellikle onun kendilerini dinlemediğini düşünürdü; *annesi olmayanın babası da yoktur. Üvey anne çocuğa ayranın sulusunu, ekmeğin yanık kıyısını verirmiş.* Hepsi de aynı anlama gelen bu atasözlerin anlamını biliyordu; kardeşlerine göz kulak olması gerekiyordu.

– Hiç çekinmeden, ne zaman istersen, bana gelebilirsin. Sana severek yardımcı olurum.
– Teşekkür ederim, dedi Gül usulca.

Ama biliyordu ki, o hiçbir zaman öğretmenine gitmeyecekti. Biraz önce o söylememiş miydi, Gül'ün tıpkı bir anne gibi olduğunu?

Sibel bazı geceler tuvalete gitmek için kalkardı. Yalnız başına dışarı çıkmaktan korktuğu için Gül'ü de uyandırırdı. Aslında Gül de korkuyordu; onun için de uyanmış olmasına rağmen, dönüp tekrar uyuyordu. Gerçi el lambaları vardı, ama lambanın zayıf ışığı, Gül'ün korkusunu örtmeye yetmiyordu. Her şeye rağmen, Sibel onu uyandıracak olursa, sol eline kardeşini, sağ eline lambayı alıp tuvaletin açık kapısı önünde beklerdi. Geceleri dışarı çıktıklarında hırka giyerlerdi. Havalar soğuyunca da yirmi adım uzaklıktaki helâya gitmektense, küçük kız, ahırın duvar dibine çömeliverirdi.

Bir defasında Gül, Sibel'i uyandırıp çişi gelip gelmediğini sordu. Birlikte dışarı çıktılar ve ardı ardına helâya girdiler. Her defasında, Sibel uyandığında, Gül Melike'yi de uyandırır ve sorardı.

– Melike, çişin var mı?
– Hayır, dedikten sonra Melike döner ve uyumaya devam ederdi.

Buna rağmen Gül, sabahları sıklıkla çarşafı değiştirmek zorunda kalırdı. Bu arada, Melike'nin çarşafının altına naylon konmuştu.

O kış, Hülya birkaç akşam ardı ardına, yanında kocası olmadan ziyarete geldi. Her defasında, Timur'u mutfağa çekiyor ve kısık sesle bir şeyler fısıldıyordu. Gül duyuyor ama anlayamıyordu. Hülya'nın bakışlarından da bir anlam çıkaramıyordu. Ancak Hülya Arzu'ya, Timur benim için hem kardeş hem baba olmuştur, dediğinde bunun ne anlama geldiğini gayet iyi biliyordu.

Gül, babasının bu boşluğu dolduracak kadar iri cüsseye sahip olduğunu düşünüyordu. Kendisini ise küçücük. Küçük ama güçlü. Zorluklardan yılmazdı. Onun korktuğu sadece Özlem gibilerin attığı iftiraların verdiği acıydı; tabii ki herkese köfter dağıttın, gözlerimle gördüm, dediği zaman olduğu gibi. Onu korkutan bir başka acı da, bu kış mutfakta duyduğu türden acıydı.

Arzu, mutfakta yere oturmuş, hamur açıyordu. Gül mutfağa girdi ve annesinin yanında durdu. Annesi bir an Gül'e baktı ve elindeki oklavayla kızın bacaklarına vurdu. Oklava tam da diz altına isabet etti ve küçük kız

bir an nefessiz kaldı. Arzu ardından kükremeye başladı.
– Yoğurt nerede? Ben sana demedim mi yoğurttan yemeyeceksin diye. Akşam gelecek misafirler içindi o.

Gül, annesinin sesini çok uzaklardan duyar gibiydi. Yoğurdu yememişti, hatta ellememişti bile. Önce diz altında hissettiği fiziksel acı, daha sonra yapmadığı bir şeyden dolayı uğradığı iftira nedeniyle duyduğu acı yüreğine yayıldı. Bu acı ilkinden daha şiddetliydi.

Böyle adlandıramadığı acılardan korkuyordu.

Babası onu bir kez dövmeye kalkmıştı. Geçen yaz sonuydu; komşu kızlardan birisi, annesinin kınasından çalmış ve arkadaşlarına dağıtmıştı. Gül de, kimse görmesin diye, bahçenin hemen üstündeki kayalığa saklanmış, ellerini ve tırnaklarını bir güzel kınalamıştı. Orada ne kadar kaldığını ve kınayı ıslatmak için ne kadar tükürmek zorunda kaldığını hatırlamıyordu bile. Ta ki, babasının geldiğini görene dek. Babasını görmenin sevinciyle olduğu yerden fırlayınca, uzun zamandır orada oturmakta olduğunu fark etmişti. Elinde biriktirdiği tükürükle kınayı yapmadan önce, kendisini gelinlikle ve kına gecesinde hayal etti. Kendisine yüzü olmayan bir damat ve büyük bir düğün eğlencesi düşündü. Kendisi bembeyaz gelinlikler içinde ve aynı şekilde kardeşleri de ak elbiseler içindeydi. Bu arada, öğle yemeğini de kaçırmıştı. Evdekiler merak etmiş ve babası da onu aramaya çıkmıştı.

Melike istediği zaman yemeğe gelir, istediği zaman gelmezdi. Ailesi onun bu durumuna alışmıştı. Gül de bu yüzden Melike'yi kıskanıyordu. Babasının, kendisine bu nedenle kızmasının haksızlık olduğunu düşünüyordu. Timur'un alnı kızgınlıktan kat kat olmuştu; yerden sopa almak için eğildiğini gören Gül, başına gelecekleri anlayınca kaçmaya başladı. Babasının da arkasından koşmaya başladığını görünce, kendisinin bile zorla girdiği iki kaya arasına saklandı.

Melike arada sırada, bazen tokat, bazen sopayla kalçasına vurulmak suretiyle babasından dayak yiyordu. Babasının kızgınlığı ise çabuk geçiyordu. Eğer kızgın anında yakalayamazsa çabuk unutuyordu. Onun için de Gül, eve gittiğinde babasının kızgınlığının geçmiş olmasını veya atına binerek dükkâna ya da başka bir yere gitmiş olmasını umut ediyordu. Gerçekten de, akşam Gül ile babası karşılaştıklarında, sanki o gün hiçbir şey olmamıştı.

Gül, bir akşam babasının halasıyla konuşmasını duydu.

– N'olacaksa olsun o halde.

Gül daha fazlasını duyamadı. Kimse de ona bir şey anlatmadı. Üç gün sonra da Gül halasına, babaannesine giderken yolda rastladı. Bu konu üzerine komşuların dedikodu yapmaya başladıkları anlaşılıyordu. Gül, ne olup bittiğini anlayamadığı için annesine sordu. Gül, Yücel eniştesini düşündüğünde gözünün önünde canlanan resim, onun Sibel'i ayaklarında salladığı ve mutluluktan yüzünde oluşan ablak görüntü şeklindeydi. Eniştesi ile halası ayrılıyorlardı; böyle bir şeyi anlıyordu, ancak insanların böyle bir şey yapabileceğini tahmin edemiyordu. Duyulmamış görülmemiş bir şey gibiydi. Annesine sordu.

– Anne, Hülya halamla Yücel enişteme ne oldu?

– Büyüklerin işine burnunu sokma bakayım. Sen

küçüksün, anlamazsın bu işleri, diyerek yanından kovaladı.

Gül dışarı çıktı ama oynamak için değil. Derinden gelen kalın sesiyle, hâlâ Gül'e ürkütücü gelen babaannesine gitti. Kapıyı halası açtı. Sanki sokaktaki herhangi bir çocukmuş gibi bakıyordu. Alışkanlıkla başını okşadı.

– Gir içeri.

Gül bir an durakladı. Halasının donuk ve beceriksiz halini seyretti. Sormaya cesaret edemeyecekti.

Zeliha mindere oturmuş, sırtını duvara yaslamış, çay içiyordu. Gül henüz eşikteyken sordu.

– Kim geldi?

– Benim babaanne, dedi Gül. Hülya da ekledi.

– Gül geldi.

Gül ne yapacağını bilemez haldeydi. Köfter olayından beri ilk defa geliyordu. Henüz bir şey düşünmeden, Hülya müdahale etti.

– Mutfakta biber dolduruyorum. Bana yardım etmek ister misin tatlım?

Hülya mutfakta Gül'e fısıldadı.

– Son zamanlarda iyice göremez oldu. Allah korusun, böyle giderse tamamen kör olacak. Geçen gün, Timur'u bile tanıyamadı; kapıya zor sığan tek insan olduğu halde.

Gül halasına yardıma koyuldu. Yanı sıra da halası, komşulardan duyduğunu aktarıyor, bu kışın ılık geçeceğini söylüyordu. İlkbaharda bağa geleceğini de ballandıra ballandıra anlatıyordu. Kocasından tek söz etmiyordu. Yarım saat sonra, Gül'ün sorduğu tek soru, "Dışarı çıkabilir miyim?" oldu.

– Olur ama önce ellerini yıka.

Gül, dışarıdaki tek çeşmeye gitti. Ev yapımı sabunla ellerini bir güzel yıkadı. Timur'un evinde su yoktu. Hatta şehirde birçok evde de yoktu. Sadece mahalle aralarında çeşmeler vardı. Gül testiyle su doldurmaya gitmeyi seviyordu. Çünkü çeşmenin başında arkadaşlarıyla karşılaşıyordu. Burada, bağdaki gibi ağır tulumba kolunu kaldırmasına gerek yoktu. İp gibi akan suyun altında kaplar dolarken, çocuklar türlü oyunlar oynar, bu arada zamanın nasıl geçtiğini unuturlardı.

Bir defasında Gül, kaplarını su sırasına koymuştu. Bir ara dönüp baktığında, su kapları yerinde yoktu. Her yeri aradı, ama kapları bulamadı. Sonunda eve gitti ama evdekilere durumu nasıl anlatacağını kara kara düşünüyordu. Kapıdan girer girmez, babasının sözleri şöyle oldu.

– Saatlerdir burada su bekliyoruz. Bundan haberin var mı? Hanımefendi ne yapıyor, suyun başında saklambaç oynuyor. Seni ben oyun oynamaya mı gönderdim, söylesene bana, seni ben oyun oynayasın diye mi gönderdim? Sonunda gidip kendim su getirdim.

Bir yandan da başını sallıyordu.

– Sen artık küçük bir çocuk değilsin. Bir daha böyle bir şey istemiyorum; tamam mı? Sana söylüyorum.

Gül başını salladı.

Akşam yemeğinden sonra Timur sigarasını içerken, Arzu çocuklarla konuşuyordu.

– Halanızla ilgili hiç kimseye bir şey söylemeyin. Size bir şey soracak olurlarsa, bir şey bilmediğinizi söyleyin.

Gül, ama ben hakikaten bir şey bilmiyorum, diyecek oldu ama kendisini frenlemeyi bildi.

– Milletin ağzına sakız olmanın lüzumu yok.

Son cümleyi Gül sıklıkla duymuştu. Kuşku yok, Melike daha sıklıkla duymuştu. Küçük kız, okulda Sezen adında bir doktorun kızıyla arkadaşlık kurmuştu ve sık sık onların evine gidiyordu. Küçük yerlerde doktorlar, saygın ve de zengin insanlardır. Köylülerin mahsullerini Tufan'a vermelerine bağlı olarak, Timur'un işlerinin artık eskisi gibi olmadığı lafları dolaşmaya başlamıştı. Hatta Tufan'ın kazandığı paraları altın olarak sakladığı bile söyleniyordu.

Timur'un birikimi de erimeye başlamıştı. Ayrıca, yakında bir boğaz daha beslemek zorunda kalacaktı. Gerçi, henüz sıkıntıya düşmemişlerdi. Sofralarında yumurta, sucuk ve kavurma eksik olmuyordu henüz. Sadece eskisi gibi bonkörlük yapamıyordu. Arzu ise, karısı Fatma gibi değildi, para idaresini bilmiyordu. Kendisi ise bu konuda hiç yetenekli değildi; daha iyi fiyat verdiği halde köylüleri ikna edememesi gibi. Tufan da bir dedikodu yaymıştı; Timur ne kadar iyi fiyat verirse versin, sonunda zaten parayı ödemeyecek, paraları aldığı gibi İstanbul'a Beşiktaş'ın maçına gidecekti. Timur'un, paraları peşin ödeyeceği taahhüdü de bir işe yaramamıştı. Boş laflar ve dedikodu, onun kâğıt paralarından daha değerliydi. Çünkü o, bu laflarla nasıl baş edileceğini bilemiyordu.

Melike Sezen'e her gidişinde, annesi ona, "Orada yemek yeme. İnsanlar da evde yemeğimiz olmadığını zannedecekler. Milletin ağzına sakız olmanın hiç lüzumu yok," diyordu.

Gül, Melike'nin orada yemek yediğini biliyordu. Hatta doktorun evinde yediği çikolataların renkli ve kokulu kâğıtlarını sakladığını da görmüştü.

Milletin ağzına sakız olmamak için, Arzu'nun kendine göre nedenleri vardı. İlk kocasıyla başından geçenlerin unutulmaya yüz tutmuş olmasına yeni yeni seviniyordu zaten. Belki de gün gelecek, ilk evliliği tamamen unutulacaktı. Eğer bir laf bir kere yayılırsa, artık onun önünü almak mümkün olmuyordu. Arzu sadece, kocasının güçlü ve kuvvetli olmasıyla anılmak istiyordu, varlıklı olmasıyla. Belki, hakiki Bursa ipeğinden başörtüsü olduğu hakkında herkesin konuşmasını istemiyordu, fakat hayranlık ve birazcık da kıskançlıkla konuşmalarını istiyordu.

Çocuklarının giydiği hapishane çorabından söz edilmesini asla istemiyordu. Yıllarca, hapishane çorabı denince, ince gri ve parmak uçları çabuk delinen bir çorap geliyordu Gül'ün aklına. Annesi, topukları olmayan çorabın nasıl tamir edileceğini Gül'e öğretmişti; çorabın ön tarafı kesilecek ve tekrar dikilecekti. Böyle yapa yapa çorap iyice kısalınca, Timur yeni hapishane çorabı alıyordu.

Küçüklüğünden beri Gül, bu iki kelimeyi birlikte duymuştu. Onun için bu, çatal kaşık demek gibi bir şeydi. Kardeşlerinin kışın okula giderken giydiği diz çorabı, külotlu çorap ve hapishane çorabı. Gül yıllar sonra, hapishane çorabının, yakınlardaki hapishanede yatan mahkûmların oyalanmak ve biraz da para kazanmak için ördükleri çorap olduğunu anlayacaktı.

Bu durumu henüz anladığı günlerde, şehirdeki birçok insan gibi, akşamları lamba ışığı altında, çorapların parmak ucu kısmını, giyerken rahatsız etmeyecek şekilde, özenle tamir ederdi.

İlkbaharda bütün bunlara ihtiyaç yoktu. Bu zamanlarda kızlar, sahip oldukları bir çift ayakkabıyı giyer, okula giderlerdi. Sıcaklar iyice bastırınca, onlara da ihtiyaç kalmazdı. Belki en fazla, ayakları terleten plastik terlik giyerlerdi.

İkinci bir çift ayakkabı almak için yeteri kadar paraları olsa dahi bu, müsriflik gibi gelirdi. İster fakir, ister zengin olsun, bu şehirde herkes bu konuda hemfikirdi.

Buna karşılık radyo, kabul edilebilir bir lüks olarak görülüyordu. Radyodan herkes sebepleniyordu. Bazen, radyo dinlemek için misafir bile gelirdi. Fakat kışın radyo yazları kadar zevkli olmuyordu. Kış akşamlarında radyo, Beşiktaş'ın maçının naklen yayınına ayarlanıyordu. Radyo artık sadece yeni görenler için cazibesini yitirmemişti. Eğlence paylaşılmazsa eğlence olmaz, inancı hakimdi, ama buna rağmen Timur, şehirdeki evin çatısına hoparlör yerleştirmemişti.

Yılın ilk karı yağdığı gün, Gül okula gitti. Önce tek tük düşen kar, daha sonra lapa lapa yağmaya başladı. Gül öğle paydosunda babasının dükkânına doğru yürürken karda kart kurt sesleri çıkmaya başlamıştı. Melike ile Sezen kardan adam yapmaya koyulmuştu.

Demirci dükkânı hep olduğu gibi sıcacıktı. Timur bir tabureye oturmuştu. Yüzü asıktı. Gül'ü görünce yüzüne bir tebessüm geldi.

– Gel içeri güzel kızım. Biraz para kazanmak ister misin?

Şimdiye kadar onu hiç böyle karşılamamıştı. Gül, çantasını bir kenara bırakarak hemen körüğün başına geçti.

– Hayır, hayır. Yanıma gel.

Pantolonunun paçasını sıyırınca, tüysüz baldırı

ortaya çıktı. Halbuki gömleğinin yakası kıl yuvası gibiydi. Timur her gün sakal tıraşı olmadığı için, Gül bile sakalın batışından rahatsız olurdu. Babasının baldırını ise ilk defa görüyordu. Oysa, en azından bacaklarının da kolları kadar kıllı olduğunu zannediyordu.

Bacaklarında sadece az kıl yoktu. Aynı zamanda bacak derisi pul puldu ve kızarıktı. Neredeyse kırmızının her tonu mevcuttu; pembeden vişne rengine kadar. Timur kızına döndü.

– Bacaklarım o kadar çok kaşınıyor ki, biraz kaşır mısın?

Gül önce, bu pembeleşmiş ve kızarmış görüntüden ürperdi. Timur, inleyip oflamalarıyla buna ne kadar ihtiyacı olduğunu göstermeye çalıştı. Gül, kuru ve çatlak deriye dokununca, derinin pul pul döküldüğünü ve ardından da babasının bacak derisinin, ellerinin derisinden daha sert ve pütür pütür olduğunu fark edince şaşırdı. Kaşımasının, babasını nasıl rahatlattığını ve mutlu ettiğini görünce de derinin rengine çabuk alıştı.

Karın yağdığı ilk gün, Timur'un bacaklarını kızına kaşıttığının da ilk günüydü. Ondan sonra da zaten bu kaşımalar günlük rutin halini almaya başladı. Çünkü Demirci, bir daha doktora gitmek niyetinde değildi.

Doktorlara güvenmiyordu. Sadece, kardeşi tüm tedaviye rağmen doğru dürüst yürüyemediği veya şaşı kaldığı için değildi bu güvensizliği. İlk karısı Fatma'nın, doktorların gözetiminde ölmesiydi onu bu güvensizliğe iten.

Karısı ve kardeşinin ısrarları sonucu bir doktora muayene olduğu zaman, doktor, egzaması için, çok kötü kokulu bir merhem vermişti. Sabah ve akşam olmak üzere günde iki defa süreceği bu merhemi iki hafta kadar kullandıktan sonra, bir yararı olmuyor diye fırlatıp atmış ve "Böyle bir merhemi, ineğimi iyileştirmek için bile kullanmam be!" demişti.

Böylece, bacaklarını önce Gül'e ve daha sonra da Melike ve Sibel'e kaşıtmaya başladı. Melike, harçlık isteyeceği zaman, bacaklarını kaşımamı ister misin, diye sorardı. Timur da genellikle onu başından savardı. Çünkü beş dakika sonra ya bırakır ya da kanatmaya başladığı için Timur bıraktırırdı. Ondan sonra da Gül veya Sibel'i beklemeye koyulurdu. Sibel, ödevlerini yaptığı parmaklarıyla, babasının bacaklarını tatlı tatlı kaşırdı. Küçük kız, bu işi yaparken kendini o kadar kaptırırdı ki, bazen dudakları oynamaya başlar ya da bir şeyler mırıldanırdı. Kızının dalıp gitmiş bakışlarını ve kıpırdayan dudaklarını gören Timur da her defasında gülümserdi.

Timur, inek ve eşeği, atından daha çok severdi. Çünkü atların binicisine göre kişnediğini düşünürdü. Bu yüzden de onlara biraz daha az saygı duyardı. Ama inatçı eşeği öyle miydi ya; hele ondan daha inatçı olan ineğine ne demeli. İnek, sabah ahırdan çıkmak istemez, akşam da otlaktan dönmek istemezdi. Dönerken, Timur'un inancına göre, bilerek yanlış yollara sapardı. Bir gün, yine otlaktan eve dönerken, sürekli yanlış yollara sapmasından dolayı ineğe çok kızdı ve bağırmaya başladı.

– Yeter be! Yarından tezi yok satacağım seni. Senden daha iyisini her yerde bulurum ben.

Bu sözlerden sonra inek, Timur'un yanında usulca yürümeye ve ağlamaya başladı. En azından, Timur,

Gül'e böyle anlatmıştı. Hiç olmazsa, ondan sonra ineğin inatçılık yapmadığı kısmı doğruydu.

O günden sonra inek ile Timur arasında bir oyun gelişti; Timur başını ineğe doğru uzatıyor, o da burnuyla onun şapkasını düşürüyordu. Timur şapkasını havada tutuyor, ardından kahkahayı patlatıyor ve kızını okşuyordu. Onu, kızım diye çağırıyordu.

Bir gün oyun oynarken, inek, Timur'un yaralanmasına yol açtı. Kısacık boynuzuyla Timur'un yanağında bir çiziğe neden oldu. Ama o güldü geçti buna. Bu olayı karısı akşam öğrendi.

– Nee? İnekle oyun da mı oynuyorsun sen? Sen iyi davranıyorsun bu hayvanlara ve onlar da sana olan şükranlarını böyle gösteriyor. İnsan bir ineğe nasıl bu kadar düşkün olabilir ki?

– Sen anlamazsın bunu, dediğinde Timur, konu kapanmıştı artık.

Gerçekten de Arzu sustu. Bu adam, bir inekten daha duyarsız ve hatta yaralayıcı olabiliyordu.

Arzu, kocasının düzenli olarak, ilk karısının kabrini ziyaret etmesinden rahatsız oluyordu. Uzun zaman başında kaldığı için nadiren onunla birlikte gidiyordu. Timur, kabrin başında diz çöker, gözlerini kapar ve dakikalarca öylece kalakalırdı.

– N'apıyorsun öyle saatlerce orada Allah aşkına?

– Fatma ile konuşuyorum.

– Peki ne diyorsun ona?

– Diyorum ki, Fatma, bak, uzun zamandan beri orada yatıyorsun. Buraya gelsen, en azından şöyle bir-iki haftalığına da olsa şu Arzu ile yer değiştirsen, olmaz mı?

Gül, babasının bacaklarını kaşıdığı ilk gün, okuldan dönerken, kaybolduğu zaman elekçinin onu götürdüğü evin sahibi adamla karşılaşmıştı. Adam Gül'ü tanımadı, ama Gül adamı hemen tanıdı ve o gün gözlerinin önünde bir resim gibi belirdi. Adamın sözleri kulaklarında yankılandı: Git oradan be! Bu benim kızım değil. Benim zaten dört tane kızım var. Ben erkek evlat istiyorum. Rabbim bana bir erkek evlat vermedi. Kız çocuğu eksik olsun.

Babası hiç söz etmese de, Gül, babasının da bir erkek evlat istediğini biliyordu. O anda, adamın sözlerinin kulaklarında yankılandığı anda, biliyordu ki, babasının isteği yerine gelecekti. Bir resim belirdi gözünün önünde; küçük erkek kardeşinin resmi; küçücük, bas bas bağıran, çakır gözlü ve sarı saçlı bir erkek bebek. Bu öylesine güçlü bir resimdi ki, tıpkı, ateşler içinde yattığı zaman, tavanın, üzerine düşüp çığlık çığlığa uyanması gibiydi. Erkek kardeşini gördüğü resim de aynı o resim gibiydi. Aradaki tek fark şuydu: Gül bu defa hasta değildi. O, doğacak kardeşinin erkek olacağından emindi. Onun için de adı, Emin, olmalıydı.

Aynı akşam Gül yine adı gibi emindi ki, babası sigarayı bırakacaktı. Orada öylece oturmuş, radyoyu kapatmış, bir elinde sigara, bir elinde rakı kadehi, dertli dertli düşünüyordu. Sinirli olduğu belliydi. Bacaklarını Gül'ün kaşımasından sonraki huzur dolu hali de kalmamıştı. Belki, dükkânda çırağı bir aptallık yapmış ve onu kızdırmıştı. Belki, kahvede tavla oyununda hezimete uğramış ve kızmıştı. Belki de Arzu'nun çatalı tutuşuna veya bitmek bilmeyen konuşmasına kızmıştı. Şimdi bilemediği herhangi bir şeye. Beşiktaş kaybettiğinde hiç sakınmadan ağzına geleni söylerdi. Oysa şimdi sadece mırıldanıyordu.

– Dört kız evladı. Allah'ıma şükür.

Hiç farkında olmadan Gül'ün saçlarını okşuyordu. Eli kızın ensesine kaydı.

– Allah'ım bir de erkek evlat verse.

Arzu'nun karnına bakıyordu bunu söylerken; bu isteğini ilk defa dile getiriyordu büyük kızının yanında.

– Allah'ım bana bir erkek evlat verirse eğer, yemin ediyorum sigarayı bırakacağım.

Babasının sigara içip içmemesi Gül için önemli değildi. Nasıl olsa bırakacağından emindi. Annesinin ise bunlardan haberi olmadığı belliydi. Çok sonraları, büyüyüp evlendiği ve kendisi sigara içmeye başladığı zaman, sık sık dönüp bu günleri hatırlayacaktı. Babasının sigarayı bırakacak iradeye sahip olduğundan emindi.

Okullar kapanmıştı. Bağdaydılar yine. Arzu, akşamüstü serinliliğinin keyfini çıkarmak için uzanmıştı. Kızlar diğer odaya yollandılar ve ardından hemen Melike ile Sibel'in kavgası başladı.

– Dün saklambaç oynarken eve saklandın, dedi Sibel Melike'ye.

Oyunda kaybetmeyi gurur meselesi yapan Melike ise itiraz ediyordu.

– Hiç de değil.

Yakalamaca, ip atlama ve top oyunlarında neredeyse hep o kazanırdı. Çok çabuk ve becerikliydi. Hatta ortaokuldayken, okulun voleybol takımında bile oynayacaktı. Ancak saklambaç oyununda zayıftı. Ebenin onu bulamayacağı yerlere saklanır, fakat orada sabırla bekleyemezdi.

– Tabii, eve saklandın. Nalan seni görmüş.
– Sen o küçücük çocuğa mı inanıyorsun.
– Seni görmüş.
– Hayır, görmedi.
Melike Sibel'e bir tekme vurdu. Bu sefer işe Gül karıştı.
– Yeter artık.
– Sen karışma.
– Evdeydin işte.
– Hiç bile, diye cevapladıktan sonra Melike, Sibel'e yine vurmaya çalıştı. Sibel, eğilerek kurtuldu, ama ısrarından vazgeçmiyordu.
– Evdeydin işte.
Gül Melike'ye döndü.
– Rahat bırak çocuğu, dedi, ama Melike Sibel'e doğru iki adım attı.

Melike, Gül'e bakmak için başını çevirdiği anda Sibel, Melike'ye bir tekme indirdi ve ardından hemen divana kaçtı. Arkasından Melike de fırladı ve Sibel'i divanda yakaladı. Gül, kardeşlerini ayırmaya çalışıyordu; ayaklar, bacaklar, kollar havada uçuşuyor; saçlar, başlar çekiştiriliyor, yüzler tırmalanıyordu. Üç kız, tam bir kördüğüm olmuştu. Gül, bu düğümden zorlukla kurtuldu.

O da ne? Karnının altındaki omuz Melike'nin omuzu muydu acaba? Peki, kendi kolları neredeydi? Melike'nin sırtı üzerinden yere doğru düşerken, niye kollarını uzatmıyordu? Baş aşağı divandan düşmüş, bacakları tavana bakıyordu. Burnunun değdiği yerde, gece su içtikleri bakır sürahi duruyordu. Sürahi tepetaklak, diye geçti Gül'ün aklından ve aniden acıyı hissetti.

Bağırmadı bile. Sessizdi. Diğerleri de sanki olacaklardan haberdarmış gibi suspus olmuşlardı.

Sanki birisi onu, bir kapıdan içeri çağırmıştı ve arkasından duvarları, tavanı ve zemini olmayan, ama içinde sadece acı bulunan karanlık büyük bir odaya itivermişti. Birkaç dakika sonra hiçbir şey algılamaz olmuştu. Dünya durmuştu sanki. Daha biraz önce kollar, ayaklar ve bacaklardan oluşan bir yumak vardı. Şimdiyse hiçbir uzvunu hissetmiyordu. Sadece o acıyı, beynini oyan ve nefesini kesen o acıyı hissediyordu.

Beş dakika kadar sonra, ellerini burnunun üzerinden kaldırıp aynada yüzüne baktığında, gözlerinin altının kızarmış, burnunun çevresinin morarmış olduğunu gördü. Farkında olmadan ağlamış olmalıydı.

Annesinin başka dertleri olduğunu ve her an Emin'in dünyaya gelebileceğini bildiği için ona gidemezdi. Gül, kardeşlerini ayıramadığı ve kavgaya dahil olduğu için kendisini suçlu hissediyordu. Odadan dışarı çıkıp olan biteni anlatmaya korkuyordu. Ayrıca yüzü, korkusunu daha da büyütüyordu. Olduğu yere uzanıverdi ve kendisini acıya teslim etti.

On-on beş dakika içinde, tıpkı ölürken Fatma'nın gözlerinin altında belirdiği gibi morluklar oluşmaya başladı. Yüzü o kadar çabuk şişmişti ki, burun kemiği neredeyse kaybolmuştu.

Babası odaya gelene kadar geçen süreyi tahmin edemiyordu; kardeşinin doğup doğmadığını, Sibel'in babasını çağırıp çağırmadığını bilmiyordu. Bildiği tek şey, acı ve korku hissettiğiydi. Burunsuz Abdül gibi olacağı korkusuydu.

– Dur bakayım, dedi babası ve Gül'e doğru eğildi.
Gül babasının gözlerinde korkuyu görüyordu.
– N'oldu?
– Oynarken oldu.
Sesi kendisine bile yabancı geldi.
– Kendi düşen ağlamaz.
Babasının sıklıkla kullandığı bir cümleydi bu. Ama bu defa gerçek anlamında söylemediği belliydi.
– Acıyor mu?
Cevap vermek yerine, Gül'ün gözlerinden tek tek damlalar halinde, ardından sicim gibi gözyaşları dökülmeye başladı. Timur dikkatlice, parmağını burun kemiğinin üzerine koydu.

Ebe gideli çok olmuştu. Artık adını Emin koyacağı bir erkek evlat sahibiydi. Sigarayı bırakacaktı, ama önce kızıyla ilgilenmesi gerekiyordu.

– Hanım, Gül düşmüş ve canını yakmış. Bu işte Melike'nin parmağı vardır ya, hadi bakalım. Ben doktor çağırmaya gidiyorum, derken Arzu'nun yeni bebeğiyle yattığı odaya girdi. Şapkasını aldı; yaz-kış şapkasız dışarı çıkmazdı.

– Neyi var?
– Yüzü morarmış. Çok kötü görünüyor.
– Nee?
– Belki de burnu kırılmıştır.
– Doktor almaya gitme.
– Neden ki?
– Bize kimse inanmaz, çocuğun oyun oynarken bu hale geldiğine. İnsanlar senin dövdüğünü zannedecekler ve senin hakkında kötü konuşacaklar. Karısı yatarken bir çocukla baş edemedi, diyecekler. Milletin ağzına sakız olacağız.

Öylece, kararsız vaziyette kalakaldı. Karısının söylediklerinin haklılık payı yok değildi.

– Peki ne yapacağız şimdi?

– Geçer o geçer. Birkaç gün sokağa çıkmayıverir; kimse bir şey anlamaz. Çocuk bu; çabuk iyileşir.

Timur olduğu yerde duruyor, şapkasını evirip çeviriyordu. Oğlu hiç ses çıkarmıyordu. Demirci zorlanmıştı. Babası ölünce, çok genç yaşta evin erkeği olmak zorunda kalmıştı. Buna rağmen, önceleri annesinden sonra da Fatma'dan sıklıkla akıl almak durumunda kalmıştı. Kadınların, bazı konuları daha iyi düşündüğü olgusu kafasında yer etmişti. Annesi Fatma ile evlendirmemiş miydi? Fatma halı dokurken ve parasını idare ederken hiç de fena değildi durumu. Eğer şimdi eve doktor getirirse, herkes onun hakkında kötü konuşmaz mıydı?

Kocaman adam, küçücük çocuğu üzerinde kuvvetini denemiş, demezler mi? Eğer doktor getirecek olursan ailemize çok büyük kötülük yaparsın. Herkes seni Melike'yi döverken zaten görmedi mi? İnsanlar, çocuğu o kadar dövdün ki, sonunda doktor getirmek zorunda kaldın zannedecekler. Allah'ını seviyorsan bunu yapma.

Timur şapkasını bir kenara koydu. Şimdi canı bir sigara istiyordu işte. Ama Allah ona bir erkek evladı vermişti ve artık sigara içmeyecekti. Bir daha asla. Bahçeye çıktı. Cebinden paketi çıkardı. Bir süredir sarma sigarayı bırakmıştı. Paket, yarısına kadar doluydu. İçinden çıkardığı sigaraları tek, tek, parmakları arasında parçalamaya başladı. Bir erkek evlat. Bugünün mutlu bir gün olması lazımdı. Doktorların hepsi zaten üfürükçü değil miydi? Biraz okumuşlar ama hiçbir şey öğrenmemişlerdi. İstanbul'daki bir baytar, ineği sadece resimlerde gördüğünü kendi ağzıyla söylememiş miydi? İşte, doktorların hepsi böyle; hiçbir şeyden haberleri yok.

Gül, sırtüstü divanda yatıyordu. Sibel, içecek bir şeyler getirdi. Gül'ün dudakları bile uyuşmuş gibiydi. Hiçbir şey hissetmiyordu ve morarmıştı. Parmaklarıyla yüzüne dokunuyor, hiçbir şey hissetmiyordu. Gül gözlerini kapattığında, gözlerinin önünde Burunsuz Abdül'ün resmi ve son kurban bayramındaki silueti canlanıveriyordu.

Geçen kurban bayramında babası bir koyun kesmişti. Gül, hayvana acımıştı, ama ne korku ne de tiksinti hissetmişti. Sonra da bir güzel yemişlerdi. Timur, hayvanı kestikten sonra kanını boşaltmış ve etleri parçalamıştı. Kestiği but, koyduğu kapta kasılmaya devam ediyordu. İşte, Gül'ün korktuğu an, bu andı. Çünkü olmaması gereken yerde yaşam vardı. Et parçasına öylece bakakaldı ve çok istediği halde ellemeye cesaret edemedi. Yaşam, koyundan bağımsız olarak devam etmekteydi. İşte şimdi, acı da böyleydi; acı vardı ve oradaydı. Ondan bağımsız olarak varlığını sürdürüyordu. Ondan büyüktü ve onun üzerini örtüyordu.

Herhalde ondan sonra da uyumuş olmalıydı; çünkü babasının odaya gelişini, kuşların ötüşünü ve biraz sonra güneşin doğacağını fark etmedi.

– Gül, dedi babası fısıldayarak. Hadi giyin de dışarı gel. Bak, doktor geldi.

Düştüğünden beri ilk defa, Gül odadan dışarı çıktı. Giyinmesine bile gerek yoktu. Dün hiç soyunmamıştı çünkü. Ayağa kalktığı zaman, acının şekli değişiyordu; ancak inlemeden tahammül edebiliyordu.

Koridorda, elinde çantayla bekleyen doktorun yanına gitmeden, bir an durdu ve aynaya baktı. Gözlerinin altında başlayan morluklar, elmacık kemiklerine kadar devam ediyor, orada biraz sarımsılaşıyordu. Burun kemiği ise gerçekten fark edilmeyecek gibiydi.

Yakında, hakikaten Burunsuz Abdül gibi görünecekti. Zaten doktor onun için gelmişti. Burnunu alıp gidecekti. O da artık burunsuz Gül olacaktı. Çocuklar onu sokakta görünce, oyunu bırakıp arkasından koşacaklardı. Artık, sokağa çıkmaya cesaret edemezdi. Gözyaşlarını hissediyor, fakat akmıyorlardı. Herhangi bir yerde birikiyor olmalıydılar.

– Otur şöyle kızım. Korkmana hiç gerek yok.

İki parmağını dikkatlice kaşlarının arasına koydu, Gül'ün derisi geriliyordu,

– Acıyor mu? diye sordu doktor.

Başını sallayarak cevap vermek istedi. Acı duyacağını hissedince vazgeçti.

– Hayır.

Doktor parmaklarıyla dikkatlice burun kemiğini bastırdı. Bir noktaya gelince baskıyı iyice arttırdı. Bu hareket Gül'ün gözlerini doldurdu, ama ses çıkarmadı.

– Kırılmış, dedi doktor, muayene boyunca yanında duran Timur'a dönerek. Başka zaman sigara tutan elinde şapkası vardı.

Timur, Gül'ün arkasına geçti, başını tuttu. Doktor parmaklarıyla muayeneye devam etti. Babasının ellerini hisseden küçük kız, biraz daha sakinledi.

Doktor, seri bir hareketle burun kemiğini düzeltiverdi. Gül'ün biriken bütün gözyaşları boşalıverdi. Aynı zamanda kendisine yabancı gelen bir çığlık attı.

– Geçti kızım. Geçti.

Timur'a haplar verdi ve ekledi.

– Bunlar ağrı kesici. Günde sadece yarım tablet alacak. Çocuk olduğu için çabuk iyileşir. Üç gün sonra hiçbir şeyi kalmaz.

Gül, doktorun bunları kendisini sakinleştirmek için söylediğini, hiç kimsenin kendisine, Burunsuz Abdül gibi olacağını söylemeyeceğini biliyordu. Gerçekten böyle olsa bile.

Timur bir yandan doktora göz kırparken, Gül'e, "Senin için daha iyi olur, birkaç gün evden dışarı çıkmazsın," dedi.

– Evet. Birkaç gün evden çıkmazsan senin için daha iyi olur, diye ekledi doktor da.

Gül, bütün olan biteni bir gözyaşı perdesinin arkasından izliyordu. Sanki kulağı ile dünya arasında da bir perde vardı. Birkaç gün evde kalması onun için de önemli değildi.

Melike, sonbaharda dördüncü sınıfa başlayacaktı. Hâlâ gece kalkmıyor ve yatağını ıslatmaya devam ediyordu. Bu gibi durumlarda eskisi gibi ortadan kaybolmuyor, yatak örtüsünü kendisi değiştiriyordu. Doktor ayrıldıktan sonra Gül tekrar yatağına döndü. Hapın etkisiyle ve geceden uykusuz olması nedeniyle bitkin bir haldeydi. Melike'nin getirdiği bir bardak sıcak sütü, minnet duygusuyla aldı ve derin bir uykuya daldı.

Zeliha ile Hülya, sabah erkenden yeni doğan bebeği görmeye geldiler. Timur, Gül'ün burun kemiğinin kırıldığı haberini verdi. Hülya hemen, Gül'ün yattığı odaya geçti. Kapıyı arkasından kapatırken Gül uyandı.

Halasının bakışını gördü, fakat halası bir saniye sonra gülümsemeye başladı. Başından kayan başörtüsünü çıkardı. Yatağın kıyısına oturdu.

– Canım benim.

Gül'ün gözlerinin altındaki morluklar, tıpkı Fatma'nın ölümünden önceki morluklara benziyordu.

– Geçecek güzelim. Geçecek. Hiçbir şeyin kalmayacak.

Gül o zamana kadar halasını, sadece hamamda başörtüsüz görmüştü. Onun içindir ki, şimdi halası ona yabancı ama güzel görünmüştü.

– Acıyor mu, güzel kızım?

Hülya özenle, küçük kızı alnından öptü.

Gül az önce, halasının bakışını görmüştü. O anda, halası çırılçıplak gelmişti ona, hem de hamamda gördüğünden daha çıplak. Onun şehla bakışlarındaki korkuyu görmüştü. Göz açıp kapayıncaya kadar geçen süre içinde, tüm maskeler düşmüştü; her kelime, her gülümseme ve her gözyaşı bir an için yok olmuş ve gerçeği görmüştü. O an için dünya, sadece duvara fırlatılan kaşığın çıkardığı sesten ibaretti.

Babaannesi bu bakışlara sahip değildi. Kısa bir an Gül'e baktı.

– Ohooo bu neredeyse tamamen iyileşmiş. O kadar da kötü bir şey yok, dedi ilgisizce.

Paketinden çıkardığı sigarayı yakmak için kutudan kibrit çıkarması epey zaman aldı.

Gül tekrar uyandığında, yastığının kıyısında, Melike'nin Sezenlerden getirdiği ve hiç kimseyle paylaşmadığı çikolataların paketi gibi paket içinde olan bir çikolata buldu.

Gül, ambalaj kâğıdını yırtmamak için özenle açtı ve bir güzel yedi çikolatayı. Dışarıdan, kendisinin henüz görmediği yeni bebeği görmeye gelen konu komşu ve ahbapların gürültüleri geliyordu. Sesler arasından, Fuat dayısının sesini tanıdı. Dayısı Gül'den sadece birkaç yaş büyüktü. Onun hakkında bildiği; bir berberin yanında çıraklık yaptığı ve topuklarına bastığı için ayakkabısının neredeyse artık terlik gibi olduğuydu. Bunu birçok erkek yapıyordu, ama onların hepsinin yaşı Fuat'tan çok daha büyüktü.

Gül, uykuya dalmadan önce, sanki Yücel eniştesinin sesini duyar gibi oldu. Gül, eniştesini, halası babaannesinin yanında kalmaya başladığından beri görmemişti. Eniştesinin Sibel'i ayaklarında sallayarak uyuttuğu günler, sıklıkla gözünün önüne geliyordu. Kendisine kalsa kalkacak ve ona koşacaktı. Oysa yatakta zorlukla dönebiliyordu. Uyuyakaldı.

Ağrılarından dolayı gece yarısı uyandığında, herkes uyuyordu. Kendisini halsiz ve hasta hissediyordu. Alnı sanki burguyla deliniyordu. İlaç içmek istiyordu. İyileşmek için ilaç içmesi gerekiyordu. Mutfak dolabında olmalıydılar. Mutfağa gidebilmesi için babalarının uyuduğu odadan geçmek zorundaydı. El fenerini almadı; ay ışığı yeteri kadar ortalığı aydınlatıyordu.

Kapıyı yavaşça açmasına rağmen annesi uyandı. Gül annesinin yanındaki küçük erkek kardeşini gördü ve annesinin fısıldamasına kulak verdi.

– N'oldu?

Aynı fısıltıyla cevapladı.

– İlacımı alacağım.

Arzu, diziyle mutfağı gösterdi. Gül mutfağa gitti ve dolaptan ilacını aldı. Annesi o kadar tertipli bir insandı ki, herhangi bir şeyi aramak zorunda kalmazdı. İlaçların mutfaktaki yeşil tahta dolabın sol alt tarafında olması gerekirdi. Çünkü bu tür şeylerin yeri orasıydı.

Arzu, her şeyin yerli yerinde olması gerekir, derdi. Gül, annesinin haklı olduğunu bir kez daha anlamıştı. Haplar sanki biraz daha büyümüş gibi geldi, son içtiğinden beri. Bir bardağa su doldurdu ve hapı yuttu. Yatağa geri döndü. Kısa bir süre sonra yine uyandı, ağrısı vardı. Yine mutfağa gitti; bir hap daha yuttu.

Bir zaman sonra, zorlukla gözlerini açtı. Birisi yanağına dokunuyordu. Göz kapakları birbirine yapışmıştı sanki. Birisi alnını ıslak bezle siliyordu. Ona kalsa uyuyacaktı, çünkü kendisini o kadar halsiz ve yorgun hissediyordu. Sadece uyumak istiyordu.

Gül, gözlerini kapattı. Ardından tanıdık sesler duydu. Ağzını açıp cevap verecek hali yoktu. Cevap olarak sadece mırıldandı. Annesinin sözlerini duymuyordu bile.

– Gördün mü? Doktor getirmeseydin bütün bunlar başımıza gelmeyecekti. Nereden aklına geldi ki, komşular görmesin diye gece yarısı doktor getirmek. Şimdi bu ilaçları içe içe bu çocuk ölürse ne yapacaksın bakalım?

Gül tekrar uyandığında, hava aydınlıktı. Vakit öğleye geliyordu. Abdurrahman Amca'nın sesini duydu.

– Benim ufaklık nerede kaldı bir bakayım dedim.

Abdurrahman Amca geldiğine göre, herhalde günlerden salıydı. Burnu pazar günü kırılmış olmalıydı. Ne kadar zaman geçti acaba? Gül'ün karnı çok acıkmıştı, hem de çok. Dersten çok yemeğe ihtiyacı vardı. Derse zaten pek ihtiyaç duymuyordu. Sonbaharda beşinci sınıfa gidecekti ve ardından ilkokul diploması alacaktı. Nasıl olsa okuma-yazma ve hesap biliyor, Osmanlı padişahlarının sırasını karıştırmasının o kadar önemli olmadığını düşünüyordu. Ayrıca, bu yıl Abdurrahman Amca'nın yanında kalan kızı da pek sevmemişti.

Abdurrahman Amca, her yıl köyleri dolaşır; yoksul ailelerin küçük kız çocuklarını alır getirir; hem onları evinde besler, hem de ev işlerini gördürürdü.

– Gül hasta, dedi Arzu. Ama Gül'ün sesi geldi içeriden.

– Buradayım, dedi boğuk bir sesle.

Abdurrahman Amca içeri girdi. Gül'ü görünce, yüz ifadesinde hiçbir değişiklik olmadı.

– Oooo, hasta mı benim kızım? Küçük hanım beni haftaya mı ziyaret edecek?

– Evet.

Cildi hafifçe gerildi.

– O zamana kadar sana kitap getireyim okuman için. Canın sıkılmasın böyle yata yata.

Abdurrahman Amca gidince Arzu, Gül'e döndü.

– İnsanların seni böyle görmesini istemiyorum. Milletin ağzına sakız yapacaksın bizi. Ben söyleyene kadar odadan çıkmayacaksın, kimseyi de içeri çağırmak yok, tamam mı?

– Tamam.

– Eğer tekrar ilaç içmek istersen bana haber vereceksin, tamam mı? Çok ilaç içtin. Bu kadar ilaç zarar verir.

Tam Gül karnının acıktığını söyleyecekti ki, Arzu sordu.

– İki gündür yatıyorsun, acıkmışsındır, ha? Bir şeyler

ısıtayım mı? Patlıcan, pilav, fasulye, yoğurt ve ekmeğimiz var. Hepsinden biraz katayım mı?

Gül, boğazı gıcıklanmasın diye başıyla onayladı ve gülümsedi.

Abdurrahman Amca'nın getirdiği kitap, çok kalın, büyükler için bir kitaptı. Ama nasıl olsa Gül'ün yapacağı işi yoktu. Sadece annesinin verdiği çorapları tamir ediyordu. Kitabı okumaya koyuldu. Okudukları, gözlerinin önüne kocaman evleri, şık giysili yabancı insanları getiriyordu. Kitapta geçen yabancı isimleri karıştırmaya başladı. Buna karşılık, sayfaları çevirdikçe karakterler ete kemiğe büründü. Ancak, kitapta kendi dünyası ile ilgili hiçbir şey bulamıyordu. Genç kızın başından geçenlere onunla birlikte üzülüyordu. Genç kız kirletilmediğine kimseyi inandıramıyordu. Gül, hiç anlamadığı bir konu olduğunu anladı. Önemli ve gizemli bir konuydu. Hatta kimseye soramayacağı bir konu olduğunu da anlamıştı. Ama gerçeği anlatamamanın ne demek olduğunu iyi biliyordu. Genç kız, kendisinin yaşadıklarına benzer bir şey yaşıyordu.

Ondan sonraki dört gün boyunca Melike, Gül'e çikolata getirdi.

On gün sonra Gül'ün artık hiçbir şeyi kalmamıştı. Sokağa çıkabilirdi. Arkadaşlarına yaz gribi olduğunu söyleyecekti. Oyun oynayabilir, Abdurrahman Amca'nın kitabını geri götürebilirdi. Tekrar bir kitap okuyuncaya kadar aradan birkaç yıl geçecekti.

Bu yaz kızlar, aslında erkek oyunu olan bir oyun oynuyorlardı; bilye. Gül'ün cam bir bilyesi vardı; içinde ateş kırmızısı bir bulut ve mavi yıldızlar olan.

Gül'den iki yaş daha büyük olan Meltem o kadar

çok ısrar etti ki, sonunda Gül bilyesini oyuna sürdü ve Meltem'e kaybetti.

– Hadi bir daha oynayalım. Ama o bilyeyi süreceksin.

– Hayır. Başka bir tane oynayacağım.

– Ama ben onu oynadım.

– Oynamasaydın.

– Ama ben senin için oynadım. Şimdi de sen benim için oynayabilirsin.

– Olmaz, dedi Meltem. Gül, daha fazla ısrar etmenin anlamsız olduğunu düşündü. Kaybetmişti. Gözünden yaşlar boşaldı.

Gül'ün durumunu gören Melike'nin, yerinden kalkmasıyla Meltem'in elinden ateş kırmızısı bilyeyi kaparak koşmaya başlaması bir oldu. Meltem'in onu yakalaması imkânsızdı.

Akşam Melike, ablasının bilyesini ona verdi.

– Bu bilyeyi oynamayacaktın. Hep başkalarının istediğini yapıyorsun ve sonunda üzülen sen oluyorsun. Aslında bu şimdi Meltem'in. Ama suç senin.

– Bir daha onu evden dışarı çıkarmayacağım.

Her cumartesi, evde temizlik günüydü. Taşlar fırçalanır, tozlar alınır, kiler süpürülür, camlar silinirdi. Timur da ahırı temizlerdi.

– Tulumbadan biraz su çekin, dedi Arzu, Gül ve Melike'ye.

Su çekmek için, evin arkasındaki tulumbanın uzun kolunu aşağı yukarı hareket ettirmek gerekiyordu. Tulumbanın önündeki kurna dolunca, kızlar kovaları daldırarak doldurur annelerine götürürdü. Gül, kurnanın üçte ikisini doldurunca, bir kenarda oturmakta olan Melike'ye döndü.

– Yoruldum. Kolumu kaldıramıyorum. Sen devam eder misin?

– Tamam, dedi Melike ve elindeki otla oynama devam etti.

İki dakika sonra, Gül yine sordu.

– Hemen, dedi Melike.

– Bak kurna dolmak üzere.

Gül biraz daha devam etti; gücü yettiğince.

– Gel artık. Hiç olmazsa ben dinlenene kadar yap.

– Hemen.

– Gel, sadece beş defa yap.

– Tamam, hemen geliyorum.

Kolunu kaldıracak dermanı kalmayan Gül, kızgınlıkla, son bir güç daha verdi. Ancak iki eliyle bir defa daha çekebildi. Sol elini tulumbanın kolundan çekti. Yere doğru eğildi ve yerden aldığı taşı kendisini oyalamakta olan Melike'ye doğru fırlattı. Solak olmadığı halde, gelişigüzel attığı taşın ardından kulaklarını tırmalayan çığlıktan korktu. İsabet ettireceğini hiç düşünmemişti.

Melike bir eliyle gözünü tutuyor, hiç ses çıkarmıyordu. Gül bir süre yerinden kımıldayamadı. Şaşkınlığı üzerinden atınca kardeşine doğru koştu ve elini Melike'nin omzuna koydu.

– Canım kardeşim, taş yüzüne mi geldi yoksa? Canın yandı mı?

– Defol, dedi Melike, ablasının elini düşürmek için omzunu silkelerken.

Aynı anda Gül, yüzüne bakmak için elini çekiştiriyordu. Melike direnmeyi bırakınca, kızın elinin kıpkırmızı olduğunu fark etti Gül.

– Bir şey olmamış, dedi yine o yabancı sesle.

O anda Melike de eline bakmış ve elindeki kanı görünce ağlamaya başlamıştı.

– Ağlama, ağlama. Bir şey olmamış. O kadar da kötü değil.

Bilyesinden daha büyük olmayan fırlattığı taş gitmiş, Melike'nin sağ kaşına isabet etmişti.

Gül'ün başına böyle bir şey bir defa daha gelmişti. Henüz okula gitmiyordu. Babasıyla pazaryerindeydi. Kalabalığın toplandığını ve bağrıştığını görmüşlerdi. Annesi olsaydı, onu oradan hemen uzaklaştırırdı. Babası, kızını kucağına aldığı gibi kalabalığı yararak en öne geçti.

Bir pazar tezgâhının önünde, iki adam karşılıklı duruyordu. Adamlardan birinin önünde yarılmış bir karpuz vardı. Üstü çıplak olan adamın yüzünün bir kısmı ve boynu kıpkırmızı kan olmuştu. Yaralı adam avazı çıktığı kadar bağırıyor, bağırdıkça sanki daha fazla kan akıyordu. Yaralı olmadığı anlaşılan diğer adam, ağır adımlarla geri geri gidiyordu. Gül karşısındaki görüntüden o kadar etkilenmişti ki, söylenen sözleri anlamıyordu bile. Babası hafif bir tebessümle başını salladı ve oradan ayrıldılar.

– N'olmuş baba?

– Karpuz yüzünden kavga etmişler. Karpuzcu karpuzlarını kesmece diye satmış, adam da kabak diye şikâyet etmiş.

Bunu söylerken kafasını sallamaya devam ediyordu.

– Karpuz yüzünden.
– O adam ölecek mi şimdi?
– Hayır, hayır gülüm. Adamın sadece kaşı açılmış. Kötü görünüyor belki ama bundan insan ölmez.

Melike'nin kaşı kanamaya ve kendisi ağlamaya devam ediyordu. Gül kendisinin de ağlamakta olduğunu fark etti. Yakar top oynarken hiç kimseyi vuramazdı. Oysa şimdi, hem de sol eliyle, kardeşinin kaşına isabet ettirmişti.

– Gel buraya, hadi gel. Ağlama n'olur. Geçer şimdi.

Melike'nin yüzünü yıkadı. Birlikte odaya gittiler. Yaranın üzerine, kanı durdurmak için bez bastırdı. Melike hiçbir şey yapmıyor, Gül'ün her şeyi yapmasına izin veriyordu. Ama suratı asıktı ve ağzını bıçak açmıyordu. En azından, artık ağlamıyordu. Bir süre sonra kanama da durdu.

– Burada dur. Anneme bir şey söyleme, tamam mı?
– Söyleyeceğim işte.
– Lütfen, n'olur söyleme, dedi ve ardından, büyüklerden öğrendiği gibi, kurbanın olayım söyleme, diye ekledi.
– Söyleyeceğim işte. Babam da akşam seni dövsün.
– O beni dövmez.
– Elbette dövmez. Sen annemin her dediğini yaparsan ve bütün gün evde oturursan tabii ki dövmez. Zaten o benim annem değil.
– Eğer beni seviyorsan, söylemezsin.
– Sen de beni seviyor olsaydın, bana zorla su çektirmeye kalkmazdın.
– Ama...

– Git suyu getir sen de.

Gül, kovayı doldurup annesine su taşımaya başladı ve o günü, Melike'nin babasına anlatacağı korkusuyla geçirdi. Akşam, Timur, Melike'nin kaşındaki açılmayı fark etti.

– Kimle kavga ettin bugün yine?

– Ben... At arabasının arkasına takılmıştım...

Köylüler sıklıkla, meyve sebze götürmek için sokaklarından at arabasıyla geçerlerdi.

– Kötü adam, arabasının arkasına takıldığım için bana taş attı.

– Oh, iyi olmuş, dedi annesi.

Melike'nin kaşı üzerinde kalıcı bir ize dönüşecekti bu yara. Yıllar sonra evlenip Oktay adında bir erkek çocuğu olduğunda, o da bir kavga sonucu aynı yerde yara izine sahip olacaktı. Melike'nin yara izi, uzun zaman, Gül için bir vicdan azabı oldu. Ama zaman zaman bu iz, Melike'nin ne kadar zor bir kardeş olduğunun da bir hatırlatması olacaktı. Burnunda sidik kokusunu, ellerinde sidikli çarşafı hep hissedecekti. Aynı zamanda yara, Gül'e Melike'nin iyi olması için elinden gelen çabayı sarf ettiği yılları da hatırlatacaktı. Çocuk olarak elinden geleni yaptığı yılları. Keşke yapmasaydı. Melike nasıl olsa mücadeleci bir kızdı.

Sibel hâlâ zayıf, solgun ve hastalıklı bir görünümdeydi. Kışın, birer haftadan üç defa hasta olmasına karşın yine de notları iyiydi. Resim dersindeyse sınıfın en iyisiydi. Hasta olduğu zamanlarda bile elinden kâğıt kalem eksik olmaz; inek, koyun, tavuk, ağaç resimleri yapardı. Hiçbir şey yapmasa, odadaki dolabın veya kendi elinin resmini yapardı. Kurşun kalemlerini sigara izmariti kadar olana dek kullanırdı.

– Yine yeni bir kalem mi, diye sordu bir defasında annesi. Daha bir ay önce yeni kalem almadın mı sen? Bunu duyan Timur, ertesi gün üç kurşun kalem daha getirdi. Sibel'in gözleri ışıl ışıl oldu. Daha en az üç ay boyunca resim yapabilir demekti bu. Üç kurşun kalem çok lüks bir şeydi. Sezen'in bile üç kalemi yoktu. Eğer yeteri kadar kâğıt bulabilirse, bir kenarda oturup saatlerce resim yapabilirdi.

Bu yaz hasta olduğunda Sibel, ceviz ve köfter resmi yaptı. Kendisi de neden resim yapmayı bu kadar sevdiğini ve heves ettiğini bilmiyordu. Gül'ü çağırdı ve sordu.

– Abla, canım köfter istiyor.

– Ama köfter kışın olur.

– Ama benim canım şimdi istiyor.

– Bakalım, deyip geçiştirmek istedi Gül. Ama ertesi gün Sibel yine sordu.

– Ablacığım, canım çok köfter istiyor.

– Bakalım, deyip yine aynı cevabı verdi Gül.

Ev işlerini bitirdiği halde sokağa oyun oynamaya çıkmadı Gül. Annesi yasakladığı halde, yalnız başına şehre, babasının dükkânına doğru yola çıktı.

– Hoş geldin, kızım. Yoksa bacaklarımı mı kaşıyacaksın? Az önce Melike buradaydı. O yaptı bu işi.

Gül hiçbir şey söylemedi. Eşikte öylece kalakaldı. Demirci de işine tekrar dalınca, kızını orada unuttu. Kömür kokusu ve alnından yere düşen boncuk boncuk ter, içerideki havayı ağırlaştırmıştı. İşe ara verdiğinde, Gül sordu.

– Köfter yazın yenir mi?
– Eğer bulunabilirse neden olmasın.
– Neden köfter? diye soruyordu Gül; neden köfter?
– Sibel birkaç gündür illa da köfter diye tutturdu. Biraz bulabilir miyiz acaba?
– Benim küçük kızım. Bir deri bir kemik güzelim benim, diye mırıldandı Timur ve yeniden işine koyuldu.

Bir süre sonra da Gül, veda etmeden oradan ayrıldı.

Akşam Timur eve geldiğinde, yanında köfter getirmişti. Arzu, kapının önünde komşularla oturmuş radyo dinleyip sohbet ederlerken, Timur, ahırda inekle ilgileniyordu. Ahır kapısının birkaç adım gerisinde duran Gül, içeri seslendi.

– Köfter buldun mu?
– Evet. Komşularda biraz kalmış. Bizim kızın biraz etlenip butlanması için... Gel, gel içeri korkma.

Gül dikkatlice yaklaştı. Eşiğe gelince, doğru babasına yürüdü ve başını babasının kucağına koydu. Timur, kızının başını okşamaya başladı.

– Senin istemen yeterli benim güzel kızım, anlıyor musun? Yeter ki sen ne istediğini söyle. Elimden gelen her şeyi yaparım, gülüm.

Ona kalsa, ev işlerini daha az yapmak isteyecekti. Ama bu defa kardeşleri yapmak zorunda kalacaktı. Ona kalsa, Melike'nin biraz daha uslu olmasını, annesinin kendisine *gülüm, tatlım* demesini, kışın sıcacık uyumasını ve de babasının annesiyle kavga etmemesini isterdi. Neden kavga ettiklerini bilmiyordu. Her kavgadan sonra babasının günlerce annesiyle konuşmadığını görüyordu. Mesela Gül'ün burnunun kırılmasından sonraki iki hafta gibi.

Ertesi sabah kahvaltıda, Timur Gül'e sordu.

– Benim köyde biraz işim var. Benimle köye gelmek ister misin? Sen de eski arkadaşlarını görmüş olursun.
Yanı sıra da kızına göz kırptı.
– Tamam, o halde birlikte gideriz.
– Onun daha işi... diyerek başlayan annesinin sözünü Timur kesti.
– İş-miş yok ona bugün.
Biraz sonra, babası atın, kendi de eşeğin üzerinde yola koyuldular. Kavurucu öğle sıcağı bastırmadan köye ulaştılar. Gül çok heyecanlıydı. Uzun zamandan beri köye gelmemişti. Ama pek bir şeyin değişmediği anlaşılıyordu. Eşekten atladığı gibi, eski evlerinin sokağına doğru koşmaya başladı. Babası arkasından bağırıyordu.
– Öğleden sonra köy meydanından alırım seni, tamam mı?
Gül'ü gören arkadaşları büyük sevinç yaşadı. Çok geçmeden içlerinden bir tanesi sordu.
– Ama sen muhallebi çocukları gibi konuşuyorsun.
Gül hiçbir şey söylemedi. Onların dediği, zengin şehir çocuklarıydı. Onlar kuru ekmek yemezler, bisküviyi sütün içinde yumuşatarak yerlerdi.
Bundan sonra, on dakika boyunca Gül'ün ağzından tek kelime çıkmadı. İp atlarken nasıl olsa konuşması gerekmiyordu.
Bir şey söylemek zorunda kaldığında, onlar gibi konuştu. Önce, kendisine de yabancı geldi konuşması. Kısa sürede alıştı. Eğer arada, ağzından birkaç kelime kaçacak olsa bile, hiç kimse fark etmez olmuştu.
Eskiden de çok sevdiği, kendisinden birkaç yaş büyük olan Kezban'a dönüp sordu.
– Recep köy de mi?

Kezban kıkırdadı.

– Oğlanlarla mı oynamak istiyorsun?

Biz bunu hep yapardık, demek geçti içinden, ama Kezban'ın sesi, başını sallamak zorunda bıraktı.

– Teyzesinin yanına gitti Recep. Herhalde yaz sonunda geri gelecek. Teyzesinin ineklere bakacak birisine ihtiyacı varmış.

Gül başını salladı ve acaba Recep de babası gibi ineklerle arkadaşlık yapabiliyor mu, diye kendi kendine sordu.

Kezban, öğle yemeği için Gül'ü evlerine götürdü. Yemekten sonra da oynamak için meydan gittiler.

Serinlikten ürpermeye başlayınca Gül, vaktin geç olduğunu fark etti. Tıpkı kayalıklarda oturup ellerini kınaladığı ve zamanı unutup babasının suyu getirmek zorunda kaldığı gibi. Tıpkı, hep mutlu olduğu anlardaki gibi. Babasını bekletmediğini umut etti. Kezban ile birlikte nefes nefese köy meydanına geldiklerinde derin bir nefes aldı. Demirci henüz ortada yoktu.

Timur çıkageldiğinde hava kararmaya başlamıştı. Atın yuları elindeydi ve yürüyordu. Eşeğin yularını da atın eyerine bağlamıştı. Eşeğin üstüne attığı heybe ise tıka basa doluydu. Gül, arkadaşlarıyla vedalaştı. Babası onu eşeğin sırtına bindirdi.

– Duydun mu? Tufan ölmüş, dedi Timur, köyün çıkışına geldiklerinde Gül'e dönerek. Ufak tefek bazı işler yaptı. Bir hafta önce kalbi aniden durmuş. Kendi kendini kemirdi gitti. Para hırsından kendini yedi bitirdi.

İlerleyen yıllarda Timur, birisine beddua etmek istedi mi, *verem, kanser, muhtaç olasın,* demeyecekti.

– Allah sana para hırsı versin, diye beddua edecekti onun yerine.

Timur gökyüzüne baktı ve sonra Gül'e döndü.

– Gece yarısından önce eve varmamız imkânsız. Karanlıkta yol almak tehlikeli olabilir. Gel, biz geceyi burada geçirelim.

Muhtemeldir ki, karısıyla mezarlıklarda gecelemek zorunda kaldığı günleri hatırlamıştı.

– Hani, hep tarhana aldığımız bir Filiz Teyze vardı, hatırlıyor musun?

Gül başıyla onayladı; ama babası, önde olduğu için göremedi. Onun da pek cevap bekler gibi bir hali yoktu.

Zaten Filiz'in köy çıkışındaki evinin yakınlarına gelmişlerdi. Filiz, neşeli, şişman bir kadındı. Gül'ü görünce, onu koca memelerinin içine gömdü. Gül, Filiz'in ter, toprak ve tarif edemediği başka bir kokusunu seviyordu.

Akşam yemeğinde lüks lambasının ışığında görebildiği kadarıyla fasulye, bulgur ve köy ekmeği vardı. Filiz'in evindeki lamba dikkatini çekmişti. Tıpkı, kendi evlerindekine benziyordu. Çok daha parlak ışık veriyordu diğer gaz lambalarına göre ve başka hiç kimsede yoktu.

– Sana damda bir yatak hazırlayım ben, dedi Filiz Timur'a, ufaklık da benim yanımda yatar.

Timur başıyla onayladı. Elbette bir dulun evinde aynı çatı altında yatmayacaktı.

Gül, yatağa girdikten kısa bir süre sonra, Filiz de geldi; bir elini kızın üstüne atarak iyi geceler diledi. Gül, kadının sıcak nefesini ensesinde, yumuşak memelerini sırtında hissediyordu. Yorgundu ama mutluydu.

Güzel bir gün geçirmişti; eşek üzerinde babası ile birlikte yolculuk yapmıştı; on dakika içinde şehirli ağzını bir yana bırakıvermişti; Kezban ile uçsuz bucaksız tarlalarda oyunlar oynamıştı; sert köy ekmeğiyle fasulye yemeği yemiş, Filiz Teyzesi'nin kokusunu içine çekmiş ve ardından uykuya dalmıştı. Gece yarısı uyandığında, Filiz Teyzesi'nin yanında olmadığını fark etti. Yatağın içinde döndü ve uyumaya devam etti.

Ertesi gün şehre giderken yolda, Timur rahat bir nefes aldı.

– Şehirde iyi iş yapacağız, dedi Gül'e.

Gül, babasını böyle mutlu görünce, sevindi.

Tufan'dan boşalan yeri yakında, köyde mutlaka birisi doldururdu. Artık zaman değişmişti. Köye daha çok para giriyordu ve köylülerin beklentileri artmıştı. Yeni bir tüccar beklemeye ihtiyaçları da yoktu. Bir süre sonra, mahsullerini demirciye vermek yerine, Tufan'ın yeğenine vermeye başladılar.

Hep birlikte hamama gittikleri gün, çocuklar için bayram günü gibi olurdu. Bu kış hamama giderken Emin'i de yanlarına aldılar. Sabah erkenden büyük bir sepeti peynir, ekmek, zeytin, börek, sabun, kese, fırça ve temiz çamaşırlarla doldurdular.

– Neden diğer insanlar gibi hamama sadece yıkanmak için gitmezsiniz ki, diye sordu Timur.

– Eğer biz hamama gidersek tam gideriz. Öyle, iki saatte girip çıkmak için hamama mı gidilirmiş, diye cevapladı Arzu.

Sabahın erken saatlerinden akşam vaktine kadar hamamda kalırlardı. Büyükler bazen, çok sıcak olmayan ön tarafta otururlardı. Bazen de giriş kısmında hem dinlenirler, hem getirdikleri yiyecekleri atıştırırlar, hem de laflarlar, gülüşürler, ikili üçlü gruplar halinde sohbet ederler ve eğer Gül veya bir başka çocuk yanlarına gelecek olursa sohbeti bıçak gibi keserlerdi.

Çıplak olarak ortalıkta koşuşturan ve birbirlerini ıslatan, yeri sabunlayıp üzerinde kayan ve seslerinin kubbeden dönen yankısını şaşkınlıkla izleyen çocuklar için bir sevinç kaynağı olurdu hamam sefaları. Gül bazen kadınların memelerini, bazen halasının kocaman kıçını, bazen de babaannesinin iki bacağı arasındaki üçgen kıllı yerini incelerdi.

Başlangıçta erkek kardeşini çıplak olarak hayranlıkla seyrederdi. Sıklıkla altını aldığı için ona da artık alışmıştı. Aynı sıklıkta alt bezlerini de yıkıyordu ki, bu ona hiç mi hiç zahmetli gelmiyordu. Mavi gözlü, küçücük elli ufak adamı çok seviyordu. Severek kucağına alıyor, ağladı mı susturmak için ayağında sallıyordu. O anda hep, artık adı bile anılmayan Yücel eniştesi aklına düşüyordu.

Emin'i sevmesine seviyordu, ama babası biraz fazla ilgilense hemen kıskanmaya başlıyordu. Allah ona bir erkek evlat verdiği için sigarayı bile bırakmıştı.

Herkes, Zeliha'nın gözünün gün geçtikçe kötüleştiğine tanık oluyordu. Annesinin, babaannesini nasıl kolundan tutup yürüttüğüne; önünde duran sabunu bazen arayıp bulamadığına ve bazen ancak konuşursa babaannesinin kendisini tanıdığına tanık oluyordu.

Çocuklar babaannelerinin yanında oynarken, yazın bol bol köfter yemesine rağmen hâlâ kilo alamayan Sibel diğerlerine şöyle dedi.

— Bizi bile tanıyamıyor artık.

Tam o anda Melike, bir kova soğuk suyu kafasından aşağı boca etti. Sibel bir an için çığlık attı ama hemen sustu, sanki bir şey olmamış gibi. Son zamanlarda sıklıkla böyle davranıyordu. Böyle yapınca, Melike onunla uğraşmayı bırakıyordu. O anda Gül'ün aklına bir şey geldi. Gerçi sonradan, aklına gelen bu şeyi kafasına şeytanın soktuğunu söyleyecekti. Çünkü başka türlü bir açıklama getiremiyordu. Babaannesinin koyu karanlık sesini duymuştu; kendisinin köfter çaldığını iddia eden koyu karanlık sesini.

Gül, hamam tasını soğuk suyla doldurdu. Ortadaki göbek taşının kenarında, yalnız başına oturmakta olan babaannesinin arkasından dolandı. Göbek taşına çıktı ve arkasından, soğuk suyu babaannesinin başından boca etti. Yaşlı kadının çığlığını, kaçarken duydu.

Gürültüye ayaklanan kadınlar bir anda, yaşlı kadının çevresini sardılar. Gül, sanki hiçbir şey olmamış gibi, bir kurnanın başında suyla oynuyordu. Kalbi yerinden fırlayacak gibi çarpıyordu. Böyle bir şeyi nasıl yapabilmişti?

— Kimdi o, diye sordu Zeliha. Hangi terbiyesiz döktü o suyu başımdan aşağı, diyerek çocuklara bağırıyordu.

Çocukların toplanıp yaşlı kadının önünde dizilmeleri gerekiyordu. Gül yere bakıyordu. Görünüşe göre kimse fark etmemişti. En solda Gül, hemen yanında Sibel, onun yanında Melike ve en sağda Nalan ve onun yanında da komşunun iki çocuğu olmak üzere yan yana dizilmişlerdi.

— Kim döktü suyu, diye sordu Arzu.

Cevap veren olmadı.

Kısa bir aradan sonra Arzu, sorudan çok hüküm içeren bir ifadeyle, "Melike," dedi.

– Ben değildim.

– Gel buraya, dedi annesi kesin bir sesle ve Melike birkaç adım öne çıktı.

– Sen yaptın değil mi, diye sordu babaannesi.

– Hayır, ben değildim.

– Yalan söyleme, dedi annesi ve devam etti, yalan söyleyeni Allah cezalandırır.

– Eğer yalan söylersen yıldırım çarpar, dedi Zeliha.

Melike, hâlâ göbek taşının kenarında oturmakta olan yaşlı kadının birkaç adım önünde duruyordu. Peştamalı kaymış yaşlı kadının, yaşlı ve sarkık memesi açıkta kalmıştı. Tüm iyi niyetiyle orada öylece duran Melike'nin hareket etmesine fırsat kalmadan, yaşlı kadının parmakları yanağını yalayarak geçti. Şanslıydı. Yaşlı kadının iyi görmemesi şansıydı. Yoksa öyle bir tokat yiyecekti ki, sesi duvarlarda yankılanacaktı. Melike, bir adım geri çekildi. Kaçmasının bir anlamı yoktu. Nereye kaçacaktı ki?

– Ben yaptım, dedi Gül. Bendim.

Melike rahatlamıştı. Rahatlamıştı ve annesinin elini görmüyordu bile. Duvarlar çın çın öttü.

– Görüyor musun? Ablan kadar olamadın. Senin için kendini feda etmeye bile razı.

– Gerçekten bendim, dedi Gül.

İkinci tokat da patladı. Melike döndü ve hamamın girişine doğru koşmaya başladı. Annesi arkasından davrandı, ama Gül kolundan tuttu.

– Bendim. Gerçekten bendim. Vallahi billahi bendim.
– Yalan yere yemin edip günaha girme, dedi babaannesi.

Annesi de Gül'ün elinden kurtulup Melike'nin arkasından koştu. Melike bu arada kapıya ulaşmıştı.
– Eğer biraz daha yaklaşırsan, dışarı kaçarım.
Arzu yavaşladı.
– Dışarısı çok soğuk. Dışarı çıkarsan ölürsün vallahi.
– Bak dışarı kaçarım. Eğer biraz daha yaklaşırsan, dışarı kaçarım.

Arzu olduğu yerde kaldı.
– Bu akşam her şeyi babana anlatacağım.
– Ben yapmadım, derken Melike kahkaha atıyordu.
– Yalan söylüyorsun. Yalan.
– Hayır, derken gülmeye devam ediyordu.

Böyle gülerken hiç kimsenin kendisine inanmayacağını biliyordu. Ama kendisini engelleyemiyordu. Nereden geldiğini de bilmiyordu. Kendisinden güçlüydü.

Annesi bir adım daha yaklaşınca, Melike kapıyı açtı. Hava bıçak gibi keskindi. Açıkta olan kasları kasıldı. Dişlerini ısırdı. Eğer annesi bir adım daha atarsa dışarı fırlayacaktı.

– Sen bu akşam görürsün, dedi ve döndü annesi. Arzu döner dönmez, Melike gözyaşlarına boğuldu.

Eve geldiklerinde Gül dua ediyordu. Babaannesini ıslattığı için af diliyordu. Şeytana uydum bir kere.

Melike inatçılık yaptığında, yanlış bir iş karıştırdığında veya aptallık ettiğinde, Timur hep, "Senin burnuna şeytan osurdu herhalde," derdi.

Gül de şimdi kendisi için böyle düşünüyordu.

– Melike nerede, diye sordu Timur akşam yemeğinde ve ekledi, yine bir yerlerde karnını doyurmuş mu yoksa?

Arzu olan biteni bir bir anlattı. Annesi anlatırken o dikkatle babasını izliyordu. Kendisinin yaptığını söylemeyecekti. Eğer söylerse, bu durum, babasının kendisine daha iyi, Melike'ye daha kötü davranmasına yol açacaktı. Belki de hiç kızmayacaktı.

– Sonra da bir tas soğuk suyu annenin başından aşağı döktü, dediğinde Arzu, Timur'un yüzüne bir tebessüm kondu kalktı.

Çok kısa bir süre için Timur'un yüzünde muzipçe bir ifade belirdi. Ardından, Gül'e tamamen yabancı olan bir hareket yaptı; başparmağı ve işaret parmağıyla bıyık burdu.

– ... Ondan sonra da elbiselerini tek başına giydi ve hamamdan ayrıldı. Daha doğru dürüst yıkanmamıştı bile. Şimdi onun için, haftaya tekrar hamama gitmemiz lazım.

Timur yine bıyıklarını burdu; bu defa eli ağzını kapatıyordu.

– Eve gelsin de bir bakalım, dedi.

Melike ahırdan geçerek bahçeye geldi ve Gül kimseye görünmeden onu odaya kadar götürdü.

– Sezenlerde miydin, diye sorarken Gül, başıyla da Melike'nin elindeki çikolata kâğıdını gösteriyordu.

– Evet.

– Özür dilerim, dedi Gül.

– Hep ben suçlu olurum zaten, dedi Melike ve ardından ağlamaya başladı.

Gül başıyla onayladı ve kardeşini kolları arasına aldı.
- Korkma babam dövmeyecek.
- Benim için fark etmez.
- Biliyorum, dedi Gül ve gözyaşları boncuk boncuk dökülmeye başladı. Daha sonra da birbirlerine sarılarak beraber ağlamaya koyuldular. Birkaç gün sonra, Arzu bir yere gideceği için, Emin'e Gül bakacaktı.
- Çok uzun sürmez, demesine rağmen, Gül genellikle saatlerce dönmediğini bilirdi.

Arzu evden ayrıldıktan kısa bir süre sonra Emin ağlamaya başladı.

Karnı tok, altı temiz, divanda yatıyordu. Aslında uyuması gerekirdi. Fakat avazı çıktığı kadar bağırmaya ve ağlamaya başladı.

Gül, çocuğu kucağına aldı, hoppala yaparak evin içinde dolaşmaya başladı. Nafile. Çocuk damarları çatlarcasına bağırıyor ve ağlıyordu. Bağırırken yüzü renkten renge giriyor, alı al, moru mor oluyordu. Nefes almak için ara verdiğinde, bu defa benzi sararıyordu. Bağırmaya başladığında yine önce kızarıyor sonra da morarıyordu.

- Tamam benim güzelim. Ağlayacak bir şey yok ki.

Ayva tüyü saçlarından öpüyor, Emin sakinlemiyordu. Yaklaşık on beş dakika sonra Gül çaresizlik içindeydi. Sakinleşmesi için ayaklarında sallıyor, o ise ağzındaki emziği fırlatıyor, ağlamaya devam ediyordu. Yemiyor, içmiyor, sadece ağlıyordu.

Bir ara sustu ve Gül rahat bir nefes aldı. Sadece iki dakika. Herhalde güç toplamak için ara vermişti. Şimdi başı daha koyu bir hal alıyordu.

Gül korkmaya başladı. Ne yapacaktı ki?
Kucağında Emin'le komşulara mı gitseydi acaba? Ondan sonra da annesi, küçücük çocuğa bakamadın, derdi. Gül'ü iyice korku sardı.
Duygular, görülmeyen insanlara benzer... Çok yakında olabilirler ya da silik bir resim gibi çok uzakta. Bazıları güzeldir; o kadar güzeldir ki, insanın içini acıtır. İnsan, diğer bir insandan korkar, tıpkı Burunsuz Abdül'den korkulduğu gibi. Ama sonuç itibarıyla, duyguların hepsi kendi yaşamını yaşar... Duyguların ziyarete gelip gelmediğini ancak insanın kendisi bilir, başkası göremez. Bazı duygular sıcacık ve yumuşaktır; bazıları da korku gibi soğuk ve pıhtılı. Soğuk, pıhtılı ve mızrak gibi sivri uçlu; tıpkı babasının akşam vakti gölgesi gibi, devasa ve karanlıktır.

Korku, Gül'ün yaşamına arada sırada girmekte ve onun anlamadığı bir şeyleri kulağına fısıldamaktadır. Onun da bunu reddetmeden kabul ettiği açıktı. Henüz bir şey olmaması, bundan sonra da bir şey olmayacağı anlamına gelmiyordu. Bu korku yoklamalarının bir gün galebe çalacağını düşünüyordu Gül.
Emin'i soymaya başladığı anda, Gül'ün alnında boncuk boncuk ter birikmişti. Bebeği soyması gerekiyordu; soyması ve bakması gerekiyordu; herhangi bir yerinde kancalı iğne olabilirdi. Kundağa tutturmak için takılan bir iğne, çocuğun derisine batmış olabilirdi. Çabuk olmalıydı. Acele etmeliydi. Kardeşini kurtarmalıydı.
Acele etmeliydi, ama dikkatli de olmalıydı. Acele ederken, iğnenin daha derine batmaması için dikkatli

olmalıydı. Önce dikkatlice kazağını çıkardı. Yavaş yavaş zıbınını sıyırdı. Küçük bedenin her yerine özenle baktı. Emin ağlıyor, bağırıyor ve tepiniyordu. Gül pijamayı çıkarmakta zorlanıyordu.

Alt bezini bağlarken, bir ucunu kancalı iğne ile tutturuyordu. Onun üzerine de bel lastiğini sıkı sıkı sarıyordu bez açılmasın diye.

Şimdi görüyordu ki, bez, sağ bacağına doğru kaymıştı. Herhalde annesi aceleyle gevşek sarmıştı. Belini sarması gereken lastik de kalçasına doğru inmişti. Gül lastiği ve iğneyi çıkardı, bezi açtı. Küçük kardeşinin pipisini ve taşaklarını gördü. Lastik sıkmış olmalıydı. Pipisi ve taşakları, başından daha koyu bir hal almıştı. Annesinin ölürken göz çevresinin aldığı koyu renkten daha da koyuydu. Çocuk kısa bir süre ağlamayı kesti.

Gül ne yapacağını bilemez haldeydi. Emin yine bağırmaya, ağlamaya ve tepinmeye başladı. Ama az önceki kadar değildi. Ne yapacaktı ki? Gözlerini ayıramıyordu morluk yerden. Çok kötü görünüyordu. Acaba insan bu yüzden ölür müydü? Yoksa bir kıza mı dönüşürdü?

– Hiçbir şey yok güzel kardeşim. Geçti, geçti, diye fısıldarken, odaklanmış olduğu pipi ve taşakların morluğunun azaldığını fark etti. Yoksa azalmıyor muydu? Hayır, hayır, doğruydu. Deri rengi geri geliyordu. Ağır ağır da olsa, morluk geriliyordu. Gül nefesini tutmuş seyrediyordu. Derin bir nefes aldığında, gözyaşları boşalıverdi.

Uzun yıllar bu olayı kimseye anlatamayacaktı. Annesi kesinlikle kendi hatası olduğunu kabul etmeyecekti. Babasına ve kardeşine anlatmasına da gerek yoktu.

Çok sonraları, kendisi çocuk sahibi olduğu zaman, olayı anlatacak ve şunu ekleyecekti.

– İnsanı yalnızlığa sürükleyen şey, paylaşamamasıdır.

Babası Gül'ü, akşam gelecek misafirler için sigara aldırmaya bakkala gönderdiği gün, karların erimeye başladığı gündü. O kış Gül oyalanmaya alıştı. Okula giderken veya kahvaltı hazırlarken ya da bulaşık, çamaşır yıkarken veya Emin'in altını alırken oyalanmıyordu. Sadece bir yere gönderildiği zaman ağzını ayırıp oyalanıyordu... Çevresinde oynayan çocukları seyrederken, yazın gelmesini ve bahçede yalnız başına bir ağacın gölgesinde oturmayı özlüyordu. Oyalanarak boş geçirdiği zamanların hazzını yaşıyordu... Arzu bunu gördüğündeyse, şöyle diyordu:

– Sen hayal âleminde yaşıyorsun. Hayaller görüyorsun ve yapacağın işlerin yarısını unutuyorsun. Sibel'e bak; önce bütün işlerini bitiriyor, ondan sonra oturup resim yapıyor. Aman Allah'ım, bu kızın aklında da resimden başka bir şey yok.

Okuldayken de Gül hülyalara dalar giderdi. Ya pencereden dışarısını seyreder ya da pencerenin boyası dökülmüş ahşabını incelerdi. Bakkala giderken, yolun kenarında duran kesik karpuz misali taşın yanında renkli bir şey dikkatini çekti. Yaklaşınca bunun iki buçuk liralık banknot olduğunu fark etti. Babasının bacaklarını kaşıdığında sadece on kuruş alıyordu. Bu parayla da ya şeker ya da bir kese külah çekirdek alabiliyordu.

Gül eğildi, parayı aldı ve cebine soktu. Kırk kuruşa

bir paket sigara aldı ve eve döndü. Paketi ve para üstü altmış kuruşu babasına verdi. Ardından da bulduğu parayı çıkardı ve babasına gösterdi.
– Bak bunu buldum.
Timur bir an baktı.
– Nereden aldın onu?
Sanki söylememişti.
– Sokakta buldum.
– Sokakta iki buçuk lira buldun ha?
Gül şaşırmıştı. Başıyla onayladı.
– Bakkala girdiğinde, bakkal dükkânda mıydı?
– Evet, dedi Gül. Babasının amacını anlamıştı. Devam etti.
– Gerçekten buldum. Yemin ederim ki buldum.
– Nerede?
– Marangoz dükkânının önünde, bir taşın yanında.
– Bu parayı bulduğundan emin misin sen?
– İstersen sana taşı gösterebilirim.
Demirci ikna olmuş gibi görünüyordu. Kızın uydurmuş olabileceğine ihtimal vermiyordu. Bu iş daha çok Melike'nin işi olabilirdi. İki buçuk lirayı cebine koydu; Gül'e yirmi beş kuruş verdi ve şöyle dedi.
– Kazanmak ve kaybetmek ikiz kardeş gibidir; onun için de yolları sıklıkla kesişir. İkisinden birinin peşinden gitmek anlamsızdır. Eğer yarın bir şeyini kaybedecek olursan hiç üzülme.

Bazı günler Timur'un hiç işi olmuyor; çırağıyla bütün gün kâğıt oynayıp çay içiyordu. Tufan'ın yeğeni işe girdiğinden beri köylülerden mal da alamıyordu. Yavaş yavaş çevrede Timur'un durumunun eskisi kadar iyi olmadığı konuşulmaya başlandı. Ne radyo, ne de lüks lambası bu görüşü değiştirmeye yetmiyordu. Eskisi gibi paralı olmamasını Timur da pek yadırgamıyordu; eksikliğini hissettiği tek şey, eskiden olduğu gibi büyük şehre gidememesiydi. Bütün umudunu elma mahsulüne bağlamıştı. Belki büyük şehre gidebilecek birkaç kuruş kalırdı.

Eskiden büyük şehirde, gazinolarda kırklı yaşlardaki adamları görünce, bu adamların burada ne aradığını sorardı kendi kendine. Bu tür yerlerin kendisi gibi genç insanların yeri olduğunu düşünürdü. Özellikle de saçlarına kır düşmüş, omuzları çökmüş, göbekli, varlıklı adamlar için sorardı bu soruları: daha ne bekliyordu ki bu insanlar bu dünyadan.

Yeteri kadar yaşamamışlar mıydı?

Kendisi yirmili yaşlardaydı. Onlarsa kırklı. Kendisinin tam iki katı diye düşünürdü. Yetmez miydi? Şimdiyse kendisi kırklı yaşlarındaydı ve altmışlı yaşlarını düşünmek bile istemiyordu. Daha yirmi yıl. Neden olmasın?

Dolayısıyla, bugün daha az parası olması onu pek rahatsız etmiyordu. Bu durum ondan çok karısını ve artık neredeyse tamamen kör olan annesini rahatsız ediyordu.

— Hâlâ para kullanmasını öğrenemedin. Müsriflikten vazgeçmedin. Ellerini yumruk yapmasını ve parayı sıkı sıkı tutmasını öğrenmen lazım.

Timur'unsa hiç öyle bir niyeti yoktu. O kış, uzun mantolu bir kadının, selamsız sabahsız nasıl dükkâna geldiğini anlatıyordu. Tanımadığı müşterilerle bile hemen futbol konuşmaya başlardı. Beşiktaş taraftarları,

Galatasaray ve Fenerbahçe taraftarlarına göre daha çabuk alırlardı siparişlerini.

— Buyurun, dedi gelen kadına.

— Kocamla beraber Ankara'dayken, diye sözle başladı kadın.

— Evet.

— Biz orada, sobası olmayan bir otelde kaldık. Duvara tutturulmuş, ızgaralı demir bir şey vardı ve bütün odayı o şey ısıtıyordu.

— Evet.

— Sen bize böyle bir şey yapabilir misin, biz de kış boyunca kömür taşımaktan kurtulalım.

— Kalorifer, dedi gülerek ve devam etti, o demirin içi boştur ve içinde sıcak su vardır. Sıcak su da, soba gibi yakılan bir kazandan gelir.

— Öyle mi?

Nereden bilecekti ki kadın bunu? Hayatında ilk defa duvarda duran ve odayı ısıtan bir şey görmüştü. Arkasını döndü ve geldiği gibi gitti.

— Aslında o kaloriferi yapmayı ne kadar isterdim, diye bitirirdi her defasında kısa hikâyesini demirci.

O yıl nisan ayı sonunda, bağa taşındılar. Günler güneşli ve sıcaktı. Öğle sıcağında bile çocuklar sokaktan kendilerini alamıyor, yemeğe bile eve gitmiyorlardı. Melike bazen Sezenlere giderdi, Sibel de ödevlerini bitirdikten sonra demirci dükkânının bir köşesinde oturur, akşamları kendini resme veremediği için babasını çalışırken resmetmeye uğraşırdı. Melike ile Gül ise, yetersiz ışığın altında kendi yazılarını bile okuyamadan ödevlerini yapmaya çalışır; Nalan radyodaki türkülere eşlik eder;

Emin mızmızlanır; annesi de bulaşık yıkardı. Bazen de Sibel, resim yapamayan diğer çocuklar için resim yapardı. Hatta ilk ikisinde öğretmen durumu anlayınca, Sibel de çareyi, resimleri biraz kötü yapmakta bulmuştu.
O yıl Gül'ün son yılıydı. İlkokul bitecekti. Ancak aklının kıyısından bile, ondan sonra ne olacağına dair bir soru geçmiyordu.
Bildiği tek şey, diploma için fotoğraf gerektiğiydi. Öğleye doğru babasının yanına gitti. Bacaklarını kaşıyacak ve para kazanacaktı. Ancak o biliyordu ki, fotoğraf için daha fazlası gerekti. O gün de babasının işi çoktu. Kapının önünde durdu.
– Ne istiyorsun, diye sordu babası, başını kapıya doğru çevirerek.
O elbette babasını seyretmek için orada durmuyordu.
– Yakında diploma alacağım. Onun için de fotoğraf lazım. Bana biraz para verebilir misin?
– Elbette, hemen, dedi ve ardından yine işine daldı. Gül, olduğu yerden kıpırdamıyordu. Beş, altı, yedi dakika derken, on beş dakika geçti.
Parayı vermek istemiyor herhalde, diye düşünerek sessizce oradan ayrıldı. Nereye gideceğini bilmeden. Kısa bir süre sonra şehrin ana caddesine çıktı. Şimdi nereden para bulacaktı? Belki Melike'ye, Sezen'den borç istemesini rica edebilirdi. Peki borcunu nasıl ödeyecekti? Halasından veya babaannesinden de isteyemezdi. Fotoğraf çektiremediği için diploma alamayacağını düşündü. Ucuz plastik ayakkabı vardı ayağında; plastik ayakkabı ve hapishane çorabı. Birçok kızın sahip olduğu bir hırkası bile yoktu; hatta fotoğraf çektirmek için

parası. Hıçkırıkları boğazına düğümlendiği sırada arkasından telaşlı adımlar duydu.

– Dur!

Gül, döndü ve arkasında nefes nefese kalmış babasını gördü.

– Sen bir eşeksin, hem de tam bir eşek. Şöyle adamakıllı bir dayak istiyorsun sen. Belki ondan sonra akıllanırsın. Melike olsaydı, şimdiye kadar on defa, istediği parayı almıştı. Ağzını açmayı ne zaman öğreneceksin sen?

– Söyledim ya, diye mırıldandı.

Babası kızmıştı. Burnundan solurken, yoldan geçenler dönüp dönüp bakıyordu.

– Elbette parayı verecektim. Aptal kız. Ağzını açıp söylemen lazım. Anlıyor musun? Böyle giderse istediğin hiçbir şeyi elde edemezsin sen.

Bir yandan başını sallarken, bir yandan da cebinden beş lira çıkardı ve Gül'e uzattı.

– Al şu parayı.

– Benim fotoğrafa ihtiyacım yok.

– Al, dedi Timur ve parayı cebine sokmaya çalıştı.

Gül, bir adım geri atarken, başıyla da istemiyorum, diyordu. Biraz önce boğazına düğümlenen hıçkırık şimdi iyice kaybolmuştu.

– Naz yapma işte, al şu parayı.

Gül yere bakıyordu. Babası bir adım ilerledi.

– Eğer şimdi şu parayı almazsan, elimin tersiyle vurdum mu, görürsün hanyayı konyayı.

Küçük kız, başını kaldırdı, babasının yüzüne baktı. Gözlerinde, onun kendisini hiçbir zaman dövemeyeceğini görüyordu. Parayı aldı. Timur, eliyle saçlarını okşamak istedi. Gül, başını çekti. Timur da döndü, dükkâna doğru gitti. Gül hemen oradan uzaklaşmak istiyordu, ama yapamadı. Babasının arkasından öylece bakakaldı. Ağlayamıyor, iç geçiremiyor, gidemiyor, sadece olduğu yerde duruyordu. İsyan, acımak, kızgınlık, korku ve sevgi; hepsi vardı. Oysa, hepsini birden hissetmesi imkânsızdı.

Diğer kızlar gibi o da, saçlarında kurdeleyle fotoğraf çektirmek istiyordu. Sadece kendisinin olduğu, ilk fotoğrafı olacaktı. Bu yüzden her şeyin çok güzel olmasını arzu ediyordu. Kurdelenin pırıl pırıl olması ve tam oturması gerekiyordu. Kurdeleyi yıkamaya koyuldu. Annesi beyazlatması için kola vermemişti. Ona göre, sadece bayram ve düğün günleri içindi. Okul diplomasının fotoğrafı için değil. Bunun üzerine annesinin tavsiyesiyle şekerli su hazırladı. Fakat, kurdeleyi ütülemeye kalkınca, sıcağı gören şeker, kenarlarda kahverengi iz yapmaya başladı. Gül tekrar dikkatlice yıkadı ve daha da dikkatli ütüledi. Kenardaki kahverengilikler hâlâ belli oluyordu.

— Hadi öyle durma orada. Fotoğrafta nasıl olsa belli olmaz.

Belki annesi haklıydı, ama Gül yine de inanmıyordu. Beş kere daha yıkadıktan sonra kurdele artık elinde parçalanacak kadar eprimişti. Akşam boyunca kızgınlıktan hüngür hüngür ağladıktan sonra, ertesi gün okula gider gitmez sıra arkadaşından, öğle arasında kurdelesini ödünç vermesini istedi.

Böylece Gül, ilkokul diplomasındaki fotoğrafta,

ödünç kurdeleyle yer almış oldu. Yıllar sonra her defasında bu resme baktığında, kurdelenin kendisinin olmadığını düşünecek ve üzerinde yabancı bir şey varmış duygusunu yaşamasına neden olacaktı. Sanki resme bakan herkes, bunu fark edecekmiş gibi geliyordu.

Ancak bu fotoğraf ne karne ne de diploma üzerinde yer alacaktı. Çünkü Gül, o yıl girdiği bitirme sınavlarını veremedi ve sınıfta kaldı. Ailesi bu konuyu o kadar büyütmedi. Nasıl olsa o bir kız çocuğuydu; birçok kız çocuğunun bilmediği okuma yazma bilmesi yeter de artardı bile. Timur, eski yazı okuryazardı, ama diploması yoktu. Arzu ise okuryazar bile değildi.

Gül, okulu bitiremediği için kendisine çok kızıyordu. Fakat sınıfı geçecek kadar ders çalışmasına zamanı da olmamıştı. Gerçi kendisi de, hiçbir zaman Melike veya Sibel kadar çalışkan değildi. Biraz daha iyi olabilseydim, hiç olmazsa ilkokul diploması alabilirdim, diye hayıflanıyordu. Fotoğraflar böylece annesinin sandığında unutuldu gitti. Bu olaydan gerçekten etkilenen tek kişi Abdurrahman Amca olmuştu.

O yıl, Abdurrahman Amca köyden, Yasemin adında genç bir kız getirmişti. Yasemin, Gül'ün yaşlarında, koyu tenli, kaşlı gözlü ve rengarenk elbiseli bir kızdı. Köylü ağzıyla kaba saba konuşan, büyüklerin sözüne yerli yersiz karışan saygısız bir kız. Abdurrahman Amca, kızın bu tür kötü yönlerini törpülemeye çalışıyordu. Köyüne döndüğünde şehirli genç bir kız olacak, diyordu.

Gül'e ise, okul diplomasının ne kadar önemli olduğunu anlatmaya çalışıyordu.

— Babamın hepimizi okula gönderecek kadar parası yok ki, diyerek savunuyordu kendisini Gül.

– Ortaokula şimdi gidemeyecek bile olsan, paranız olduğu zaman gidersin. Sen akıllı bir çocuksun. Hiç olmazsa ilkokul diplomanı almalısın. Bu hafta ders çalışmaya gelir misin?

– Belki, demekle yetindi. Hayır demeye cesaret edemediği için.

Kendisine hep sıcak davranan, yavrum diye hitap eden, zaman ayıran ve saçlarını okşayan Abdurrahman Amca'yı seviyordu. Sanki, köyden yaşlı adamın evine gelen köylü kızlardan birisi olmak ister gibiydi. Evini derleyip toparlayacak; yemek pişirip bulaşık yıkayacaktı; tek başına yaşayan bir insanın başka ne işi olurdu ki.

Gül'ün yaşlı adamla sohbet ettiği odaya Yasemin girdi. Bir süre dikkatlice Gül'ü süzdü. İri kara gözleri vardı ve göz kapakları sanki hiç kapanmıyordu. Yaşlı adama sordu.

– Demircinin kızı bu mu?

– Evet. Bu Gül. Bu da Yasemin.

Gül, kızın köylü ağzına çabuk ısındı. Kızın özgüvenli duruşuna imrenerek baktı.

– Beştaş biliyor musun, diye sordu Yasemin Gül'e ve hiç cevap beklemeden, hadi gel oynayalım, dedi ve ekledi, ama kendi taşlarını getirmen lazım. Benim taşlarımla oynayamazsın.

Gül, beğendiği beş taşı topladı. Oyunun kuralına göre, kaybeden elini uzatıyor, dayak yiyordu. Oyunu kazanan Yasemin, siz şehirde böyle oynuyorsunuz ha, diyerek büyük bir zevkle vuruyordu.

Gül, elinin acısını belli etmemek için dişlerini sıkıyordu. Bazen Sibel'i mutlu etmek için bilerek kaybederdi ama Sibel hiç böyle vurmazdı. Melike'ye karşı ise hiç kazanamazdı. Melike'ye karşı zaten hiç kimse kazanamazdı; saklambaç oyunu hariç. Yaz boyunca Melike ile Yasemin çekişmeli oyunlar oynadı. Hile yapıyorlar, atışıyorlar, ama sonunda hep Melike kazanıyor ve büyük bir hazla Yasemin'in elleri kızarana dek vuruyordu. Gül ise, kardeşi öcünü aldığı için zevkleniyor, diğer yandan da Yasemin'e acıyordu.

– Hep kaybettiğin halde, neden ısrarla oynamaya devam ediyorsun? Bu hiç zevk vermez ki.

Gül omuzlarını kaldırdı.

– Ben de anlamıyorum, dedi Sibel. Ben Yasemin ile hiç oynamam.

Gül nedenini açıklayamıyordu. Herkesin bir konuda iyi oluşunu, örneğin Melike'nin sporda, Sibel'in resimde, Nalan'ın şarkı söylemede iyi oluşunu açıklayamıyordu. Emin'in ise neyde iyi olduğu henüz belli değildi. Kendisiyse acıya dayanıklıydı. Ama bunu herkesin yapabileceğini düşünüyordu. Çok zor bir şey değildi çünkü.

Gül ve Yasemin o yaz arkadaş oldular. İlk günler Yasemin'in cesaretine ve direngenliğine hayranlık duymuştu. Eğer konuşmasıyla dalga geçecek olurlarsa, hemen cevap verir, muhallebi çocuğu, diyerek onlarla dalga geçer ve ardından gülerdi. Gül'ün hayranlığının farkında olarak, bunun keyfini çıkarmaya çalışırdı.

Ancak, sıcak yaz günlerinde, ilişkileri değişiklik gösterdi. Yasemin daha ağır başlı olmaya, dikkatli ve çekingen davranmaya başladı. Yaşlı adamın emekleri meyvesini veriyordu. Yasemin dinginleştikçe, Gül ile arkadaşlığı gelişti. Elmaların toplanma zamanı geldiğinde artık Yasemin, başını Gül'ün omzuna koyar hale gelmişti. Bu Yasemin'in kibrini kırıp yakınlık aradığı ilk davranışı oldu.

– Yakında köyüme döneceğim için çok sevinçliyim.

– Sıla hasreti çekiyorsun değil mi?

– Evet... Hasret.

Kısa bir sessizlikten sonra Yasemin sordu.

– Abdurrahman Amca sana çok şey öğretti mi?

– Evet, dedi Gül. Eskiden öğretmen olduğu için o çok şey biliyor.

– Ben eve gitmek istiyorum. Elimden gelse bugün giderim.

Neredeyse bütün yaz boyunca her gün beraber olduğu arkadaşının, bu kadar acele eve dönmek istemesine çok üzüldü Gül. Okullar açılmadan birkaç gün önce, hiç vedalaşmadan Yasemin ortalıktan kayboldu.

Tatilin son günü Melike ve Sibel okul eşyalarını hazırlarken, Gül, onları izliyordu. Annesine ve babasına baktı. İkisi de hiçbir şey söylemedi.

Ertesi sabah Melike ile Sibel evden ayrıldıktan sonra dahi, yolda küçük büyük gruplar halinde okula giden çocukların arkasından bakakaldı. Annesinin bulaşık sesleriyle kendine geldi. Kapıyı hızla çarptı ve sessizce mutfağa girdi.

Gül'ün evde kalışıyla ilgili hiç konuşulmadı. Annesine yardım etti, bahçede dolaştı; kardeşleri okula gittikten sonra evin sessizliğine hayret etti. Aslında, bahçede yalnız oturmaya alışmıştı. Bu defa sadece yalnız değildi; yapayalnızdı.

Haftanın son günüydü; öğle saatlerinde bütün erkekler cuma namazına gitmişti. Akşama doğru demircinin evinin kapısı çalındı. Kapıyı Melike açtı. Kapıda Abdurrahman Amca'nın olduğunu anlar anlamaz Gül, hiç düşünmeden, yaşlı adamın buyur edileceği odaya doğru koştu. Gül, yüklük dolabını açtı, zorlukla içine sığıyordu. Dolabın içinde cenin gibi oldu. Zorlukla kapıyı kapattı. Annesi saklandığını görmüştü. Sormasına fırsat kalmadan yaşlı adam kapıda göründü ve selam verdi.

– Timur evde mi?

– Evet, dedi Arzu ve Melike'ye babasını ahırdan çağırmasını söyledi.

Gül dolabın içinde, yaşlı adamın odada dolaştığını duyuyor, kendisini bulacağından korkuyordu. Babasının ağır adımlarını duyunca rahatladı. Timur ve yaşlı adam selamlaştılar. Arzu çay pişirmek için mutfağa gitti. Melike, Sibel ve Nalan odaya geldiler. Her gelişinde kendilerine şeker getiren aksakallı yaşlı adamı çok seviyorlardı. Ama bugün bir şey getirmemişti.

– Duyduğuma göre senin kız artık okula gitmiyormuş, dedi yaşlı adam, hiç hal hatır sormadan. Yaşlı olduğu için kusuruna bakılmazdı zaten.

Yaşlı adam, Gül'ün yakınlarda bir yerde olduğunu biliyor ve duymasını istiyormuş gibi yüksek sesle konuşuyordu. Timur, başını sallayarak dinliyordu. Gül ise dikkat kesilmiş, yaşlı adamın sözlerine kulak veriyordu.

– Henüz geç kalmış değil. Hâlâ kızı okula yazdırabiliriz. Hatırlayın, Sibel altı hafta geç başladığı halde sınıfın en iyi öğrencilerinden birisi oldu. Gül de akıllı bir çocuk. Bakmayın bitirme sınavlarını başaramadığına. Bu yıl mutlaka başaracaktır. Okul bitirmek çok önemli artık günümüzde. Zaman değişiyor; yakında ortaokul da yetmeyecek, lise diploması istenecek. Gençler her gün daha fazla okumak isteyecek. Zaman değişiyor demirci; dünya dönüyor ve biz bu dünyayı onlara bırakacağız. Onun içindir ki bu çocukların iyi eğitim görmeleri gerekiyor. Tekrar, demirci, derken, Gül'e kendisine sesleniyor gibi geliyordu.

– Evet, haklısın. Dünya dönüyor. Yakında şehre elektrik de gelecek. Evet, dünya dönüyor ve ben bir kenara birkaç kuruş koyabilir miyim diye hesaplar yapıyorum. Sonunda elde hiçbir şey kalmıyor.

– Demirci, ben senin kızından bahsediyorum.

– Evet, biliyorum. Biz onu okula göndermezlik etmedik ki.

– Sınıfta kaldığı için utanmasına gerek yok. Her halükârda okulunu bitirmesi lazım.

Neredeydi ki bu kız? Bu soruyu neden sormuyordu ki? Kapıyı tutmak zorunda kaldığı için kolu ağrımıştı Gül'ün. Babası ile yaşlı adamın çay karıştırırken çıkardığı şıngırtıyı dinliyordu.

Yaşlı adam çayını yudumlarken, demirciyle oradan buradan sohbet ediyordu. Sonunda konuyu hep Gül'ün okulu bitirmesine getiriyordu.

Kalkmak üzereyken, cebinden parlak kâğıt içinde dört tane çikolata çıkardı. Her birine bir tane verdi. Son olarak Sibel'e, ablasına vermesi için bir tane daha uzattı.

Gül'ün bacakları ve sırtı ağrımaya başlamıştı. Kolu da

uyuşmuştu. Uzaklaşan adımlara kulak kesildi. Kendisi dışarı çıkmaya karar vermeden, babasının sesini duydu.
— Çık artık dışarı Gül.
Dolabın kapısını açarken, anne ve babasının hiçbir şey söylemediğini düşünüyordu. Eğer tek bir şey söyleselerdi, Abdurrahman Amca'nın karşısına hemen çıkacak ve pazartesi günü okula başlayacağına söz verecekti. Demek ki onlar da okulu bitirmesini istemiyorlardı. Evde kalacaktı.

Eylül sonunda şehirdeki eve taşındıkları zaman, evde olmak Gül'e sıkıcı gelmeye başladı. Artık bahçeye çıkıp kayısı ağacının altında veya tulumbanın yanında oturmuyordu. Herkesle beraber sabah kalkıyor, annesiyle kahvaltıyı hazırlıyordu. Kardeşlerini okula gönderir göndermez de bulaşıkları yıkıyor, öğle yemeği hazırlıklarına yardım ediyordu. Bütün işler bitince de, Nalan ve Emin ile oynuyor veya annesi komşuya geçince kardeşlerine bakmak zorunda kalıyordu.

Durum can sıkıcıydı, ama Gül çok da rahatsız değildi. Asıl rahatsız olan, çok çabuk parlayan ve en küçük bir şey için bile Gül'e kızan annesiydi. Belki sürekli ayaklarına dolanan çocuklardı veya bir başka nedeni vardı bunun. Her ne idiyse.

— Hiçbir iş yapmadan böyle oturursa tembelliğe alışacak bu kız, dedi bir akşam kocasına. Zamanını daha iyi değerlendirebilir. Hiç olmazsa bir terzinin yanına verelim de, bir şeyler öğrensin.

Bir hafta sonra, Timur, Gül'ü yanına aldığı gibi terziye götürdü. Esra, Gül'den yaklaşık on yaş büyüktü ve evinin bir odasında terzilik yapıyordu. Oldukça çok müşterisi vardı. Elbiseler, pantolonlar ve bluzlar dikiyordu. Yanı sıra gelinlikler, iç çamaşırları dikiyor, erkek pantolon paçası kısaltıyor veya uzatıyordu. Erkek giysisi aslında onun ustalığı değildi. Bir kadın, her yerini ellemek zorunda kalacağı bir erkeğin ölçüsünü nasıl alabilirdi ki?

Dikiş odası tam bir dağınıklık içindeydi; kumaş parçaları, makaralar, iğnelikler, mezuralar, tebeşirler, kancalı iğneler ve makaslar her yere dağılmıştı.

– Merhaba, dedi Esra, demek Gül sensin.

Gül ürkek ürkek başını saldı.

– Korkma. Beni ablan gibi bil. Korkma, iyi anlaşırız.

– Ben artık gideyim, dedi Timur ve şapkasını giyerek ayrıldı.

Esra, ayaklı dikiş makinesinin başına yeniden oturdu, ama çalışmaya pek niyetli değildi.

– Demek benim yardımcım olacaksın ha?

Esra yuvarlak yüzlü, çilliydi ve dolgun ama solgun dudaklıydı. Ela gözleri dikkat çekiciydi. Gül'e göre Esra çok güzel bir kadındı.

– Gel, derken Esra ayağa kalktı ve Gül'ün elini tuttu. Önce seni Candan ile tanıştırayım.

Beraber yan odaya geçtiler. Odada iki yaşlarında bir kız çocuğu yatıyordu.

– Hasta, dedi Esra ve devam etti, kuzum hastalandı. Şimdi işte bir ablası oldu. Onunla ilgilenirsin, değil mi?

Gül ilk defa gülümsedi. Esra konuşmaya devam etti.

– Şimdi sana diğer işleri göstereyim.

Gül işe başladıktan üç gün sonra dikiş odası yeni

bir düzene kavuşmuştu; kumaşlar katlanıp raflara konmuş; kullanılmayan mezuralar kaldırılmış; makaralar renklerine göre teneke bir kutuya yerleştirilmişti. İğneler de öyle. Gül, her şeye bir yer bulduğu ve Esra bir şey istediğinde hemen bulabildiği için sevinçliydi.

Sanki okula gidiyor gibiydi. Kardeşlerini okula gönderdikten sonra Gül de evden çıkıyor, öğlen eve geliyor ve yemeğini yedikten sonra Esra'nın yanına dönüyordu. Bazen yolda oyalanıyor; taşların altında para olup olmadığına bakıyor, alışverişe veya pastaneye giden zengin kadınların arkalarından dalıp gidiyordu. Melike, Sezenlerde yaş pasta yemişti ama Gül, sadece adını biliyordu. Yaş pasta, onun için lüks bir şeydi. Sadece kürklü manto giyen kadınların yediği bir şeydi. Gül, yüksek ökçeli ayakkabı giyen, bir sanat eseri gibi saçlarını süsleyen ve sinemalarda Brigitte Bardot, Elizabeth Taylor ve Marilyn Monroe gibi oyuncuları görmüş olan, ama kendi ülkelerinde özgürce hareket edemeyen kadınların arkasından bakakaldı. Bu kadınların arkasından bakmakta olan, saçları briyantinli, kendilerine sanki köşede durup da sigara içecekmiş havası veren gençleri fark etti. Bazıları Fuat dayısı gibi kaytan bıyıklı, bazıları pos bıyıklı olan, mermer görünümlü plastik tarakları arka ceplerinden taşan gençlerdi bunlar.

Gül biraz geç kalsa dahi, Esra hiçbir şey söylemiyordu. Her zaman dakik olması gereken okuldan çok daha iyiydi burası. Esra Gül'e dikiş öğretirken, hiç kızmıyor, aksine tatlı sözlerle onu teşvik ediyordu. Akşamları lamba ışığı altında oturup annesinin paslı makasıyla Esra ablasından öğrendiği gibi, gazetelerden patronlar çıkarmaya çalışıyordu. Esra da Gül'ün kendisine abla demesini istiyordu. Teyze dediğinde, kendisini yaşlı bir kadın gibi hissediyordu. Nihayet Gül'ün de abla diyebileceği birisi olmuştu.

Her ne kadar insan gazete okuyanlarla karşılaşmasa da, gazete artık günlük hayattaki yerini almıştı. Bakkal ve kasap, sattıklarını artık gazete kâğıdına sarıp veriyordu. Timur bile, ocağını gazete ile tutuşturur olmuştu. Arzu dolap raflarına gazete seriyordu. Hatta Gül, dolaptan bir şey alırken, birkaç kelimeye takılıp kalıyordu: Ölüm, darp, umutsuz aşk, kan davası ve masum çocuklar gibi. Gül, bu başlıklara dalınca, devamını okuyabilmek için oradan bir bardağı şuradan bir tabağı kaldırmaya, kafasını dolabın içine sokmaya veya gazete ters konmuşsa kafasını çevirerek okumaya çalışıyordu.

Eğer annesi seslenecek olursa, artık eskisi kadar korkmuyordu, ama başını mutlaka dolaba çarpıyordu. Bu olay birkaç defa oldu. Artık okuduğu yeri belliyor ve sonra geldiğinde kaldığı yerden devam ediyordu. Sibel ise gazetelerin beyaz olan kenarlarını kesiyor, özel bir kurşun kalemle bu daracık kâğıtlara küçük hayvan resimleri yapıyordu. Annesi de, gözleri bozulacak diyerek kavga ediyordu. Çünkü küçük kız, hiçbir zaman yeteri kadar kâğıt bulamıyordu. Sahip olduğu az miktardaki renkli kalemini de tasarruflu kullanmak zorundaydı. Ta ki, Abdurrahman Amca bu küçük kızın ne kadar yetenekli olduğunu fark edinceye kadar. O zamandan sonra yaşlı adam bol bol kâğıt ve kalem getirmeye başladı.

Böylece gazeteler yine Gül'e kalmıştı. O da akşamları elinde makasla oturuyor, bazen ilk patronu çıkarana dek yarım saat geçiyordu; okul kitapları bile onu bu kadar heyecanlandırmamıştı.

– Kes madem keseceksen, diyordu annesi ve ekliyordu, büyük insanlar gibi gazete okumak da neymiş? Gül, Abdurrahman Amca'sından başka hiç kimsenin gazete okuduğunu görmüyordu. Hele bir kadını asla. Annesi böyle kızdığı zaman yavaş yavaş kesmeye başlıyor, makas sesini duyan annesi de başka işle ilgileniyordu. O yine okumaya dalıyordu. Kardeşini öldürenleri, aile namusu ve iki başlı bebek haberlerini okuyordu. Ekonomi, politika ve futbol ile ilgili köşe yazılarını ise okumadan kesiyor ve saklıyordu.

Gül, ilk defa dikiş makinesinin başına oturup dikiş dikmeye çalıştığında, ayakları pedala zar zor yetişiyordu. Daha da zor olan, dikişle pedal arasındaki uyumu sağlamaktı. Çok uzun zaman gerekti bu uyumu sağlaması için. Başkalarına göre daha uzun süre. Hele hele Esra gibi sürekli aynı tempoyu sağlaması için aylar gerekecekti. Dönüp geriye baktığında, bugünleri sıklıkla hatırlayacaktı. Yıllar sonra Almanya'ya gidip de, motorlu dikiş makinesinin önünde oturup sutyen dikmeye başlayınca daha da sık hatırlayacaktı. Diğer arkadaşları nadiren üç yüz elli sutyenin üzerine çıkarken, kendisi dört yüz-dört yüz elli sutyen üretecekti.

Esra gibi ustalaşması için biraz daha zaman gerekiyordu. Dikiş dikmeyi sevmişti. Bu sevincin yankısını, yetmiş kadınla aynı mekânda çalıştığı zaman, çıkan gürültüden korunmak amacıyla kulaklarına tuvalet kâğıdı tıkadığı zaman daha yakından hissedecekti.

Ben işten korkmam; ben dağ gibi işlerin altından

kalkmayı öğrendim, diyecekti sonraları. Ama yaptığı işin iltifat görmemesinden ne kadar incindiğini hiçbir zaman söylemeyecekti.

O günlerde sadece annesine yardım etmekle kalmıyor, terzilik öğreniyor, Nalan ve Emin'e bakıyor ve bir yandan da Esra'nın kızı Candan'la ilgileniyordu.

Candan Gül'ü çok seviyordu. Gül de ona babasının bacaklarını kaşımaktan kazandığı parayla simit ve şeker getiriyordu. Nalan ve Emin'in bunu duymaması tek dileğiydi. Elbette kardeşlerini de seviyordu; ama Candan'ı bir başka seviyordu. Bir insanı yakını olmadığı halde, sadece sevdiği için seviyordu.

Babası hâlâ bacaklarını kaşıttığı için birkaç kuruş para veriyordu. Kazandığı tek para buydu. Terzi yamaklığından para almıyordu. Ne de olsa bir meslek öğreniyordu.

Fuat dayısının durumu da benzerdi. Bir berberin yanında çalışıyor ve bir gün kendi berber dükkânına sahip olmanın hayalini kuruyordu. Gül'ün böyle hayalleri yoktu; o daha çok, belki bana bir dikiş makinesi alabilecek birisiyle evlenirim, diye düşünüyordu.

Bir cumartesi günü, toz aldıktan, bezleri ve bulaşıkları yıkadıktan sonra annesine döndü:

– Ben Esra Abla'ya gidiyorum.

– Ama bugün cumartesi...

– Olsun. Candan'ı özledim. Biraz oynayayım, hemen gelirim.

– Allah'ım, sanki oyun oynayacak başka çocuk kalmamış gibi.

Buna rağmen Gül'ün gitmesine o cumartesi ve ondan

sonraki cumartesiler de izin verdi. Candan, Gül'ü her gördüğünde koşarak kucağına atlıyordu. Bazen Gül'e öyle gelirdi ki, sanki Candan kendi çocuğuydu. Fakat babası neredeydi ki?

Aslında koca istemiyordu. Onun istediği sadece çocuktu. Candan'la oynadığı saatlerde her şeyi unutuyor, mutlu oluyordu Gül. Bütün işi sadece bu gibiydi. Sanki evde değildi ve hiç kimse ona iş buyurmayacaktı ve ağır bir şey taşımak zorunda kalmayacaktı.

Bir gün Melike ile Nalan birlik olup Sibel'i kızdırmaya kalkıştılar. Küçük kızın her yaptığını, her söylediğini taklit ediyorlardı. Her zaman kurtuluş yolu olarak bulduğu bir köşeye çekilip resim yapmaya başlayınca, iki kardeş bir ara çaresiz kaldı. Ancak, Melike, "Mona Lisa, Mona Lisa, Picasso, Picasso," diyerek kardeşini kızdırmayı başardı. Sibel'i ağlatana dek, Melike ve Nalan koro halinde devam ediyorlardı.

– Yapmayın çocuklar. Allah aşkına rahat bırakın çocuğu, derdi Gül bu durumda.

Tıpkı annesinin ve komşuların söylediği gibi söylerdi bu sözü: Allah aşkına, ant verdim bak. Bak ölümü gör bak. Bir lokma daha al, Allah aşkına bak. Ölümü gör bir lokma daha yemezsen bak. Büyüklerin konuşmaları böyle abartılarla doluydu ve küçükler de bunları öğrenmeye hazırdılar.

Fakat Gül, iki kardeşini, Sibel'i kızdırmaktan alıkoymayı başaramadı. Sibel de ağlamaklı incecik sesiyle sitem etti.

– Sizin anneniz başka olduğu için bana karşısınız, dedi.

Nalan, Sibel'in ne demek istediğini anlamadı, Melike ise güldü geçti. Gül de Sibel'i kucağına alıp, teselli etmeye başladı. Ağlaması geçmek üzereyken de, sekiz yaşındaki kardeşine nasıl kardeş olduklarını anlatmaya çalıştı.
– Sen yanlış anladın güzelim. Melike'nin, senin ve benim annemiz başka. Sen çok küçükken, daha bebekken o öldü.
Sibel ağlamayı bıraktı. Yanaklarında gözyaşlarının izi kaldı.
– Annemiz öldükten sonra babamız yeniden evlendi. Böylece yeni bir annemiz oldu ve ondan sonra Nalan ve Emin dünyaya geldi.
– O bizim gerçek annemiz değil mi?
– Hayır, o bizim üvey annemiz.
– Nereden belli bu?
Gül bu soruyu cevaplamak için bir an durakladı.
– Hiç.
– Peki sen nereden biliyorsun gerçek annemiz olmadığını?
– Ben... Ama ben büyüktüm annemiz öldüğünde.
– Peki bizim annemiz nasıldı?
– Biraz Melike'ye benziyordu. Bizim gibi açık tenli değildi. Melike gibi esmerdi ve çok güzel gözleri vardı.
Ağzından bu sözler çıkar çıkmaz, annesinin ölmeden önce gözaltındaki morluklar gözünün önüne geldi.
– Peki saçları, saçları nasıldı?
Ondan sonraki günlerde, Sibel ile Gül sık sık birlikte oturmaya başladılar; Gül hatırlayabildiği kadarıyla annesini anlatıyordu. İlk defa kafasındaki resimler kelimelere

dönüşüyordu. Kısa bir süre sonra Melike de yanlarına oturmaya ve tek bir söz etmeden dinlemeye başladı.

Gül, tüfek meselesini, köy meydanındaki kavgayı, annesini gıdıklarken, annesinin, *yeter artık bayılacağım şimdi*, deyişini, hastane günlerini, halasını ve Yücel eniştesini hatırlıyordu.

Resimler gözlerinin önünde o kadar canlıydı ki, sanki bütün her şey daha dün yaşanmış gibiydi. Babasının kaşık fırlatışını düşündüğünde, o günkü hissettiklerini hissetti. Gözünün önünde canlanan resimler o günkü gibi değildi. Sanki olaylara yukarıdan bakıyordu ve kendisi de orada aşağıda duruyordu. Ama hissettikleri aynıydı.

Anlatırken ağlıyordu. Aradan elli yıl geçtikten sonra bile, resimler aynı canlılıkta gözünün önüne gelecek; aynı duyguları tekrar tekrar yaşayacak, resimlerin dışında kalabilecek, ancak duyguların dışında kalamayacaktı.

Sibel, Melike ve Gül'ün bir araya gelişleri, Fatma'dan ve olaylardan söz edişleri bir süre sonra küçük bir tören havasına bürünecekti. Gelecek yıllarda sıklıkla tekrarlanan küçük bir tören. Ama babasının, Melike'yi ahırın çatısından atmaya kalkışmasını kendisine saklayacaktı.

Gül cumartesi günlerini Candan'la geçirmeye başlamıştı. Neşeli olmasının Candan'a bağlı olduğunu bile düşünür oldu. Bazen eve dönerken, sokakta ip atlayan veya kaydırak oynayan kızları gördüğünde, birlikte oynayabilir miyim, diye sorardı. Aslında çok ürkek bir kız olmasına rağmen, cumartesi günleri bu işi yapmak daha kolay oluyordu. Oyun oynarken zamanı, annesini, babasını ve kardeşlerini, kısaca her şeyi unutuyordu.

Kaydırak oynarken de ayakkabılarını eskitiyordu.
Yine bir gün, oyuna dalıp da eve geç geldiğinde, annesi sordu.
– Ne arıyorsun her hafta yabancı insanların evinde?
Babası da ekledi.
– Bu kadar sık gitme kızım. Bir dahaki sefere gelip kendim alacağım seni.
Böylece öteki cumartesi, Demirci, kızını kendi aldı Esra'nın evinden. Yeni ayakkabılarını giymişti ve hafta sonları tıraş olma alışkanlığı olmadığı halde sinekkaydı tıraşını da olmuştu. Bir sonraki cumartesi ise, babasını kapıda beklerken, ellerini hohlarken görmüştü Gül. Babasında hiç görmediği bir hareketti bu.
– Dışarısı çok soğuk, dedi demirci.
Esra da doğruladı.
– Evet haklısın. Bu sene kış sert geçecek.
– Sen önden gitmek istemez misin, diye sordu Timur kızına. Annen bugün börek yapıyor. Belki sana ihtiyacı vardır.
Gül bir şey söylemeden Esra araya girdi.
– Babasıyla eve dönecek diye geldiğinden beri ağzından düşürmüyordu. Yalnız gitmek istemeyecektir.
Babası sadece bu iki sefer alacaktı Esra'dan Gül'ü. Ondan sonra yine sokaklarda tanımadığı kızlarla oyunlar oynayacaktı. Bir süre sonra bu kızların neden kış günü sokakta oynadıklarını anlayacaktı; evleri daha soğuk olduğu için sokakta oynuyorlardı. Arzu, kışın sonuna doğru Gül'ün sokakta oynadığını öğrenince cumartesi günleri Esra'ya gidişini yasakladı.

– Seni fakir çocuklarla oynarken görenler ne düşünür, hiç düşünmüyor musun?

Gül'ün kendisine diktiği ilk şey, üzerinde portakal rengi çiçekler bulunan kahverengi basmadan bir don oldu. Ardından hemen Melike için de bir don dikti, ama hemen eve götürmedi. Her kardeşi için bir tane yapacak, ondan sonra hepsini birden götürecekti.

İlkbaharda hepsi hazırdı. Kardeşlerine kendi yaptığı donları götüreceği için mutluydu. Annesi, çiçekli kahverengi, erguvan rengi, limon sarısı ve mavi su damlalı çimen yeşili donları görünce, "Götür, götür bunları. Kim giyecek bu Çingene renklerini," dedi.

Kızlar, ellerinde donlarıyla öylece kalakaldılar. Melike yere uzanmıştı. Gül'ün gözlerinden yaşlar dökülmeden, başka da bir şey olmadan Melike söze girdi.

– Ama bunu kimse görmeyecek ki. Nasıl olsa altta kalacak. Ben giyerim vallaha, kimse de karışamaz.

Böylece o ilkbahar, kızların hepsi, cıvıl cıvıl ama kimsenin görmediği donlarını giydiler.

Bir gün Melike ve Sibel kıkırdayarak Gül'ün yanına geldiler.

– Babaannem artık hiç görmüyor.

– Gözleri iyi değil yani.

– Hayır öyle değil. Artık hiç görmüyor.

– Sen nereden biliyorsun?

– Sibel ile birlikte tam karşısına oturduk. Donlarımız gözükecek şekilde bacaklarımızı da açtık. Bırak donlarımızı görmeyi, öyle oturduğumuzu bile görmedi.

Zeliha, paraları, büyüklüklerine bakarak ayırt edebiliyordu. İnsanlarıysa yürüyüşlerinden tanıyordu. Ama artık görmüyordu. Eğer kızı yanında olmasa, kendi işini bile göremezdi. Hülya her işini hallediyor, gözü oluyordu. Zeliha ise, sırtını dayadığı koca yastıkla koltuğunda oturuyor, bir elinde çay bir elinde sigara çevresindekilere kumanda ediyordu; pencereyi aç, pencereyi kapat; taze çay demleyin; bana su getirin; bana ateş verin veya bana bakkaldan sigara alın. Gül ve diğerleri oradayken mutlaka bir şey yapmak zorunda kalırlardı. Zeliha mümkün olduğu kadar çok insana kumanda etmekten zevk alıyordu.

İyice kör olduğundan beri, torunlarına karşı daha da acımasız olmuştu. Kör olduğundan beri, sigarayı da arttırdığından, sesi de iyice boğuklaşmıştı. Gül, babaannesinin sigara, ter, katran ve çorabına soktuğu paranın karışımından olan kokusunu hiç sevmiyordu.

Zeliha, Timur'dan harçlık alıyor ve arada sırada Hülya'ya ceviz, köfter ve reçel sattırıyordu. Hiç okula gitmemiş bu yaşlı kadın, çok iyi hesap yapabiliyor, yapacağı kârı çok iyi biliyor ve kime ne kadar borç verdiğini, kimden ne kadar alacağı olduğunu, Hülya'nın şaşkın bakışları arasında gayet iyi aklında tutuyordu.

Zeliha, bazen para çıkınını çıkarır, gözleri dümdüz bakar ve ağzının kenarına yerleştirdiği sigarayı zorla tutmaya çalışırken ağır ağır paralarını sayardı. Yılların izi olarak, yüzünde kırışıklıklar meydana gelmişti; hemen kaşının üstünde bir tane, iki tane de burun kenarından başlayarak ağız kenarına inen derin çizgileri vardı. Ayrıca yanağında çok sayıda irili ufaklı buruşukluk.

Gül'ün anneannesi Berrin ise çok daha gençti ve yüzünde tek bir kırışıklık bile yoktu. Ama annesi Berrin'e giderken yanında genellikle Emin ile Nalan'ı götürürdü. Gül, anneannesine gittiğinde kendisini huzurlu hissederdi. Çünkü Berrin, şen şakrak, neşeli bir kadındı. Kalabalık bir evdi anneannesinin evi; genellikle rakı kokan Faruk dedesi, Fuat dayısı ve onun evli ağabeyleri Levent ve Orhan. Bu kocaman evde, tanıdığı ama nadiren kendisine sevgi ve saygı gösteren insanlar arasında bazen de yabancı hissederdi kendisini.

Melike ilkokul diplomasını almıştı. Diplomadaki fotoğrafta Sezen'den ödünç aldığı kurdele vardı. Öyle çok başarılı bir öğrenci olmamıştı Melike, ama sınıfta kalmadan ilkokulu bitirmişti. Bitirme sınavlarından birkaç gün önce iyice kafasına koymuştu; elinde kitap, yolda, bahçede dolaşırken ders çalışıyordu. Oturduğu yerde öyle uzun süre oturamazdı. Elinde kitap açık, mırıldanırdı. En azından dudaklarının hareketi belli olur, düzensiz olarak başı sallanırdı. Öğrenme şeklini daha sonraları değiştirecekti. Onun başarısının nedeni, bağlantıları çok iyi kurmasında değil, öğrendiğini unutmamasındaydı.

Konuyu öyle ezberliyordu ki, tekrarlarken sayfanın sonunun nerede olduğunu biliyordu. Başını sağdan sola hareket ettirerek kafasında sayfayı bile çeviriyordu.

Nasıl ki Gül'le ilgili olarak okumayacağı konuşulmadıysa, Melike'nin sonbaharda ortaokula gideceği de konuşulmadı.

Bağa taşındıkları zaman süresince, Gül, Esra'nın yanına gidemedi. Kiraz çalarak, beştaş, saklambaç, yakalamaca ve yakar top oynayarak boşu boşuna bir yaz geçirdi. Yakar top, genellikle gençlerin oynadığı bir oyundu ve artık Gül de bu oyuna katılabiliyordu. Melike de oynayabiliyordu bu oyunu, ama yeteri kadar büyük olduğu için değil, diğer oyunlar gibi bu oyunu da çok iyi oynadığından, herkes onu takımına almak istediği için.

Takımı kaybettiği zaman Melike, takım arkadaşlarını suçlardı. Kaybetmeye hiç tahammülü yoktu. Hemen kavga başlatır, kızgınlığını, hayal kırıklığını ve tatmin edilmemiş hırsını bir yere boşaltmak ihtiyacı duyardı.

Hava kararınca, insanlar kapı önlerindeki basamaklara oturur, sohbet ederler, demircinin çatısındaki hoparlörden gelen radyo yayınını dinlerlerdi. Kadınlar, örgü örer ya da tığ işi yaparken, erkekler, radyodan yayılan hüzünlü şarkılar eşliğinde, bahçedeki havayı sigara dumanı ve anason kokusuna boğmaya çalışırlardı. Bacak bacak üstüne atarak, eski zamanlardan, insanların daha bilgili ve daha az para hırsı içinde oldukları zamanlardan söz ederlerdi. Yaşlı insanların özelliklerinden veya kendi gariplikerinden ya da eşkıyalık ve kahramanlıklardan söz ederken öyle sihirli bir ortam yaratıyorlardı ki, sanki anlatılanlar bir masal ülkesine aitti.

Dizlerin yaralandığı, susuzluktan ağızlarda top top tükürüklerin biriktiği bir yaz, Gül'ün armut çalarken yakalandığı ve sahibinin Gül'ü tanıyınca serbest bıraktığı bir yaz geçip gitti.

– Sen misin Gül? Hadi sen de git arkalarından. Al, şu armutları da al. Babana da benden selam söylemeyi unutma.

Emin artık yürüyor, koşuyor hatta takla bile atabiliyordu. Ancak konuşamıyordu. Yaz sonunda bir buçuk yaşını doldurmuş olmasına rağmen, ancak ağladığı zaman ses veriyordu. Buna karşılık Nalan, tam gün konuşuyordu. Konuşmadığı zamanlardaysa şarkı söylüyordu. Radyodan dinlediği şarkı ve türküleri o kadar güzel söylüyordu ki, komşu çocukları toplanıp, sakız ve şeker getirirler kendilerine şarkı söylemesini isterlerdi.

Kızların arada sırada bir araya gelip, Gül'ün eski günleri anlattığı anlarda, Gül artık eskisi kadar üzülmüyordu. Buna karşılık, kızlarını bir arada sohbet ederken gören Timur duygulanıyordu.

-Allah'ıma şükürler olsun. Allah'ım, bana bu günleri gösterdiğin için sana şükürler olsun. Fatma, çok erken ebediyete intikal etmiş olsa da sana şükürler olsun. Fatma, ne güzeldi Fatma; bir ay parçası gibi.

Hâlâ Fatma'yı anmasına rağmen, kendisi de itiraf ediyordu ki, son yıllarda hatırlamalar gittikçe seyrekleşiyordu. Allah'ın bir meleği gelse ve Timur'a, "Ey Demirci Timur, Arzu'yu mu istersin yoksa Fatma'nın geri gelmesini mi?" diye sorsa, cevabı Fatma olurdu. İkinci soru olarak, "Timur, mutlu musun? Yaşadıkların için, sevinçli ve kederli günlerin için Rabbine hamdeder misin?" diye sorsa, yine aynı dürüstlükle, evet, derdi.

Allah ona beş sağlıklı çocuk, bir kadın vermişti ve Allaha şükür, gücü kuvveti hâlâ yerindeydi. Hâlâ kimsenin takışmaya cesaret edemeyeceği güçlü yumrukları olan bir adamdı. Her ne kadar, güçlü yumrukları arasında para tutmayı beceremese de, iyi niyetinden dolayı kolay kandırılır bir adam olsa da. Artık eskisi gibi önüne gelene borç vermiyor, kefil olmuyordu. Ama yüreğinin zayıf noktasını yakalamasını bilenlere hâlâ eli açıktı. Çünkü yüreği hâlâ yumuşacık ve sıcacıktı.

Güneşli günler, Gül'ün çamaşır yıkamasıyla, evi süpürmesiyle, Nalan ve Emin'e bakmasıyla ve arada sırada Abdurrahman Amca'nın, *Gül okula gitseydi iyi olurdu* dilekleriyle geçti. Gül sıklıkla Candan'ı düşünüyordu; bağda kaldıkları on sekiz hafta boyunca toplam dört defa görmüştü Candan'ı. Gül, hamamda karşılaştıkları zaman annesi ile Esra'nın sadece selamlaştıklarına, ondan sonra birbirlerini görmezden geldiklerine tanık oldu. Halbuki Gül'e kalsa, Esra Abla'sının sırtını sabunlamak isterdi. Her nedense annesinin buna kızacağını hissediyordu. O da Candan'la oynayıp, küçük kızın kendisini soğuk suyla ıslatmasına izin verdi; küçük çocuk kahkahalara boğulunca da mutlu oldu.

Gül için kolay bir yaz geçti. Hiçbir sorun yaşamadan. Zorluklara alışkındı. Sevinçlerin mutluluğunu yaşıyordu. Uzun ve sıcak bir yazdı. Ağustos sonunda elma bolluğundan dolayı ağaçların dallarının kırılması söz konusuydu. Tehlikeli dallara Timur sağlam dayaklar yapmıştı. Gerçi, elmaları toplamak için gündelikçilerle zamanında ilgilenememişti, ama ağaçlarda o kadar çok elma vardı ki, gündelikçiler kendiliğinden gelip demircinin kapısını çaldılar.

Hasat günü başladığında, Arzu, Gül, Melike, Sibel, Hülya ve dört gündelikçi işbaşındaydılar. Beş günde tüm elmalar toplandı. Pazara ilk elmayı sürdükleri için iyi de fiyat almışlardı. Gündelikçilerin ücretlerini verdikten sonra Timur'a geçen yıldan çok daha fazla para kalmıştı. Akşam evde düz oturabilmek için arkasına yastık koymak zorundaydı. Üzerindeki ağırlığı atmak için bir sigara istedi canı. İstanbul'a gitmeden önce kaç gün dinlenmesi gerektiğine dair sorular soruyordu kendi kendine.

Gül, Timur'un bacaklarını kaşımak istiyordu. Ancak babası o kadar yorgundu ki, bacaklarının kaşındığını bile hissetmiyordu. Gül biraz daha yanında kaldı. O da çok yorulmuştu.

– Baba, dedi Gül.
– Evet tatlım.
– Benim paramı verir misin?
– Ne?
– Gündelikçiler gibi.
– Gündelikçiler gibi mi? Ama sen benim kızımsın. Sen benim gözümün nurusun. Gündelikçi değil.

Gül itiraz edebilirdi, fakat hiç sesini çıkarmadan hayal kırıklığı içinde, kardeşleriyle uyuduğu odaya gitti. Yatağa girer girmez, annesi arkasından odaya girip, yatağın ucuna oturdu.

– Yoruldun mu?
– Evet.
– Güzel bir uyku çektin mi, yarın yeniden doğmuş gibi olursun. Gül, senden bir şey rica etmek istiyorum.

Annesi, kendisini çağırmanın dışında ilk defa adıyla hitap ediyordu.

– Baban seni dinler. Seni kırmaz. Önümüzdeki kış için generalin karısı gibi bir kürk manto istiyorum. Bu kış sert geçeceğe benziyor. Ona bunu söyler misin?

– Olur, dedi Gül.

– Şöyle Neslihan'ınki gibi. Sana bir bardak daha süt getireyim mi? Daha yeni sağdım.

İnekten yeni sağılmış sıcak sütü içmeyi çok istediği halde, Gül başıyla, istemediğini belirtti.

Onu besleyip büyüttüm, yedirdim, içirdim, giydirdim onu ve kardeşlerini diye düşündü Arzu; babası için elimden gelen her şeyi yaptım ama yine de karısının yerini dolduramadım. Üstelik ona oğlan çocuğunu da ben verdim. Çocuklarını kendi çocuklarım gibi kabul ettim. Halbuki, Gül'den sadece on üç yaş büyüğüm. Elimden gelenin en iyisini yaptım. İstediği hiçbir şeye hayır demedim. Ama bir defacık olsun benim istediğim oldu mu acaba?

Gül uykuya dalıncaya kadar epey zaman geçti. Şehirde gördüğü koyu mavi renkli, kadife gibi pırıltılı kumaşı düşünüyordu. Böyle bir kumaştan sadece kendisi için bir elbise dikmek ve Özlem gibi giymek istiyordu veyahut pastaneye giden kadınların kızları gibi. Gece mavisi renginde bir elbise giymeyi ve kolalı beyaz bir kurdele takmayı çok istiyordu. Bu kıyafet için gerekli gümüş tokalı ayakkabıyı ise satın alacak parası yoktu. Kumaşı alacak parası olsaydı, elbiseyi nasıl olsa kendisi dikerdi. O da gündelikçiler gibi çalışmamış mıydı?

Sormayacağım, dedi, kendi kendine. Annemin kürk mantosu için konuşmayacağım babamla. Ona konuştuğumu söylerim, olur biter. Kendisi soracak olursa da, nasıl olsa almaz babam. Ben kumaş parası alamazken, o neden kürk manto alacakmış ki?

Ama babasına söylemezse, yalan söylemek zorunda kalacaktı. Tıpkı Özlem gibi. Özlem ve babaannesi gibi. O yalan söyleyemezdi. Düşüncesi bile terlemesine yol açtı. Sanki herkes, onun nasıl terlediğini görüyordu.

Ama bu, gerçek bir yalan değildi. Adalet için yalandı

bu. Eğer her ikisine de bir şey alınmazsa, adalet sağlanmış olurdu.

Sen başkalarına bakma, biz öyle şey yapmayız, diyen annesinin sözleri aklına geldi: Bizde yalan dolan olmaz. Bizim aleyhimize de olsa dürüstlükten vazgeçemeyiz. Alnı açık, göğsü dik olmak bize yeter. Ama Gül, bir elbise istiyordu.

Beş hafta sonra, şehirdeki evlerine göçmüşlerdi. Arzu, dizine kadar inen siyah kürk mantosuna kavuşmuş; Timur, İstanbul'a gitmemişti.

– Hadi oradan be, kürk manto onun neyineymiş, demişti Timur Gül'e.

– Ama o kadar çok istiyor ki, alırsan muhakkak çok sevinir.

Arzu gerçekten çok sevinmişti. Hatta Gül'e birlikte pastaneye gitmeye bile söz vermişti. Havalar soğur soğumaz. Gül daha hiç pasta yememişti. O da çok sevindi. Ama pastaneye gidecek elbisesi yoktu.

Her gün, Esra'nın artık kumaşlarından nasıl bir elbise dikilir, diye düşünüyordu. Esra, Gül'ün tarayan bakışlarından anlamıştı.

– Ne dikmek istersin kendin için? diye sordu.

– Hiçbir şey. Öylesine bakıyorum kalan kumaşlara.

– Bir elbiseye ne dersin?

Bir an, yakayı ele verdiğini düşündü. Kendisini çabuk topladı.

– Hayır, hayır. Elbise istemiyorum.

Yaklaşık bir hafta sonra, Gül dikiş odasını toparlarken, Candan annesiyle oynuyor, dışarı çıkmak istiyordu. Yapacak çok işi olmasına rağmen, kızının ısrarlarına dayanamadı.

– Alışverişe gidelim mi, dedi Gül'e.
– Sen git. Ben burayı toplayayım.
– Hadi gel birlikte gidelim. Hadi giyin de çıkalım.
Gül ne yapacağını bilemez haldeydi. Esra daha önce onu hiç alışverişe götürmemişti.

Esra bir adım önde gidiyor, Gül, başını omzuna koyan Candan'ı kucağında taşıyordu. Gökyüzü masmavi, güneş pırıl pırıldı, ama hava soğuktu. Sokakta yapraklar uçuşuyordu; Gül, babasının Nalan'ı yaprak süpürmeye götürüp götürmediğini soruyordu kendine.

– Bırak kendisi yürüsün, dedi Esra ikinci defa.

Gittikçe ağır gelmesine rağmen, küçük kızı bırakmaya niyeti yoktu Gül'ün.

Karşıdan gelen delikanlıyı tanıyınca Gül, olduğu yerde kaldı. O da, üç dört adım kala durdu. Delikanlının ayva tüyünün çokluğunu fark etti. Bir an korktu. Delikanlının mavi gözlerinin içine düşmekten korktu. Kalbi yerinden fırlayacakmış gibi atıyor, yerinden kıpırdamıyordu.

– Merhaba, dedi Recep, ama Gül cevap veremedi.

Burada, şehirde ne yapıyordu acaba? Ne kadar zaman olmuştu onu görmeyeli kim bilir? Neden sevinemiyordu ve onunla konuşamıyordu ki? Neden gözlerini kaçırıyordu acaba?

Esra'nın kendisini çağıran sesini duymuştu. Esra durmuş, geri dönmüş kendisine sesleniyordu.

Recep'in yüzüne tekrar bakmadan yanından geçti gitti. Koşmuyor, candan kucağında, hızlı hızlı yürüyordu. Recep'in kendisine nasıl baktığını görmüştü. Belki şimdi sıcacık gülümsüyordu Recep.

İlk köşeden dönerken Esra dayanamadı, sordu.

– Tanıyor musun onu?

Gül cevap vermedi.

— Gül, dedi Esra, sen artık genç bir kız oldun. Sokakta öyle erkeklere bakman yakışık almaz. Ben kimseye söylemem ama eğer baban sokakta bir delikanlıyla bakıştığını duysaydı ne yapardı biliyor musun? İnsanların ne düşüneceğini biliyor musun?

— Evet, biliyorum.

Yolun geri kalanında hiç konuşmadılar. Gül düşünemiyor, sadece hata yaptığını hissediyordu. Arkasında boşluk kalmasına yol açan yanlış bir karar vermişti sanki. Şimdiye kadar hep yanında olan görünmez bir insan varmış da, şimdi tamamen gitmiş gibi.

Esra yavaşladı ve kumaşçı dükkânının önünde durdu. Demircinin gözlerindeki talep eden bakışları biliyordu; şimdi, aynı talep eden bakışları Gül'ün gözünde de görmesi onu şaşırtmıştı. Gül'ün yeni bir elbiseye sahip olması muhtemelen başını ağrıtacaktı.

— Paramı evde unutmuşum, dedi Esra.

— Olsun, hesaba yazdırırız.

— Evet, doğru... Ama... Hayır, hayır, bugün olmaz.

Gül'ün bakışları Esra'nın yanından geçerek dükkâna takıldı. Kumaşçı, oturmakta olduğu sandalyeden kalktı, kapıya geldi.

— Bu üç güzel hanımefendiye nasıl yardım edebilirim?

Belki Gül'e öyle geliyordu, ama gece mavisi rengindeki kumaşın raftaki ışıltısını görüyordu. Kumaşçı Esra'ya seslendi.

— Ne o Esra, içeri gelmiyor musun?

— Hayır, hayır, bugün uğramayalım Serdar Amca. Başka zaman.

– Bekle biraz.
Kumaşçı içeri girdi ve elinde iki ceviz tanesiyle geri geldi. Birini Candan'a diğerini Gül'e verdi. Her ikisi de teşekkür etti. Dönüş yolunda, Gül Candan'ın elinden tutuyordu, ama yine Esra'nın bir adım gerisinde yürüyordu. Bu defa Recep'le karşılaşmadı.
Günün geri kalanını Gül, dikkat çekici şekilde sessiz geçirdi. Esra ise işin başındayken bazen gülümsüyor bazen başını sallıyordu. Gül, sokak ortasında çakılıp kalmanın doğru bir şey olmadığını biliyordu, ama Recep'i tekrar gördüğü için sevinçliydi. Ona kalsa sarılırdı. Ne kadar da değişmişti. Saçları eskisi gibi kısa değildi; belki saçları briyantinli değildi ama arka cebinde muhakkak mermer görünümlü plastik bir tarak vardı. İyice eprimiş ceketi içinde mutlaka üşüyordu. Hatta ceketi biraz da küçük mü neydi. Fakat o da çok iriydi; tıpkı babası gibi. Kaşları kömür gibi olmuştu. Burnu daha dikkat çekiciydi. Gözlerinin rengi ise daha da açılmıştı.
Hiç de öyle inek çobanlığı yapan, köyden gelmiş birisine benzemiyordu. Potur yerine takım elbise, plastik ayakkabı yerine kundura giymişti; tıpkı şehirliler gibi. Acaba uzun zamandır mı şehirdeydi? Acaba tekrar görebilecek miydi? Eğer görürse ne diyecekti? Tekrar karşılaşırsa öyle mum gibi orada duramazdı. Mutlaka bir şey söylemeliydi; ama ne?
Esra haklıydı; sokak ortasında erkeklerle konuşması doğru değildi. Böyle bir şey için artık büyümüştü. En iyisi bir daha karşılaşmamasıydı. Bunun sadece bir tesadüften ibaret olduğuna ikna etmeye çalıştı kendisini ve tekrar karşılaşmayı içinden geçirdi. Durmayacak ve konuşmayacaktı; yere bakarak yanından geçip gidecekti.

Onu tekrar görmeyi çok istiyordu. Sadece bir an olsun görmekle yetinecekti. Bugün o kadar kısaydı ki, sanki rüya gibiydi.

Evden Esra'ya giderken, öğlen eve gidip gelirken ve akşam alacasında eve dönerken gözleri sokakları tarıyordu.

Artık yollarda oyalanmıyor, doğruca eve gidiyordu. Yolda Recep'le karşılaşmaktan korkuyordu. Ne yapacağını bilemediği için korkuyordu; birisi görür de babasına söyler diye korkuyordu.

Günler, haftalar geçti. Uzaktan gördüğü birisini Recep'e benzetse bile, artık yüreği pır pır atmaz oldu. Her sabah havalar biraz daha serinlemeye başladı. Geceleri sıcaklık eksi on dereceye düştüğündüyse artık Gül Recep'i tamamen unutmuştu. Ne Esra'ya giderken, ne de Esra'dan sıcacık eve dönerken. Melike, Sezen'in okula giderken ellerini sıcak tutsun diye, her sabah ikisi için kestane alışını anlatıyordu. Ellerini ceketin içine sokuyorlar ve elleri yanmasın diye kestaneyi avuçlarına öyle alıyorlardı. Sezen'in ailesinin yeteri kadar paraları olmasına rağmen, eldiven almamışlardı. Sokakta tek başına, ellerinde örgü eldiven olan birisi olarak dolaşmayı kim isterdi ki? Eldiven, ancak yetişkin olunca sahip olunan bir şeydi.

Gül Recep'le bir sabah tekrar karşılaştığında, onun da eldivensiz olduğunu gördü. Aniden karşısına çıkıvermişti. Sanki köşede saklanıyormuş gibi. Gül hiçbir şey hissetmeden ona baktı. Hiç heyecanlanmamıştı bile. Recep yüzünde mahcup bir ifadeyle elini uzattı. Önce solgun parmaklarını sonra tırnaklarının kenarındaki koyuluğu, çatlak ve kırışıklıklarını gördü. En sonunda da orta parmağıyla işaret parmağı arasındaki zarfı. Hâlâ hareket edemiyordu.

– Al, dedi Recep. Gül ürkekçe elini uzattı. Zarfı alır almaz da Recep döndüğü gibi oradan uzaklaştı.

Ancak o zaman yeniden hareket edebildi. Gören olup olmadığından emin olmak için etrafına baktı. Zarfı hızla fanilasının içine sokunca zarfın soğukluğunun farkına vardı; ama kısa sürede ısındı. Recep daha önce de kendisini izlemiş olmalıydı. Bu düşünce yüreğinin daha hızlı çarpmasına yol açtı. Sıcak bastı. Melike'nin kestaneyle ısınmasından daha çok. Adımlarını ağırlaştırdı. Eğer sadece sevinç duysaydı, ayakları yerden kesilirdi. Ama korku da vardı; hayret ve şaşkınlık vardı; heyecan ve sorular vardı, demircinin çekicinden daha büyük ve daha ağır olan sorular. Acaba, arada sırada radyodaki şarkılarda sözünü ettikleri duygu bu muydu? Acaba, insanları puslu dizeler yazmaya sevk eden duygu, böyle bir şey miydi? *Gözyaşlarını cebimde topladım ve sonra tekrar hepsini tek tek döktüm ben. Ölüm Allah'ın emri, ayrılık olmasaydı. Şimdi uzaklardasın, gönül hicranla dolu. Sen gittiğinden beri nefes aldığım havada bile tat yok.* Bu duyguyu ve mektubu nasıl saklayabilirdi ki?

Gül öğleye kadar, fanilasının içindeki zarfın çıkaracağı sesten korkarak dikkatli davranmaya özen gösterdi. Mektupla birlikte buz gibi helâya gitmeye cesaret edemiyordu. Esra, sokakta delikanlılarla konuşmamasını tembihlemişti. Üstüne üstlük bir de mektup aldığını duysalar acaba ne olurdu?

Gül'ün aklına, karnım ağrıyor, diyerek eve erken

gitmek fikri gelmiyordu. Eve erken giderek bir kenara çekilip mektubu okumak. Gül, Esra kendisini eve gönderinceye kadar bekledi. Beklemek ne kelime; tam anlamıyla sabretti.

Esra'nın evinden çıktığında ilk adımları gayet normaldi. Biraz uzaklaşınca koşmaya başladı. Hiç durmadan koşuyor, koşuyor ve sadece koşuyordu. Şehrin kıyısında, bağ evlerinin başladığı yerdeki dereye kadar koştu. Nefes nefese dere kenarına oturdu. Terden nemlenmiş zarfı titreyen eliyle çıkardı. Buz gibi hava gözlerini nemlendirmişti. Zarfı özenle yırttı. Kurşun kalemle yazılı kâğıdın üzerindeki harfler birbirine karışıyordu. Gözlerindeki ıslaklığı silmesine rağmen okuyamıyordu. Gözleri satırlar üzerinde geziyor, bir yere odaklanamıyordu. Yazı sanki akan bir şey değil de girdaptı. Arada sırada, tek tük kelimelerin üste çıktığı bir girdap; sen, seni, gördüm, çok, özlem, güzellik, eskiden, daima...

Gül, kelimeleri birbirine bağlayacak dinginliğe kavuşamıyordu. Bunu yapamadıkça, birisi görecek diye de korkusu artıyordu. Eğer birisi mektubu bulursa ne olurdu acaba? Nereye saklayabilirdi ki? Hiçbir yere. Elleri titriyor, okuyamıyordu da. Korkusu büyüyordu. Kırılan bir dal sesi duydu. Arkasından adımlar.

Mektubu hızla katladı ve dereye fırlattı. Dere kelimeleri uzaklara götürüyordu.

Yavaşça arkasını döndüğünde, ellerinde gazete kâğıdından yaptıkları kayıklarla dereye doğru gelmekte olan iki oğlan çocuğunu gördü. Biraz sonra kayıklar mektubun peşinden gideceklerdi.

Ertesi gün Gül, ateşler içinde yatıyordu. Tavan sanki

üzerine düşecekti. Rüyasında sülükler ve annesinin raflara yerleştirdiği gazete sayfalarını görüyordu. Sayfaların hepsi mektuba, kendisine yazılan mektuplara dönüşüyordu. Yakalanacağını bildiği için çaresizlik içinde hissediyordu kendisini.

Tam bir hafta boyunca bu kâbuslardan, bağırarak uyanmaya devam etti. Bazen babasını, derenin bir kıvrımında, mektubu iki taş arasından alırken görüyordu. Tıpkı kendisinin onun saatini alışı gibi.

– Gül bu mektup senin mi, diye soruyor; Gül mümkün olan en kısa zamanda başını hayır anlamında sallayarak cevaplıyordu. Ancak ağzından çıkan cevap onu ele veriyordu.

– Evet, evet. Recep bana yazmış.

Timur, ister yerli, ister yabancı olsun sinemaya, iki film birden seanslarına gitmeyi seviyordu. Biri aşk diğeri macera ya da biri dram diğeri kovboy filmi olan seanslara. Aslında onun için, filmin türü çok önemli değildi. Önemli olan, eğlence olmasıydı. Elbette, İstanbul'daki gibi bir eğlence değildi bu. Demirci, karanlık salonda oturmayı, filmin müziğini dinlemeyi ve oyuncuların sözlerini özümsemeyi seviyordu. Bunu yaparken, günün nasıl geçtiğini unutuyordu. Dertlerini, işini, bacaklarının kaşıntısını, ölmüş karısını, çırağının hatalarını, ocağın sıcaklığını ve sevgili ineğinişi, her şeyi unutuyor, bedenini tatlı bir yorgunluk kaplıyordu. Genellikle de uyuyakalıyordu. O daha çok, bu kendini kaptırışını seviyordu. Bu, yataktaki uykuya geçişe benzemiyordu, çok daha tatlı bir şeydi.

Horlamaya başladığında -ki sık sık oluyordu bu– veya kafası bir yana doğru düştüğünde, hemen kendine geliyordu. Diğer seyircileri rahatsız etmemek için kalkıp biraz dolaşıyordu. O saatte sokaklar tenha ve sessiz olduğu için, şapkasını başına geçiriyor, ellerini cebine sokuyor, karanlıkta avare avare dolaşarak sessizliğin ve yıldızların keyfini çıkarıyordu. Sonra yine sinemaya dönüyor, ama kısa bir süre sonra yeniden uyuyakalıyordu. Tekrar kısa bir gezinti için dışarı çıkıyordu. Timur, film seyretmeyi değil, sinemaya gitmeyi seviyordu. Tam olarak seyrettiği filmleri bile ertesi gün unutuyordu, seyrettiği bazı filmleri hayatları boyunca unutmayan kızlarının tam aksine. Aynı, radyo gibi, burada fazladan resimler de var, demişlerdi Timur kızlarını yanında götürdüğü ilk defasında. Sinema, Gül'ün tasavvurunun üzerindeydi. Resimli radyo gibiydi, ama ışıklar sönünce ahır gibi karanlık olduğunu babası ona anlatmıştı. Ancak, insanların karşılıklı birbirine bağırdığını, yalnız başına bir odada oturup hüngür hüngür ağladıklarını ve hiç kimsenin bir şey yapamadığını söylememişti. Filmi seyrederken uyuyakaldığını, dışarı çıkıp dolaştığını ve kardeşleriyle kendisini sinemada yalnız bırakacağını da hiç söylememişti. Gül, kolunu Melike'nin omzuna koydu. Onu korumaktan çok, yalnız olmadığını ve yanında birisi olduğunu hissetmek içindi bu.

Daha sonraları, Gül'ün pek anlamadığı bir komplo kurduktan sonra gülmeye başlayan yaşlı kadının yüzünü hiç unutmayacaktı. Kadının gülüşü, ürküten bir gülüştü. İnsanı korkutan bir gülüştü. Ama uzun süreli bir korku değildi bu korku.

İlk sinemaya gidişlerinde, Gül'ün elini omzuna koyması hoşuna giden Melike, neredeyse hiç korkmuyordu.

Melike, film seyretmeyi çok seviyordu. İçinde yaşanan bambaşka bir dünya vardı orada. Sonraları seyrettiği filmleri yazdığı, film günlüğü gibi bir şey tutmaya başladı. Sadece bazı yerlerinde değişiklik yapıyordu; zengin bir adamı daha zengin yapıyor veya bir anneye bir çocuk daha ekliyor ya da bir kız çocuğunun elindeki oyuncağı alıyordu. Üç yıl boyunca seyrettiği bütün filmlerin günlüğünü tutmuştu ve bir gün mutlaka İstanbul'a, Roma'ya veya New York'a gideceğinin hayalini kuruyordu. Bir gün mutlaka büyük bir şehirde yaşamayı, zengin olmayı ve saçlarını filmlerdeki kadınlar gibi yaptırmayı hayal ediyordu. Onun film günlüğü de diğer günlükler gibi bir şeydi; özlem duyulan yaşam anlarını dondurmak.

Sibel, ilk filmini seyrettikten sonra kâbuslar görmeye başladı. Ama ablalarıyla birlikte sinemaya gitmeye devam etti. Bir süre sonra, film karelerinin resimlerini yapmaya başladı. Yaptığı resimleri gönüllü olarak ve vakur bir ifadeyle ablası Melike'ye veriyor, o da defterinin arasına koyuyordu.

Kızlar, babalarıyla düzenli olarak sinemaya gitmeye çabuk alıştılar. Bağda bile olsalar ve oradan sinemaya gitmek zahmetli de olsa, Timur hiç ısrara gerek bırakmıyordu. Arzu nadiren birlikte giderdi. Öyle saatlerce olduğu yerde çakılı kalmak ona göre değildi. Ayrıca, sinemadan sonra uyku uyuyamadığından şikâyetçiydi.

Çeşitli konularda filmler vardı; on iki, on dört yaşlarında iki kardeş, anne babasının gerçek annesi ve babası olmadığını, üvey anne babasının zengin, gerçek anne babasının ise fakir olduğunu öğrendikten sonra yine de gerçek anne babasının yanına gitmek istiyorlardı. Bir başka filmde ise, evin hizmetçisi, evin beyinin, babası olduğunu öğreniyordu. Bir diğerinde, evin oğlan çocuğu, dolapta babasının üvey annesine yazdığı bir mektup buluyordu. Mektupta, sevgilim, çocuk konusunu hiç merak etme. Önce karımdan kurtulmalıyım. Ondan sonra çocuğu yatılı okula veririz ve önümüzde hiçbir engel kalmaz, diyordu.

Seyrettiği filmlerin konuları hep Gül'ün aklında kalırdı. Fakat hiçbirisi, ölüm döşeğinde yatan annenin başucunda oturan genç oğlundan bir bardak su isteyişi kadar etkili değildi. Adam, elinde suyla geri geldiğinde, annesi ölmüştü. Gül on dört yaşında olmasına rağmen, kadının öleceğini bildiği için oğlunu yanından uzaklaştırdığını anlamıştı. Ben çocuğumu göndermem, diye düşündü Gül.

Yeni yıldan birkaç gün önce Gül ve Melike babasıyla sinemaya gitmişlerdi. Özel olarak yapılmış bir sobada -odun ve kömür pahalı olduğu için- talaş yakılıyor ve böylece bütün sinema rahatça ısıtılıyordu. Üçü, sıcacık sinemada oturmuşlar, *Spartaküs* filmini seyrediyorlardı. Gül, Romalıların, bütün köleleri esir aldıktan sonra bir araya toplayıp, aralarından kimin Spartaküs olduğunu sordukları sahneyi hayatı boyunca unutamayacaktı. Eğer liderlerini teslim etmezlerse hepsini öldürmekle tehdit ediyorlardı. Derken, Kirk Douglas ayağa kalkıyor ve "Spartaküs benim," diyordu. Ondan sonra her biri tek tek kalkıyor ve Spartaküs olduğunu söylemeye başlıyordu. Romalıların kafası karışıyordu.

Film bittiğinde, Timur, kızlarının yanında değildi.

— Bizi dışarıda bekliyordur, dedi Melike ve hep birlikte çıkışa doğru gittiler. O kalabalık arasında birbirlerini kaybettiler ve Gül bir anda kendisini Recep'in yanında buldu. Sanki yerden bitmişti. Gül kısa bir süre, çok kısa bir süre baktı; bir an göz göze geldiler ve Gül hemen gözlerini kaçırdı. Kalbi yuvasından çıkacak gibiydi. Telaşla çıkışa ulaşmaya çabaladı.

— Mektup, dedi Recep fısıldayarak. Gül Recep'in nefesini kulağında hissetti. Cevap vermedi. Veremedi. Konuşamaz, cevap veremez, fısıldayamaz, düşünemez haldeydi. Gidemedi bile, sadece, kalabalık onu da sürükledi. Eline bir şeyin bastırdığını hissetti; karşı koymadı. Bir süre sonra kendisini dışarıda buldu. Hava buz gibi soğuktu. Arkasına dönüp bakmaya cesaret edemedi. Ama Recep'in yakınlarda olmadığını hissediyordu. Kâğıdı düşürmemek için elini sıkı sıkı yumruk yapmıştı. Bu mektubu okuyacaktı. Ne yapacak ne edecek, bir yolunu bulacak ve bu mektubu en kısa zamanda okuyacaktı. Bu defa kendisine güveniyordu.

İriyarı babasını diğer insanların arasından bulmak hiç de öyle zor değildi. Melike daha önce babasının yanına gelmişti. Gül, yanlarına ulaştığı anda Recep'in sesini duydu.

— Timur Amca, Timur Amca. İyi akşamlar. Nasılsınız?

— İyi oğlum. Allaha şükür. Sen nasılsın?

— Teşekkür ederim. Ben de iyiyim.

Recep Gül'e veya Melike'ye bakmaktan kaçınıyordu. Kendisinden bir baş uzun olan demirciye bakıyor, gülümsüyordu. Alnına ince bir perçem düşmüştü.

– Tanışıyor muyuz oğlum? diye sordu Timur.

– Elbette Timur Amca, köyden. Hani bize gelir annemden bir şeyler alırdınız. Annemin adı... Leyla...

Timur daha dikkatli baktı. Yine çıkaramadı.

– Recep, dedi Recep; Recep, hani babası İstanbul'a gidip de dönmeyen Recep.

– Hah, şimdi çıkardım. Annen nasıl bakalım?

Gül, ayakkabı bağını bağlamak için eğildi.

– İyi, dedi Recep, iyidir. Kısa bir süre sessizlik oldu. Timur sordu.

– Söyle bakalım delikanlı, hangi takımı tutuyorsun?

– Beşiktaş, dedi Recep. En iyisini, yani Beşiktaş'ı tutuyorum.

– Hımm, iyi, iyi, derken sırıtıyordu demirci.

– Sizi daha fazla tutmayayım. Hem arkadaşlar bekliyor.

Eliyle kimsenin olmadığı bir tarafı gösterdi ve kibarca ayrılarak uzaklaştı. Gül onun arka cebinde tarak olmadığını gördü. Eline sıkıştırılan pusula, artık hapishane çorabındaydı.

Eve geldiklerinde, hemen helâya gitti ve pusulayı çorabından çıkardı. Elindeki feneri yere koyarken elleri titriyordu. Beklediği gibi beyaz bir kâğıt değildi bu, renkliydi. İyice açınca, bunun mektup olmadığını fark etti. İçinden çıkan, yılbaşı çekilişi için bir piyango biletiydi. Recep ona bir piyango bileti hediye etmişti. Ama neden? Kendisi neden bu kadar seviniyordu? Biletin numarasına baktı; sanki numaranın içinde bir mesaj vardı; 430512389. Bu bileti bir hatıra olarak saklayabileceğini düşündü. Nasıl olsa bir şey olmaz, dedi kendi kendine. Gül sevinemeyecek kadar sinirli, sevinemeyecek kadar kalbi hızlı çarpıyor ve sevinemeyecek kadar kesik nefesler alıyordu. Bileti katladı ve tekrar çorabının içine soktu.

Recep mutlaka, "Spartaküs benim," diyen ilk kölelerden olurdu.

Yılbaşı akşamı Timur'un evinde, oldukça kalabalık bir grup toplandı. Herkes, akşama kadar Gül'ün yaptığı sarmalar için Arzu'ya övgüler düzüyordu. Aynı şekilde hamurunu açtığı, buz gibi suda uyuşan elleriyle ıspanaklarını yıkadığı börek için de öyle. Gül, odadan dışarı çıktığında, annesinin konuşmalarını duyuyordu.

– Gül bana yardım etti. O artık genç bir kız oldu. Sadece iyi yemek yapmakla kalmıyor, hamarat, eli çabuk ve düzenli bir genç kız artık o.

Düzenli, hamarat ve eli çabuk; düzenli, hamarat ve eli çabuk, diye mırıldanıyordu Gül yeniden çay demlerken. Ev çok kalabalıktı; Hülya ile Zeliha gelmişti. Fuat dayısı, Orhan dayısı karısı ve çocuğuyla gelmişti. Komşu aile hep beraber gelmişlerdi. Hiç kimsesi olmayan, öyle yalnız başına bir köşede oturan ve sadece tombala yaptıkça sesi çıkan çırak da oradaydı. Gül çay servisi yaparken, gözüne kaçan sigara dumanıyla uğraşmaktan önündeki boş kartı göremeyen çırağın sayısının çekildiğini gördü.

Her yılbaşı akşamı tombala oynarlardı. Bu akşam

numaraları çekme sırası Melike'deydi. Çocuklar anne babasının veya sevdikleri halası veya dayısının yanında oturuyorlar, Gül çay servisi yapıyordu. Oyun bittikten sonra kadınlar ve erkekler ayrılacaklar; erkekler büyük odaya, kadınlar ise Timur'un bu kış soba kurduğu kızların odasına geçeceklerdi. Tıpkı sinemadaki gibi bir soba yapmıştı dükkânda. Nasıl olsa talaş parasızdı. Hatta kızdı bile kendisine, neden daha önce böyle bir şey akıl etmediği için. Saat on bire doğru, kadınlar erkeklerle beraber şarkı ve türkülerin söylendiği radyonun başında tekrar toplandılar. Yeni yıl dilekleri, parodiler ve en sonunda yılbaşı çekilişi vardı. Çeyrek ya da yarım bileti olanlar nefeslerini tutmuş, heyecanla yeni yıla zengin olarak girmenin hayalini kuruyorlardı.

Timur da her yılbaşında bir yarım, bir de çeyrek bilet alırdı. Arzu iki bileti de önüne koymuş, bir şeyler mırıldanıyordu. Sonunda nefesler tutuldu, radyodan gelen numaralara dikkat kesildi herkes; önce üçüncülük ikramiyesi: dört, üç, sıfır, beş, bir, iki, üç, sekiz veee son numara baylar bayanlar, evet, son numaramız... Dokuuuz. Kazanan numarayı tebrik ederiz. İkincilik ikramiyesinin çekilişine geçmeden önce...

Gül, kendi biletinin numarasını ezbere biliyordu. Ama biletin ikramiye kazanacağını hiç düşünmemişti. Tıpkı, biraz önce çırağın başına gelen gibi. Spiker numaraları tekrar ediyordu tutturamayanlar homurdanırken. Muhtemelen odadaki sigara dumanından olmuştu, ama Gül'ün gözleri bir noktaya dalmış gitmişti.

Hiç kimse Gül'ün ne kadar heyecanlı olduğunu görmüyor, kalbinin ne kadar hızlı attığını duymuyordu.

Boş çay bardaklarıyla mutfağa doğru giderken, kaşıkların ve tabakların çıkardığı sesi duymuyordu. Gül'ün yürüyüşü Hülya'nın yürüyüşüne çok benziyordu. Herkesin umudu ikincilik ikramiyesine, o da olmazsa büyük ikramiyeye kalmıştı. Heyecanın dozunu arttırmak için önce müzik gerekiyordu.

Gül'ün ayakları birbirine dolanıyor, elleri tir tir titriyordu. Tepsiyi bankoya koyup çay doldurmak için çaydanlığı eline alınca, çaydanlık elinden kaydı ve kaynar su ayağına döküldü.

Gül, avazı çıktığı kadar bağırdı; Gül acı içinde kıvranır ve bağırırken, heyecanı artırmak için çalan şarkıda şarkıcı, aşk heybesinde daha çook acıya yer olduğundan söz ediyordu.

Arzu koşarak mutfağa gitti, Hülya ile komşu da arkasından. Gül orada öyle duruyor, avazı çıktığı kadar bağırmaya devam ediyordu. Annesi bağırdı.

– Çıkar! Hemen çorabını çıkar!

Gül hiçbir şey yapmadan duruyordu. Bağırmıyordu, ama hareket de edemiyordu. Annesi hemen arkasına geçti. Ellerini koltuk altından geçirdi. Göğsünde kenetledi. Komşu hemen diz çöktü, genç kızın çorabını çıkardı. Gül'ün şansı varmış, çaydanlıkta az su kalmıştı. Gül'ü bir tabureye oturttular ve ardından Gül ağlamaya başladı. Ayağını sokması için soğuk su dolu kap getirdiler.

– Herhalde biraz sakarlık ettin, dedi Arzu. Gül daha fazla ağlamaya başladı. Ancak sevinçten mi acıdan mı yoksa her ikisinin karmaşasından mı ağladığının farkında değildi. Çeyrek bilete üçüncülük ikramiyesi, onun tahmin edemeyeceği kadar büyük paraydı. Bu parayla neler alınmazdı ki? Her bir kardeşine elbise ve ayakkabılar, Melike'nin çok sevdiği çikolata, Sibel için kurşunkalemler, boyalı kalemler, hatta suluboya takımı, Emin için oyuncaklar ve Nalan için bir müzik aleti ve tabii, gece mavisi kumaş; gece mavisi kumaşı alabilir ve kendisine bir elbise dikebilir, bir hırka bile alabilirdi. Biraz babasına, biraz annesine, biraz da halasına verir ve hatta biraz da kalırdı.

– Ben kazandım, dedi ağlamaklı sesin arasından mırıldanır gibi. Hiç kimse duymadı. Gül'ü yatağa götürdüler ve halası ayağına bal sürdü.

– Acını hafifletir bu, dedi ve ekledi, o kadar kötü değil. Yakında acısı da kalmaz. Şansın varmış.

Genç kızın saçlarını alnından yukarı doğru okşarken gülümsüyordu. Gül de ona gülümsedi.

– Benim akıllı koca kızım, ne biçim yılbaşı kutlaması bu şimdi.

Gül, yastığın içindeki biletin hışırtısını dinledi. Yoksa gerçek değil miydi? Bileti çok küçük katlamış ve yastığın içine dikmişti. O günden beri de, biri bunu burada bulursa ne olur, diye sormadan edemiyordu. Amaan kim bulacaktı ki? Annesi onun yatağını hiç toplamazdı. Muhtemelen bu sesi duysa duysa Melike duyar ve hemen, Gül buraya bir şey saklamış, derdi. Oyun oynarken en iyi saklanacak yeri Gül bulurdu; ama iş gerçek olunca, içini korku kaplıyordu.

Herkesin uykuya daldığı gecenin geç vaktinde Gül, için için ağlıyordu. Bileti kimselere gösteremezdi. Sokakta buldum veya biriktirdiğim parayla aldım dese, ona kim inanırdı ki. Ya gerçek? Gerçeğe kim inanırdı?

Hiç kimse. Hiç kimse, Recep'in ona piyango bileti hediye ettiğine inanmazdı. Neden hediye etmişti ki? Niçin? Ne zaman buluşmuşlardı? Ne zamandan beri buluşuyorlardı? Neden onunla görüşüyordu?

Ne yapacaktı şimdi, ikramiye çıkmış bu piyango biletini ne yapacaktı? Acaba neden Recep ona böyle bir şey hediye etmişti? Babasının cebine koyuverse? Eğer koyarken yakalanırsa? Bunu neden yaptığını hiç açıklayamazdı. Eğer gerçekleştirirse, babası sadece şaşırırdı herhalde. Şaşırır ve fırlatır atardı. Üçüncülük ikramiyesi çıkmış piyango bileti olduğunu nereden bilecekti ki?

Hâlâ hafifçe topalladığı üç gün sonra, piyango bileti de mektupla aynı yolculuğa çıktı. Derede yüzerek, Gül'ün daha hiç görmediği denize kavuştu.

– Gül, komşu, sandığını diğer odaya taşıyacakmış. Yardım etmeye gider misin? diye sordu annesi.

Gül komşuya geçtiğinde, evde karıkoca ve genç bir erkeğin olduğunu fark etti. Bu üç kişiyi daha önce hiç görmemişti. Onlar da yardım edebilirdi, diye düşündü; yine de komşuyla birlikte sandığı diğer odaya taşıdılar.

Aynı kişiler oğullarıyla birlikte akşam onların evine geldiğinde, Gül'de şafak attı. Genç adamı tekrar inceledi; koyu renk gözleri, simsiyah kısa saçları ve kimseye kötülük edemeyecek kadar masum görünen bir yüzü vardı. O kadar masum görünüyordu ki; ama saf değil, masumdu. Gül, başı öne eğik bir durumda misafirlere çay servisi yaptı ve ardından hızla odadan ayrıldı. Misafirler gittikten sonra Timur, Gül'ün yanına geldi.

– Neden geldiklerini biliyorsun değil mi?
– Evet.

– O halde?
– Bilmiyorum.
– Beğendin mi?
– Bilmiyorum.
– Çok zengin insanlar. Rahat edersin onlarla. Babası kuyumcuymuş. Oğlanın da hiçbir kötü alışkanlığı yokmuş.
– Ben...
– Hiç acele etme. Yarına kadar, öteki güne kadar, hatta haftaya kadar düşün kızım.

Gül'e öyle geliyordu ki, sanki babasının gözleri nemlenmişti.

Zengin, diye düşündü yatağında yatarken. Onlar zengin, biz ise yoksul. Kendimi orada küçük hissederim. Onlar bambaşka insanlar, bizim gibi değiller.

Ertesi sabah kahvaltıda, babası çorbasını kaşıklarken, Gül dikkatle onu izliyor, ara verip kendisine bakmasını bekliyordu. Bekleneni yaptı. Gül, başını iki yana salladı. Babası başıyla, anladım, dedi ve ekmeğin kıyısını ağzına atarak kaşıklamaya devam etti. Henüz evden ayrılmak istemiyordu. Aslında zamanın geldiğinin farkındaydı. Annesinin evlendiği yaştaydı.

Bu olaydan birkaç hafta sonra, pek de rastlanmayan bir şekilde, üç kız kardeş evde yalnız kalmışlardı. Her zaman yaptıkları gibi, doğru annelerinin sandığına koştular. Kendi annelerinin sandığına.

Sibel, Melike ve Gül sandıktan çıkardıkları elbiseleri ve ayakkabıları giyip salına salına odada yürümeye ve birbirlerine methiyeler düzmeye başladılar. Yeteri kadar elbise ve ayakkabı denedikten sonra, sandığın başına oturdular. Mendillerin yumuşaklığına, kenarlarındaki iğne oyasının güzelliğine hayranlıkla baktılar, sandığın naftalin kokusunu içlerine çektiler ve Gül, annesinin nasıl lamba ışığında iğne oyası yaptığını anlattı.

Daha sonraları, üvey annelerinin sandığını açıp, onun da elbiselerini giyindiler. Sonunda her şeyi, fark edilmeyecek şekilde düzenli olarak tekrar sandığa yerleştirme işi Gül'ün göreviydi.

Sandıkta sadece çeyiz eşyası yoktu. Başka değerli eşyalar da vardı. Örneğin, Timur'un İstanbul'dan getirdiği, üzerinde renkli kuşaklar olan plastik top. Arzu, bu topu çocuklara saatliğine verirdi.

– Tamam, derdi, çocuklar uzun süre yalvardıktan sonra. Tamam alın bakalım. İkindi ezanı okunurken geri getireceksiniz.

Topla sokağa çıkar çıkmaz, mahallenin bütün çocukları kızların etrafını sarardı topla oynamak için. Mahallede başka topu olan yoktu. Oğlan çocukları çaputlardan yaptığı yumakla futbol oynamaya çalışırlardı.

Kızlar topu sandıktan gizlice aldıkları zaman ise sokağa çıkarmazlar evde oynarlardı. Olur da birileri ispiyonculuk eder diye.

O gün, topla oynayıp kan ter içinde kaldıktan sonra divana oturmuşlar kana kana su içiyorlardı.

– Seni istemeye geldiler değil mi, diye sordu Melike.
– Evet, dedi Gül.
– Evleniyor musun? dedi Sibel.
– Hayır. Daha değil.
– Bizimle kalıyorsun yani?
– Evet. Evlenmiş olsam bile burada, yakınlarda olurum. Birbirimizi görmeye devam ederiz.
– Ben burada kalmak istemiyorum, dedi Melike.
– Ne istiyorsun peki? diye sordu Gül.

– Ben buralardan gitmek istiyorum. İstanbul'a ya da Ankara'ya. Oralarda, *milletin ağzına sakız olacağız,* demiyorlardır. Ben büyük şehre gitmek istiyorum; şık elbiseler ve naylon çoraplar giymek, kızlar oynamaz denmeyen yerde voleybol oynamak istiyorum. Elektrik ve su olan bir yerde yaşamak istiyorum. Böyle, şişman Ayşe'nin kıçından daha küçük olan, can sıkıcı bir yerde ne yapayım ki?

– Şşşşt, öyle konuşma. Allah her şeyi görür ve duyar, dedi Gül.

– Bana ne, diye cevapladı Melike. Hakikaten can sıkıcı bir yer. Ortaokulu bitirir bitirmez öğretmen okuluna gideceğim.

– Eğer gidebilirsen, dedi Gül.

– Niye gidemeyecekmişim ki. Kendi paramı kendim kazanırım hem.

Gül, başını eğdi ve onaylar gibi yaptı.

– O zaman ben de öğretmen olabilirim, değil mi? diye sordu Sibel.

Resim öğretmeni olabilirdi.

– Elbette, dedi Gül. Sen de öğretmen olabilirsin. Ama önce ilkokulu bitirmen lazım.

– Onu zaten yapacağım.

Gül, Sibel'in bunu yapacağına bir an bile tereddüt etmedi. Melike konusunda bu kadar emin değildi. Öğretmen okulu sınavlarını başaramayabilirdi. Belki de evlensem iyi olur, diye düşündü.

Henüz ilkbahar tam olarak gelmemişti ama havalar ısınmıştı. Martın ilk günleri olması gerekirdi. Gül'ü bağ evine gönderdiler.

– Esra'ya haber ver iki gün gidemeyeceğini. Ondan

sonra da yanına süpürge ve toz bezlerini al, doğru eve git. Bu yıl biraz erken taşınacağız galiba. Gidenler olmuş bile baksana.

Arzu'nun gidenler dediği, sokaklarındaki iki aileydi. Gül, bu kadar sakin bir yerde yalnız başına olmaya korkuyordu. Üç ev ileride ufak tefek, yaşlı, erken dul kalmış bir kadın vardı. Çocuklar onu cüce, cüce diye bağırarak kızdırırdı. Sokağın öteki ucunda oturan Handan da bahar temizliği için gelmişti.

Gül ilk defa, bahar temizliği için yalnız başınaydı ve çok korkuyordu. Mümkün olduğu kadar az gürültü çıkarmaya çalışıyordu. Böylece kendisini daha güvende hissediyordu. Eğer çok fazla gürültü çıkarırsa, ne olduğunu bilmediği bir şeyleri kaçıracağını zannediyordu. Bir hırsızın bomboş bir bağ evinden çalabileceği bir şey olmazdı ki. Ama bir adamın, yalnız başına bulduğu bir kızdan ne isteyebileceğini biliyordu. Ama yakınlarda insanlar vardı ve böyle bir şey olsa bile, ciğerleri yırtılırcasına bağırırdı. Şimdiye kadar nefes alışına bile dikkat eden birisi acaba bu kadar bağırabilir miydi?

-Yetişin, diye bir bağırış duydu. İmdat, yetişin, çabuk!

Birisi titrek bir sesle canhıraş bağırıyordu. Gül'ün, bazen kendisine bile yabancı gelen sesi gibi. Gül, süpürgeyi fırlattı ve koşmaya başladı.

Yaşlı komşu kadınının evine girer girmez, Handan'ın yere diz çökmüş olarak dövündüğünü ve ağıt yaktığını gördü. Gül, ölüm haberinin ağıtla verildiğini duymuş ama kendisi bunu hiç görmemişti. Şimdiye kadar hiç ölü de görmemişti. Yaşlı kadın, sabuna basmış ve kaymış gibi görünüyordu. Gözleri açık bir vaziyette, sırt üstü yerde yatıyordu.

Handan'ın sesi yavaş yavaş azaldı. Kısa bir ara verdiğinde, yanında hareketsizce yatan yaşlı kadına baktı.

– Öldü. Allah taksiratını affetsin, dedi Gül'e.

– Amin.

Ardından yeniden ağıta başladı. Gül orada öylece duruyor, ne yapacağını bilemiyordu. Yerde yatan kadının boş bakışlarından gözlerini ayıramıyordu.

Handan'ın sesinin kesildiği ana kadar geçen zamanın farkında bile değildi Gül. Duyduğu ilk ses, kapının gıcırtısı oldu ve dönüp arkasına baktı.

Kapı eşiğinde, bir sokak ötede oturan ve Gül'ün her zaman acayip bulduğu yaşlı kadın duruyordu. Kambur sırtına rağmen iriyarı görünen, heybetli bir kadındı. Erkek gibi sesiyle tüm erkeklerden saygı görürdü. Saygı ve korku beraberdi. Adı Muazzez'di. Ama herkes saygısından Muazzez Hanım derdi. Muazzez Hanım'ın gün karası yüzünde o kadar çok kırışık vardı ki; insan, yüzüne bakmaya cesaret edemezdi. Gözleri donuklaşmıştı. Ağzında sadece birkaç dişi kalmış, dudakları neredeyse yok gibiydi. Yüzünün geri kalanı Gül için tam bir karmaşa ve düzensizlik demekti. Genellikle kendi kendine konuşan Muazzez Hanım, konuşurken çenesini sağa sola hareket ettirir, kaşlarını oynatır, sol göz kapağı titrer ve bazen ağzı yuvarlak, kara bir delik halini alırdı.

– Allah taksiratını affetsin. Zorlu bir hayat yaşadı, dedi ve Handan'a dönüp, iki tane mendil buluver güzel kızım, diye ekledi.

Handan hemen koşarak çıktı. Gül, Muazzez Hanım'la yalnız kalmıştı odada. Hâlâ ne yapacağını bilemez haldeydi.

– Evet işte, kızım bu iş böyle, dedi kadın Gül'e, başını hiç çevirmeden. Bir an varsın, bir an yoksun. Hayat böyle ne yaparsın. Sıfıra sıfır, elde var sıfır. Hiç kimse Azrail'in ne zaman geleceğini bilemez. Zavallı kadın. Hiç de kolay bir hayatı olmadı. Tek başına üç çocuk büyüttü ve evinin temizliğini bitiremeden, üstünü değiştirmeye, gözlerini kapatmaya fırsat bulamadan ölüp gitti işte. Evet, kızım bak gör işte. Gün gelecek sen de öleceksin.

Handan elindeki mendillerle odaya girdiğinde, Gül, Muazzez Hanım'la yalnız kalmaktan kurtulduğuna sevindi. Yaşlı kadın, Handan'ın elinden mendilleri aldı ve başını salladı.

– Üç çocuk ve sadece birisi yakınlarda oturuyor. Git de, şehirdeki oğluna haber ver. Önce bir bardak su iç, betin benzin atmış. Sen de kızım, sen de bir bardak su iç. Korkma bakayım, dedi.

Muazzez Hanım, yerde yatan yaşlı kadının yanına diz çöktü. Elindeki mendili üçgen katladı ve çenesinin altından başına doğru sıkıca bağladı. Yüzünü okşar gibi yaparak gözlerini kapattı. Diğer mendili açarak yüzüne örttü. Hâlâ yerinden kıpırdamamış olan Gül'e döndü.

– Ne o, su içmek istemiyor musun yoksa? Hadi git de su iç. Birazdan Handan döner.

Gül mutfağa gitti. Tulumbadan su çekerek avucuyla içti. Muazzez Hanım'ın sesini duydu.

– Ben dışarıdayım.

Şimdi, ölünün olduğu odadan yalnız başına geçmek zorundaydı. Ahırdan geçerken yaptığı gibi, bir koşuda geçivereyim, diye düşündü. Fakat ölünün yanına geldiğinde durdu.
Çocukları büyümüştü.
Kısacık bir düşünce süresiydi.
Aklına gelen anlık bir fikir.
Ölmüş gibi değil de, sanki uyuyor gibiydi.
Bir başka ufak fikir daha.
Ölüm de duygular gibi görünmezdir.
Bir fikir daha.
Gözlerinin kenarındaki morluklar görünmesin diye annesinin yüzünü de örtmüşler miydi acaba?
Gül dışarı çıktı. Muazzez Hanım, basamaklara oturmuş sigara içiyordu.
– Hiç kolay değil. Hiiç. Üç çocuk. Söylemesi kolay. Sen kimin kızısın ufaklık?
– Demirci Timur'un.
– Ha evet. Babanın karısının da işi hiç kolay değil. Üçü kendinden olmayan beş çocuk. Üstüne üstlük, gözleri görmeyen huysuz bir kaynana. Hiç kimsenin hayatı kolay değil kızım.
Üstüne basarak sigarasını söndürdü ve ardından bir tükürük fırlattı.
Gül, ölüm haberinin nasıl bu kadar çabuk yayıldığını hiç anlamadı. Kapının önünde, ona yakın kadın toplanmıştı ve kimisi mevta ile ilgili anılarını anlatıyor, kimisi de ruhunun huzur bulması için dualar ediyordu. Kadınlardan birisi, sadece hafta sonları annesini ziyaret eden oğlundan söz etmekteyken, şehirdeki tek taksiye

binmiş ve sokağı tozu dumana katarak gelen oğul Cem göründü.

Herkes sustu. Handan ağlamış görünüyordu. Cem'in yüzü buz gibiydi. Yüzünde herhangi bir ifade olmadan, kapıya doğru yöneldi. Yolu üzerinde duran Muazzez Hanım kenara çekilmediği gibi, Cem yanından geçerken anlaşılmaz bir şeyler mırıldanıyordu.

Beş dakika sonra dışarı çıktığında Cem'in gözleri kızarmıştı, ama yanaklarında gözyaşı izi yoktu.

– Ne yapmamız gerekir? diye sordu zayıf bir sesle.

– Onu şehre götürmen gerekir. Burada kalamaz, dedi Handan.

– Hayır, diyerek söze karıştı kadınlardan biri. Mezarlığın yanından ölü geçirilmez.

– Doğru, dedi bir başka kadın. Bir ölü, mezarlığın yanından geçip götürülemez.

– Peki ne olacak? Burada da kalamaz. Gece fareler yer ölüyü.

– Nerede yıkanacak peki? diye söze girdi bir başka kadın.

– Mezarlık yanından geçemez. Şimdiye kadar hiç böyle bir şey olmadı. Olmaz öyle şey.

Cem'in bakışları yere, yerdeki Muazzez Hanım'ın izmaritine odaklanmıştı. Her kafadan bir ses çıkıyordu. Taksi şoförü, arabasında oturmuş sigara içiyordu. Dırdırcı kadınlar konuşur da konuşur, bunların ağzında bakla bile ıslanmaz, diye düşünüyordu.

– Demek onun kaderinde öyle yazılıymış, derken Muazzez Hanım, hiç kimse konuşmuyordu. Yaşlı kadın sesini biraz daha yükseltti; kaderinde mezara gitmeden önce mezarlığın yanından geçmek yazılıymış. Taşıyın onu otomobile... Eskiden otomobil mi vardı, diye mırıldanıyordu. Değneğine dayanarak ayağa kalktı ve Cem'e döndü.

– Üç çocuk büyüttü bu kadın. Sen bilir misin bunun ne demek olduğunu? Bu kadın sizler için neler yaptı haberin var mı senin? Sizi aç ve susuz bırakmamak için yemedi, içmedi bu kadın. Size hayatını adadı. Peki, siz ne yaptınız? Siz, dönüp de bir kere bile olsun anne demediniz. Sizi hayata hazırladı da, siz dönüp bir kere olsun bakmadınız. Sizi gidi hayırsızlar; kadını hiç onurlandırmadınız, değer vermediniz. Allah hiç kimseye sizin gibi evlat nasip etmesin. Allah kahretsin hepinizi. Allah size de sizin gibi evlat verir inşallah. Bu kadının ne işi vardı buralarda yalnız başına? Bir kere olsun bu kadına anne gibi davranmadınız. Hayırsız herifler.

Tükürdü ve basamakları değneğinin yardımıyla indi. Sokağa doğru yöneldi. Cem'in yüzünde en küçük bir değişiklik olmamıştı. Yüzünde, sanki balmumundan yapılmış bir maske var gibiydi.

– Annesi daha yeni öldü, diye fısıldadı Handan. Gül, Muazzez Hanım'ın arkasından bakıyordu. Ağır sözler. Bu kadın böyle konuşacak neler biliyordu ki?

Şoför, genç kadınlardan birinin yardımıyla mevtayı arka koltuğa koydu. Birisi Cem'e bir bardak su uzattı. Aldı ve yudumladı. Gırtlağının zorlukla iniş ve kalkışını belirgin olarak görebiliyordu Gül. Birisi elindeki bardağı iradesi dışında aldı. Handan, otomobilin kapısını açtı. Bindi. Geriye kadınlar ve toz bulutu kaldı. Gül, acaba ben de yalnız mı öleceğim, diye soruyordu kendi kendine.

– Allah'ım ne olur beni çok yatırma, derdi babaannesi hep. En fazla iki gün, üçüncü gün tamam. Allah'ım bana çabuk ölüm ver, diye dua ederdi.

Çabuk olduktan sonra yalnız olmanın ne anlamı vardı ki. İnsanın bir bardak su isteyecek kimsesi olmadıktan sonra. Allah'ım n'olur beni yalnız koma, diye dua ediyordu Gül. Birdenbire ağlamak istedi. Ama bu kadar yabancı insanın önünde yapamazdı. Bağ evine döndü. Temizlik yaparken gözlerinden yaşlar süzülüyordu. Hem ağlıyor, hem iş yapıyordu. Hangisini ilk önce bitireceğini bilmiyordu.

Öğleden sonra babası geldi almaya.

– Gel, eve dönerken birlikte mezara gidelim, dedi olan biteni öğrenince.

Böylece, akşamın alaca karanlığında, birlikte Fatma'nın mezarına gittiler. Gül yalnız başına gitmeye korkuyordu. Babası da nadiren yanında götürürdü.

– Biliyor musun, dedi ve ekledi, biz annenle beraber mezarlıklarda gecelerdik yollarda olduğumuz zamanlarda. Hırsızlar bile korkar mezarlığa girmekten. Yan yana yatar yıldızları seyrederdik. Annen bir ay parçası kadar güzeldi. Bir gece aniden *Gül* deyiverdi. Ben ne olduğunu anlamadan, hamileyim, kızımızın adını Gül koyacağım, dedi. O an sanki yıldızlar gözümün önünden çekiliverdi.

– Yaaa Fatma. Ne günler geçirdik birlikte.

Gitmeliydim, diye düşündü Gül. Annem hastanede yatarken, Melike gibi ben de gitmeliydim. Büyüklerin sözünü dinlememeliydim. Ben büyüklerin sözünden çıkmıyorum. Melike ise ne isterse onu yapıyor. O annemize son bir öpücük verdi, ben ise veremedim.

– Görüyor musun, kızım, dedi babası, görüyor musun güzel kızım; geçmişi geri getiremiyorsun. Geçmiş geçmişte kalıyor. Ölüleri geri getiremiyorsun.

Acı biber yediği zaman babaannesinin söylediği bir söz geldi Gül'ün aklına.

– O kadar acı ki, ölüyü bile diriltir vallahi.

Ama hayır. Ölüler geri getirilemezdi. Ancak ölülerin çenesi bağlanırdı.

– Ağzı açık kalmasın, bedeni soğuduğu zaman ağzı açık kalmasın diye yaparlar, diye açıkladı Timur. Siz de benim çenemi öyle bağlayacaksınız. Bir gün gelecek hepimiz bu yoldan geçeceğiz.

Gül hiçbir şey söylemedi. Demirci daha kırk yıldan fazla yaşayacak, ölüm döşeğinde yatarken, Gül diğer çocukları gibi başında olmayacaktı. O, bir göz ameliyatı için Almanya'da hastanede yattığı sırada, babası son nefesini verirken onun adını anacaktı: *Gül.*

Baba kız eve geldiklerinde, Gül'ün dedesi arabacı Faruk ile dayısı Fuat oradaydı.

– Nerede kaldınız? diye kızgınlıkla sordu Arzu ve kahve pişirmesi için hemen Gül'ü mutfağa gönderdi. Arkasından kendisi de mutfağa geldi.

– Ne oldu? Yaşlı Hatice mi ölmüş? Sen de orada mıydın? Muazzez Hanım oğluna vermiş veriştirmiş ha? Anlatsana.

Annesi mutfakta yerinde duramazken, Gül olan biteni anlattı. Kahve pişmiş olmasına rağmen, Gül anlatmaya devam ediyordu.

– Hadi kahveleri götür, dedi.

Gül, Fuat dayısının kendisine nasıl bir yabancı gibi

baktığını fark etti. O ise yere bakıyordu. Buna rağmen, akşamın geç saatinde babasının onu bahçeye çıkarmasına şaşırmıştı.

– Fuat dayının senin için iyi bir koca olacağına inanıyor musun?

Demek onun için kahve pişirmişti; demek onun için dedesi de yanındaydı; demek onun için Fuat dayısı öyle bakıyordu; demek onun için annesi bile merakını yarım kesmişti. Şimdi daha iyi anlıyordu.

– Hayır, dedi. Hayır, hiç zannetmiyorum.

– Neden, diyen annesinin sesini duydu. Kapının eşiğinde durmuş ve dinlemişti.

İnsanlar onun hakkında kötü şeyler söylüyordu; içki, sigara içiyor; kumar oynuyordu.

– Neden olmazmış bakalım, diye tekrar sordu annesi. Yakışıklı genç bir adam o. Mesleği de var. Bir aileye bakabilecek durumda.

Evet gerçekten yakışıklı olmasına yakışıklıydı. Gerçekten bir aileye de bakabilirdi. Ama insanlar, onun hapishanede yatan Engin'le arkadaşlık yaptığını söylüyordu.

– Neden istemiyormuşsun? diye sordu annesi.

– O hep ayakkabılarının arkasına basıyor, dedi Gül.

– Ne, dedi babası gayriihtiyari.

– O hep ayakkabısının arkasına basıyor. Ben öyle adamları beğenmiyorum.

– Tamam o halde, dedi babası düşünceli, düşünceli. Sen nasıl istersen.

– Ama, diyerek annesi söze karışmak istedi.

– Tamam, nasıl isterse öyle olsun, diyerek Timur sözünü kesti.

O gece Gül, rüyasında kendisini yatakta hareket edemezken gördü. Tavan üzerine doğru çökerken, birdenbire kaytan bıyığıyla, hapishane çorabıyla ve kısa kollu gömleğinin cebindeki mermer görünümlü plastik tarağıyla, berber makası ve usturayla Fuat dayısı peydahlanıveriyordu.

– Kitapta böyle yazıyor, diyen Muazzez Hanım'ın sesini duyar gibi oldu. Onun kaderi böyleymiş.

Gül, korkuyla uykusundan uyandı. Bir bardak su içti. Ondan sonra da sabah alacasına kadar yatağında bir oraya, bir buraya döndü durdu. Bir süre gözleri açık haldeki yaşlı kadını düşündü. Eğer tavan gerçekten çökecek olursa gözlerini açık mı, kapalı mı tutmalıydı? Sırt üstü mü, yüzükoyun mu yatmalıydı? Önce yüzükoyun yatmaya karar verdi. Ondan sonra tavanın üzerine gelişini göremeyeceğini düşündü. Bir türlü karar veremedi. Sonunda yan yatarak, bacaklarını karnına çekerek biraz olsun uyudu.

Öyle sıcak bir yaz geliyordu ki, Gül sıcaktan uyuyamayacaktı. Belki sıcaktan değildi uyuyamaması. Biraz da metal tadını andıran, ağzındaki siyah kuş tüyü tadındandı bu. Belki ağzındaki bu tat, kuş tüyünden, kandan veya eski bir paradan çok, bozulmuş, ekşimiş beyaz peynir kokusu gibiydi. Öyle bir yaz geliyordu ki, Gül bazı sabahlar uyanacak ve artık bugün dünyanın sonu gelecek, diyecekti.

Gül, boş zamanının bol olduğu, kardeşleriyle birlikte kocaman bahçede dolaştığı, babasının ağaçlara tulumbayla ilaç atarken –Gül kocaman ilaç bidonuyla bir kenarda beklerdi– onu da yanında götürdüğü, insanın soğuktan titremediği ve çamaşırların daha çabuk kuruduğu, bazen bütün sokak sakinlerinin birlikte radyo dinlediği yaz günlerini çok seviyordu. Yaz günlerini çok seviyordu, ama bu yaz ona daha çok bir şeylerin neticeleneceği bir yaz gibi geliyordu.

Bu yaz Melike ve Sibel, Abdurrahman Amca'nın bu yıl yanına köyden yardıma gelen Yıldız ile sık sık oyun oynuyorlardı. Gül her nedense bu kızla anlaşamamıştı. Muhtemelen, bunun nedeni aralarındaki yaş farkıydı. Yıldız on bir-on iki yaşındaydı, Gül ise yakında on beş olacaktı. Artık, sokakta birçok çocuk ona Gül Abla diyordu. Genç bir gelin adayıydı. Neredeyse her hafta evlerine bir görücü geliyordu. Bir zamanlar Timur'un Fatma'ya kardeşini gönderdiği gibi, birilerini Gül'e gönderdikleri zaman aldıkları cevap, tomurcuk gibi memeleri var, oluyordu.

Annesinin aksine, bu yaşta şimdiden iki defa âdet görmüştü. İlk defa âdet olduğunda, Esra'nın yanındaydı. Helâya gittiğinde kanı görmüştü. Dikiş odasına sessizce girdi.

– Esra Abla, ben hasta olmuşum, eve gitmem lazım, dedi Esra'nın kulağına.

Esra Gül'ün yüzüne dikkatlice bakmış, kaşlarını birleştirmiş ve sormuştu.

– Kanaman mı var?

Gül başını önüne eğdi.

– Bunun ne anlama geldiğini bilmiyor musun?

Gül bir şey demedi.

– Bundan sonra bu, başına sıklıkla gelecek. Hastalıktan değil o, artık sen genç bir kadın oldun.

Esra, bu durumlarda kadınların, kanamayı emmesi için bez kullandıklarını anlattı. Gül, neden annesinin bezlerini şimdiye kadar görmediğini sordu kendi kendine.

O günden itibaren, Gül kimseye bir şey söylemeden bezlerini gizli gizli yıkamaya başladı. Tıpkı annesinin yaptığı gibi.

Gül'ün çalışkan, becerikli olduğu ve üstüne üstlük dikiş bildiği herkes tarafından duyulmuştu. Burnunun hafif yamuk olmasına kimsenin aldırdığı falan yoktu. Erkeklerin aradığı şey güzellikten çok, bir kadının yemek yapabilmesi ve ev işlerini çekip çevirmesiydi.

Gül, kalabalık yerlerde pek konuşmazdı. Bu çekingen özelliği, onun olgunlaşmış olmasının göstergesi olarak değerlendiriliyordu. Kendisinin aslında çekingen ve ürkek birisi olduğunu neden anlamadıklarına bir anlam veremiyordu.

Yaz boyunca beş genç, Gül'e görücü gönderdi. Fakat Gül henüz baba evinden ayrılmak niyetinde değildi. Her defasında bir bahane bulması o kadar da zor olmuyordu. Aslında hepsinin kusuru aynıydı; yabancı olmaları.

Her defasında babası hafifçe gülümser, diğer babaların yaptığı gibi kızını baskı altına almaya çalışmazdı.

– Ben sana demirden bir adam yapacağım. Herkese bir kusur buluyorsun.

Bunu söylerken iyi niyetli bir tebessüm ve bastırılmış bir gurur içindeydi.

Timur, Abdurrahman'ın bağ evi için şöyle süslü püslü bir demir kapı yaptı. Bu onun basit bir nalbanttan çok usta bir demirci olduğunu gösteriyordu.

Cam ölçüsü almaya gelen camcı sormuştu.
– Kapıyı kim yaptı?
– Neden soruyorsun? diye sormuştu Abdurrahman da.
– Bazı kapılarda dikkat etmek lazım. Camı takarsın, kapının herhangi bir yerinde boşluk kalmıştır. *Şangırt*, diye cam aşağı iner. Ondan sonra kabahatli, camcı olur. Aslında kabahat kapıyı yapanındır. Bu kapıyı kim yaptı?
– Demirci Timur.
– Hah şimdi oldu, diyerek metresini ve kalemini yine cebine soktu camcı.

Camcı neredeyse şehre varmak üzereyken, ölçüleri yazdığı kâğıdı orada unuttuğunu fark etti. Yarım saat kadar sonra, emekli öğretmenin kapısının önündeydi. İçeriden kesik kesik gelen bir haykırış duydu kapıyı çalınca. Tekrar çaldı ve tekrar dinledi. Hiçbir şey duyulmuyordu. Camsız kapıdan elini soktu ve kapıyı içeriden açtı.

– Öğretmen Efendi, diye seslendi ve yine kısa bir haykırış duydu. Sağ taraftaki odadan bir kız sesi duyar gibi oldu. Fazla düşünmeden kapıyı açtı. Abdurrahman, bir eliyle Yıldız'ın ağzını kapatmaya çalışırken diğer eliyle pantolonunu kaldırmaya uğraşıyordu.

Bu tür haberlerin yayılması için çok zaman gerekmiyordu. İlk duyan yine her zamanki gibi Arzu olmuştu. Evdeki hareketliliği gören Gül, halasıyla annesinin ne konuştuğunu bilmeden sordu.
– Ne oldu?
– Abdurrahman Amca Yıldız'a kötü şeyler yapmış, dedi halası.

— Bu çocukları ilgilendirmez, dedi annesi. Git sen kendi işlerinle uğraş.

Arzu yine görümcesine döndü.

— Kuran-ı Kerim üzerine yemin etti, ilk defa oldu, diye... Sen hâlâ burada mısın, dedi Gül'e dönerek. Bunun üzerine bahçeye çıktı, yaz günlerinde sıklıkla altında oturduğu kayısı ağacının altına gitti Gül. Abdurrahman Amca Gül'e karşı hep iyi olmuştu. Gözlerinin önünde aksakalı belirdi, insanın içini ısıtan sesini duyar gibi oldu. Getirdiği şekerleri düşündü.

Bazen, bazı şeyleri bilmemek hayatı kolaylaştırır, bazen de, bazı insanları iyi tanımamak, tanımaktan yeğdir. Bazen bazı şeyleri bilmemek iyidir. Fakat Gül hiçbir zaman, ilk defa olup olmadığını öğrenemedi. Güven duymak zor şeydi.

Yıldız, köyüne, ailesinin yanına götürüldü. Genç kızın hâlâ bakire olması, babasının işini iki yönden kolaylaştıracaktı. Birincisi, kızın evlenmesi mümkün olacaktı. İkincisi harekete geçmek zorunda kalmayacaktı. Saygın bir öğretmeni vurmak zorunda kalsaydı ne yapardı?

Abdurrahman, yaz boyunca evden dışarı hiç çıkmadan her akşam kafayı çekti Sonbahara doğru da ortadan kayboldu. İstanbul'a gittiği söyleniyordu. İlk günlerde kopardığı gürültüden sonra, zamanla kimse bu konuyu konuşmaz oldu.

İlkbaharın başından sonuna kadar birkaç defa, büyüklerin deyişiyle, büyük su gelmişti. Fakat Gül'ün aklına bu suyun nereden geldiğini sormak hiç gelmedi. Bahçeleri sulamak için yukarıdaki kaynaklardan çevrilen suydu bu. Elma bahçeleri ve sebzeler sulandıktan sonra su, diğer bahçelerin sulanması için çapalarla yönlendirilir ya da duvarın içindeki delikten geçirilerek yolun karşı tarafındaki bahçeler için biriktirilirdi. Suyun önü arkası kum torbalarıyla kapatılarak, sokak diz boyu suyla kaplanırdı. İçinde çocuklar oynar, kâğıttan kayıklar yüzdürür ve birbirlerini ıslatırlardı.

    Gül ne bu suyun nereden geldiğini, ne de ilk kimin bu sudan haberdar olduğunu ve son kullanıcının çok su biriktiği veya hiç su kalmadığı zamanlarda ne yaptığını hiç bilemedi.

    Ama Gül bu büyük suyun, bütün çocuklar için büyük bir neşe kaynağı olduğunu biliyordu.

    Bu defa büyük su, yaşlı kadının ölümünden birkaç gün sonra geldi. Eğer Timur'un iyi bir mahsul kaldırmak gibi bir niyeti olmasaydı, suyu hiç kullanmadan bırakacaktı. Ertesi akşam Timur ve Gül, kum torbaları, bel kürekleri ve paçavralarla suyu tutmak için hazırdılar. Akşamın karanlığında oturmuş beklerlerken Timur'un canı sigara istedi. Hâlâ unutamamıştı. Gül yerinde duramıyordu; kalktı ve ot yolmaya başladı.

    – Kendini boşuna yorma, dedi babası.

    Suyu çevirmek için babasına ilk defa yardım edecekti. Genellikle bu iş için komşulardan biri gelirdi yardıma. Ancak bu defa, henüz komşulardan kimse gelmemişti. Timur, Gül'ün bu iş için yeteri kadar büyüdüğünü hatta Melike'nin bile yardım edebileceğini düşünüyordu.

    – Benim yarın okulum var, deyince Melike, Timur bu bahaneyi geçerli saymıştı.

    Su geldiği zaman Timur, Gül'ü yönlendirmeye

başladı; el fenerinin ışığını izleyecek, suyun sesini ve babasının söylediklerini dinleyecekti. *Bir bidon daha getir bana. Kum torbasını getir. Küçük küreği ver bana. Burayı kapat. Işığı şuraya tut.*

Suyu komşu bahçeye çevirirlerken gün ışımaya başlamıştı. Gül, zamanın nasıl geçip gittiğini hiç fark etmemişti. Fakat, işin bittiği anda, bitkinliğini iliklerine kadar hissediyordu. Yorgun değil, bitkindi. Yatağa gideceğine inanamıyordu. Babası, hiçbir şey söylemeden üç tane iki buçuk liralık banknot tutuşturdu eline.

Geldikleri gibi yürüyerek eve döndüler. Bakkallar, pastaneler daha açılmamıştı. Okulun önünde hiç çocuk yoktu. Şehir sessiz ve ıssızdı. Sadece toprak yoldaki ayak sesleri duyuluyordu. Sanki gecenin sessizliği, sabaha kavuşmak için koşar adım gidiyordu. Sinemada sesin birdenbire kesilmesi gibi geldi Gül'e. Fakat orada, kısa bir aradan sonra hafif bir ses duyuluyor ve ardından gittikçe yükseliyordu. Bir ahırdan eşek anırması duyuldu. Timur, köstekli saatini çıkarıp baktı.

– Herhalde geri kalmış, dedi ama kendisinin de inanmadığı her halinden belliydi.

Evlerinin sokağına döndüklerinde, Arzu elleriyle, çabuk çabuk anlamına gelen bir şeyler yapıyordu. Kapıda durmuş, yüzü artık korkudan, mı yoksa heyecandan mı nedir, acayip bir hal almıştı.

On adım kadar yaklaşmışlardı.

– İçeri, içeri girin, dedi boğuk bir sesle.

Timur yürüyüşünü hiç bozmadı, Gül de onun hemen yanındaydı.

– Çabuk, diye bağırdı Arzu ve ekledi, kimse görmeden girin içeri.

— Kim görecek bizi, diye sordu Timur, kapının önünde ayakkabılarını çıkarken.
— Bırak ayakkabılarını çıkarmayı, hemen içeri girin.
— Neler oluyor kadın?
— Sokağa çıkma yasağı ilan edildi.
Kapıyı arkadan kilitledi. Ayakkabılar dışarıda kalmıştı.
— Kim ilan etti?
— Askerler. Hiç kimse sokağa çıkmayacakmış.
Onların yanına gelirken Melike'nin yüzü gülüyordu.
— Harika. Bugün okul yok demektir. Belki yarın da.
— Defol oradan, dedi babası hükmeden bir sesle.
— İhtilal mi oldu? diye sordu. Karısı başıyla onayladı.

Asık bir yüz ifadesiyle radyonun başına oturdu demirci. İlerleyen günlerde, alnını kırıştırarak ve başını sağa sola sallayarak küfrederken radyonun önünde sıklıkla göreceklerdi onu evdekiler.

— Ne oldu demokrasiye? diye arada sırada mırıldanıyordu. Veya, zorbalar, diyordu.

Her zaman politikadan çok futbolla ilgilenmişti. Ama oyunu Demokrat Parti'ye vermişti. Şimdiyse askerler gelmiş, demokrasi tehlikede diye idareye el koyuyorlar, ihtilal yapıyorlardı. Menderes, diktatörlük ve yolsuzlukla suçlanıyordu. Demirci'ye göre egemenlik kayıtsız şartsız milletin, yani kendisi gibilerin olmalıydı. Aslında ihtilal, günlük hayatı pek etkilememiş olsa da, Demirci ancak bir yıl sonra, yeni anayasa oylamasında biraz yumuşadı.

Gül, kardeşleriyle beraber odaya geçti.

— N'olmuş?
— Bilmiyorum. Ama okula gitmeyeceğimi biliyorum. Annemin dediğine göre, askerlerin dediği olacakmış artık.

Gül, başını salladı sanki anlıyormuş gibi.
— Ama sen ortaokula gitmek istiyorsun değil mi?
— Elbette. Bunu sen de biliyorsun.
— Ama okula gitmeyi sevmiyorsun.
— Bayıla, bayıla gitmiyorum. Ama fark etmez. Benim istediğim bir diploma. Diploman olmadı mı, işin zor. Ben buralardan uzaklara gitmek istiyorum.

Gül yine başını salladı. Melike'nin haklı olduğunu düşünüyordu. Diploması olmayanın pek bir şansı yoktu.

Birkaç gün sonra, sokağa çıkma yasağı kaldırıldı. Sibel coşkuyla okula giderken, Melike isteksizdi. Timur, dükkânını yeniden açtı. Gül de babasının verdiği parayla gece mavisi kumaşı aldı. Kendisine bir elbise dikti. Bütün yaz boyunca hiç kullanmadı ama arada sırada çıkararak giydi ve kendi kendine hayranlık duydu.

Yaz sonunda bir akşam, anneannesi Berrin yanında Fuat dayısıyla birlikte çıkageldi. Ardından da Timur kızına sordu.
— Sormama gerek var mı?
— İstiyorum.
— Ne?
— Evlenmek istiyorum.
— Mecbur değilsin. Seni istemeye yüz defa gelseler, yüz defa da hayır diyebilirsin.
— Belki benim kısmetim böyledir.
— Fuat'ın kötü birisi olduğunu zannetmiyorum.

Çalışkan ve mesleği olan birisi; sana rahatça bakabilir. Ama ayakkabısının arkasına basıyormuş, o kadarı da olsun.

Kısa bir sessizlik oldu.

– Gerçekten istiyor musun?

– Evet.

– Gerçekten mi?

– Evet.

Gül, ertesi sabah uyandığında hâlâ istiyordu. Alın yazısı olmalıydı. Belki de Fuat bu yüzden iki defa gelmişti. Evde oturup ne yapacaktı. Para da kazanmıyordu. Her sabah içecek çorbaları olmasına rağmen, bu kadar çocuğa bakmak için yine de yeterli paraları yoktu. Ayrıca Melike de ortaokula gitmek istiyordu. Hem zaten evden pek uzaklaşmamış olacaktı. Fuat da yabancı birisi değildi. Er ya da geç, nasıl olsa evlenecekti. Evlenmeyip de ne yapacaktı. Er ya da geç herkes evleniyordu. Yoksa evde kalıp kız kurusu mu olsundu. Dün akşam, herhangi bir nedenle evet demişti ve doğru bir karar verdiğini hissediyordu. Yoksa değil miydi?

Elmalar toplandıktan sonra küçük bir nişan töreni yapıldı. Arzu'nun, laf gelecek diye korkmasına gerek kalmamıştı; bundan böyle Gül, saçları briyantinli, sinekkaydı tıraşlı ve arka cebinde mermer görünümlü plastik tarak olan bir delikanlıyla sokakta rahatça dolaşabilirdi. Gül artık, kendisinin gıptayla arkasından baktığı genç kızlardan biriydi.

Fuat ile şehrin ana caddesinde yan yana yürümek heyecan vericiydi, ama konuşacak bir şey bulamamak sinir bozucuydu. Yanında bir erkeğin olmasından mutluydu;

ama onunla ne konuşacağını bilmiyordu. Nişanlıların ne konuştuğu hakkında da bir fikri yoktu. Fuat, arkadaşlarından, müşterilerinden ve hatta kumarda kazandığı paralardan söz ediyordu. Gül onu dikkatle dinliyor ve arada sırada başını sallamakla yetiniyordu.

Gül için nişanlılığın en güzel yanı, yanında uyumayan birisiyle daha sık sinemaya gitmekti. Sinemada sohbet etmek gerekmiyordu. Film bitince Fuat onu eve kadar getiriyor ve yolda, filmler ve Humphrey Bogart, Cary Grant, Cüneyt Arkın, Belgin Doruk, Bette Davis, Ava Gardner, Fatma Girik, Elizabeth Taylor, Ayhan Işık, Filiz Akın, Ediz Hun, Türkan Şoray, Gina Lollobrigida, Kirk Douglas, Erol Taş üzerine sohbet ediyorlardı.

İki film arasında arkadaşlarını görürse, Gül'e dönerek, "Ben arkadaşlara bir merhaba deyip geleyim," diyordu.

Arkadaşlarıyla sigara içip kahkahalarla sohbet ediyordu. Eğer çok uzakta değillerse Gül de dikkatlice, Fuat'ın ayakkabısının arkasına basıp basmadığına bakıyordu. Arada sırada sinemadan çıkarken yapıyordu bunu, ama girerken giyimine çok özen gösteriyordu. Fuat'ın arkadaşlarıyla ne konuştuğunu merak ediyordu. Babasının dükkânına gelen adamlar gibi, futbol ve politikadan konuştuklarını tahmin ediyordu. Çocukluğundan beri, babasının, müşterileri ve arkadaşlarıyla yaptıkları sohbetlere tanık olmuş olsa da, ne futbolcular, ne Menderes ne de Kennedy hakkında hiçbir bilgisi yoktu.

Sinemanın karanlığında yan yana otururlarken ellerini birbirlerinin omuzlarına atarlardı. Birbirlerine en fazla bu kadar yakınlaşıyorlardı. Fuat bazen alkollü olurdu ve o günlerde arkadaşlarıyla sohbet ederken daha yüksek sesle konuşur, kahkahaları her yerden duyulurdu. Böyle zamanlarda sık sık Gül'ün saçlarını da okşardı.

Birlikte birçok defa sinemaya gittikleri bu sonbaharda o kadar çok alkollü de değildi. Seyrettikleri filmler, genç âşıkların her türlü zorlukları aşan aşkları, eğer sevgilisinin yararına olacaksa kendisini bile feda eden ve hayatları büyük acılarla başlayıp mutlu sonla biten veya bitmesini umut eden insanlar üzerineydi. Ya da sadece yaşam mücadelesi veren veya sevilmek için her türlü acıyı yaşamaya hazır olan insanlar üzerine filmlerdi. Düştüğü uyuşturucu veya fuhuş batağından ya da ağır iş ve yaşam koşullarından kurtarılan kadınlar; uyuşturucu, alkol ve kadın ticareti batağına saplanmış, suçsuz yere -ya da sadece babasının öcünü almaktan dolayı– hapishaneye düşmüş erkeklerin kurtuluşu üzerine filmlerdi bunlar. İyi olan herkes kurtuluyordu.

Ne kadar çok yabancı rüyalar görürse, yabancı yerlere ilişkin özlemi de o kadar çok büyüyordu. İki haftada bir, cumartesi günleri çıkmaya başlayan fotoromanlar okumaya başladı; hemşireye âşık olan doktorlar, aşkları yüzünden zenginliklerini yitiren gençler, aynı erkeğe âşık olan iki kız kardeş ve birdenbire ortaya çıkan kayıp kardeşlerin hikâyeleri. Ayrıca kanlı sonla biten hikâyeler de vardı; kızları kollarında ölen anneler, geçmişinden kaçamayan erkekler, kurban isteyen kötüler, on beş yıla mahkûm olanlar, tekerlekli sandalyeye mahkûm olan babalar ve kör olan annelerin hikâyeleri. Ya da eski şarkılardaki gibi, dünyada yaşamaya değer hiçbir şey olmadığı için acı biten yaşamlar veya karşılıksız aşka tutulmak; tıpkı bozlaklarda olduğu gibi.

Genellikle fotoromanları Timur getirirdi Gül'e. Bazen

de Fuat. Melike, ancak Gül okuduktan sonra okuyabilirdi fotoromanları. Gül tekrar okumaya kalktığında da sayfalarında, ya yağ lekesi ya da sayfa kenarları kıvrılmış olurdu. Hatta bazılarının yaprağı eksik bile olurdu. Sibel ilk defa kendi hikâyelerini çizmeye başladığı zaman, fotoroman karelerini veya film sahnelerini biraz değiştirerek yapıyordu bunu. Diğer resimlerden farklı olarak, bu çizimleri kimseye göstermiyor, okul kitaplarının arasında saklıyordu.

Sonbaharın sonlarına doğru Gül annesiyle, kendi dikeceği gelinliği için kumaş seçmek amacıyla alışverişe çıkmıştı. Gül en pahalı kumaşı seçmişti. Annesi acı bir ifadeyle gülümsedi ve bir başkasını seçmesi için gözüyle işaret etti. Gül'e kalsa gelinliğin kuyruğu kısa, kumaşı iyi olsun istiyordu. Satıcı, kaç metre istediğini sorduğunda, soran ifadeyle bakmaya devam ediyordu.

– Yoksa bunu istemiyor musun? diye sorarken, Gül sözünü kesti.

– ... Yeteri kadar uzun olsun, dedi.

İpek gibi parlayan beyaz kumaş, toptan kesildi. Arzu yüzündeki acı ifadeyle, çantasından parayı çıkardı, verdi. Eve dönerlerken söylediği tek şey,

– İnsanlar ne diyecek şimdi bu kadar kısa kuyruk için, oldu.

Gül, tüm dikkati ve özeniyle gelinliğini dikiyor, arada sırada Esra'nın yanına geliyordu.

– Güzel oluyor, değil mi? diye soruyordu.

Bir gün, yine aynı soruyu belki on defa tekrarladıktan sonra birdenbire sordu.

– Esra Abla, ne yapacağım ben, dedi fısıldayarak, gerdek gecesi yani?

Esra bir an tereddüt etti.
– Annen sana anlatmadı mı?
Gül kızardı.
– Korkacak hiçbir şey yok. Rahat ol. Soyun ve rahat olmaya çalış. Her şeyi Fuat'a bırak. Hiç acımayacak. Belki başlangıçta biraz. Ama aslında güzeldir... Çok güzel.
Gül daha da kızardı. Vücudunu ter bastı. Çok güzeldi, demek. Esra'nın dediğine göre çok güzeldi. O halde korkmasına gerek yoktu.

Gül, vücuduna mükemmel şekilde oturan bir gelinlik dikti ve tekrar tekrar giymekten kendini alamadı. Aynanın önünde dönüp duruyor, günlerce uğraştıktan sonra kumaş parçasından meydana getirdiği güzellikten gözlerini ayıramıyordu. Gül'ün makinenin başında oturup, ayaklarını pedala dayadığı, kaşlarını çatarak dikişe odaklandığı ve kendisinden geçtiği zamanlar huzur dolu zamanlardı. Onu rahatsız eden hiçbir şey yoktu; düşünceleri tamamen dikişe yoğunlaşıyor, düğünü düşünmüyor, eve gidince kapı ve pencere aralarından giren soğuğu düşünüp içi ürpermiyordu. Yavaş, yavaş soğuk her yeri kaplamaya başladı; her yere rahatça gidiyordu. Gitmeye cesaret etmediği tek yer sobanın yanıydı. İnci gibi dişlerini göstererek, durun bakalım, bu yıl ben size gününüzü gösteririm, diyordu kendi kendine.

Gelinlik, düğünden çok önce hazırdı. Hava buz gibi soğuktu. Önce kar düştü. İnsanlar dizlerine kadar kara gömülüyordu. Ondan sonra da dereler dondu. Melike, Sibel ve artık ikinci sınıfa giden Nalan'a on beş gün tatil olmuştu. Melike'nin, tatilin keyfini çıkaracak hiç zamanı yoktu. Akraba ve komşulara haber verilecek, müzisyenler ayarlanacaktı. Kızların da, şöyle, utanılmayacak elbiselere ihtiyacı vardı. Yoksa milletin ağzına sakız olurlardı. Arzu'ya göre, kızlara mutlaka yeni ayakkabı almak lazımdı. Timur'un takım elbisesi ise temizlenmeliydi. Bazı şeylerin de şimdiden ısmarlanması gerekiyordu. Melike oradan oraya koşuşturuyor, neredeyse okulda olmayı arzu ediyordu. O buralardan gitmek, uzaklaşmak istiyordu. Ama ablasının gidişi gibi gitmek istemiyordu.

Üç aralık sabahı, Gül gözlerini açtığında, ilk düşündüğü şey, burada uyanışının son sabahı olduğuydu. Yattığı yerden Melike, Sibel ve Nalan'ı seyretti. Onlardan ayrılacak ve artık onları koruyamayacaktı. Artık sabahları uyandığında, burnunun direğini kıran sidik kokusunu duymayacak, artık en azından yumurtasının yarısını yemesi için Sibel'i zorlamayacaktı. Artık bir daha kardeşleriyle annesinin sandığından topu çıkararak evin içinde oynayamayacaktı. Ama hiç kuşku yok ki, yine bir araya gelecekler ve annesinden hatıralar anlatacaktı. Nasıl olsa yakınlarda olacak ve sık sık evlerine gelecekti. Evden bir boğaz eksilecek ve Melike ortaokula gidebilecekti.

Gül, gözlerini tavana dikti. Gözlerinden yaşlar süzülüyordu, hiç kimse görmeden. Sonraları ise artık bir daha kimse onu ağlarken görmeyecekti. Ağlaması için bir neden yoktu ki. Evleniyordu; fotoromanlarda en mutlu gün, bugün değil miydi? Fakat fotoromanlarda hiç öksüz kız olmuyordu.

Gül, uzakta oturmayacak ve her şey çok güzel olacaktı. Allah'ım bana yol göster, diye dua ediyordu. Sen ne istersen o olur. Beni kötülüklerden koru.

Günün geri kalanında insanlar onun etrafında pervane olmuşlardı. Önce gelin başı yapılması için komşunun evine götürüldü. Sadece Gül'ün başı değil, kardeşlerinin saçları da yapılacaktı. Hatta halasının bile. Çünkü akşam başörtüsü takmayacaktı. Bu konuda sadece Zeliha'ya ısrarcı olunmadı. O olduğu gibi görünecekti.

Yeteri kadar *ondüle* maşası olmadığı için, her zaman kahve pişirdikleri cezvenin sapını ısıtarak maşa yerine kullandılar. Melike sabırsızdı. Bir süre sonra yanık saç kokusu odaya yayılmıştı. Melike ses çıkarmıyor, kızgınlıktan gözlerinden yaş geliyordu.

Tören için ne gerekiyorsa yapılacaktı; gelini almak için eve gelindiğinde Melike, gelin odasının kapısına dikilecek ve girişi kapatacaktı. Ancak bahşişini aldıktan sonra girmelerine izin verecekti. Gelinin kuşağını beline babası bağlayacaktı.

Yıllar sonra, belediye başkanı yirmi beş kilometrelik sürat yolunun açılışını yaparken, kırmızı kurdele keser ve bu yolun gelecek için ne kadar önemli olduğundan söz ederken, Gül kendi düğününü düşünecekti.

Gül, damadın evine götürülürken, evlerinde yokluk çekilmemesi ve ağız tatları bozulmaması için çifte, ekmek ve bal verildi.

Gün çabuk geçti. Etrafı, kendisine bir şey vermek isteyen, evlilik hakkında bir şeyler söylemek isteyenlerle dolu olan Gül'ün, bütün bunlardan başı dönmüştü.

Akşam salonda, davul ve zurnacının da olduğu müzisyenler vardı. Gül bir ara, aslan ile adamın hikâyesini okuyan öğretmenini, kendisini yanlış demirciye götüren elekçiyi ve ölen komşuları Hatice'nin oğlu Cem'i gördü.

Fuat, ayna gibi parlayan lacivert ayakkabıları, yine aynı renk damatlığı ve duruşuyla yakışıklı ve şık ve bir damat olmuştu. Fuat, düğün günü üç defa damat tıraşı olmuştu ve kömür karası saçlarından sadece küçük bir kakülü kaşının üzerine doğru bırakmıştı.

Çift, çiçeklerle bezenmiş masada oturmuşlar, tebrikleri kabul ediyor ve öğütleri dinliyorlardı. Gül'ün sandalyesine iki minder konmuş, bununla hem rahat oturması hem de biraz büyükçe görünmesi amaçlanmıştı. Bu haldeyken, ayakları yere değmiyordu.

Ortalığın kalabalığı ve karmaşası içinde, açık tenli, dolgun yanaklarından yaşlar süzülen genç bir kadın Gül'ün dikkatini çekti. Kendisininki gibi gece mavisi kumaştan şık bir elbise giyen bu güzel kadını şimdiye kadar hiç görmemişti.

Gül, babasının neden ağladığını biliyordu; en büyük kızı evleniyordu ve artık sadece kendisinin küçük kızı olmayacaktı; ellere karışacak ve Fatma kadar olmasa da uzaklara gidecekti.

Melike, hafifçe tütsülenmiş perçemlerine aldırış etmeden şen şakrak dans ediyordu. Sibel bir köşede sessizce oturuyor, Nalan ile Emin ise çocukların oluşturduğu bir orduyla salonda oradan oraya koşuşturuyorlardı. Arzu'nun yüzü ışıl ışıl parlıyor, başörtüsüz haliyle çok daha genç görünüyordu. Uzun siyah saçları, ışığın da etkisiyle pırıl pırıl parlıyordu. Gül, annesinin saçlarında briyantin olmadığından emindi; annesinin güzel saçlarını kıskandı. Halbuki kendi saçları zayıf ve cansızdı. Fakat gelin başlı halini sevmişti. Saçlarının yeni halinin ve gelinliğinin burnunun hafif yamukluğunu örtmüş olmasını umut ediyordu. Kendisinin güzel olmadığını düşünüyor, annesine çok benzeyen ve herkesin ay parçası kadar güzel diyebileceği Melike'ye gıpta ediyordu.

Beyaz gömleği, siyah pantolonu ve yeleğiyle damada rakip olabilecek olan Timur, salonda ayak basmadık yer bırakmıyor, misafirlerle ilgileniyordu. Fakat başındaki kellik, olduğundan daha yaşlı gösteriyordu onu. Fatma ile her şey o kadar yolundaydı ki, diyordu ve bu sözleri hayatının sonuna kadar söylemeye devam edecekti. Bir an olsun başıboş kaldığında, kızını buldu gözleri ve nemlendi.

– Sanki ciğerimi yerinden söküyorlar ya da bu yürek bu acıya nasıl dayanır, diye mırıldanıyordu.

Gece mavisi elbiseli ve dolgun yanaklı kadın, tekrar tekrar Gül'e bakıyor ve gözleri yaşlarla doluyordu. Bu durum Gül'ün de gözünden kaçmıyor; ancak anlamakta zorlanıyordu. Kendisini dinlemek zorunda kalmamak ve kalbinin yuvasından çıkacakmış gibi çarpışını duymamak için sırasıyla kadına, babasına, kardeşlerine, öğretmenine yoğunlaşıyordu. Bu büyük eğlence, kendisini çok küçük hissetmesine yol açıyordu.

– Seni gidi kaçak kız, sesiyle düşüncelerinden irkildi ve başını çevirdiğinde, karşısında, kendisini omuzlarında şehri baştan sona taşıyan elekçiyi hemen tanıdı.

– İyi akşamlar, dedi Gül.

– Demirci'nin kızı evleniyor demek ha, dedi elekçi ve ekledi, dört kızdınız siz değil mi? Bir erkek de olmuş muydu yoksa?

Gül'ün kulağına doğru eğildi. Buram, buram anason kokuyordu.

— Sana mutluluklar dilerim. Eğer yine kaybolacak olursan, hiç çekinmeden bana gelebilirsin.

Doğrulurken kahkahayı koyuvermişti.

— Teşekkür ederim, dedi kafası karışan Gül.

Orkestra dans müziği çalıyor, yeni çift dans ediyordu. Belki kendisinden böyle yapması beklendiği veya yorgun olduğu ya da böyle dans ederken yüzünü saklayabildiği için Gül, başını Fuat'ın omzuna yaslamıştı. Müstakbel kocasının ağzını kokladı; kötü kokmuyordu. Müstakbel mi, hiç değil; kocasıydı şimdi yanında duran. Artık birdiler. Bir yastıkta kocayacaklar, kocası hep yanında olacaktı. Taaa... O kadar uzun boylu düşünmeye niyeti yoktu. Düşünceleri zihninden uzaklaştırmak için çabalamadı bile, kendiliğinden çekip gittiler.

Düğün bittikten sonra otomobille yeni evlerine, birinci katında oturacağı kayınvalidesinin evine gittiler. Kapının önüne geldiklerinde, Fuat'ın ağabeyleri ve arkadaşları, damadın sırtına gayret yumrukları vurmak için bekliyorlardı. Fuat, gelinin elinden tuttu, eşikten öyle geçtiler. Odaya kadar da gelinin elini bırakmadı.

Gelini, Timur'un yaptığı karyolaya yatırdı. Ardından ceketini, kravatını ve gömleğini çıkardı. Gül, yatakta hareketsizce yatıyor, dikkatle, Fuat'ın ortaya çıkan kıllı göğsünü seyrediyordu. Kıvır, kıvır kılların arasından neredeyse derisi görünmüyordu. Fuat ışığı söndürünce Gül soyunmaya başladı. Heyecanlı olup olmadığının dahi farkında değildi. Çok yoğun bir gün geçirmişti. Ona öyle geliyordu ki, sanki bütün bunları kendisi yaşamamıştı ve her şey öylece olmuş bitmişti.

Gözlerini kapattığında Fuat'ın sert göğüs kıllarını

hissetti. Öylesine sertti ki, sanki onu ondan koruyordu. Gül de kendisini koruyacak bir şeyler istedi, ama çırılçıplaktı.

Ertesi sabah çarşafın üzerinde küçük bir kan lekesi vardı. Gül, sadece ilk defasında böyle acıdığını umut etti. Akşam, umudu hayal kırıklığıyla son buldu. Esra yalan söylemişti.

Fuat'la bu odada sadece kırk gün kaldı. Sonradan, bana bu ev mutluluk getirdi, dediği evde Fuat'la kırk gün geçirdi. Bu evde Rabbimden dilediğim bütün dileklerim oldu, diyecekti.

Yan oda, Fuat'ın ağabeyi Orhan'ın karısı ve iki küçük oğluyla yaşadığı odaydı. Aşağıdaysa kaynanası Berrin ve kaynatası Faruk'un kaldığı oda, hemen yanında da büyük ağabeyi Levent, karısı ve iki küçük kızının yaşadığı oda vardı. Sadece kocaman oturma odasında ve büyüklerin yatak odasında soba bulunuyordu.

Böyle büyük bir evin yapılacak işi de çoktu. Ama Gül kısa sürede hem ortama hem işlere alıştı. İlk günlerde sessiz sedasız ama verilen işleri eksiksiz yerine getirerek çalışıyordu. Kısa sürede evin birçok işini üzerine aldı. Her işe yetişiyordu. Yararlı olduğunu gördükçe ilk günlerdeki utangaçlığını kaybetti.

Fuat ve ağabeyleri işten döndükten sonra yemek yenir, ardından Fuat hemen odaya çıkardı. Gül sofrayı toplar, bulaşıkları yıkar ve o güne kadar anneanne dediği Berrin'e dönerek:

– Anne, yapacak başka iş var mı? diye sorardı.

Eğer yoksa, bu defa yukarı çıkmak için izin isterdi. Annesi başıyla onaylayınca, merdivenleri çıkar ve odaya girmeden önce, Fuat'ın paltosunun cebinden sigara paketini alırdı.

Gül, odaya girince Fuat'a sigarayı uzatır ve eğer odada varsa bir kadeh de rakı doldururdu. Fuat, rakıdan bir yudum aldıktan sonra su içer, ağzında şekerli kahve gibi bir tat kalırdı.

– Kahvenin sıcak ve şekerli olması lazım, derdi sıklıkla Fuat. Kızın bakışları kadar sıcak, ilk günlerdeki öpüşleri kadar tatlı ve de annesinin olan biteni öğrendikten sonraki düşünceleri gibi kara.

Kahveyi seven birisi değildi, sigaradan da vazgeçebilirdi. Ama rakı olmazsa olmazdı.

– Sürahiyi pencereye koy da, su soğusun, derdi Fuat.

Çeyizinde getirdiği sürahi, böyle bir şey için çok değerliydi. Onun için de akşam yemeğinden önce bakır sahana koyduğu suyu pencerenin önüne yerleştiriyordu. Sahandan sürahiye suyu dökerken sıklıkla, üstünü kaplayan ince buz tabakasını parmağıyla kırmak zorunda kalırdı. O güne kadar, böyle bir şeyi severek yapacağını hiç düşünmemişti.

– Sen de yak bir tane, derdi her akşam Fuat. Her defasında da geri çevirirdi Gül. Babası artık içmiyordu. Annesi de hiç içmemişti. Herkes kötü bir alışkanlık olduğunu söylüyordu. Neden böyle bir şey yapsındı ki? Fuat neredeyse haftanın beş günü içiyordu. Her akşam Gül'e de kendisine eşlik etmesi için teklif ediyordu. Bunu yapmayı aklından geçiriyordu ama o kadar çok sarhoş görmüştü ki, kendisinin o halinden korkuyordu.

İçmediği halde, bu gibi aksamlar, Gül de kafayı bulmaya başladı. Caddede yan yana yürüdükleri zamanlar gibi değildi. Çekinmeden kardeşlerini, elekçiyle başından geçenleri, çocukların önceleri köylü ağzıyla nasıl dalga geçtiğini, annesinin ölmeden önce gözünün altındaki morlukları anlatıyordu. Fuat, altına ve sırtına birer minder koymuş, bir duman perdesinin arkasından dinliyordu. Dinlerken arada sırada başını sallıyor, hadi be, vay be veya bu hiç hoşuma gitmedi, bazen de kafasını sallayarak, inanılır gibi değil, diyordu.

Gül kelimelerden, kafasında yer eden uğultulardan sarhoş oluyordu. Seslerden ve tempodan sarhoş oluyordu. Hiç sesini yükseltmemesine rağmen, sözlerinin gittiği yerlerden sarhoş oluyordu. O güne kadar sadece kardeşlerine anlattığı şeyleri anlatıyordu.

Kelimeler ışıktan sonraya da sarkıyordu. Bazı akşamlar Gül o kadar çok konuşuyordu ki, ama olsun, Fuat ışıklar söndükten sonra Gül'e yaklaşmak için hâlâ orada oluyordu.

Birkaç gün geçtikten sonra Timur, her sabah işe gitmeden önce kızını ziyaret etmeyi alışkanlık haline getirdi. Sadece birazcık fazladan yürümesi gerekiyordu; bazen sadece nasıl olduğunu soruyor, bazen bir çay içimi oturup tekrar yola koyuluyordu. Timur evden haberler veriyor, Emin'in süt dişini düşürdüğünü, Melike'nin okulu ektiğini anlatıyordu. Gül ise, kaynanasıyla iyi anlaştığını, yavaş yavaş yeni evine alıştığını anlatıyordu babasına. Sarhoşluğunu ve sarhoş olunca kelimelerin kendisine yaptıklarını ise anlatmıyordu. Her sabah baba kız en azından birkaç dakika hatta bazen yarım saat birlikte oluyorlardı.

Evli bir kadın olduğunun yedinci gününde Gül

sokakta, düğünde ağlarken gördüğü yuvarlak yüzlü, dolgun yanaklı kadınla karşılaştı. En fazla kendisinden on yaş daha büyüktü.

– Nasılsın bakayım kızım, diye sordu kadın.

– Teşekkür ederim iyiyim. Siz nasılsınız?

– Allah'a şükür. Asıl sen nasılsın onu söyle?

Gül, ne diyeceğini bilemiyordu. Kadının çok sıcak bir yüz ifadesi vardı. Sadece gözlerinden biraz hüzün okunuyordu.

– Nasılsın söyle bakalım, dedi tekrar ve ekledi. Yeni testi suyu iyi soğutur.

Neşeli bir şey söylemişçesine ardından bir kahkaha patlattı.

– Allah'ıma şükürler olsun, çok iyiyim.

– Benim adım Suzan, dedi kadın. Artık komşu olduk seninle. Ben hemen yandaki evde oturuyorum.

Konuşurken oturduğu yeri gösteriyordu.

– Eğer herhangi bir şeye ihtiyacın olursa, her ne olursa olsun kapım daima açıktır sana. Korkmana hiç gerek yok... Sana bir şey söyleyeyim, genç yaşta evlenip yabancı bir evde oturmanın ne olduğunu iyi bilirim. Seni düğünde ilk gördüğüm zaman, kendi düğünüm aklıma geldi. Senin de altına minder koymuşlardı ve ayağın yere bile değmiyordu. Ama böyledir bu işler, gözyaşlarına kimse aldırış etmez. Ben evlendiğimde on dört yaşındaydım. Sen?

– On beş.

– İşte dünya böyle dönüyor. Şimdi yirmi beş yaşındayım ve üç çocuk annesiyim. Ama başımdan geçenleri hiç sorma.

Zavallı küçüğüm, derken Gül'ün saçlarını okşuyordu.

Suzan'ın yüzünde ilk defa gülümsemeyi o anda gördü Gül. Sıcacık, güçlü bir gülümsemeydi bu; geride kalan güçlükleri aşmış olmanın gururunu, yoluna çıkan engellerin kazandırdığı deneyimlere minnet eden ve Gül'ün o günden sonra sıklıkla göreceği bir gülümsemeydi bu.

– Ne zaman istersen bana gelebilirsin, dedi Suzan.
– Teşekkür ederim, dedi Gül mırıldanarak.

Acaba şimdiden bilemediği bir şeyler mi gelecekti başına? Gül, Suzan'ın kocasının kim olduğunu merak etmeye başladı; böyle bir kadınla evli olduğu için şanslı bir adam olmalıydı. Suzan güzel bir kadındı. Üstü başı temiz olduğu kadar, pencereleri de pırıl pırıldı. Gece mavisi elbisesini de muhakkak kendisi dikmiş olmalıydı.

Zaman içinde Gül, Suzan'ın on yaşındaki oğlunu ve yedi ve sekiz yaşlarındaki kızlarını da tanıdı. Ama kocasını bir türlü göremedi. Kaynanasına da sormak istemiyordu.

Arada sırada sokakta karşılaşmaya, ayaküstü sohbet etmeye, havadan sudan, Levent ve Fuat'tan konuşmaya başladılar. Gül, merak ettiği şeyi iki hafta geçtikten sonra sorabildi.

– Çocukların babası nerede, Suzan Abla?
– Hapishanede yatıyor, dedi Gül'ün gözlerinin içine bakarak.

Gül başka bir şey sormaya cesaret edemedi. Suzan da başka bir şey söylemedi.

Hiç sinemaya gitmeden geçirdikleri dört haftadan

sonra, Fuat arada bir, arkadaşlarıyla dışarı çıkmaya başladı. Arkadaşlarıyla beraber içki içmeyi, birlikte şarkılar söylemeyi ve sohbet etmeyi seviyordu Fuat. Ama evde genellikle iyi bir dinleyiciydi. Arkadaşlarıyla futboldan, bazılarının sahip olduğu motosikletlerden ve hepsinin sahip olmak istediği otomobillerden konuşuyorlardı. Ayrıca Ankara yolu üzerinde bulunduğu söylenen randevu evinden. Gece yarısı saat bir-iki gibi eve geldiğinde, uyumakta olan Gül'ü omzundan sarsar, rakıyla doldurduğu nefesiyle kulağına bir şeyler fısıldar ve geceliğini çıkarmaya çalışırdı.

Kırk gün kırk geceyi birlikte geçirdi genç çift. Kırk gece, Timur'un yaptığı demir karyolada birlikte yattılar. Timur'un kızını ziyaret edişinin bir törene dönüştüğü, Gül'ün Suzan'la arkadaşlık kurduğu, Fuat'la akşamları odada oturup, eskiden bir haftada konuştuğu kadar lafı bir akşamda konuştuğu kırk gün geçti. Yemek yaptığı, çamaşır ve bulaşık yıkadığı, evi temizleyip süpürdüğü ve alışveriş yaptığı kırk gün. Evin en genciydi ve buna bağlı olarak en az hakkı ve en çok işi olandı. Sabahları ilk o kalkar, kahvaltıyı hazırlar, soba için odun getirir ve evin çocuklarıyla ilgilenirdi.

Kırk gün sonra, garda kalabalık bir grup toplanmış, Fuat'ı askere yolcu ediyorlardı.

– Allah kavuştursun, dedi Suzan Gül'e, gardan dönerken.

– Sağ ol.

– Bak görüyor musun? Şimdi ikimizin de kocası uzaklarda. Seninki askerde, benimki hapishanede. Seninki hiç olmazsa yirmi dört ay sonra geri gelecek. Ya

benimki? Allah biliyor ya, gelir mi gelmez mi, gelirse ne zaman gelir?
– Neden... Neden hapishaneye girdi Suzan Abla?
– Eşkıyalıktan. Söylenene göre eşkıyalıktan.
– Nasıl yani?
– Hiç sorma. Murat, Erzincan yakınlarındaki bir köyden. Köydeki bir kavga sırasında muhtar, Murat'ın babasını öldürmüş. Muhtarın her yerde adamları olduğu için Murat'ın intikam alacağı çabuk duyulmuş. Bunun üzerine, dağa çıkmak zorunda kalmış ve adı eşkıyaya çıkmış. Eşkıya, çocuk eşkıya; düşünebiliyor musun, daha on beş yaşındaymış. Bir yıl kadar böyle dağlarda yaşadıktan sonra, her şeyden vazgeçerek bu taraflara göç etmiş. Atlardan iyi anladığı için de buralarda at alıp satmaya, celeplik yapmaya başlamış. Yani, parasını alın teriyle kazanmış. Çalışkan, para kazanmasını bilen bir insan olduğu için babam beni ona verdi. Babam da Erzincanlıydı. Beş ay kadar önce bir köylü, artık muhtar mıdır nedir, Murat'ın geçmişini de bilen ve Murat'tan kazık yediğini düşünen birisi Murat'ı ihbar etmiş. Allah onu kahretsin. Kocamı elimden aldığı için gözleri kör olsun.

Gül, Suzan'a baktı, anlatırken heyecanlanmış, bakışları dikleşmişti.

– Bu dünyada her an her şey olabilir, derken başını sert sert sallıyordu. İşte gördüğün gibi, şimdi kocam yok ve Allah bilir ne zaman gelecek. Babam olmasa dilenirdik herhalde. Çocukların da babalarına ihtiyacı var. Babasız çocuk büyütülür mü? Hadi senin gibi olsa, neyse; Allah korusun ama kayınlarından birine bir şey olsa veya uzaklara gidecek olsa, evde hâlâ babalık yapacak yeteri kadar erkek var; eltilerinden birine bir şey olacak olsa, kayınlarının tekrar evlenmesine gerek kalmaz, çünkü çocuklarına nasıl olsa bakılacak. Kısacası sizin ev gibi bir evde herkes herkesle ilgilenir. Ama, biz hem buralı değiliz hem de kardeşlerimin hepsi İstanbul'a göç etti. Hiç kimsem yok buralarda. Aman, ben de neler saçmalıyorum; sanki senin işin de kolaymış gibi. Hiçbirimizin işi kolay değil.

– Benim durumum çok iyi, derken kendisi de inanıyordu Gül. Suzan, çocukların babaya ihtiyacı var, derken, o, Recep'i düşünüyordu. Artık bir daha göremeyeceği Recep'i.

Gül bazı akşamlar, kayınları ve kaynanasıyla oturuyor, fakat genellikle odasına çekiliyor ve gaz lambası ışığında kütüphaneden aldığı veya ucuza satın aldığı kitaplar, okuyordu. Eline geçen her türlü kitabı okuyordu; tıpkı yazları Abdurrahman Amca'sının getirdiği, zorlukla anladığı ama severek okuduğu kitaplar gibi. Gül, Abdurrahman Amca'sını o kadar sık düşünüyordu ki; ama korkması mı, tiksinmesi mi ya da acıması mı gerektiğini bilmiyordu.

Gül'ün evlenmeden önce sonbaharda okuduğu fotoromanlardan farklı olarak, bu kitapların konuları uzun yıllara yayılıyordu. Bu kitaplarda insanlar değişiyor veya örtbas etmeye çalıştıkları küçücük hatalar, başlarına büyük işler açıyordu. Genç kadınların duygu dünyasını yansıtıyordu bu kitaplar; acıdan ve namustan, dedikodu ve çekememezlikten, dürüstlük ve cesaretten bahsediyordu.

Fakat hiçbir yerde, kocası askere giden gelinin kaynanasının evinde hizmetçilik yapması üzerine bir şey anlatılmıyordu. İlkbahar geldiğinde Gül artık kendisini hizmetçi gibi hissediyordu; kendisine sürekli olarak söylenen, Gül şunu yap, Gül bunu getir; Gül çocukların bezlerinin yıkanması lazım; Gül, Erkan'ı helâya götürüver; Gül çocuk bağırıyor, bir bakıver; Gül odun getir; Gül bir koşu patates al da gel; Gül, Gül, Gül ve tekrar Gül.

Hiç homurdanmıyordu bile. Nasıl yapabilirdi ki? Kendisinden saygı bekleniyordu, fakat bütün işleri tam olarak yaptığı halde hiç kimse tatlı bir söz söylemiyordu. Tıpkı kendi evinde gibiydi; tek farkı, burada çok daha fazla iş vardı. Ne kadar çok iş yapsa, işi azalmıyor, aksine çoğalıyordu.

Yeni evinde her şey iş, yorgunluk ve ayrılıktan mı ibaretti? Elbette ki hayır. Bir de Fuat'la birbirlerine yazdıkları mektuplar vardı; Gül, çocuklarla oynadığı oyunları, bazı akşamlar kaynanasını tutan kahkaha krizlerini, bazı günler kaynanasıyla gittikleri sinemadan ikinci filmi seyretmeden nasıl çıkmak zorunda kaldıklarını yazıyor; babasının her sabah kendisini ziyaret edişini, anne ve kardeşlerini görmeye gidişini ve eski evinde yaşamın, kendisi olmadan devam edişinin onu nasıl üzdüğünü anlatıyordu. Melike en büyük olduğu halde, evin temizlik ve düzeniyle Sibel ilgileniyordu. Buna rağmen Melike boş durmuyor, aklına geleni söylüyor ve her şeye itiraz ediyordu; neymiş, cumartesi günleri çamaşır yıkayamazmış çünkü ders çalışması gerekiyormuş. Neymiş yatılı gitmek istiyormuş.

Melike'nin son zamanlarda kafasına koyduğu tek şey buydu; devlet parasız yatılı sınavlarına girmek.

Gül, Suzan'la arkadaşlığından, ev işlerinin çokluğundan söz ediyordu. Mektubun sonunda da, öyle yazılması gerektiğini düşündüğü için, kocasını çok özlediğini yazıyordu.

Fuat yazdığı mektuplarda, ülkenin her tarafından gelen yeni arkadaşlarının nasıl delikanlı olduklarından, bazılarının iyi kâğıt oynadığından, bazılarının da iyi kafa çektiklerinden; günlük işlerden, zorluklardan ve ayaklarının su toplamasına yol açan postallarından söz ediyordu. İçinde çeşitli resimler, kurutulmuş güller olan, yürek yakan mektuplar. Elbette bu kelimeleri ya bir yerden alıyor ya da birisine yazdırıyordu. Kendi duygularını başkasının kelimeleriyle ifade ediyor olmasının ne önemi vardı ki? Fuat'tan bir mektup almadan kendisinin iki, üç mektup göndermesi o kadar önemli miydi?

Hatta, ilk kavgalarını bu mektuplar aracılığıyla yapmaları ne fark ederdi ki?

Gül bir akşam odasında oturmuş, Fuat'ın arkadaşlarıyla birlikte çektirdiği fotoğrafına bakıyordu. Aralarından birçoğunun ismini bile öğrenmişti. Ancak bir tanesinin adını çıkaramıyordu. Arabacı Faruk'a gitti, sordu.

– Baba, bak bu Fuat, bu Yılmaz, bunlar da Rıfat ile Can. Ama bu kimdi?

– O mu, Selami o. Senin şu Yılmaz, dediğin var ya, onun adı Yılmaz değil, Savaş.

– Hayır, hayır o Yılmaz.

– Hayır kızım, onun adı Savaş. Ayakkabıcının oğlu o. Beş yaşından beri bu eve girer çıkar o.

— Yılmaz bu, adım gibi eminim.

Gül emindi; yeni evinde eski evinden daha inatçı ve daha ısrarcıydı. Çünkü burada kardeşlerini gözetmek veya evin huzurunu düşünmek zorunda hissetmiyordu kendini. Belki kendisini hâlâ yabancı hissediyordu ama daha özgür hissettiği de bir gerçekti.

Gül, Faruk ile uzlaşamadığını görünce, resmi zarfın içine yerleştirdiği gibi Fuat'a gönderdi; soldan üçüncü Yılmaz mı, Savaş mı, diye soruyordu. Bunu yaparken düşündüğü tek şey, kaynatasına haklılığını kanıtlamaktı.

Fuat ise mektubu okur okumaz paramparça etti. Ona kalsa, o anda evine gidecek ve karısına gerekli cevabı yüzüne karşı söyleyecekti; evet onun adı Yılmaz, hem bekâr, hem de çok yakışıklı değil mi, diyecekti. Fotoğrafı ona gönderecek kadar niye ilgileniyordu ki bu adamla? Ama eve gittiğinde ona gününü gösterecekti.

Fuat'ın biraz yumuşaması için, karşılıklı ikişer iadeli taahhütlü mektup gidip gelmesi gerekti. Gül, aklından böyle bir şey geçmediğini düşündü: gururu, hem kırılmış hem okşanmıştı. Belki başkaları öyle bir şey yapabilirdi, ama kendisi asla böyle bir şey yapmazdı. Kendisinin nasıl bir insan olduğundan emindi. Fuat onu başkalarıyla karıştırmıştı herhalde. Tüm olanlara rağmen, kaynatasına resimdekinin Yılmaz olduğunu göstermekten, haklılığını kanıtlamaktan geri duymuyordu.

— Seni hizmetçi gibi kullanıyorlar, dedi Suzan ve devam etti: Hiç kimse seni çocuğunu helâya götürmeye mecbur edemez. Biraz mücadele etmen lazım. Kimse senin gözünün yaşına bakmaz vallaha. Hem birçok şey gücüne gidecek, hem ondan sonra kalkıp her istediklerini yapacaksın. Çok zordur bu. Aynı şeyleri ben de yaşadım. Evliliğimizin ilk üç yılında Murat'ın annesiyle kız kardeşi bizimle beraber oturdu. Hiç de kolay olmadı. Önce kaynanam öldü, ardından da görümcem gelin oldu. Her şeye rağmen, dünya dönmeye devam ediyor. Kendin için bir şeyler yapman lazım.

Suzan bütün bunları, ilkbahar serinliğinin insanın tenini okşadığı bir akşamda söylemişti. Havanın ne kadar latif olabileceğini, nasıl toprak ve yeşillik kokabileceğini kanıtlamak isteyen bir akşamdı. Gül'ün mutlu olabileceği bir akşamdı; kışın soğuk günleri geride kalmıştı; büzüşmekten yorulmuş kasları rahatlayabilirdi artık.

Ertesi sabah Gül, koca bakır leğenin önüne oturmuş, bir yandan ağlar, bir yandan da çocukların bezlerini yıkarken, babası çıkageldi. Gül, çamaşır suyuna karışmakta olan gözyaşlarını sildi, burnunu çekti ve yüzüne bir gülümseme yerleştirdi.

– N'oldu?
– Hiçbir şey.
– Nasıl hiçbir şey? Sabah sabah bu halin ne böyle?
– Annemle atıştık biraz.
– Ama bu çok normal. İnsan ara sıra kaynanasıyla kavga da eder... Peki ne oldu?
– Ben, bezleri akşam yıkayayım, dedim. O da illa hemen yıkamamı istedi. Fakat şimdi... Elbette yapacaktım. Ama şimdi değil, daha sonra. O da bana bağırmaya, lanet okumaya başladı. Kocamı bir daha göremeyeyim, diye beddua etti.
– Öyle demek istememiştir, canım. Bu çok normal bir şey. Gelin kaynananın anlaştığı pek görülmemiştir

zaten. Babaanneni inandırmak için, anneni odaya çekip yastıkla döver gibi yaptığımı sen de biliyorsun.

– Biliyorum, dedi Gül bir yandan da burnunu çekerken. Biliyorum ama...

– Sen kafana takma benim güzel kızım.

Timur geçip tabureye oturdu. Bir süre sessizlik oldu. Kalktı, kızının omzuna dokunarak, yarın görüşürüz, dedi ve ahıra doğru yöneldi.

– Arabacının inekleriyle de biraz sohbet edeyim.

Normalde, Gül'le sabah avluda konuştuktan sonra eve gider, ev halkıyla da selamlaşırdı.

– Baba, diye Gül arkasından seslenince, Timur, olduğu yerde durdu ve başını kızına çevirdi. Babasının gözündeki yaşları görünce, sustu. Hiçbir şey söylemedi. Ta ki babası gözden kaybolana dek ağlamadı.

Ağaçlar yeşillenmeye başlayınca, daha az iş yapmaya başladı; kendisine verilen işlerin tamamını yapmıyor, bazı işleri geciktiriyor veya unutmuş gibi yapıyordu. Suzan haklıydı; çocukları heylâya niye götürecekti ki. İş yaparken ağırdan alıyor, eğer bir şey söyleyecek olurlarsa, *ha tamam, şunu bitireyim hemen yaparım*, diyordu. Daha az iş yapıyordu, ama yine de yaptığı işi eksiksiz yapıyordu. İsteksizdi, gönülsüzdü.

Bu zaman içinde severek yaptığı tek iş ütüydü. Ütünün fişini prize taktığı zaman sanki her şeyin kendiliğinden olacağını düşünüyordu. Artık ütüyü sobanın üstünde kızdırmak, soğudukça var gücüyle bastırmak ve çıkmayan is izine kızmak zamanı geride kalmıştı.

Alt kattaki bütün odalarda, tavandan sarkan çıplak bir ampul vardı. Ama yukarıda, o hâlâ gaz lambasıyla aydınlanıyordu. Timur'un evinde de artık elektrik vardı. Oysa bağdaki eve elektriğin gelmesi için daha on beş yıldan fazla zamana ihtiyaç vardı.

Eğer yazın da bu kadar çok ütü yapmak zorunda kalırsam, nice olur benim halim, diye düşünmeye başladı Gül. Ama her işi hallettiği gibi bu işi de halledebileceğini biliyordu.

Arada sırada eltileriyle kahkahalar atsa da, Suzan'la arkadaşlık kurmuş olsa da, akşamları kitapların dostluğuna sığınsa, arada sırada mektup yazsa, sürekli kalabalık arasında olsa da, kendisini yapyalnız hissediyordu. Yapayalnız ve yabancı.

– Bu iş böyle gitmez, dedi Suzan.

– Neden ki? Daha az iş yapıyorum ya işte.

– Tamam ama, için huzurlu değil. Mutluyum, diyebilir misin?

Gül cevap vermedi.

– Ne yapıyorsun sen burada?

Gül yine cevap vermedi. Suzan sorusunu tekrarladı.

– Ne demek istediğini anlamadım Suzan Abla?

– İş çok ve bunların hepsini senin yapman gerekmiyor, öyle değil mi?

– Kim yapacak ki?

– Bak canım. Sen neden buradasın? Kocan için değil mi? Peki kocan nerede; askerde. O halde, senin burada ne işin var? Annen bu evin kızı değil mi? Neden o buraya gelip sen oraya gitmiyorsun? Bu durumda, herkes kendi babasına yardım etmiş olur.

Gül iki gece boyunca bunları düşündü. İkinci günün

sabahında, düşüncesini babasına açıkladı. Timur düşünceli, düşünceli yere baktı.
– Bir bakalım, dedi.
Bir hafta boyunca Timur konuyu açmadı, Gül de hiçbir şey sormadı. Bir hafta sonra, Gül'ün yanına hiç uğramayan Melike, öğle saatlerinde çıkageldi. Gül ile odaya çıktılar.
– Çok güzelmiş burası, dedi Melike.
Gül, omuzlarını kaldırdı. Kardeşinin ne istediği hakkında hiçbir fikri yoktu.
– Neden buradan ayrılmak istiyorsun ki? Kendime ait bir odam olmasını çok isterdim.
– Eşek gibi çalışıyorum burada. Sırtımdan yük hiç eksik olmuyor.
– Senin için ne önemi var ki? Sen hep böyle çok çalışırdın.
– Hiç de öyle değil canım. Benim için önemi var.
– Babam, annemi buraya göndermek, seni de eve almak istiyor.
– Olabilir.
– Ama annem istemiyor. Onun için de her akşam kavga ediyorlar. Ailenin ayrılmasına neden olacaksın, haberin var mı senin?
– Ne?
– Ayrılmalarına neden olacaksın, diyorum. Annemizi elimizden alıyorsun, farkında değil misin?
– Sen ne diyorsun? Delirdin mi sen?
Sessizlik oldu.
– Ne istediğini iyi düşün. Annem buraya gelmek istemiyor.

— Çünkü burada çok iş olduğunu ve kendisinin tembel olduğunu biliyor da onun için.
— Evde neler olduğundan haberin yok senin.

Melike bir şeyler daha söyledi, ama Gül'ün kafası o kadar karışıktı ki, hiç dinlemedi bile. Hangi anneni elinden alıyorum? Gerçekten o benden daha mı kıymetli? Hiç sana anne şefkati gösterdi mi? Senin için elimden geleni yapmadım mı? Kendim de alt tarafı bir çocuk olduğum halde, elimden geldiği kadar sana anne olmaya çalışmadım mı? Anne dediğin bu kadından, bir defacık olsun tatlı bir söz duydun mu? O kendi çocuklarına bile tatlı bir söz söylemez. Kendimi neden parçalıyorum ki? Sen aklını mı kaçırdın?

Fakat ne yapabilirdi ki, eninde sonunda karşısındaki kardeşiydi. Bütün bu kelimeleri ve onların oluşturduğu düşünceleri yutkundu. Boğulur gibi oldu; göğsü daraldı. Akşamın olmasını ve bir an önce yalnız kalmayı istedi.

Eskiden, evin huzurunu korumaya çalışmak Gül'ün göreviydi. Şimdi de Melike kendisini bu işle görevli addetmiş ve Gül'e gitmişti. Başka ne yapabilirdi ki? Ona kalsa sorun yoktu. Ancak, her akşam evde meydana gelen kavgalardan Sibel çok kötü etkileniyordu. Küçük kız bir köşede oturuyor, öyle yere bakıyor; hatta resim bile yapmıyordu.

Bu olaydan sonra, iki gece boyunca Gül'ün gözüne uyku girmedi ve kelimeler kafasının içinde uçuştu, durdu. Kelimeleri kafasından kovalamaya, yeniden düzenlemeye çalışıyordu ama nafile. Melike haksız, diye bağırmak geçiyordu içinden. Bu uzun iki geceden sonra babası yanına geldi.

– Önümüzdeki hafta bağa taşınıyoruz. Yaz boyunca annen buraya gelecek. Sen de bizimle geleceksin. Merak etme, kaynananla konuştum.
– Çok teşekkür ederim, baba, sağ ol. Göreceksin bak, hiç pişman olmayacaksın.
– Elbette pişman olmayacağım. Öğleye doğru dükkâna gel. Ben evdekilere, sana orada ihtiyacım olduğunu söyleyeceğim.

Gül öğlen vakti dükkâna girdiğinde her yanını ter bastı. Çok sıcaktı.

– Biraz bacaklarımı kaşır mısın? dedikten sonra mırıldanarak: Seni o kadar çok özledim ki, diye ekledi babası.
– Selamünaleyküm.

İçeri bir köylü girmişti. Gül işini bıraktı. Timur ayağa kalktı.

– Aleykümselam. Nasıl yardımcı olabilirim?
– Bir bel küreği lazım bana. Hemen söyleyeyim Beşiktaşlıyım ha. Bir mahsuru yoksa, bacağına ne olduğunu sorabilir miyim?
– Egzama. Bir türlü geçmek bilmeyen kaşıntı işte.
– Bir bakayım.

Adam tabureye yerleşirken, Timur pantolonunu iyice sıyırdı.

– Bundan bende de vardı, derken ayağa kalktı. Şapkasını çıkardı, kafasını kaşımaya başladı.
– Sende de mi vardı?
– Evet.
– Peki nasıl kurtuldun?
– Bizim köyde yaşlı bir kadın vardı. Ona gösterdim. Tedavisini o biliyor.

— Nasıl yani?
— Küreğimi ne zaman yaparsın?
— Bir saat sonra gel. Eğer Beşiktaşlı değilsen, vay haline.
— İnek sidiği. Bir hafta boyunca bacaklarına inek boku ve sidiği sürmen gerekiyor. Bak ondan sonra hiçbir şeyin kalmayacak.
— Benle dalga geçiyorsun herhalde.
— Yemin ederim. En azından bende oldu.
— Eğer benimle dalga geçiyorsan veya Galatasaraylı olduğunu öğrenecek olursam, nereye gidersen git, seni bulurum; işte o zaman Allah sana acısın.
— Bir saat sonra buradayım.
— Delirdin mi sen adam, diye bağırıyordu aynı akşam Arzu.
— Kapa çeneni. Sen anlamazsın, dedi Timur mırıldanarak.
— O halde yatağa mı gireceksin sen şimdi?
— İster beğen ister beğenme, bir hafta boyunca yatağa böyle gireceğim.

Daha ikinci günün sonunda, kaşınma kalmadı. İki hafta sonra da kızarıklıklar ve döküntü geçti. Geriye sadece izler, mutluluktan "oh!" çeken ve arada sırada, "Ben kendim bunu daha önce neden akıl etmedim ki, inek sidiği her merhemden çok daha iyi," diyen bir adam kaldı.

Kardeşleriyle birlikte geçirdiği son yaz Gül'e çok uzun gelmişti. O günlerde üç kardeş, sıklıkla annelerinin sandığının başında uzun uzun oturdular. Arada sırada Nalan'ın da yanlarına gelmelerine izin veriyorlardı.

Nadiren izin vermedikleri zaman da, Nalan'ın kendilerini şikâyet edebileceği kimsenin olmamasının keyfini çıkarıyorlardı. Küçük olduğu için Emin, annesiyle birlikte gitmişti. Arada sırada da Nalan anneannesinin evine gidiyor, en büyük ablasının odasında kalıyordu.

Melike ilk üç gün, Gül'ü protesto edercesine hiç konuşmadı. Gül iki defa teşebbüs etmesine karşılık, her defasında sırtını dönerek oradan uzaklaştı.

Dördüncü gün Gül, mutfağa doğru giderken içeriden Melike ile Sibel'in konuştuklarını duyunca, kapıda durdu; içeriyi dinlemeye koyuldu.

– Biz hepimiz kardeşiz. Ona böyle davranmaya hakkın yok. Bizim annemiz yok. Birbirimize daha çok sarılmamız lazım. Kendimizden başka kimimiz var ki?

– Bunu yapmaması gerekirdi, derken sesi eskiden olduğu gibi buyurgan değildi.

– O hiçbir şey yapmadı ki. Her şeyi babam yaptı.

– O artık evli bir kadın. Kendi evi var. Kendisi bırakıp gitti bizi.

– Ona kötü davranma Melike Abla. N'olur, benim hatırım için yap bunu. Olur mu? Benim hatırım için, tamam mı?

– Peki. Tamam.

– Beni seviyorsan. Allah'ını seviyorsan ona iyi davran.

– Ben, evimizin huzuru kaçmasın istedim. Her akşam evde kavga, gürültü olması senin hoşuna gidiyor muydu? Annem geri gelince hıncını yine bizden çıkaracak. Biz burada kavga ederken o, arabacının evinde oturacak. Ondan sonra ne olursa benim üzerime kalacak.

Sen kendin de görüyorsun, daha ağzımı açar açmaz annem beni nasıl dövüyor. O istiyor Gül gibi ya da senin gibi sessiz olayım.

– Kim bilir, belki bir daha böyle bir arada olamayacağız. O bizim ablamız. Birazcık gürültünün...

– Görelim, dedi Melike.

Gül, yavaşça bahçeye çıktı. Çimenlere uzandı. Ağladı.

Aynı gün akşama doğru Melike, Gül'ün eline bir kitap tutuşturdu.

– Kırk dokuzuncu sayfadan beni takip et, dedi ve ardından tabiat bilgisi kitabını ezbere okumaya başladı. Tam cümlenin ortasında, Gül'ün sayfayı çevirmesi gerektiği yerde kafasını yavaşça sola doğru yatırıyordu.

– Çok iyi, diyerek Gül onu teşvik ediyor, o da, küçük bir gülümsemeyle karşılık veriyordu.

Birkaç gün sonra her şey unutulmuş, yaşam eskisi gibi devam eder olmuştu. Sandığı açmak için annelerinin evden ayrılmalarını beklemeleri gerekmiyordu. Elbiseleri sırayla giyiyorlar, topu çıkarıp bazen içeride, bazen dışarıda oynuyorlardı. Fakat bu oynamalar bir saati asla geçmiyordu. Çünkü yıllarca, topla bir saatten fazla oynamaları yasaklanmıştı. Sanki top bir saatten fazla dışarıda kalacak olursa patlayacak veya taşlı tozlu sokaklarda herhangi bir şey olacak, diye korkuyorlardı.

İşlerin yolunda olup olmadığına bakmak için anneleri birkaç gün aralarla eve uğruyordu. Gül ortalığı toparlıyor, yemekleri yapıyordu; Sibel bulaşıkları yıkıyor ve hatta bazen Melike bile en azından çamaşırların asılmasına yardım ediyordu. Neredeyse her çamaşır yıkadığında, bakır leğendeki suyu dökerken Gül'ün aklına küçükken çamaşır teknesini nasıl zorlukla döktüğü geliyordu.

Günler geçiyordu. Yaz günleri olduğu için yapacak pek bir iş yoktu. Bütün ev işlerini organize etmesi, hiç kimsenin ona karışmaması Gül'ü çok mutlu ediyordu. Evlenmeden önceki, annesinin görev taksimi yaptığı zamanlardaki ev işlerinden çok daha azını yapıyor gibi geliyordu ona. Bu özgürlüğünün ve mutluluğunun pek uzun sürmeyeceğini de gayet iyi biliyordu.

Melike, yakında gireceği sınavlara hazırlanıyor ve biraz olsun bu havadan kurtulmak ve kendisini ödüllendirmek için voleybol oynuyordu. Sibel bahçede dolaşıyor, ara sıra komşunun ağacından kiraz çalıyor veya çamurla oynuyor, akşamları da lüks ışığı altında resim yapıyordu. Gül de onu resim yaparken izliyor, dudaklarını bastırışına ve alnını buruşturuşuna dikkat ediyordu. Gül birkaç defa Esra'yı ziyaret etti; o da sadece Candan'la oynamak içindi. Birkaç defa, Esra'nın kendisine yalan söylediğini yüzüne vurmak istedi ama cesaret edemedi. Belki de sadece cesaretimi kırmamak için, yalan söylemiştir, diye düşünmüştü.

– Hiçbir şey. Yok, bir şey yok, diyordu, Esra ne var gibi soran gözlerle baktığında da.

Bazen de annesine ve kaynanasına görünmeden bir bardak çay içmek için Suzan'a uğruyordu. Nadiren de olsa kaynanasına uğruyordu; işte o zaman tam bir misafir oluyordu; hiç kimse ondan iş istemiyordu. Fakat tekrar eve döndüğünde, bunun böyle devam etmeyeceğinden de emindi.

Arzu yine bir gün eve uğradığında, kızların hepsini yanına çağırdı.

— Gördüğüm kadarıyla, topu sandıktan çıkarıp oynamışsınız.
— Hayır, hiç bile oynamadık, diye Melike hemen itiraz etti. Neden oynayacakmışız ki?
Gül onun bu yalanına şükran duyuyor ve bunun üstesinden gelmesini umut ediyordu.
— Sus bakayım, diyerek azarladı Arzu Melikeyi; şu duvardaki lekeyi görmüyor musun? Onun nereden geldiğini zannediyorsun, yoksa topu başkalarına mı verdiniz?
Sesi gittikçe yükseliyordu. Artık bağırıyordu.
— Sizde hiç vicdan yok mu Allah aşkına? İnsanın arkasını dönmesine bile fırsat yok. Hemen sandığın başına. Kimden izin aldınız bu iş için? Ama size söylüyorum; bir daha sandığı karıştırın bakayım neler oluyor... Terbiyesizler, inşallah hepiniz kanser olursunuz.
Kızgınlıktan yüzünün kızardığı zamanlarda hep bu kanser lafını ederdi, fakat kızlar bunun ne demek olduğunu bilmezlerdi.
Gül, kanserin ne anlama geldiğini öğrendiği anda, aslında bir annenin çocuğuna böyle bir şey söylememesi gerektiğini düşündü. Keşke sizi doğurmasaydım, diyebilirdi, ama bir anne çocuğuna ölümü yakıştırabilir miydi?
Aynı günün akşamı kızlar, anne babalarının kavgalarına tanıklık etti. Kalın duvarlar arkasından gürültüler geliyordu, ama ne söyledikleri anlaşılmıyordu. Gül sessizdi; Melike'nin de sessiz kalmasını umut ediyordu.
Karısının geceyi evde geçirdiğinin sabahında, kahvaltı yaptıktan sonra Timur, büyük kızının kendisiyle bahçeye gelmesini istedi.

– Annesinin evine dönmek istemedi dün akşam. Sizden şikâyetçi. Ben de sandığa kilit takacağım. Ama bu yetmez, bana söz de vermeniz lazım. Tamam mı? Yoksa o buraya, sen oraya...
– Evet, ama...
– Ama ne?
– Söz, bir daha olmayacak, derken Melike için söz veremeyeceğini düşünüyordu.

Aynı gün Arzu'nun sandığına kilit takıldı. Diğeri kilitsiz kaldı. Gül, eğer annemin sandığı da böyle baştan beri kilitlenmiş olsaydı, şimdi içinde olduğundan daha fazla ziynet eşyası olurdu diye düşündü. Onlar sandığın içinden sadece topu almışlardı, babaannesi öyle mi ya, o bilezikleri de almıştı. Gerçi Gül, gözleriyle görmemişti. Ama onun aldığından emindi.

O yaz artık bir daha topla oynayamadılar. Ertesi yıl ise Melike, topu elde etmenin bir yolunu bulacaktı. Bunu, kendisine bir şeyin yasaklanmasına karşı bir tutum olarak yapacaktı.

– Evli olmak nasıl bir şey? diye sordu bir hafta sonra Melike, annesinin elbiselerinden birini giymiş aynanın karşısında kendisini hayranlıkla izlerken.

– Güzel, dedi Gül umursamadan.

– Sibel, bana ayakkabıyı getirir misin? dedikten sonra döndü, devam etti, Fuat Dayı nasıl?

Sibel ve Melike, Fuat Dayı demeye devam ediyorlardı ve değiştirmeye de niyetleri yoktu.

– Nasıl yani?
– Seni dövüyor mu?

Melike yıllardır büyük gelen ayakkabının içine ilk

defa sığmıştı. Mutlu bir yüz ifadesiyle aynanın karşısında döndü.

– Hayır. Niye dövsün ki?
– Ona âşık mısın?
– Zannederim.
– Niçin seni görmeye gelmiyor ki?
– Askerde ilk yıl izin almak zormuş da ondan. Ayrıca yol da çok uzun. Sonbaharda gelir.
– Sonbaharda ben burada olmayacağım.
– Allah bilir.
– Sonbaharda yatılı okulda olacağım. Ancak hafta sonları gelirim artık.
– Ben de yatılı okula gitmek istiyorum, dedi Sibel.
– Sen de seneye arkamdan gelirsin. Nasıl olsa sınavları kazanırsın. Okulda da başarılısın.
– Sen de öyle.

Gül de sandıkta kalan iki elbiseden birini giydi. Sandıkta daha iki çift ayakkabı, iki hırka, iki battaniye ve gelinlik vardı. Eskiden, ilk önce gelinliği giyerlerdi sırayla. Bu yıl ise gelinliğe pek rağbet eden yoktu.

Her üçü de elbiseleri giymiş, aynanın önüne geçmek için birbirleriyle yarışıyorlardı. İçlerinde sadece Gül elbisesini dolduruyordu. Gül ilerleyen yıllarda bu günleri düşündüğünde, keşke bir fotoğrafım olsaydı, diyecekti. "Annemizin elbiseleriyle, bağdaki aynanın önünde. Mutlu günlerimizdi o günler."

Melike, devlet parasız yatılı sınavlarını kazanarak trenle iki saat uzaklıktaki şehre gitti. Hafta sonları eve geldiğinde hassas oluyordu. En küçük bir şeyden dolayı annesiyle kavga ediyordu. Sibel'e de yatak arkadaşlarını ve yemekleri ballandıra, ballandıra anlatıyordu. Tek sevmediği, öğretmenleriydi. Sibel, pür dikkat dinliyordu. Melike yatılıya gitmese, belki yabancı ortama olan korkusundan dolayı sınavlara girmeye cesaret edemeyecekti.

Melike ilk yatılı yılında sigaraya başladı.

– Sen de bir dene, dedi Sibel'e ve bir nefes çekmesi için verdi.

Sibel öksürmeye başladı ve başı döndü. Olduğu yere çömeldi.

Öksürüğü azalır gibi olunca,

– Babam seni öldürür vallahi, dedi.

– Hele bir söyle bakalım. Senin de içtiğini söylemezsem, bana da Melike demesinler.

– Ama ben bir defa içtim ki!

– Bunu babama anlatırsın.

Böylece iki kardeş sık sık, sigara içmek için buluştular. Bir süre sonra Melike, tren biletinin pahalı olduğundan yakınıp, babasının verdiği azıcık paranın da ancak çikolataya ve sigaraya yettiğini söyleyerek her hafta sonu gelmelere ara verecekti. Tabii, ikincisini dile getirmeden.

Eve geldiği zamanlarda da, okulda uykusunu alamadığı için yorgun oluyordu. Bunun nedeni, ışıklar söndükten sonra gizli gizli içtikleri sigara ve yaptıkları sohbetler değildi. Gerçi, bu iş için yatakhanenin arka tarafında buluşarak sigara içip sohbet eden, ara sıra dudaklarındaki sigara düşmesin diye dudaklarını sıka, sıka- kahkahalar atan kızlar yok değildi. Ama o, bu grubun içinde değildi.

Gün içinde iyi ders çalışamıyordu; hem ortam gürültülüydü, hem de o yoğunlaşamıyordu. Yatakhane ışığı da saat ondan sonra kapatıldığı için; ancak sabah erken kalkıp kitaplarını ve battaniyesini yanına alarak tuvalette çalışıyordu. Fizik, kimya, tarih ve Türkçe kitaplarını uzun zamandır yaptığı gibi ezberliyordu. Yetişkin bir kadın olup umumi tuvaletlere girdiğinde bu kitaplardan sayfalar gözünün önüne gelecek ve cümlenin neresinde sayfanın çevrileceğini o gün gibi bilecekti.

Tuvaletler soğuk olduğundan, Melike yatakhaneye dönmek için can atardı. Bazı zamanlar derse dalıp gider; parmaklarıyla sayfayı çeviremez hale gelirdi.

Melike eve geldiği zamanlarda, yanında eskimiş bir bluz veya kazak getirirdi. Ya bluzun bir düğmesi eksik ya da kazağın dirseği yıpranmış olurdu. Getirdiği eşyayı göstererek Sibel'e sorardı.

– Bunu ister misin?

– Evet, evet, derdi Sibel her defasında.

Giysiyi alan Sibel, düğme diker, yama yapar veya yeni bir lastik takardı. Pazar günü çantasını yerleştirirken Melike eski giysisinin yeni halini görünce, dayanamaz,

– Bu benim tahmin ettiğimden de iyi, bu defa alayım da, sen bir dahaki sefere alırsın, derdi.

– Ama... Ama sen onu bana hediye etmiştin.

– Ettim, ettim tabii. Artık senin o. Sadece, son bir defa alayım da...

Öyle zaman olurdu ki, Sibel o giysiyi artık giyilemeyecek bir halde tekrar görürdü. Buna rağmen, ablasının verdiği eşyaları onarmaya devam ederdi. Hediyeye karşı duramıyordu. Bazen de onardığı giysiyi saklar, Melike evden ayrılınca tekrar çıkarır, giymeye başlardı.

Özen ve düzen konusunda Sibel Gül'e çok benziyordu; kahvaltıyı hazırlıyor, Nalan ve Emin'le oynuyor ve hafta sonlarında çamaşır yıkıyordu. Hiç kimsenin ondan şikâyeti olmuyordu. Gül'ün yaptıklarını o da yapabiliyordu. Şimdi daha az zamanı olduğu için, resim yaparken zamanın kıymetini daha iyi biliyordu.

Bir gün Timur eve geldiğinde, resim meraklısı kızına suluboya takımı getirdi.

– Bu çocuk ne yapacak onları? diye sordu Arzu. Sen bu çocuğu ressam yaptın çıktın ha! Ne zamandan beri bu kadar bol paramız var bizim?

Sibel'den başka sınıfta üç kızın daha suluboya takımı vardı. Komşusu Arzu'ya, Sibel'in okula götürdüğü suluboya takımını sorduğunda, Arzu gururla şöyle diyordu.

– Evet. Babası aldı da. Ama o kadar güzel resim yapıyor ki, bir görsen... Eh biraz cömert olmak lazım.

Gül, kaynanasının evine döneli henüz bir hafta olmamıştı ki, bir çorap yüzünden -yıkarken yün çorabın tekini kaybettiği için– kaynanasıyla kavga etti. Gül adı gibi biliyordu ki, yıkamadan önce çorap zaten tekti. Ama kaynanası bağırıp çağırıyor, dönmeden önce her şeyin daha iyi olduğunu söylüyordu.

Bu durumun, radyonun üstünde biriken bir karış tozdan, bardakların üzerindeki lekelerden, vitrin dolabındaki düzensizlikten ve en kötüsü bodrumda bulduğu dondan hiç de öyle olmadığı anlaşılıyordu.

Kavgaya rağmen, Gül'ün evdeki durumu eskisine göre daha iyiydi. Eltilerinden birisi çamaşır ve bulaşıkta yardımcı oluyor, diğeri lazım olduğunda çıkarıp ütüsünü veriyordu. En azından, eskisinden daha az iş yükleniyor; yolun karşısında Suzan'la ayaküstü bir şeyler konuşurken kaynanası ısrarla onu çağırmıyordu.

– Bak görüyor musun, annenin burada kalması nasıl işe yaradı, diyordu Suzan. Senin kıymetini şimdi daha iyi anladılar. Aslında ben annenle hep iyi anlaşmışımdır. Belki ondan nefret ediyorsundur ama sizi doğurmadıysa o ne yapsın. Ne olursa olsun, dürüst bir kadındır o. Arada sırada sapıtsa da, ben daha onun hiç kötülüğünü görmedim, ne yalan söyleyeyim.

Suzan, Gül'ün gözlerinin içine bakarken, Gül sessizdi. Ama içinden, bundan sonra Suzan'la daha az konuşması gerektiğini geçiriyordu.

Geceleri don tutmaya başladığı zaman Fuat izne geldi. Daha önce, daha geleli kaç gün oldu ki, yoksa evini mi özledin, diyerek izin vermemişlerdi. Yeni evli olduğunu ve kendisini bekleyen bir karısının olduğunu söylediğindeyse herkes kahkahalarla gülmüştü.

On ay içinde, biraz göbeği çıkmış, kısacık saçlarıyla dolgun yanakları daha da belirgin hale gelmişti. Üç hafta izni vardı ve bunun dört günü otobüs ve trenlerde geçiyordu.

Kocasının geleceği günü Gül iple çekiyordu. Kocası yanındayken bu evde kendisini daha az yabancı hissedecekti. Yanı sıra da, üzerinden birkaç ay geçmesine rağmen, Yılmaz konusundan dolayı tedirginlik içindeydi.

Fuat akşama doğru geldi. Gecenin geç vaktine kadar hep birlikte yenildi, içildi. Yalnız kaldıkları ana kadar, Fuat Gül'e özel bir dikkat göstermemişti. Odalarında yalnız kaldıkları zaman Fuat'ın aynı tavrını sürdürmemesi Gül'ü mutlu etmişti. Ama yetmezdi. O daha fazlasını istiyordu.

Ertesi sabah kahvaltıdan sonra, her biri askerliğini yapıp dönmüş, bazıları işsizlikten avare avare dolaşan arkadaşlarıyla buluşmak için dışarı çıktı Fuat. Arkadaşlarına, kullandığı cipten, oralarda eğlence yerlerinin olmadığından söz etmek; onlarla kahvede oturup kâğıt ve tavla oynamak, gelecek üzerine sohbet etmek istiyordu.

– Belki İstanbul'da at arabası kalmayacak, ama babam en az on sene daha bu işi yürütür. Baksanıza, biz burada her şeyden mahrum olarak yaşıyoruz. Ama şuraya yazıyorum bakın, gün gelecek *kadillak* alacak kadar çok param olacak. Unutmayın bu lafımı.

– Ben de istiyorum vallahi, dedi Rıfat ve devam etti, hem de en uzunundan.

– Hem de deri koltuklu ve farları nikelajlı olanlardan, dedi Yılmaz ve ekledi, ömrümüzü eşek sırtında geçirecek değiliz ya.

– Haklısın, kolunu da pencereden sarkıtmışsın, derin, derin cigaradan da çektin mi, işte hayat bu be, dedi Fuat.

– Hayır, hayır, diyerek lafa karıştı Can; kaymak gibi bir asfaltta olacaksın. Gaza da öyle basacaksın ki, sanki kanatlanıp uçacakmışsın gibi. Otomobil böyle sürülür oğlum.

Can'ın mobiletine atladıkları gibi, bir iki kadeh içki içebilecekleri, futboldan ve hayallerinden bahsederken biraz da açık saçık konuşabilecekleri derenin kenarına gittiler.

Akşam Gül kocasıyla oturmuş; ağzından çıkan kelimelerin, kocasına bir şeyler anlatmanın ve onun da arada sırada, *inanılır gibi değil, anlıyorum, demek öyle ha,* gibi sürekli aynı cevapları vermesinin keyfini çıkarıyordu. Beş gün sonra, Fuat akşamları da çıkmaya başladı.

– Çok yorgun görünüyorsun. Geceleri gözünüze pek uyku girmiyor galiba, dedi Suzan Gül'e, insanın ağzından buhar çıktığı bir sabah.

Gül başını öne eğdi; Suzan bir kahkaha patlattı.

– Hiç utanma; Murat çıktığında muhtemelen bana da böyle olacak.

– İnşallah yakında çıkar, dedi Gül.

– Bilmiyorum neden, şimdi İstanbul'a naklettiler. Mektup da alamıyorum.

Fuat'ın eve gelişi sabaha karşı biri, ikiyi buluyordu. Ayakta duracak hali olmadığı ve o duvardan bu duvara savrulduğu için Gül de ister istemez uyanıyordu. Gül, uyuyor gibi yapsa da, Fuat onu uyandırıyordu. Fuat nadiren külçe gibi yatağa düşüyor ve anında horlamaya başlıyordu.

Üç hafta sonra Fuat'ı uğurlamak için herkes gardaydı; Berrin gözyaşlarını tutamıyordu. Gül de ağlıyordu; bir yandan yine yalnız kaldığı ve Fuat'ın en azından ilk gece yaptığı gibi kendisini dinleyecek kimsesi kalmadığı, diğer yandan da gözyaşı dökmesi gerektiği için ağlıyordu. Arzu her ikisini de bastıracak şekilde hem ağlıyor, hem de kardeşi yaban ellere gidecek, diye bağırıyordu. Gül'ün babaannesi Zeliha da gelmişti; kendisini dinleyen var mı yok mu bakmadan konuşuyordu.

– Ne bu ağlamalar böyle. Bana göre, çocuk kilo almış işte. Her gün baklava börek yiyor herhalde, bunda ağlayacak, zırlayacak ne var böyle.

Sözlere kulak veren Suzan, ayıplayan bakışlarla bakarken bir yandan da başını sallıyordu. Eve dönüş yolunda kolunu Gül'ün omzuna attı.

– Ah, şurada yolun yarısı gitmiş. Gerisi çabucacık geçer, sen hiç merak etme.

– Üç yüz elli dört gün, derken Gül, kocası eve döndüğünde hayatının değişeceğini düşünüyordu.

– Amaan, üç yüz elli gün de neymiş, diye yuvarladı Suzan. Sana Murat'ın arkadaşının başından geçen olayı anlatmış mıydım? Vallahi adamın başından geçenler kitap olur. Mesut, kendi köyünden bir kıza âşık olmuş. Hem de ne aşk, Leyla ile Mecnun gibi. Kızın babası, askerliğini yaptıktan sonra kızını ona vereceğini söylemiş. Çaresiz, Mesut da yüreğine taş basarak askere gitmiş. Askerdeyken, kızın bir başkasıyla evlenmek üzere olduğu haberini almış. Firar etmiş. Köyüne geldiğinde, dedikodunun aslı astarı olmadığını görmüş. Döndüğündeyse iki ay ceza almış. Altı ay dayanmış. Fakat özlem içini kemirmekte; zaman uzadıkça dayanılmaz bir hal almaktaymış. Özlem her gün biraz daha büyümüş. Artık dayanamaz olmuş. Üç günlüğüne de olsa köyüne gitmiş. Kızı birkaç saatliğine de olsa gizli gizli gördükten sonra birliğine geri dönmüş. Bu defa dört ay ceza almış. Kızın başkasıyla evlenmek üzere olduğuna dair yine haberler gelmiş kulağına. Emin olmak için mektup yazmış ama mektup postada kaybolmuş mu ne olmuş bilinmez, haber alamamış. Yine firar etmiş. Anlıyor musun? Murat onunla tanıştığında üç buçuk yıldır askerdeydi ve daha da yüz yirmi günü vardı.

Suzan anlatmayı kesince, Gül sordu.

– Eeee?

– Ne eeesi? Masal değil bu kızım. Dört yıl kim bekler? Babası da kızını Mesut'tan daha akıllı birine vermiş. İşte dünya böyle tatlım; kimse kimsenin gözünün yaşına bakmıyor.

– Timur buz gibi sabah ayazında işe gitmeden önce kızını ziyaret ederken, cumartesi günleri iki film birden seansına giderken veya Sibel öğle paydosunda yanına uğradığında, yani hemen hemen her fırsatta yeleğinin cebindeki artık üstü lekelenmiş mektubu çıkarmayı alışkanlık haline getirdi. Bu alışkanlık uzun yıllar boyunca, Melike üniversiteye giderken de sürecekti.

Tabureye oturup elini çenesine dayadıktan sonra Sibel'e dönerek,

– Bir daha oku bakalım, der ve dikkatle dinlemeye koyulurdu.

Mektubu artık neredeyse ezbere bildiği için, bazen kelimeleri sessizce tekrarlardı. Mektup bitip de başını kaldırdığında gözü hep yaşlı olurdu.

– Gül kızım, gel de şu kardeşinin mektubunu bir daha okuyuver.

– Sibel kızım, ablanın ne yazdığını unuttum. Gel de şu mektubu bana bir daha okuyuver.

O kışın buz gibi soğuk sabahlarında, belki on beş kez babası Melike'nin mektubunu okutmak için çıkarıp da mahzun bir şekilde dinlemeye başlayınca, Gül de en azından ilkokul diploması almadığına çok hayıflandı.

O zamanlar çok tecrübesizdi. Oysa şimdi kitap okuduğu, babasının her sabah gelip sıklıkla Melike'nin mektubunu okuttuğu şu günlerde; Melike'nin yakında öğretmen olacağı şu günlerde, kendisi de en azından bir ilkokul diploması sahibi olmak istiyordu.

Fuat'ı gardan uğurladıklarından birkaç hafta sonra şeker bayramıydı. Sabahtan akşama kadar ev misafirlerle dolup dolup taşıyordu. Bu gibi günlerde insanlar misafirlerini özel ikramlarla ağırlamak isterlerdi. Arabacı Faruk'un evinde de bu ağırlama, çikolata ve likörle yapılırdı. Misafirler gelince Gül, tepsiye sıraladığı likör kadehlerini doldurup bir elinde tepsi, bir elinde kristal çikolata kâsesiyle odaya girer; erkeklerden önce kadınlara, gençlerden önce yaşlılara, ilkinde istemeyenlere ısrar ederek ikramda bulunurdu. Çikolatayı genellikle alırlar, eğer yemezlerse çantalarına sokuştururlardı. Likör ise genellikle reddedilirdi.

Berrin, bol miktarda çikolata ve üç şişe vişne likörü almıştı. Sabahtan gelen misafirlerle öğleden sonra gelen misafirlerin farklı ikramlar almasını istemiyordu. Sadece altı likör kadehi olduğu için Gül, alınmayan likör kadehlerini bir başka misafir gelene dek açık bırakmak istemediğinden, önceleri özenle şişeye dökmeye başladı. Baktı ki bu iş oldukça zahmetli bir iş ve nasıl olsa iki şişe daha var; kendisi içmeye başladı. Böylece, şişeye dökerken kadehin kenarında oluşan izi de yıkamak zorunda kalmıyordu.

Likör tatlıydı. Ama çikolata kadar tatlı değildi. Her kadeh likörden sonra çikolata da yemeye başladı. Berrin odada oturmuş misafirlerle sohbet ediyor, Gül'ün mutfakta yaptıklarını bilmiyordu. Onun için önemli olan, her yeni gelen misafirle birlikte, gelininin mutfaktan elinde likör kadehleri olan tepsi ve çikolatayla odaya gelmesiydi.

Gül evlenmeden önce hayatında hiç içki içmemişti.

Alkolün Fuat ve diğerleri üzerinde yaptığı etkiyi görüp hep korkmuştu. Şarap, bira ve rakı alkoldü ama şimdi içtiğiyse dini bir bayramda bile misafirlere ikram edilen tatlı ve kokulu bir içecekti. Ayrıca da, kadehleri yıkama zorluğunu düşünerek kendi rahatı için içiyordu. Her kadehle, çikolata daha da tatlı geliyor ve bazen iki tane birden atıştırıyordu.

Öğleden sonra gelen misafirlerden likörü geri çeviren pek olmadı. Gül o zamana kadar sekiz, dokuz kadeh içmişti. Önce hafif bir baş dönmesi hissetti. Başının içi boşalmış gibiydi. Fakat likör ve çikolata ikram etmekte zorlanmıyor, kendisini kontrol edebiliyordu. Baş dönmesini ilk anda bastırmaya çalıştı. Ağzında ekşi bir tat hissetti. Yutkunuyor, ardından o kötü tat yine boğazında toplanıyordu. Ağzı, sanki bozuk tereyağı gibi kokuyordu. Bir kadeh likörle ağzını tatlandırmak istedi. Likörün midesine inmesiyle midesinin ağzından çıkıp fırlayacağını hissetmesi bir oldu.

Koştu ama helâya yetişemedi. Avluda duvara dayandı. Midesi kasılırken boğazında bir ılıklık hissetti. Sanki göğsü yerinden çıkacak gibiydi. Ağlıyordu. Midesi boşalmasına rağmen, bir türlü dinmek bilmeyen yutkunmalarını boşuna bastırmaya çalıştı. Koyu kahverengi kütlenin üzerinden buhar çıkıyordu. Gözyaşının kütlenin üzerine düşüşünü izledi.

– Ne oldu?

Gül, bu sesi duyuncaya kadar kaynanasını fark etmedi.

– Ne oldu sana kızım böyle?

– Kendimi kötü hissediyorum.

– Şimdi daha iyi misin?

Gül başını salladı.

– Gel içeri de, önce bir yüzünü yıka. Sana bir nane limon kaynatayım. Ondan sonra da uzan biraz.

İki bardak nane limon içtikten sonra biraz iyileşir gibi oldu.

Kendisini bitkin hissediyor, bacakları tir tir titriyordu. Ayağa kalkmak istediğinde başı dönüyor, bacaklarına söz geçiremiyordu. Tekrar yatağa uzanıyor, baş dönmesi geçiyordu.

Kapının vuruluşunu, eve gelen gidenlerin gürültülerini duyuyor, bazen önemli gibi gelen sesleri anlamakta zorlanıyordu.

Kendine geldiğinde akşamüstü olmuştu. Aklına gelen ilk kelime, çikolata, oldu. Kendini tekrar kötü hissetti. Çikolatayı ve gözünün önüne gelen diğer resimleri kovmaya çalıştı. Ondan sonraki hayatında, birkaç defa daha içki içecekti ama bir daha asla çikolata yemeyecekti.

Kaynanası içeri girdiğinde Gül battaniyeyi katlamaktaydı.

– Herhalde biraz fazla çikolata yedim, dedi.

– Olsun kızım. Sen hiç kafanı yorma. Ceketi niye giydin, bir yere mi gitmek istiyorsun?

– Avluya.

– Kardeşin temizledi bile.

– Allah ondan razı olsun.

Ertesi sabah helâya zorlukla yetişebildi. Daha ertesi sabah da. Üçüncü gün artık bir şeyi kalmamıştı. Ne baş dönmesi ne de mide bulantısı. Sadece çabuk yoruluyor, hemen bir yere uzanmak ve uyumak istiyordu. Fırsat bulunca bir süre uzanıyor ve gözlerini kapatıyordu. Yoksa, oturduğu yerde gözleri kapanıyor, çenesi göğsüne düşüyordu. Kalkıyor, köfterle ceviz yiyip, kaldığı yerden işine devam ediyordu.

— Sanki hiç geçmeyecek gibi, diyerek Suzan'a anlatıyordu. Korkuyorum. Baksana bir hafta geçti. Hâlâ iyileşemedim. Her sabah aynı şey.

Suzan gülümsedi.

— Beni ciddiye almıyor musun?

Suzan gülmeye devam ederken bir yandan da başını sallıyordu.

— Suzan Abla, belki hastayımdır ha? Belki de kanser gibi bir şey.

— Hayır güzelim, sen hasta filan değilsin. Herhalde hamilesin. En son ne zaman kanaman oldu?

— Hamileyim, dedi Gül alçak sesle, kaşlarını çatarak.

— Gel seni kucaklayayım.

— Allah sağlıklı bir çocuk versin, başka bir şey istemem.

Gül iki hafta daha bekledi. Anne olacaktı. Annesinin hissettiklerini o da hissedecekti. İki hafta sonra, herkese hamile olduğunu söyledi. Kaynanası bilgiç bir edayla gülümsedi ve gelinini kucakladı. Sibel gibi Nalan ve Emin de bu haberin ne anlama geldiğini anlamakta zorluk çektiler. Timur'un gözleri parladı ve uzaklara daldı.

— Hah, işte şimdi sen de tam bir kadın oluyorsun, dedi Arzu.

Timur, onun hamile olduğunu ilk fark ettiğinde hiç etkilenmemişti.

Zeliha genellikle, minderin birini altına, diğerini arkasına yaslamış halde devamlı oturuyor, borçluları birbirine karıştırmadan tefecilik yapmaya devam ediyordu. Oturduğu yerde, komşu ve akrabalarıyla sohbet ediyor, akıl danışmaya gelenlere tavsiyeler sıralıyordu; kocası çok içki içtiği için evinde huzur ve yemek olmayan kadınlar, oğlu hırsızlık yapanlar, kocasıyla kavga eden genç kadınlar ve hatta kocasını kurtaracak birisini tanıyıp tanımadığını sormaya gelen Suzan. Yaşına ve tecrübesine güvenen herkes onun kapısını çalıyordu. Hiç yerinden kalkmadan, her gelene değişik, yeni bir şey buluyordu. Küçük kasabadaki bütün olan biteni biliyor, her şeyi bilen edasıyla herkese güven veriyordu. Bülent'in neden babasına benzemediğini, Derviş'in neden gizli gizli içki içtiğini, Derya'nın ziynetini nereye sakladığını, Begüm'ün kardeşiyle arasının neden bozuk olduğunu ve Bora'nın köpeğini kimin tekmelediğini hep biliyordu.

Sıcak sobanın yanı başından hiç kalkmıyor, neredeyse herkesi ayak seslerinden tanıyordu. Arzu'ya, bu kış hep birlikte hamama gitmek istediğini söyledi.

Gül'e sanki kendisinden başkası üşümüyormuş gibi geliyordu. Sanki bu kış geçen kıştan daha soğuktu. Onun için de iliklerine kadar ısınabileceği günü iple çekiyordu.

– Yarın annem, babaannem, Sibel ve Nalan hep birlikte hamama gidiyoruz. Sen de gelmek ister misin?

– Nereye gidiyorsunuz nereye?

— Hamama. Babaannem çok istiyormuş.

Berrin, derin derin düşündü. Gül, kaynanasının yüz ifadesini anlamakla meşguldü; sert ve kararlı bakışlar, çenesini hafif oynatınca ve başını yana yatırınca sanki bir karara varmıştı.

— Büyükannen mi?

— Evet, o istemiş hep beraber gidelim, diye.

— Ben... Ben gelmeyeceğim.

Berrin mutfaktan çıkarken Gül'ün anlayamayacağı şekilde mırıldanıyordu.

— Koca kadına bak. Hamile kadınla hamama gidecekmiş.

Gül ertesi gün, bütün gününü hamamda geçirdi. Tıpkı eskiden olduğu gibiydi. Sadece, Melike olmadığı için biraz daha sakin, hatta can sıkıcıydı. Emin, gelecek yıl okula başlayacaktı ve kadınlarla hamama gidecek yaşı geçmişti.

Sibel merakla, Gül'ün şişkin karnına bakıyordu.

— Daha belli olmaz, dedi Gül.

— Ne istiyorsun, kız mı erkek mi? diye sordu Sibel.

— Kız, dedi önce Gül, sonra da, hayır, hayır oğlan olsun, Fuat'a mektupta hamile olduğumu yazdım. Bir daha geldiğinde belki çocuğu da görür, dedi.

— Adı ne olacak?

— Eğer oğlan olursa, babam gibi iri ve güçlü kuvvetli olsun diye Timur.

— Doğru. Emin'e bakman yeterli. Eğer kız olursa?

— Ceyda.

— Ceyda mı?

— Okuduğum kitaptaki kadının adıydı Ceyda. Kitapta herkes onun kirlendiğini düşünüyordu. Hatta annesi bile. Bir tek Ceyda kirletilmediğini, tertemiz olduğunu biliyordu.

– Ceyda. O zaman ben teyze oluyorum.
– Evet.
– Babaannemin ne dediğini duydun mu?
– Ne dedi?
– Gitmek istiyormuş. Çok sıcak oldu diyor. Neden onu da buraya getirmişiz diye bize kızıyor. Annem de, "Ama sen hamama gitmek istemedin mi, yoksa unuttun mu?" dedi. O da: "belki körüm ama daha bunamadım," dedi.

Uzun süre sıcakta kaldıkları için dışarıya soğuğa çıkmadan önce biraz beklemek istediler. Bir anda, kapı hışımla açıldı ve içeri, onlarla birlikte hamama gelmeyen Hülya girdi. Kızını adımlarından tanıdı.

– Hülya?
– Evet anne benim. Anne, anne Yücel ölmüş.

Hülya ayrıldığından beri Yücel'in adı pek anılmamıştı. Yücel şehrin kenarında yalnız başına oturmaya başladığından beri kimse onunla görüşmemişti. Sadece ablasının yanına taşınacağı, içki içtiği ve kirli işlere bulaştığı yolunda laflar duyuluyordu. Çevre köylerden, Fertek'ten güzel bir kadınla yakında evleneceği yayılmıştı. Şimdiyse öldüğü haberi geldi.

Zeliha olduğu yerde hareketsizce kaldı.

– Nereden duydun?
– Şehirde duymayan kalmamış. Berbere tıraş olmak için girmiş. Tıraş olurken, berber onu uyudu sanmış. Meğerse...

– Sakin ol kızım. Sakin ol. Dünyanın işi böyle: birileri gelir birileri gider.
– Bu kadar mı, dedikten sonra annesinin kucağına kapandı. Ayakkabısının altının delik olduğunu fark etti Gül. Öylece berberde uyuyakalmıştı.
– Sakin ol kızım. Hiç değer mi?
– Ama anne, o benim kocamdı.
Gül kollarını kavuşturdu. Parmaklarına bakıyordu. İlk damla sağ başparmağına düştü.
Yücel hakkında söylenenlerin ne kadar doğru olduğunu bilmiyordu. Halası ile Yücel Enişte'sinin neden ayrıldığını, aralarında ne olduğunu da bilmiyordu. Yücel onun gözleri önüne, Sibel'i ayaklarında sallarken, Melike ile oynarken geliyordu. Gül onun hiç, kızgın ve sabırsız olduğunu görmemişti. Bu güler yüzlü adamın bıyıklarının nasıl battığını ve nasıl koktuğunu hatırlıyordu; belki kolonya, belki tıraş sabunu kokusuydu.
Yücel Eniştesi'nin hatasının ne olduğunu bilmiyordu. Ama büyük mahkemeye çıktığında, Allah, onun üç kardeşe iyi baktığını mutlaka göz önüne alacaktı.
Allah'ım onun günahlarını affet, diye dua etti Gül. Daha sonra, odasında yatarken birkaç defa daha bu duayı tekrarladı. Hiç de öyle yakından tanımadığı bir insanın arkasından yas tuttu. Günlerce unutamadı. Ama zaman geçtikçe eniştesi artık düşüncelerinde yer almıyordu. Bu geçen zamanda karnı epeyce büyümüştü.
Gül sabahları erken kalkıyor, kahvaltı ediyor, bazen bulaşıkları yıkıyor, ev işleri yapıyor, örgü örüyor ve sinemaya gidiyordu. Fuat'a mektup yazıyor, dini kitaplar okuyor, odasını topluyor, yemek yiyor, uyuyor ve

ara sıra da kaynanasıyla tartışıyordu. Akşam yatağına yattığında, bazen günün ne kadar kısa, bazen de ne kadar uzun olduğunu düşünüyordu. Kayınlarının çocuklarıyla oynuyordu. Ama kardeşleriyle veya Candan'la oynadığı oyunların yerini tutmuyordu. Neredeyse aylardır kocasından haber alamayan Suzan'la sohbetler ediyordu. Gül ağlıyor, gülüyor; acıktığı veya bebek tekmelediği zaman, gece yarısı uyanıveriyordu.

Kış geçti. İlkbahar geldi. Gül kendisini daha hafiflemiş, daha canlı hissediyordu. İliklerine işleyen ışık ve sıcaklık ağırlığını azaltıyordu. Ortalığın yeşillenmesi içine huzur veriyor, her yeni tomurcukla karnı biraz daha yuvarlaklaşıyordu. Her şey gelişip büyüyordu. İlkbahar, tam bir doğurganlık töreni gibiydi. Tıpkı, antik şölenlerde tanrılar adına dev sütunlar arasında düzenlenen, dertlere yer olmayan ve herkesin arzularını unuttuğu şölenlerde olduğu gibi.

Yaz başında Melike geldi. Gelişinin daha ikinci akşamında Timur, kızının yazdığı bütün mektupları bir de onun ağzından dinledi. Melike sık sık Gül'ü ziyarete gidiyordu. O kadar ayrı kaldıktan sonra çok iyi anlaşıyorlardı. Melike, kulağını Gül'ün karnına dayayıp dinlemeyi seviyordu.

Melike, annesinin sandığındaki o değerli topu çıkarıyor ve oynuyordu. Kilidi açamadığı için arka taraftaki menteşeleri açıyor, topu yerine koyduktan sonra tekrar menteşeyi vidalıyordu.

Ya Sibel'le oynuyor ya da şehirdeki ortaokula giden Sezen'le buluşuyorlardı. Ailesinin durumu iyi olduğu için Sezen'in devlet parasız yatılıya gitmesi gerekmiyordu.

Melike okulun voleybol takımında oynadığını, okullar arası maçlara katılacaklarını ve mutlaka kazanacaklarını gururla anlatıyordu.

Kendine güvenen bir duruşu vardı ve ne istediğini bilen birisiydi. İsteklerini yüksek sesle dile getirmekten çekinmiyordu. Sibel'e göre Melike, ayrı olduğu zamanlarda Gül'den daha çok büyümüştü. Kendisinin Melike gibi olamayacağını düşünüyordu. Daha şimdiden Melike gibi yatılıya gitmekten korkuyordu. Orada yalnız olmayacağını bilse de, o evden, ailesinden, Gül'den ve şehirden ayrılmak istemiyordu. Ama Melike'nin denize yaptıkları okul gezisini de hayranlıkla dinlemekten kendini alamıyordu. Denizin mavisini, gökyüzünün mavisiyle birbirine karışıyordu. Deniz suyu tuzluydu ama Tuz Gölü'nünki kadar değildi. İlkbaharda bahçelerden akan su kadar da sıcaktı. Dalgalar olmasına rağmen sakin görünüyordu.

Sibel resmini yapmak için denize gitmek istedi. Melike'nin anlatımından yararlanarak da yapabilirim, diye düşündü. Ertesi gün yaptığı resmi ablasına gösterdi.

– Hayır, dedi Melike, hayır öyle değil. Deniz daha koyu olmalı, dalgalar da daha yüksek. Dalgalar eşit aralıklı olacak ve kıyıya ulaştığı yerde beyazlaşıyor ama sabun köpüğü gibi değil.

Timur hep şöyle derdi.

– Biz suyu bardakta biliriz.

– Su. N'olur bir bardak su verin, dedi Gül, sancıları tuttuğunda ter içinde yatarken.

Çok sıcak bir günde, Gül odasında yatarken başında annesi, kayınvalidesi ve bir ebe vardı. Gül'ün yastığı sırılsıklam olmuştu. Terlemek ve bağırmak istemiyordu. Hiç kimse bu kadar acı çekeceğini söylememişti. Birisinin gelmesini ve bu acısını dindirmesini istiyordu. Kayınvalidesinin elini nasıl sıktığını hissediyor, onun teselli veren sözlerini anlamıyordu bile.

İki gün daha. Bebek iki gün daha bekleseydi ya. İki gün sonra Fuat gelecekti. Gül bağırıyor, bağırdıkça yüzü acılı bir hal alıyordu. Ter, saç tellerinden süzülüyor, kulağına düşüyor ve irkilmesine yol açıyordu. Yıllar sonra, bu ter damlalarını hatırladığında damlaların, kulağından beynine doğru gideceği hissine kapılıyordu. Kısa bir süre sonra Ceyda'nın dünyaya gelmiş olması lazım. Belki de biraz daha uzun, zaman mefhumu onun için ortadan kalkmış gibiydi. Zaman uzuyor, zaman kısalıyordu. Nihayet o an gelmişti. Allah dualarını kabul etti ve nur topu gibi bir evlat verdi; elleri ve ayakları düzgündü. Bağırması ilkbahardaki kuşların şakıması gibiydi. Uykusunda, bir melek kadar sakindi.

Fuatların da bir elma bahçesi vardı ve hasat zamanı Fuat'ın da yardım etmesi gerekiyordu. İzne gelmişti ama bütün gün elma topluyordu; akşamları da kızını öpüp kokladıktan sonra külçe gibi yatağa düşüyordu. Gül, kocasının erkek evlat tercih ettiğini düşünüyordu ama emin değildi. Kaldığı sekiz gün içinde kocasını sadece geceleri gördü. Göbeği daha da büyümüştü. Artık herkes askerde rahatı iyi olduğuna, yan gelip yattığına, baklava börek yediğine ve çarşı iznini gazinolarda geçirdiğine dair takılıyordu. Ancak son şakayı sadece arkadaşları yapıyordu.

*Fuat elma toplamaya başladığı ilk gün, kas tutulmasıyla tanıştı; oysa askerde yiyip içip kâğıt oynuyorlar ve birbirlerine durmadan aynı hikâyeleri anlatıyorlardı. Bizim köyde, ölülerin ruhlarıyla konuşan çok yaşlı bir nine vardı veya komşu köyde gerçekten öyle bir olay oldu ki, kulaklarınıza inanamazsınız. Palavra attığımı falan sanmayın. Bu köyde zaten hep ilginç olaylar olurdu. Allah onları ıslah etsin, ne diyeyim. Bir gün köyün delikanlılarından biri, köyün köpeklerinden bir tanesini sikmiş. Bu tür hikâyeleri dinlemişsinizdir; ama köpek kasıldığı için, delikanlı, kamışını köpeğin içinden bir türlü çıkaramamış. Uğraşmış, çabalamış nafile. Kamış çıkmıyor. Ardından, ne yapacağını bilemez halde, önce köpeği dövmeye başlamış; boşuna. Sonra, hayvana yiyecek bir şeyler vermiş; faydasız. Ben de biliyorum günah olduğunu ama böyle. Sonunda ölümüne dövmeye başlamış ama hayvan bu kez daha da kasılmış. Neyse, en sonunda kamışını çıkarabilmiş. İşte o günden sonra o köyde köpek yerine tavuk sikilir olmuş. Vallahi, Allah şahidim olsun, doğru. İşte, bu gibi hikâyelerdi bunlar.*

*Bu tür hikâyelerle zaman öldürüyorlardı. Şimdiyse herkes gibi çalışmak zorundaydı.*

Bütün gün elma topluyorlar, sadece öğle yemeği için bir ağaç gölgesinde mola veriyorlardı. Akşamları yorgunluktan kollarını kaldıramaz halde, gözleri kıpkırmızı ve parmak uçlarında elma hissiyle eve geliyordu.

Gül evde kalıyor, Ceyda ile ilgileniyor; işten yorgun olarak gelen kocası, kayınları ve eltileri için yemek hazırlıyordu.

Eve yorgun ve bitkin gelen insanları doyurmak için, elindeki kitabı bir kenara bırakarak, sofrayı hazırlamaya koyuldu. Kaynı Levent, yorgundu ama konuşamayacak kadar değil:

– Burada yan gelip yatacağına, sen de bize yardım etsene. Biz bütün gün köle gibi çalışalım sen... Sen burada misafir gibi otur.

Belki bir şeye kızmıştı, belki de ne söylediğinin farkında olamayacak kadar yorgundu. Gül nefesini tuttu, cevap vermedi.

– Yeter artık, kapa çeneni, diye bağırdı babası, o devam etmek isterken. Bugün biraz iş yaptın diye söz hakkın mı oldu? Gül üzerine düşeni yapıyor ve bunu sen de biliyorsun.

Gül, savunulduğu için memnundu. Ama yeterli değildi. Allah'ım beni bu sözlerin altında bırakma, diye dua etti.

Evde herkes kendi üzerine düşen görevi yerine getiriyordu. Levent canı istediği zaman karısıyla sinemaya gittiğinde çocuklarına kim bakıyordu? Herkes herkese yardım ediyordu. Kaynı kalkmış, ortada hiçbir neden yokken kendisine saldırmıştı.

Melike okuluna gitti. Denizi görme merakı kalmayan Sibel olmadan. Sibel birkaç denemeden sonra denizin resmini yapmayı başarmıştı. Mağazaların ne kadar büyük olduğunu merak etmiyor, sadece birisine girebildikten sonra yan yana üç sinema olmasının önemli olmadığını düşünüyordu. Ancak, evde bir boğazın daha eksilmesi için yatılı okula gitmeyi istiyordu. Halbuki, yediği de ancak bir kedininki kadardı. Sadece sınıf arkadaşları arasında değil, kendisinden yaşça küçükler arasında bile ufak tefek kalıyordu.

Öğretmen olmak istiyordu. Öğretmene her yerde ihtiyaç vardı. Okulu bitirdikten sonra resim öğretmeni olabilir ve kendi parasını kazanmaya başlayabilirdi.

Sibel yatılı okula gitmeyi, annesinin de istediğini düşünerek istiyordu. Annesinin kendi rahatı için bunu istediğini düşünüyordu. Aynı şehirdeki okulun parasız yatılı sınavlarına katıldı ve kolaylıkla kazandı. Sonbahardan itibaren de hafta içinde okulda, hafta sonlarında da yirmi dakika mesafedeki evindeydi. Melike, mektuplar yazıyor; Sibel, hafta sonlarını evde geçiriyordu, ama her sabah babası Gül'ü ziyaret ettiği için, evde olan bitenler hakkında en çok Gül bilgi sahibiydi. Üç kardeşten eve en yakın olan Gül'dü. Halbuki, evlenince evden uzaklaşacağını düşünmüştü.

Gül, Ceyda ile beraber, en sıcak yer olduğu için oturma odasında divanda yatıyordu. Karyola yeni evlenenlerin kullanımı için bir başka yerdeydi. Ancak, sadece dört zifaf gecesi daha dayanabilecekti karyola; parça parça olacaktı. Sevgi ve emek verilerek, ter ve güç katılarak yapılan karyoladan geriye sadece, son gece kullananlar hakkında yapılan ucuz espriler kalacaktı.

Birkaç ayda bir, at arabasına konarak oradan oraya taşınmasaydı, kapılardan geçerken daha dikkatli olunsaydı ve sürüklemek yerine taşınsaydı, belki yirmi-otuz yıl daha kullanılabilirdi. Bu karyolanın hikâyesi böyle bitiyor. Ancak hikâye aslında bitmiyordu, hatırlayanların sözleri ile bu karyola hâlâ anılıyordu.

Gece sönen sobanın sabah yakılması görevi

Gül'ündü; pazar günü Arabacı Faruk, oğullarıyla birlikte komşu şehre gitmişti. Aralık ayının sonu olmasına rağmen ılık ve yumuşak bir sabahtı o gün. Berrin kahvaltı yaparken sobanın yanmadığını fark etti.

– Bu da ne demek oluyor? Bugün tembellik günün herhalde. Niyetin hepimizi hasta etmek mi?

– Hava ılık diye yakmadım. Kahvaltıdan sonra hemen yakarım, diyerek çayından bir yudum daha içti. Halbuki, sobayı on dakika geç yaksa da odanın soğuması mümkün değildi. Çünkü geceyi hep birlikte aynı odada geçirmişlerdi.

– Hadi, hadi kalk da şu sobayı bir an evvel yak.

Herhalde bu sabah solundan kalktı, diye düşündü.

– Hemen, dedi bardağını tepsiye koyarken. O kış, ilk defa sobayı yakmadan kahvaltıya oturmuşlardı. Geçen kış bu olay sıkça meydana gelmişti; kayınvalidesinin görevi olduğu zaman.

– Ne dediğimi duymadın mı?

Gül yerinden kalktı. Oturma odasının arka tarafında bulunan ve üç basamakla inilen, penceresiz, havasız ve kışın dışarıdan daha soğuk, yazın daha sıcak olan odunluğa indi.

İçeri ışık girsin diye kapıyı açık bıraktı Gül. Birkaç farenin kaçışmasını gördü. Belki de sıçandı. Eskiden olduğu gibi, bu hayvanlardan yine iğreniyordu. Ama artık korkmamayı öğrenmişti. Çünkü hayvanlar insanı fark edince kaçışıyorlardı. Bu yüzden, bir ahırda gecelemeyi asla düşünemiyordu. İnsan mışıl mışıl uyurken, sıçanlar insanın burnunu veya kulağını ısırabiliyordu.

Odunların önüne geldiğinde diz çöktü ve eliyle

yoklayarak, sobayı tutuşturabileceği ince kuru dallar aramaya başladı.

Önce bir gürültü duyar gibi oldu; çatırdamayı fark etti, sanki bir şeyler kırılıyor, parçalanıyordu. Hareketsiz kaldı. Tavana baktı. Sesin geldiği yeri arıyordu. Hayvan bağlamak için kullanılan, duvarda asılı siğile gözü ilişti. O anda, ayağının altındaki yerin esnediğini hissetti. Bir an için yanıldığını düşündü.

Bacaklarını boşlukta hissettiği anda, son bir gayretle duvarda asılı duran siğile tutundu. Sağ eliyle siğile tutunuyor, bacakları boşlukta asılı duruyordu. Biraz önce üzerinde durduğu yerde, araba tekerleği kadar büyük bir delik açılmıştı. Panikle debelenince, terliğinin biri düştü. Terliğin düştüğü yerde çıkaracağı sesi dinlemek için sustu. Kulak verdi. Hiç ses çıkmadı.

– Anneee, yardım et!

Gül yine terliğin çıkaracağı sesi dinlemek için sustu. Duyar gibi oldu. Ayrıca süpürgenin sesini.

– İmdat, diye tekrar bağırdı. Arkasından oluşan sessizlikte çıkan tek ses, süpürgenin sesi oldu.

Asılı kalmış halde dururken, sağ tarafında sağlam zeminin olduğunu fark etti. Siğili tuttuğu elini değiştirmesi, sol eliyle siğili tutmak, sağ eliyle sağlam zemine tutunmak ve kendini yukarı çekmek istedi.

Kendine güvenemedi. Siğil o kadar büyük de değildi ve sadece dört parmağıyla tutabiliyordu; kolu da ağrımaya başlamıştı.

– İmdat!

Terliğin ve süpürgenin çıkardığı ses.

– Anneee, imdat!

Süpürge ve terlik sesi.
Ceyda'yı düşünüyordu Gül.
Gerisini hatırlamıyordu. Kendine geldiğinde, kayınvalidesine ve babasına, o çukurdan nasıl kurtulduğunu anlatmakta zorlanacaktı.
– Allah yardım etti, diyecekti. Her akşam Allah'ıma dua ederim. Herhalde onun faydası oldu.
Gül sadece, süpürgeyi kenara koymakta olan kayınvalidesine doğru yürüdüğünü, bir şey söylemeye çalıştığını ve yaşlı kadının değişen yüz ifadesini hatırlıyordu. Dizlerinin bağı çözülmüştü. Burnunun dibindeki yoğun kolonya kokusuyla kendine geldiğinde ilk sözü, *Allah'a şükür,* oldu.
Yattığı yerden, divanda huzur içinde uyuyan kızını gördü.
– Şansın varmış kızım, dedi Berrin. Allah korusun, aşağı da düşebilirdin.
Gül'ü alnından öptü.
– Birden sanki toprak altımdan çekiliverdi.
– Allah'ım yarabbim!
– Sanki yer yarıldı da beni içine aldı.
Ağlamak istiyordu. Dayandı.
– Nasıl oldu?
– Hiç bilmiyorum.
– Babana haber vereyim bari.
Gül başıyla onayladı.
Kayınvalidesinin hareketleri asabi, konuşması hızlıydı. Gül ne yapacağını bilemedi; şimdi babasını çağırmanın ne anlamı olabilirdi ki?
Gül hiç sormadı. Daha sonra da sormadı. Kayınva-

lidesinin kendisini duyup duymadığını da sormadı. Akşam radyodan Kennedy'nin öldürüldüğü haberini duydular.

Bu olaydan sonra, uzun zamandır unutulmuş olan söylentiler yaşlılar arasında güncellenmeye başladı; yok, bu evde Timur'un babasının çocukluğundan veya Faruk'un büyükbabasının bu evi aldığı zamandan kalma define varmış. Yok, bu definede Osmanlı zamanından kalma altın, gümüş sikkeler, mücevherler, zümrütler ve yakutlar varmış. Ağzı olan, bu konuda bir şey söylemek zorunda hissediyordu kendini; herkes, evde bir definenin olduğunu ve bu definenin koca bir aileye ömür boyu yeteceğini söylüyordu.

Çok yıllar sonra, Fuat'ın anne babası öldükten ve ev satıldıktan sonra, evin yeni sahipleri evde bir sandık dolusu gümüş takı bulacaklar; gümüşleri götürdükleri kuyumcudan aldıkları parayla da bir aylığına Amerika seyahatine çıkacaklardı.

O günlerde, insanların dilinden düşmeyen tek şey, neredeyse Gül'ün içine düşeceği kuyu oldu. Mahallenin malumatfuruşları ahkâm kesmeye başladı; sadece kuyuyu bilmekle kalmıyorlar, uzun zamandır bu kuyunun üstünde kalın bir sac olduğunu biliyorlardı. Haliyle, kuyunun nemliliği bu sacın çürümesine yol açmış ve Allah korusun, birisinin ölümüne bile neden olabilirmiş.

Levent ile Orhan, bir makaranın ucuna bağladıkları parayı kuyuya saldılar. Para tabana değdiğinde, makaranın üçte biri boşalmıştı. İki gün içinde de kuyuyu toprakla doldurdular.

Fuat'ın tezkeresine az kalmıştı. Ceyda'nın sağlığı

yerindeydi. Timur, her sabah aksatmadan kızını ziyarete geliyordu.

Gül, Azrail'in bir gün yine geleceğini biliyor ve dualar ediyordu; kardeşlerimi evlendirmeden olmasın, kardeşlerimin her biri kendi yollarını bulmadan olmasın, kızım kendi başının çaresine bakacak yaşa gelene kadar olmasın, diyerek dualar ediyordu. Allah'ım benim için değil, bu insanlar için bana acı ve zaman ver.

Olaydan yaklaşık sekiz hafta sonra Berrin:
– Yeter artık ama! dedi Gül'e
– Efendim?
– Tamam kuyuya düştün ve ben de senin sesini duymadım. Ama o günden beri, senden ne istesem hiç kulak asmıyorsun. Duymazlıktan mı geliyorsun nedir? Ben sana elma soy diyorum; sen bana elmayı püre yapıyorsun. Yemeğe biraz karabiber koy diyorum; sen yemeği öyle acı yapıyorsun ki, hiç kimse bir lokma yiyemiyor. Çamaşır yıka diyorum, yıkarken pantolonlar eriyip gidiyor. Artık seni odun almaya gönderemiyorum. Allah korusun, odunluk yerine ormana gidersin sen. Bütün bunların farkında olmadığımı mı zannediyorsun? Şimdiye kadar anlayışlı olmaya çalıştım. Ama artık yeter Gül.

Gül, yüzünün kıpkırmızı olduğunu hissetti. Kendi de yaptıklarının doğru olmadığını biliyordu ama durumunu kullanmıştı. Kayınvalidesinin bu duruma düşmesinin keyfini çıkarmıştı.

Fuat, biriktirdiği bir miktar parayla, kendi berber dükkânını açmak için girişimlere başlamıştı. Sık sık, arkadaşlarıyla bir araya geliyor, son iki yılın enteresan olaylarını paylaşıyordu. Bu arada, Fuat'ın dışında hepsinin birer mobileti olmuştu. Ama hâlâ otomobili olan yoktu. Birikimleri azdı ama buna karşılık, hayalleri çoktu; sahip olmak istedikleri evleri birbirlerine anlatıyorlardı, şöyle bir İstanbul yapacakları kadar paraları olsa da, maçlara, eğlence yerlerine gitseler hiç fena olmazdı.

Gül, kocasının akşamları eve erken gelmesiyle her şeyin daha güzel olacağını düşünüyordu; odalarına çekildiklerinde ve Ceyda'yı uyuttuklarında, fısıldayan bir sesle kocasına; olayları, duyduklarını ve komşulardaki son dedikoduları anlatıyordu. Fuat hep aynı dikkatle dinliyor, başıyla onaylıyor veya şaşkınlığını, *inanılır gibi değil*, diyerek belli ediyordu. Bu ifadeyi o kadar sık kullanıyordu ki, artık alışkanlık haline gelecek ve yıllarca kullanmaya devam edecekti. O dükkân için istedikleri kira, *inanılır gibi değil*'di; annesinin Gül'ü duymaması, *inanılır gibi değil*'di; yazın gelmesi, *inanılır gibi değil*'di; bu çocuğun onun çocuğu olması, *inanılır gibi değil*'di. Gül için ise Fuat'ın eskisinden daha çok içiyor olması, *inanılır gibi değil*'di. Her akşam bir iki kadeh içiyor, haftada bir iki defa da eve körkütük sarhoş olarak geliyordu. O zaman Fuat, çocuğun uyuyup uyumadığına bakmadan, bağırarak konuşuyor ya da şarkı söylüyordu. Askerdeyken çok sık içki içemiyordu. Gerçi, orada dükkân kirası gibi, evine bakmak zorunda olması gibi sorunları yoktu. Oradayken hülyalara dalıp, eve döndüğünde her şeyin kendiliğinden yoluna gireceğini düşlüyordu.

Eve geldiği ilk hafta, gerçekten de çok güzeldi. Kılıçtan keskin soğuk havalar gitmiş, yerine baharın ılık havaları gelmişti. Gül ise, ilkbaharın bu güzel günlerinde kocası ve çocuğu ile birlikte olmaktan mutluydu ve o da her şeyin kendiliğinden yoluna gireceğine inanıyordu.

Mart başında Fuat dükkânını açtı. Dükkânın açılışıyla birlikte Gül'ün beklentileri de alt üst oldu.

O sene radyoda, Yalancı Bahar adlı şarkı sıklıkla çalmaya başladı. *İnanma bu bahara, o yalancı bahar; ardından gelen kıştır; inanma doğan güneşe, o güneş arkasında sadece hepimizi yutan karanlık bırakacaktır.*

O yıl, güneşin aydınlığı bile Gül'ün neşesini yerine getirmeye yetmedi. Belki de aydınlığın farkına varacak halde değildi; Ceyda daha fazla ilgi istiyordu; ev işlerinin büyük bir kısmı onun omuzlarındaydı ve ayrıca Fuat iki günde bir, dükkândan yıkanmak üzere çuval dolusu havlu getiriyordu. İnce ve kalın, beyaz, kahverengi, mavi, sarı, lekeli, lekesiz havlular; büyük ve küçük havlular ve Fuat'ın tıraştan önce sakalın yumuşaması için müşterinin yüzüne koyduğu, sıcak suda bırakılmış havlular.

Otuzlu yaşlarında olan ve Timur'a çok benzeyen, ancak ondan bir baş kadar daha kısa olan, takım elbiseli bir adam her sabah tıraş olmaya geliyordu. Adamın o kadar sert sakalları vardı ki, neredeyse gömleğinin yakası rendelenmiş gibi oluyor, diye anlatıyordu Fuat. Her sabah kendi tıraş olmak istemediği; ayrıca ikide bir yeni gömlek almaktan daha ucuza geldiği için, işe gitmeden Fuat'a uğruyor ve günlük tıraşını oluyordu. Her sabah, gelen ilk müşteri oydu. Dairedeki işine gitmeden önce tıraş için uğrar, kabarık bahşiş de bırakırdı. Üst düzey bir görevi olduğu belliydi. Fuat, adamın kolundaki saate imrenerek bakardı.

Bülent Bey'le başlayan günler, devamlı müşterilerinin, boş saatlerinin olduğu, hatta koltuğa oturup, sigara içip gazete okuduğu günlerle devam etti. Arada sırada, kahveye giderken, yandaki bakkala haber bırakıyor, müşteri gelirse çağırmalarını istiyordu. İşler fena değildi. Akşam dükkânı kapatınca, bazen arkadaşlarıyla buluşuyordu. Ama genellikle evine gidiyor, hep beraber yemek yiyorlardı. Yemekten sonra odasında bir iki kadeh içiyordu. Havalar iyice ısınınca da arkadaşlarıyla beraber dere kenarında, kumar oynadıkları yerde içiyordu.

Ne kendisine sık sık ricada bulunan Gül'le, ne de arkadaşlarıyla sinemaya gitmek artık ilgisini çekmiyordu. Filmler, dertlerini unutturmaya yetmiyordu; sadece gözünün önüne kendisiyle ilgisi olmayan şeyler getiriyordu; filmlerde buzlu viski içiyorlardı; halbuki kendisi daha viskiyi hiç görmemişti. Filmlerde insanların çok şey elde edebileceğini gösteriyorlardı; ama herhalde bütün gününü berber dükkânında geçirerek bu mümkün değildi.

Gül'e öyle geliyordu ki, artık lekeli havluları, hâlâ yeteri kadar tanımadığı kocasından daha çok ve daha sık görecekti. Kocasının neyi sevip neyi sevmediğini bilmiyordu; arkadaşlarıyla futbol ve belki de politika üzerine konuştuğunu tahmin ediyordu. Çok para sahibi olmak istediğini de biliyordu, ama otomobil sahibi olmak istediğini çok sonraları öğrenecekti. Gül bazen,

Ceyda'yı kucağına aldığı gibi Suzan'a gidiyordu. Yakında, çok yakında okullar tatil olacak ve Melike gelecekti. Sibel de yanlarında, hep birlikte bağ evinde oturacaklar ve Melike ile Sibel, Ceyda'yı öpücük yağmuruna tutarken diğer yandan da, kendilerinin de çocukları olmasını isteyeceklerdi. Böylece Gül, güzel günleri öteliyor; her şeyi, kendisine güç katan gelecek günlere bırakıyordu.

Gül'ün ailesinin bağa taşınmasından önceki akşam, Gül Fuat'la odalarında oturuyorlarken, Fuat rakısını içiyor, gelecek planlarından bahsediyordu. Belki de hayallerinden. Bunu kim bilebilirdi ki... Kiralık dükkânda değil, kendi dükkânında çalışmak istiyordu. Her gün, adamların burunlarının içindeki kılları kesmek için onlarca burun tutmak istemiyordu; her pazar köyden gelen, yağlı saçlı ve sabahtan akşama kadar eşek sırtında oldukları kokularından belli olan köylüleri tıraş etmek istemiyordu. Daha iyi ve daha büyük bir şeyler istiyordu ve bunun için çalışmaya da hazırdı. Kendi dükkânı, kendi evi olsun istiyordu. Taştan ve çamurdan olmayan, içinde tuvaleti, elektriği ve suyu olan, modern bir evi olsun istiyordu. Bu evde Gül ve Ceyda ile rahat ve huzur içinde yaşamaktan başka bir şey düşünmüyordu. Belki de, İstanbul'dan gelen bir arkadaşının anlattığı gibi, düğmesini çevirince ortalığı sıcacık yapan kaloriferli bir ev. Otomobilden hiç söz etmiyordu; nasıl olsa kadınlar anlamaz, diye düşünüyordu.

– Her şey tertemiz olacak, tertemiz.
– Nasipse olur.
– Bir lokma, bir hırka için çalışmak istemiyorum.

İnsanlar refah içinde yaşıyorlar. Biz niye yaşamayalım. Bizim onlardan ne eksiğimiz var? Hayır, hiçbir eksiğimiz yok; biz sadece, başka şartların içine doğmuşuz. İmkânım olsa ben de çok para kazanmak isterim; ama nasıl?

Rakısından bir yudum daha aldı.

— Delik havlular, bir tarafı paslı aynalar ve yazın müşterinin kıçının yapışıp kaldığı koltuklar. Bütün bunlar daha iyi olabilir. Ama para lazım. Sadece para. Şehirdeki en güzel berber dükkânını açmak istiyorum. Allah şahidim olsun ki, bütün bunları başarmak için elimden geleni yapacağım. Yarından tezi yok, kumar oynamak yasak. Artık para biriktirmemiz lazım.

Kadehine rakı koyduktan sonra karısından, su ilave etmesini istedi.

Ceyda son günlerde mızmızlanır ve yerli yersiz ağlar olmuştu. Gül, sürahiyi almak için kalktı. Sağ koluyla Ceyda'yı tuttuğu için sürahiyi sol eliyle aldı. Düzgün tutamadığı için bırakıp tekrar kavradı. Bir yandan Ceyda'yı susturmaya çalışıp bir yandan da alışık olmadığı eliyle kadehi doldururken, fark etmeden taşırdı. Telaşlanınca daha da döküldü. Nihayet Timur'un hapishane çoraplı ayaklarına kadar su geldi.

— Dikkat etsene, diye bağırdı Fuat. Amma değerli sürahin varmış öyle. Bir dakika olsun ayrılamaz mısın şu çocuktan?

İçtiği zamanlarda Fuat'ın ani çıkışlarına alışmıştı Gül.

— Ver şu sürahiyi.

Gül ne yapacağını şaşırdı. Bir an durakladı.

– Ver şu değerli sürahini dedim sana, diyerek tekrar bağırdı.

Ayağa kalktı, Gül'ün önünde durdu.

– Ver şu dinine yandığımın sürahisini. İnanılır gibi değil, amma çok seviyorsun şu sürahiyi ya! dedi göğsünü gererek.

Gül konuşmadan, yavaşça sürahiyi kocasına doğru uzattı. Ceyda bağırıyordu.

– Şimdi duvara fırlatayım mı sürahini, ha, ne dersin? Kocandan daha mı değerli şu sürahi ha? Şimdi pencereden fırlatayım da gör.

Sürahiyi omuz hizasına kaldırdı.

Fırlat bakalım, demek geçiyordu içinden Gül'ün. O da, dediğini yapar, pencereden fırlatırdı. Ama neye yarardı bu? Kocasını daha çok kızdırmaktan başka. Beni tahrik etmek mi istiyorsun, bu evin erkeği ben miyim yoksa sen mi, diye soracak ve canım ne isterse onu yaparım, anlıyor musun beni? diyecekti.

Gül başını eğdi. Bekliyordu. İyi ki Ceyda bağırmayı kesmişti. İyi ki, bağırmaya başlayınca odaya kimse gelmiyordu. Muhtemelen, olur böyle şeyler, karıkoca arasında her şey olur, karıkoca arasına şeytan bile girmezmiş, diye düşünüyorlardı.

– Böyle yaşamayı öğrenmen, onu olduğu gibi kabullenmen lazım. Başka seçeneğin var mı? Bazıları yaşı ilerleyince içkiyi bırakır, diye teselli veriyordu Suzan.

Tıpkı babam gibi, diye düşündü Gül. Timur'la ilgili, bu konuda efsanevi hikâyeler vardı; hırsını alamadığı için pencere parmaklıklarını sökmesi gibi; ara sıra, ondan biraz ayık olanlar cesaretlenip onunla boy ölçüşmeye kalkışınca, Timur onları tuttuğu gibi yere yapıştırmıştı da, adamlar bir haftada kendilerine zor gelmişlerdi. Daha sonra da kimse, Demirci'nin gücünü denemeye kalkmamıştı. Evliliğinden iki yıl sonraydı herhalde bu olay. Gül, babasını hiç sarhoşken görmemiş, en fazla, elinde bir kadehle görmüştü.

Belki Fuat da bir gün böyle olurdu. Ama o gece odanın ortasında elinde sürahiyle durmuş, bağırıyordu.

– Seninle konuşurken, yüzüme bak.

Gül gözlerine, kızarmış, cam gibi olmuş gözlerine baktı.

– Ne zaman istersem bu boktan sürahiyi pencereden fırlatırım; tamam mı? Ne zaman istersem.

Gül başıyla onayladı. Fuat yerine oturdu, sürahiyi yere koydu. Rakı kadehini dikti. Her iki taraftan çenesine doğru birkaç damla aktı.

Ertesi gün, Fuat'ın ağzını bıçak açmıyordu. Gül'ün yüzüne bakmaktan da kaçınıyordu. Akşam eve geldiğinde de konuşmamayı sürdürdü. Gül kırılmıştı ama diğer yandan da onun bu tavrını anlıyordu. Melike de yanlış bir iş yaptıktan sonra ilişki kurmakta zorlanırdı. Ama o benim kardeşim ve ben onu seviyorum, diye düşündü Gül. O ise benim kocam, onunla da kötü olamam.

Belki pişmanlıktandı ama Fuat gerçekten de artık kumar oynamıyordu. Gül, kocasının kâğıt paraları gömme dolaptaki kutunun içine koyuşunu göz ucuyla takip ediyordu.

Gül, kocasının hangi sıklıkta iç çamaşırı değiştirdiğini, arkadaşlarının kim olduğunu, ne kadar içki içtiğini, körkütük sarhoş eve geldiğinde birkaç defa da olsa kendisini uyandırmadığını biliyordu. Kocasının babasıyla kavga edip etmediğini, kızgınlığını bastırdığı zaman ne hal aldığını ve daha başka birçok şeyi biliyordu. Ama para kutusunun içinde ne kadar para olduğunu bilmiyordu. Bakmıyor ve sormuyordu. Erkek olan oydu.

Uzun yaz boyunca kardeşler, annelerinin sandığı başında en fazla üç kere oturmuşlardı. Artık sohbet konuları da değişmişti.

– Hiç kimseden korkmadan, çekinmeden, istediğim gençle sokakta konuşabiliyorum, dedi Melike. Kimse seni tanımıyor, kimse sana yan gözle bakmıyor. Bizim sınıfta Karadeniz'den bir kız var. Onun anlattığına göre, onların memleketinde şartlar, bizimkinden daha zormuş. Bir keresinde bana ne anlattı biliyor musun? Deniz kenarında küçük bir bahçeleri varmış. Kayalıklar arasında küçük ama verimli bir bahçeymiş. Kayalıklardan ulaşmak zor olduğu için aşağıya ip sarkıtılarak inilebiliyormuş. Babası ipin ucuna annesini bağlıyor, aşağı bırakıyormuş. Kendisi yukarıda oturuyor, sigarasını içiyor, kadın işini bitirince onu tekrar yukarı çekiyormuş.

– Onu da yukarı çekecek birisi olsaydı, o da çalışırdı herhalde.

– Ne olursa olsun, ben şehirde yaşamak istiyorum.

Sibel, zengin olduğu halde yatılı okuyan kız arkadaşından söz etti.

– Onun işi çok zor. Hiç kimse onunla muhatap olmuyor. Herkese sıcak ve güler yüzlü davranıyor, herkesi çaya davet ediyor; kızlar çayını içiyor ama konuşmuyor.

Aslında çok iyi bir kız. Ama çok zengin. O kadar zengin olmayı istemem.

— Ama sen onun kadar zengin olsan, başka okula gidersin, dedi Melike.

— Sen de mi onunla arkadaşlık etmiyorsun? diye sordu Gül.

Sibel, hayır anlamında başını salladı.

— Ben istiyorum ama öteki kızlardan çekiniyorum. Ama benim, Nilüfer adında başka bir arkadaşım var.

Gül, Sibel'in okulda bir arkadaş bulmasının ne kadar zor olduğunu aklından geçirdi. Sibel'in koridorda, duvara sürtünerek yan yan gidişini ve yatakhanenin ıssız bir köşesinde, bir pencerenin önünde yatışını gözünde canlandırdı.

— Yatakhanede kızın biri, geceleri yatağına işiyor, dedikten sonra yere baktı. Gül, Melike ile göz göze gelmemek için olduğunu düşündü.

— Adı İzel. İzel hemen benim yanımda yatıyor. Sevgi'ye, benim yatağa işediğimi söylemiş. Hatta bütün kızlara anlatmış. Bunu da neden yapıyor biliyor musunuz? Nilüfer gibi ona da resim yapmadığım için. Sevgi öyle inek gibi çalışıyor ki, bütün derslerde sınıfın birincisi. Sadece, resim dersinde değil. Resimde en iyi benim. Bütün gün dersleri ezberliyor. Bir gün coğrafya öğretmeni sınıfa girdi, bana, gece uyanmakta zorluk çekip çekmediğimi sordu. Ben önce anlamadım. Anlayınca da her yanımı ter bastı; hiç böyle bir şey yapmadığım halde öyle utandım ki. Yüzüm kıpkırmızı olduğu için bana inanmadı bile. Sonra da bunu Sevgi'nin söylediğini açıkladı. Ben de hemen ona gittim ve hakkımda neden böyle yalan şeyler yaydığını sordum. Ben hiçbir şey söylemedim; ne söylemişim ki, dedi bana. Başkalarının söylediklerine inanma. Çalışkan olduğum için beni çekemiyorlar, iftira atıyorlar, diye de ekledi. Ben de bunu coğrafya öğretmeninden duyduğumu söyledim. O zaman sus pus oldu. O kadar çok söylendim ki, sonunda coğrafya öğretmenine gidip yanıldığını söylemek zorunda kaldı. Ama saatlerce, ikna etmek için uğraştım. Bak, İzel'e giderim ve onun doğruyu söylemesini sağlarım, o zaman durumun daha da kötü olur, dedim.

Gül içinden güldü. Önemli olan, Sibel'in hakkını aramış olmasıydı.

– Ona hiç kimse hak vermedi. Nalan'la kavga ettiğinde bile annem hep Nalan'ın yanında yer aldı. Onun için, Sibel'in hak aramak konusunda hep mücadele etmiş olmasında şaşılacak bir yan yok, diyordu yıllar sonra, kardeşleriyle ilgili konuşurken.

Ama o anda Gül, Sevgi'nin yakasına yapışarak, kardeşinin hesabını sormak istedi. Dahası okkalı bir tokat yapıştırmak geçiyordu içinden. Özlem'in suçlaması karşısında nasıl çaresiz kaldığını düşünerek, kardeşinin de aynı çaresizlik içinde kalmasını istemiyordu. Onu korumak istiyordu.

Gül ise, bu birkaç günlük sandık önü sohbetlerinde pek bir şey anlatmadı. Fuat'ın artık kumar oynamadığını, Ceyda ishal olduğunda neler çektiğini ve kuyuya nasıl düştüğünü anlattı. Her ne kadar sevmek istese de, Fuat'la yaşamanın ne kadar zor olduğunu kendine sakladı. Sarhoş olduğu zaman nasıl bağırdığını, kayınvalidesiyle yaptığı tartışmayı anlatırken; Fuat'ın nasıl uyuyakaldığını ve başka zamanlarda da kendisini dinlemediğini anlatmadı. Kardeşlerinin zaten yeteri kadar dertleri vardı. Bir de kendi dertlerine onları ortak etmek istemiyordu. Evden uzakta, onlarca insanla aynı yatakhanede yatmak başlı başına bir dertti. Ayrıca, onlar her gün babalarını da göremiyorlardı. Hayır, onların işi zaten zordu ve yemeklerden şikâyet ettikleri zaman Gül'ün içi zaten yeteri kadar acıyordu.

Bu kış, dışarıdan bitirme sınavlarına girerek ilkokul diploması alacağını da söylemedi. Dosyayı eylül ayında alacak, çok az olan harcını da Fuat yatıracaktı. Her ikisi de, ortaokula giden kardeşlerinin önünde bundan söz etmeye utanıyordu.

O yaz akşamları da, genellikle bağ evinin basamaklarında oturdular. Darı közlediler. Sokaklarda oynadılar. Gökyüzü, bulutsuz haliyle uçsuz bucaksız gibi görünüyordu. Uçurtma uçurmak için ancak sonbaharda istedikleri gibi rüzgâr olacağı için oğlanlar, böcek yakalayıp bacaklarına ip bağlayarak uçurdular. Ter damlaları yüzlerinde boncuk boncuk tomurcuklanırken, ya sopayla, ya taş atarak yaban arılarını yuvalarından çıkarmaya uğraşıyorlardı. Kızlar ise evcilik oynuyor, bazen de Melike'nin denizle ilgili anlattıklarını dinliyorlar veya bir ağaç gölgesinde oturup çocuk, doğum, zifaf gecesi gibi konular üzerine konuşuyorlardı. Bazı akşamlar da, Melike'nin hazırladığı filenin önünde, kız-erkek karışık voleybol oynuyorlardı. Melike, okul takımına hiçbir zaman seçilemeyecek olanlarla alay ediyordu. Hele kendisi gibi takım kaptanlığı, hiç yapamayacaklardı. Herkes Melike'yi takımına alarak, kazanmak istiyordu

Arzu ise, genç kız olarak sokakta top oynadığı için Melike'ye kızıyordu. Sahanın çevresine dizilen erkekler, Melike vuruş yaptığı zaman hep beraber alkış tutuyorlardı. Melike hem annesinin söylediklerine aldırmıyor, hem de taraftarlarına yüz vermiyordu.

Erkekler okulun son yılı olduğunu düşünerek, Melike ile ertesi yıl evlenmek üzere nişanlanmak istiyordu. Fakat genç kızın planlarından haberdar değillerdi. Bu konuyu sadece kardeşlerine ve izin almak zorunda olduğu babasına açmıştı. Babası dalgın dalgın bakmış, hayır dememişti. Bu neredeyse evet anlamına geliyordu. Melike, İstanbul'da burslu olarak Fransızca öğretmenliği okumak için başvuruda bulunmuştu. İlkokul öğretmenliği bana göre değil, ortaokul öğretmeni olmak istiyorum, demişti.

Demirci de sadece sormuş olmak için, kendisine görücü gönderen delikanlılardan birisiyle evlenmek isteyip istemediğini sordu. Aynı zamanda, üniversitenin Melike için ne kadar önemli olduğunun da farkındaydı. Kendi haylazlıkları gözünün önüne geldi; içinden güldü.

Eğlencelere gittiği günler canlandı gözünün önünde; çok güzel günlerdi, dedi. Eğlence için harcadığı paraya hiçbir zaman acımamıştı. İstanbul'a gitmeyeli kaç yıl oldu, diye düşündü. Artık eskisi gibi genç değilim; burada, çocuklarımla, ineklerimle ve işimle olmak bana yeter. Şuh bir kadının ağzından şarkı dinlemek yerine, radyodan dinlemek yeterli benim için, diye içinden geçirdi. Radyo bana şarkıları verdi ama kadınları elimden aldı; yılda birkaç defa gittiğim stadyumları aldı, haftalık naklen yayınları verdi.

Melike o yaz, kendisini isteyen bir çocukla ilgili olarak verdiği cevapla Timur'un hayatındaki yerini alacaktı:

– Ne yapacağım ben öyle çocuğu? Bir tane vursam yarısı boşa gider.

Timur kahkahayı koyuverdi ve aklından, dükkânda çırağına ve birkaç arkadaşına bu olayı anlatırken atacağı kahkaha geçti. Sesinden, kızıyla gurur duyduğu anlaşılacak ama aynı zamanda sesinin tınısında, kızının hayatının zorluklarla dolu geçeceğinin titremesi de olacaktı.

Hiçbir şeyi dert edinmeden, sözler oradan oraya taşınacak, çelimsiz gencin kulağına kadar gidecek ve bir kış boyunca delikanlı kendisini, ufak tefek ve yalnız hissedecekti. Onun için de gizli gizli sınav çekecek, çelimsizliğine kızacak ama omuzları biraz olsun genişleyince, yine gizli gizli kendisiyle gurur duyacaktı. Belki başkaları bunu fark edemeyecekti ama olsun; kendisi için bu en azından başlangıç tesellisiydi. Sonraları çevre köylerden şişman bir kızla evlendiğinde, zifaf gecesinde ve ondan sonraki günlerde, karısını alt ettiği duygusuna kapılacaktı. Çocukları olacak, Almanya'ya gidecekler, kadın daha da şişmanlayacak ve Melike'ye görücü gönderdikten on beş yıl sonra bir gün, karısıyla İstanbul'dayken, Taksim'de Melike ile karşılaşacaktı. Elbette, Melike onu tanımayacaktı. Melike'nin yanındaki, neredeyse iki metreye ulaşan kocasının karşısında kendisini yine küçücük hissedecekti. Aradan bir on sene geçtiğinde de Ceyda, bir partide onun oğluyla karşılaşacak ve delikanlı Ceyda'ya ince belli, narin yapılı kızlardan hoşlandığını söyleyecekti; gerçekten incecik, şöyle insanın altında kütür kütür sesler çıkaracak kadar incecik.

Bu sonbahar, kitapların içindeki kelimeler Gül'ün kafasında iyice yer edecekti. Bu kelimeler romanlardan, fotoromanlardan değil, okulu bitirmek için çalıştığı kitaplardandı. Elmalar hasat edilmişti, Adana'dan bağa gelenler Adana'ya dönmüşlerdi; Ceyda oradan oraya emekliyor ama yürümeye niyetlenmiyordu. Buna karşılık, Gül'ün sık sık konuşmasına bağlı olarak, tek tük konuşmaya başlamıştı. Akşamları Fuat'la yaptıkları tek taraflı sohbetler daha da azalmıştı. Ya Gül konuşuyor Fuat dinliyordu ya da Fuat çok içiyor ve sadece o konuşuyordu. Gül de akşamları, ilk defa elektrik ışığı altında, harıl harıl ders çalışıyordu. Fuat da kardeşlerinin yanına takılıyor veya babasının evde olmadığı zamanlarda radyonun önünde rakısını yudumluyordu. Radyo tiyatrosunu dinlemediği her halinden belliydi. Derin düşünceler içindeydi.

Kayısılar, elmalar ve dutlar yapraklarını döktü. Rüzgârlar ıslık çalıyordu. Ama henüz soğuklar evlere kadar ulaşmamıştı. Yazın böceklerden uçurtma uçuran çocuklar, artık kendi uçurtmalarını gökyüzüne salıyorlardı. Emin ikinci sınıfı tekrar edecekti. Arzu, evin kalabalığının azalmış olmasından ve kendine daha fazla zaman ayırabilmesinden dolayı memnundu. Suzan, yeni bir kışa daha kocasız giriyor olmanın psikolojik hazırlıkları içindeydi. Fuat sözünden dönmüş, küçük meblağlarda kumar oynuyordu. Gerçekten küçük paralara oynuyordu. Çünkü para kutusundaki para, Gül'ün tahminine göre gün geçtikçe çoğalıyordu. Fuat kazandığında, arkadaşları hayıflanıyordu.

– Paralar yine Fuat'ın kasaya gitti. Bir daha görebilene aşk olsun. Oğlum, öyle ayda bir uğrayıp ortalığı temizleyerek olmaz bu iş. Paranın dönmesi lazım, diyorlardı.

– Evet haklısın. Paranın dönüp dolaşıp benim kasaya girmesi lazım. Daha dur bakalım, yakında gözlerinize inanamayacaksınız.

– Ne var oğlum, söylesene. Yoksa bizim paralarla *kadillak* mı alacaksın, ha?

– Şaşıracaksınız, o kadar.

O sonbahar, Fuat arkadaşlarına sık sık böyle söyledi.

Berber dükkânına aldığı yeni aynaya kimse şaşırmadı; ortalığı silip süpürmesi için dükkâna aldığı on bir yaşındaki çırağa kimse hayret etmedi. Yücel öldüğünden beri Hülya genellikle yalnız vakit geçiriyordu. Eskiden olsa, arada sırada Timur'un yanına giderdi, komşuları dolaşırdı veya kapının önündeki tokmağa oturur gelen geçenlerle laflardı. Onun patavatsızlığına ve şehla bakışlarına herkes alışmıştı. Uzun yıllardır ayrı olmalarına ve Gül'ün bildiği kadarıyla görüşmemelerine rağmen, Yücel öldükten sonra Hülya kendini geri çekti. İçine kapandı. Gül bazen düşünüyordu da, Yücel iyi bir adamdı ve sabırlıydı; halası gibi kalçalarını oynata oynata yürüyen, şehla bakışlı ve doğru dürüst yemek yapmasını bilmeyen birisiyle neden evlenmişti ki? İyi bir adam olsa gerek, diye düşünürdü. Babaannesi damadının adını hiç anmıyor, onun adı geçtiği zaman suratını ekşitiyordu.

O sonbahar Gül, babaannesini sıklıkla ziyaret etti;

ama sadece halasıyla mutfakta oturup sohbet etmek için. Öyle günler oluyordu ki, Hülya hiçbir şeyle ilgilenmeden, Gül'ün kendisini dinleyip dinlemediğine bakmadan konuşuyor, konuşuyordu; herhangi bir konudan başlıyor bambaşka konudan devam ediyordu; minnettar olduğu babasını hayal meyal hatırladığından başlıyor, bir defasında sudan korktuğu için Timur'un kendisini dereden nasıl sırtında geçirdiğine geçiveriyordu; herhalde komşunun kızı kadar küçük, Ceyda'dan biraz daha büyük olması gerekirdi. Geçenlerde derede parasını kaybetmişti ama kaç para olduğunu hatırlamıyordu. Annesinin sattığı ceviz, köfter gibi şeylerden kaç para kazandığından, annesinin nasıl işini bilen bir kadın olduğundan, abisinin para tutmayı öğrenemediğinden bahsediyordu.

Hülya kesintisiz konuşuyordu. Bir konudan başka konuya atlayarak konuşmaya devam ediyordu. Henüz hafızası yerindeydi ve konuşma ihtiyacı içindeydi ama Gül her defasında konuyu Yücel'e getirmek istediğinde, konuyu değiştiriveriyordu:

– Ah, geçmiş gün işte. Ne bileyim ben. Allah taksiratını affetsin.

Böylece her şey söylenmiş oluyordu. Gül'ü halasına götüren şey merak değildi ama düzenli olarak gitmeye devam etti. Halasıyla eniştesinin arasında ne olduğunu, onların neden ayrıldıklarını hiçbir zaman öğrenemedi.

Bu bilinmezlik, önceleri onu uzun uzadıya rahatsız etti. Gül daha sonraları, hayatına giren hiç tanımadığı insanların kendisine nasıl güven duyduğunu düşündü.

Sadece halası sırlarını paylaşmamıştı; en azından kendisiyle.

Almanya'da, fabrikada çalışırken, hemen yanında genç bir Türk kızı vardı. Bu kız, işin başında her gün ağlardı. Bir hafta geçtikten sonra, yirmili yaşların sonunda olan ve genç kız gibi görünen bu kadın Gül'ün yanına gelerek içini açmıştı.

– Ne kadar kalpsiz bir insansın sen Allah aşkına? Her gün yanı başında oturup hüngür hüngür ağlıyorum; dönüp de bir kerecik olsun, neden diye sormadın.

Gül suçluluğunun verdiği utanmayla susmuş, kadınsa konuşmaya devam etmişti.

– Sana her şeyi anlatmak istiyorum.

Çocukluğundan itibaren anlatmaya başlamıştı; çocukken arkadaşlarıyla ahırda neler yaptıklarından, askerlerden, erkeklerden, kendisinden üç kat daha yaşlı olan ilk kocasından, ikinci kocasından ve ikinci kocasının kardeşinden; yeni memleketten, yeni şehirden ve yeni kocasından söz etmişti. Gül, şaşkınlığını gizlemeye çalışırken gözyaşlarını saklayamıyordu. Ondan sonra da insanların kendisine güven duymasına alışacak ama bunun neden böyle olduğunu hiçbir zaman anlamayacaktı.

Acı, belki sadece onu tanıyanı buluyordu.

Bütün kış boyunca yoğun olarak ders çalıştıktan sonra artık sınavlara hazırdı Gül. Havanın ısınmasıyla birlikte dışarı, güneşe çıkmak ve biraz olsun hava almak istiyordu. Sinemada, en sevdiği aktrislerden Ava Gardner'in Humphrey Bogart'la başrollerini paylaştığı, *Çıplak Ayaklı Kontes* filminin afişini görmüştü. Humphrey

Bogart onun için önemli değildi ama belki Fuat'ı sinemaya götürmeye yarardı.
— Bu filmi görmek istemez misin? diye sordu.
— Yooo.
— Ama uzun zamandır sinemaya gitmedik... Biliyorsun.
— Ceyda'ya kim bakacak ki?
— Annen bakar. Hem de severek.
— Ya ağlarsa? Uzun zaman ayrı kalmana alışık değil.
— Aman, uslu bir çocuk o. Ha, ne diyorsun? Gidelim mi? Hem bak, Humphrey Bogart da var.
— Sen de tam adamını buldun. Hadi Sinatra, Dean Martin veya Clark Gable ya da Errol Flynn olsa neyse.

Bogart'a burun kıvırdıktan sonra bir sigara yaktı. Dumanı üflerken Gül'ün yalvaran bakışlarıyla göz göze geldi:
— Benim için fark etmez. Annem bakacak olduktan sonra.

Alışık olduğu sahneydi Bogart'ı elinde viskiyle görmek. O zamandan beri de birisini viski içerken gördü mü, kötü oluyordu. Viskinin kokusunu bile bilemeyecek kadar ne büyük suç işlemişti ki.
— Cumartesi akşamı?
— Aslında cumartesi akşamı, Yılmaz ve Can ile birlikte dereye gidecektik.

Dereye gitmek demek, akşam eve sarhoş gelmesi demekti.
— N'olur, lütfen...

Fuat derin bir of çekti. Belki viski içemeyecekti ama otomobil sahibi olabilirdi.

— Cumartesi, dedi homurdanarak.

Dereye öteki hafta, hatta daha sonraki hafta ve ondan sonraki haftalar da gidebilir, diye düşündü Gül.

Cumartesi akşamı Gül her şeyiyle hazırdı; önce gece mavisi elbisesini giymek istedi ama sonra abartılı bulduğu için vazgeçti. Çok sevdiği eteğiyle bir bluz giydi. Saçlarını yaptı. Sabırsızlıkla gideceği anı bekliyordu. Fuat'ın takımını ve kolalı beyaz gömleğini elektrikli ütüyle ütüledi. Kocası damatlık takımını hâlâ özenle kullanıyordu ama ayakkabısının arkasına basmaya da devam ediyordu. Askerlik sırasında yaptığı göbekten eser kalmamıştı. Buna karşılık, yaşıtlarından çok daha fazla saçı dökülüyordu. Tarak taşımaya devam ediyor, ancak saçını daha da seyrekleştirdiği için briyantin kullanmıyordu.

Sinemaya giderken Gül, kocasının koluna girdi; kocasıyla gurur duyuyordu ve sinemaya gittiği için, içi içine sığmıyordu.

İki film birden seansında, Ava Gardner'lı film ikinci filmdi. İlk film, Dean Martin'in başrolünü oynadığı bir filmdi. Buna rağmen Fuat yerinde duramıyor, sigara üstüne sigara içiyordu. Dalgın dalgın perdeye bakıyor, sesli nefesler alıp veriyordu. Adam orada viski içerken, kendisi koltukta kuru kuru oturuyordu. Film bittiğinde, iyice sessizliğe büründü. Işıklar yandığında beklentiyle Gül'e baktı.

— Ava Gardner ikinci filmde oynuyor. Asıl onun için geldik ya, dedi Gül.

— Tamam, tamam, dedi ve paketi sallayarak bir sigara daha çıkardı, sözlerine devam etti: Hiç dert değil.

N'olacak, bir film daha seyrederiz. Ceyda'nın ağlamadığından eminsin değil mi? Belki de evden ayrıldığımızdan beri ağlıyordur. Senden ayrı kalmaya hiç alışık değil çünkü. İstersen seni eve götüreyim, ondan sonra da ben bir arkadaşlara uğrayayım.

Hayatı boyunca Gül, sıklıkla kendisinin iyi bir anne olmadığını düşünerek kederlenecekti. Ama o akşam çok rahattı. İlkbahardı ve Ava Gardner'ın filmini seyredecekti. Belki kayınvalidesi hakkında birçok şey söylenebilirdi; ama çocuk konusunda hiçbir şey. Gül, Ceyda'yı üvey annesine bırakmaya asla cesaret edemezdi; ama kayınvalidesine her zaman rahatlıkla bırakırdı.

Film başlar başlamaz Fuat yerinde duramaz oldu; yerinden kalkıyor, tuvalete gidiyor, bacaklarını bir sağa bir sola atıyor, durmadan parmaklarını çıtlatıyordu. Film başlayalı on beş dakika olmuştu. Oysa Gül bu zaman içinde çevresiyle ilgilenmekten, radyo dinlerken yaptığı gibi, kendini havaya sokamamıştı. Kocasının orada olmak istemediği çok açıktı.

– Ceyda'nın ağlamadığına emin misin? diye fısıldadı tekrar kocası.

– Evet, eminim. Ama gel eve gidip bir bakalım.

– Ama...

– Gidelim, bakalım, dedi Gül kararlı bir sesle.

Gecenin karanlığında eve doğru sessizce yürüyorlardı; bir akşam birlikte dışarı çıkmakla çok şey mi istiyorum, diye tekrar tekrar soruyordu kendine Gül. Ama o, arkadaşlarıyla çıktığında, gecenin bir yarısı eve gelmeyi biliyor. Birlikte olmayı istemek, birlikte film seyretmeyi istemekle çok şey mi istemiş oluyorum. Ama belki de kızıyla ilgili gerçekten meraklanmıştır. Ama neden kendi annesine güvenmiyordu ki?

Fuat'ın kafası da meşguldü; ancak Gül neyle meşgul olduğunu bilmiyordu. Viskiden haberi bile yoktu; orada öylece kuru kuru oturmanın ne anlama geldiğinden de haberi yoktu. Pırıl pırıl bir geceydi; yıldızların seyrine doyum olmayacak bir geceydi. Dünyada sadece yaşamak ve ölmek için değil, yıldızları seyretmek ve uzaklarda, çok uzaklarda kaybolmak için de bulunuyoruz.

— Erken geldiniz ya, dedi Berrin mutfakta pirinç ayıklarken.

— Evet, Ceyda'yı merak ettik de, ondan. Hatta filmin tamamını bile seyretmedik. Huysuzlanmadı değil mi?

— Uyumadan önce sütünü verdim. Ondan beri hâlâ uyuyor.

— Gördün mü, dedi Gül Fuat'a.

— Ama olabilirdi... diye itiraz etmeye kalktı.

— Ağlasaydı da ben ilgilenmez miydim oğlum. Dört tane kazık gibi insanı ben nasıl büyüttüm zannediyorsun, dedi Fuat'ın annesi.

— Gördün mü, kızımız uslu uslu uyumuş, derken Gül'ün sesinde zafer tınısı hissediliyordu.

Fuat, olduğu yere oturdu. Gül, dolaptan köfter almak için mutfağa gitti.

— Mışıl mışıl uyumuş işte. İkinci filmi de rahatlıkla seyredebilirmişiz. Ama yok, ortalığı telâşa vereceksin ya...

Genel olarak, kendini kontrol etmeyi bilirdi. Ama

şimdi tatlı bir şeyler yemeye ihtiyacı vardı. Her ne kadar söyleyeceklerini tatlandırmasa da. Köfteri çiğnerken sırtını dolaba döndü, öyle kaldı. Fuat'ın sessiz sakin oturması onu çileden çıkarıyordu.

– Kırk yılda bir sinemaya gitmek istiyorum. Ama sen, çocuğu bahane edip hevesimi kursağımda bırakıyorsun.

Köfterin sakızımsı sesi duyuluyor, Berrin hiçbir şey duymamış gibi pirinç ayıklamaya devam ediyordu.

– İkinci filmi seyretmeyi çok istediğimi gayet iyi biliyordun.

Fuat ayağa kalktı ve karısına doğru yürüdü. Ne yüz ifadesi, ne vücut dili herhangi bir ipucu vermiyordu. Belki de Gül bunlara dikkat edemeyecek kadar kızgın bir haldeydi. Döndü, dolaptan, kıştan kalma köfterden bir parça daha aldı. Güç verirdi.

– Yeter artık, diyerek Fuat patladı.

Gül döndü. Dolap kapağı açık kaldı. Berrin pirinç ayıklamayı bıraktı ve karşılıklı duran karıkocaya baktı.

– Nee? dedi Gül hiddetle.

Fuat Gül'e bir tokat atmak istedi, fakat eli dolabın kapağına geldi. Gül'ün suratına çarpmayı başaramadı.

Elin kapak telinde çıkardığı sesten sonra sessizlik oldu. Her üçü de hareket etmiyor, her üçü de ilk nefes alan olmamak için çaba harcıyordu. Birkaç saniye sonra Fuat burnundan soluyarak mutfaktan çıktı, terlik gibi kullandığı ayakkabılarını giydi ve kapıyı çarparak çıktı, gitti. Gül, beklenmesi gerekirmiş gibi, bekledi. Sanki kayınvalidesinin bir şey söylemesi veya bir şey yapması gerekiyordu. Daha sonra Gül kendini suçladı; annesinin yanında onunla böyle konuşmamam gerekirdi; ağrına gitti; beklemem gerekirdi;

onunla benim aramda olan bir konuydu bu, diyerek.

Bu düşünceler çok sonraları geçmişti aklından. Şimdiyse oradaydı ve bekliyordu. Sanki birisi gelecek ve masallarda olduğu gibi sihirli sözleri söyleyerek onu donmuş halinden kurtaracaktı.

Zaman geçiyor, Fuat'ın ayak sesleri artık duyulmuyordu. Zaman geçiyor, kısa zamanın içine binlerce düşünce sığıyor ve Gül hareket edecek zaman bulamıyordu. Nihayet başardı. Yapabiliyordu. Acaba bir sonraki ne zaman olacaktı? Babası Melike'yi sıklıkla, Nalan'ı ara sıra dövmüştü ama ona hiç el kaldırmamıştı. Kendisi de sadece bir kere Melike'ye taş atmıştı. Ama o zaman daha çocuktu. Babası kadınlarını hiç dövmemişti. Ama Fuat bunu yapabilirdi.

— Olur böyle şeyler, sessizliği dolduran bu sözler oldu.

Gül'ün ağzından çıkan sözler değildi bunlar. Onun daha çok, hareket etmesine yardımcı olacak bir söze, bir işarete ihtiyacı vardı. Bu iki türlü olabilirdi; ben onunla konuşurum veya ama sen de onu tahrik ettin, şeklinde.

— Evet, dedi Gül kapağı kapatırken. Fısıldayarak iyi geceler diledi ve odasına çıktı. Dizlerini karnına çekerek yatağına yattı ve örtüyü üzerine çekti. İçinden, kocasının bu gece dışarıda uzun, çok uzun kalmasını diledi.

Bu olaydan sonra iki hafta boyunca Gül kocasıyla tek bir kelime konuşmadı. Gül'e öyle geliyordu ki, sanki kocası yaptıklarından pişmanlık duyuyordu. Fakat, ufak tefek şeylerden başka bir şey de yapmıyordu özür dilemek için. O da sadece evden ayrılırken, ağzının ucuyla yapılan şeylerdi; eşikteyken dönüyor ve *böyle olmasını istemezdim,* diyordu.

Fuat ile Gül arasında soğukluk devam ediyordu. Bu olaydan üç hafta sonra, Fuat bir gece eve geldiğinde, yatmakta olan Gül'ü uyandırmak için sarstı. Gül aldırış etmeden, uyumaya devam etti. Fuat da kendi işini kendi gördü.

Gül'ün ilkokul diplomasını almış olmasının sevinci, kışın soğuğunu azaltan etken oldu. İnsanoğlu her şeye alışıyordu; bir dahaki sefer kavga ettiklerinde Gül iki haftadan fazla geceleri uyanmazlık etmiyordu artık.

Bir sonraki kavga Melike yüzünden çıktı.

– Savaş, Melike ile aynı trende gelmiş.

– Doğru, Melike de trenle geldi.

– Erkeklerle aynı yerde gelmiş.

– N'olmuş?

– Kız kardeşinin yabancı erkeklerle aynı vagonda gelmesini doğru buluyor musun?

– Herhalde okuldan arkadaşlarıydı.

– İnsanlar ne der be?

– Hangi insanlar? Senin geveze arkadaşların mı?

– Kardeşine erkeklerle aynı vagonda yolculuk etmemesi gerektiğini öğretmen lazım.

– Ne yani, n'olur erkeklerle aynı vagonda yolculuk yaparsa?

Gül de böyle bir şeyin dedikoduya yol açabileceğini düşünüyordu; ama ne olabilirdi ki?

– Tabii, kardeşin olduğu için onu tutuyorsun. Başkalarının ne düşündüğü senin umurunda değil. Çok bencil bir insansın sen.

– Kendisi karar verecek yaşta Melike. Yakında üniversiteye gidecek; neyin yanlış, neyin doğru olduğuna karar verecek yaşta o.

– Benden söylemesi. Ben sadece yardım etmek istedim. İster Melike, ister Sibel olsun sen zaten hep kardeşlerini tutarsın. Herkes Melike'nin hafif bir kız olduğunu söyleyecek. Amaan bana ne.

– Vagonda ne olmuş olabilir? diye sordu Gül ve devam etti.

– Vagonda o kadar yabancı insanın önünde ne yapmış olabilirler? Ben sana söyleyeyim; sadece sigara içmişlerdir. Yapabilecekleri en kötü şey bu; çünkü kardeşim sigara içiyor. Eğer bu yüzden onun başına iş açmak istiyorsan, git babama söyle.

– Göreceksin bak, nasıl dillere düşecek.

Melike hiç de dedikodu konusu olmayacaktı. Yaz boyunca kaldığı süre içinde, bahçenin bir köşesinde sigara içmek için yeteri kadar fırsat buldu. Sigara içerken başı döndüğü için genellikle oturuyordu. Arada sırada yanına Gül'ü alıyor, onu da sigara içmeye zorluyordu. Gül içinse bu bir eğlenceydi; çünkü genellikle büyükler küçükleri sigara içmeye teşvik ederdi. Sigara insanın ağzında acı bir tat bırakıyordu. Gül'de de baş dönmesine ve önleyemediği bir öksürüğe yol açıyordu.

Şeytan işi, bu tamamen şeytan işi diyecekti, sigara alışkanlık halini aldıktan sonra. Seni el kapısı çalmaya mecbur edebilir bu zıkkım. Bırakmayı düşündüğü her zaman, daha fazla içmeye başlayacak ve hiçbir zaman bırakmayı başaramayacaktı.

Yaşamının kırk yılı boyunca içmeye devam edecek

ve ancak son beş yılında günde bir iki taneye düşürmeyi başaracaktı. Her bir sigara onun için bir teselli, bir unutma vesilesi oldu. Sadece kendisi için yaptığı bir şey.

O yaz Melike'nin kendisine sus payı olarak verdiği sigaraları, Sibel'in yaptığı gibi hep itirazlarla içti. Sibel öksürüğe tutuldu mu, durdurmak mümkün olmuyordu.

– Sessiz ol. Babam duyacak şimdi.

Timur sigara içmeyi bıraktığından beri sigara içenlere tahammül edemiyordu. Yaşlıların önünde gençlerin -her ne olursa olsun– bir hazzı yaşamasına hiç kimsenin tahammülü yoktu.

Üç kardeş, anneleri üzerine konuştuklarında yaptıkları gibi, bahçenin ücra bir köşesinde bir olup sigara içerlerdi.

Yaz sonunda, Gül tekrar hamile kaldı. Fuat bu haberi öğrendiğinde; ne iyi, ne Allah'ım bir oğlum olsun, ne çok sevindim, ne hiç zamanı değildi, dedi.

– Biraz düşünmemiz lazım, dedi bunun yerine.

Gül hemen korunma yöntemleri üzerine düşünmeye başladı; prezervatif olduğunu duymuştu ama sadece İstanbul'da vardı. Ya da Fuat'ın erken çıkması gerekirdi ki, aklında sanki bambaşka bir şey vardı.

– Ne demek bu? Ne düşünmemiz gerekiyor?

– Hâlâ hiç tanımadığım adamların yüzünü elleyerek para kazanıyorum. Çalışıyorum, çabalıyorum, kumar oynamıyor para biriktiriyorum; ama yine de sıfıra sıfır elde var sıfır. Ne elimde ne avucumda bir şey var.

– Aç değiliz, açıkta değiliz.

– Allah'a şükür. Ama neredeyse herkesin evinde akan suyu, elektriği var. Otomobil denen bir şey var, ama benim mobiletim bile yok. Radyo var, televizyon var. İnsanlar, güzel güzel evlerde oturuyorlar. Ya biz? Biz aç değiliz. Bizim karnımız doyuyor. Her şey bu kadar basit mi? Sen de güzel, pahalı elbiseler, naylon çoraplar giymek istemez misin, çamaşır makinen olsun istemez misin? Burada böyle oturup, sahip olduklarınla mutlu mu olacaksın? Paran olduğunda hayatın ne kadar güzel olduğunu sen de gördün. Senin baban bir zamanlar zengindi. Ama biz, biz hep yoksulduk. Babam sadece basit bir arabacıydı; gün geldi yatağa aç girdim. Anlıyor musun? Sen de gün gelip çocuklarını yatağa aç yatırmak mı istiyorsun? Paran olmadığı için parasız yatılıya mı göndermek istiyorsun? Dünyada her şey paranın ucunda Gül'üm. Paranın açamayacağı hiçbir kapı yok. Anlıyor musun?

Gül hiçbir zaman çok parası olmasını istememişti. Ama şimdi Fuat'a hak veriyordu. Evet Fuat haklıydı; çocukları parasızlıktan devlet parasız yatılıya gitmemeliydi. İstedikleri zaman harcayabilecek paraları olmalıydı; fotoğraf çektirmek istediği zaman, kumaş almak istediği zaman veya iki metre daha uzun gelinlik kuyruğu almak için para sıkıntıları olmamalıydı. Evet, istediklerini alabilmeliydiler. Ama para her şeyi çözmüyordu. Bunu en azından fotoromanlardan öğrenmişti; mutsuzluk, zengin çocuklarını bir gölge gibi takip ediyordu.

– Ne düşünüyorsun peki?

Fuat dudaklarını ısırdı, düşündü.

– Ben bir yol biliyorum.

O sonbahar Fuat sessizdi. Başka zamanlarda da çok konuşkan değildi ama o sonbahar daha da suskundu.

Arkadaşlarıyla daha az beraber oluyor ve daha az içki içiyordu. Genellikle öylece oturuyor ve önündeki kül tablasını izmaritlerle dolduruyordu. O kadar çalışmasına rağmen elinde bir şey kalmamasını düşündükçe, bir sigara daha yakıyordu. Zenginlerin lüks içinde yaşamasını düşündükçe, bir sigara daha yakıyordu. Hiçbir şeyi dert etmeden yaşayan insanları düşündükçe, bir sigara daha yakıyordu. Yabancıların kulağındaki sarımtırak, elleyince pul pul dökülen yağ tabakasını görmeden yaşayan insanları düşündükçe, bir sigara daha yakıyordu.

Fuat, yaptığı işi sevmiyordu; sadece yapabildiği için yapıyordu. Ne yapabilirdi ki? Gül, Fuat'ın içine kapanık halini kaygıyla izliyordu. En azından, daha az kavga ediyoruz, diye düşünüyordu.

Gül'ün karnı ilk hamileliğine göre daha hızlı büyüyordu ve iştahı da yerindeydi. Kendisi bile bir türlü doymak bilmeyişine şaşırıyordu. Sabah bulantıları bile neredeyse hiç yok gibiydi. Her defasında biraz daha kolay oluyor herhalde, diye düşünüyordu. Sabah karnı burnunda tarlaya gidip, akşam kucağında bebeğiyle evine dönen anneler vardı. Belki de köyde insanlar, yanlarında yardımcı çalıştıracak kadar zengin olmadıkları için bu böyledir.

Kutudaki para gün geçtikçe artıyordu. İç karartan bir sonbahar gününde Gül, Fuat'ın boş bir karton üzerine bir banknotu koyuşunu izledi, soru soran gözlerle ona baktı.

– Hiç kalmadı, dedi Fuat.

Gül ellerini açarak, başını eğerek ve kaşlarını kaldırarak sordu.

— Nasıl yani?
— Hayat da kumar gibidir; riske girmezsen kazanamazsın.

Fuat etkilenmemiş gibi görünüyordu.
— Bir dikiş makinesi alırsan ben de sana yardım ederim.
— Ne kadar yardım edebilirsin?
— Beş kuruş beş kuruştur. En azından, hiç yoktan iyidir. Elbise dikerim, tamir yaparım. Epey iş geleceğinden eminim.

Fuat dikiş makinesini getirdiğinde, ilkbaharın ilk günleriydi. Gül'ün karnı herkesin dikkatini çekiyordu; genellikle söylenen şey ikiz olacağı yolundaydı. Bazen utandığı için gizli gizli yemek yiyordu. Kayınvalidesi, Gül'ün bir tepsi baklavayı nefes almadan bitirebileceğini söylüyordu. O belki şaka yapıyordu ama Gül kendisine şaşırarak güveniyordu bu konuda. Çikolata dışında her şeyi rahatlıkla yiyebilirdi.

Dikiş dikerken karnı engel olmasına rağmen, o ilkbahar makinenin önünden kalkmamaktan pek şikâyetçi olmadı. Makinenin gürültüsü, kafasındaki düşüncelerden arınmasını sağlıyor, hatıralara gömülmesine yol açıyordu; terzilik öğrendiği günleri, Candan'ı ve Esra'yı düşünüyordu. Herhangi bir şeyi dikip bitirdiği zaman hâlâ aynı hazzı duyuyordu.

Çok şey değişti; şimdi bir çocuğum, bir kocam, bir dikiş makinem, bambaşka bir hayatım var, diye düşündü. Tamamıyla kendi hayatı olmasa da, değişmişti; Fuat'tan izin aldıktan sonra kar beyaz bir kumaş alıp Suzan'a bir bluz dikecekti. Kendisine kullanılmış dikiş makinesi alındığı için çok sevinen Suzan'a sürpriz yaparak, onu sevindirmeyi çok istiyordu.

Gül Suzan'a bluzu hediye ettikten iki gün sonra, Murat'ın tahliye haberi geldi. Suzan, öğleye doğru gelen mektubu okudu; akşamüstü neredeyse bomboş bir heybeyle kocası karşısındaydı. Çok zayıflamıştı. Elmacık kemikleri çıkmıştı. Gömleğinin altından omuz sivrilikleri belli oluyordu.

– Çok açım, oldu ilk sözü.

Günlerce evden dışarı çıkmadı; yedi, içti, yattı ve içtiği sigaradan çıkardığı halkaları bomboş gözlerle takip etti.

– İşkence yapmışlar, dedi Suzan Gül'e ve ekledi; Ama hiç bahsetmiyor. Sağ başparmağında ve işaret parmağında tırnağı yok. Gündüz uyuyor, gece de oturup sigara içiyor. Ne yapacağımı bilemiyorum, derken ağlıyordu. Kocam geri geldi ve ben ne yapacağımı bilemiyorum.

Gül bir cevap veremediği için kendini suçlu hissetti. Suzan'ın ona yardımcı olduğu gibi, o da Suzan'a yardım etmek istiyordu. Ama ne yapacağını bilemedi; ona sarıldı.

– Allah yardımcısı olsun. Belki biraz zamana ihtiyacı vardır.

– Ah küçük anne, zaten senin karnın burnunda, bir de seni kendi dertlerimle üzdüm.

Gözyaşları tane tane düşerken, kahkahayla güldü.

– Gelir geçer böyle şeyler; gelir geçer. Mücadeleci bir adamdır o. Benim kocam bunun da altından kalkar. Çocuklarımın bir babaya, babalarına ihtiyacı var.

— Evet, çocukların babalarına ihtiyacı var, dedi Gül.

Gül, Murat geleli üç hafta olmasına rağmen onu sadece bir defa sokakta görmüştü. Ondan sonra daha sık ortalıkta görünmeye ve tanıdıklarını başıyla selamlamaya başladı. Kahvede tavla oynayacak ve nargile içecek bazı arkadaşlar edindi. Tavla oynarken o kadar hırslanıyordu ki, bir süre sonra oynayacak kimse bulamıyordu. Ellerinde hiç para olmamasına rağmen, çalışmak için bir girişimde de bulunmuyordu.

— Nasıl gidecek bu iş böyle? diye sordu Suzan bir akşam.

— Her şey ters bu memlekette. Bu kadar insan arasında tek bir dürüst insan yok. Herkes yalancı, üçkâğıtçı, kazıkçı ve yalaka; bu memlekette her şey ters. Bu iş böyle nereye kadar gider, hiçbir fikrim yok.

— Şşşt. Çocuklar duyacak.

— Buralardan gideceğiz.

— Peki nereye?

Murat ayaklarına bakarken başını salladı.

— Nereye gideceksin?

— Birkaç gün sonra dönerim. Bıktım artık.

— Bu defa nereye gidiyorsun Murat? Yine beni yalnız bırakmak istemiyorsundur inşallah.

— Hayır, hayır seni nasıl yalnız bırakırım. Sen benim karımsın.

Suzan, kocasının uzaklara gideceğini hissediyordu. Buna dayanacak gücü bulup bulamayacağını bilmiyordu.

Gül'ün ikinci bir kızı oldu ve adını Ceren koydular. Fuat uğradığı hayal kırıklığını ne Gül'den, ne de ailesinden saklayamadı.

– Sağlıklı ya, iki eli ve iki ayağı var ya, dedi Gül. Allah'a şükredelim. Hamileliğim boyunca hep bunun için dua ettim.

Aynı zamanda da, acaba bir erkek çocuk dünyaya getirse, Fuat'ın da babası gibi sigarayı bırakıp bırakmayacağını sordu kendi kendine. Herhalde bırakmaz, diye cevapladı. Ama gün gelecek Fuat bugünden yarına, Gül'den çok önce sigarayı bırakacak ve Gül, kocasına bunun ne kadar kolay geldiğine şaşkınlıkla bakacaktı. Sadece içkiyi kontrol altına almayı başaramadı. Ancak altmış yaşına gelince, midesinin zoruyla azaltmayı başarabildi.

Gül o yazı kızlarıyla ilgilenerek geçirdi. Melike her zaman olduğu gibi her yerde, başına buyruk olarak büyük şehirde yaşamanın nimetlerini anlatıyordu. Sadece kimle gezdiğini hiç kimseye anlatmıyordu; iri yarı, yakışıklı, İzmirli spor yüksek okulu öğrencisinin çekingen hali ve tavrıyla kalbini çaldığını hiç kimseye anlatmıyordu. Birliktelerken ve eğer içki içmediyse Mert genellikle konuşkan birisi değildi. Fakat, çabuk sinirlenen birisiydi; bir anda gözleri dönüveriyordu. Bir gün Beyoğlu'nda gezerken, kaldırıma park etmek isteyen ve bunun için yayalara durmaksızın korna çalan birisiyle karşılaşmışlardı. Mert hemen otomobile doğru gitti. Kapıyı açtı. Şoföre öyle bir tokat yapıştırdı ki, kornadan daha fazla ses çıktı.

– Öküz herif, burasının yayalara ait bir kaldırım olduğunu görmüyor musun?

Melike utandı, ama bir yandan da gururlandı. Haksızlığa tahammülü olmayan birisiydi.

Melike kış boyunca, kardeşleriyle birlikte annesinin sandığı başında oturup, onlara Mert'ten bahsetmenin özlemini duydu; kıvırcık saçlarından, çekingenliğinden ve fevriliğinden. Babasından daha iri oluşunu en sona saklayacaktı. Ama olmadı. Üç kardeş, Gül'ün çocukları ve dikiş işleri nedeniyle, bir araya gelip sandığın başında oturmaya fırsat bulamadılar.

Sibel'in, Timur'un uğraşması gereken bir sorunu vardı; okulu bitirmesine rağmen, on sekiz yaşını doldurmasına daha birkaç ay gerektiği için öğretmenliğe başlayamıyordu.

– Kızcağız bir sene erken okula başlayınca bir sene de erken bitirmiş oldu; şimdi bu yüzden bir sene beklemek zorunda kalacak, diyordu Arzu.

Duy da inanma; insan bir yıl kaybedebilir veya uzatabilir, unutabilir veya yok sayabilir miydi?

– Yaşını büyütürüz olur biter, dedi Timur.

Bunu yapmak eskisi kadar kolay değildi. Şimdi artık mahkemeye çıkmak, şahit göstermek zorundaydılar. Yaz sonunda işlemleri yaptılar ve hâkim karşısına çıktılar. Hâkim, Timur'a sordu.

– Kızınızın mart ayında doğduğundan emin misiniz?

– Elbette. Kar kalkmıştı, ağaçlar sürgün vermeye başlamıştı ama kirazlar henüz tomurcuklanmamıştı. İlkbahar olması lazım; havalar bayağı serindi. Ama martın başında mı sonunda mı diye soracak olursanız, o konuda bir şey diyemem, çünkü çok zaman geçti.

Komşusunun Timur'a küçük bir borcu vardı. Ayrıca konuşmasını iyi bilen birisiydi komşusu.

– Peki, neden o zaman ekim olarak verdiniz doğum tarihini?
– Ceza ödemek istemedim. O zamanlar köyde oturuyorduk. Şehre gidemedim. Ben de geç kaldığım için ceza ödemektense öyle bir tarih verdim.
– Sibel, diyerek kıza döndü hâkim, kızım sen içeride kal. Diğerleri dışarı çıksın.
– Kızım, diyerek söze başladı hâkim ve açık tenli, ürkek ve zayıf kıza dikkatle baktı. Benden korkmana hiç gerek yok. Benden sana kötülük gelmez. Baban bir şeyler çeviriyor gibi geliyor bana, yoksa seni de kullanıyorlar mı?

Sibel, hayır anlamında, başını iki yana salladı.

– Yani sen bunu kendi iradenle yapıyorsun, öyle mi? Hiç kimse seni buna zorlamadan. Bak kızım, eğer seni birisi zorluyorsa bunu şimdi söyleyebilirsin. Ona göre... Eğer birisi sana baskı yapıyorsa, davayı reddedeceğim. Yok kirazlar tomurcuklanmamışmış, nerden hatırlayacak sanki, on sekiz sene geçmişmiş. Ne diyorsun bakalım?

– Ben kendim istiyorum.
– Emin misin?
– Evet.
– Pekâlâ.

Sibel mahkeme salonunu terk ederken, artık on sekiz yaşında genç bir kızdı. Okulların açılmasıyla birlikte, bir yıl boyunca bir köy okulunda stajyer öğretmen olarak çalışabilecekti.

Murat ikinci defa, hiçbir şey söylemeden birkaç günlüğüne ortadan kayboldu. Tekrar ortaya çıktığında, elindeki iş anlaşmasını herkese gururla gösteriyordu; üç hafta içinde Almanya'da, Duisburg'da bir yıl boyunca çalışacağı işinin başında olacaktı.

— Ha Almanya, ha hapishane, benim için fark etmez, dedi Suzan. Murat'ın gözlerindeki umut pırıltısını görüyordu, ama yalnız kalmak da istemiyordu. Onun için, uzakta bir koca olacağına, yanı başında olan ama hiç konuşmayan bir koca daha evlaydı. Hiç görmediği bir insanı sevmektense, her gün gördüğü bir insan tarafından sevilmemek daha dayanılabilir bir şeydi.

— Bu memlekette insanın hiçbir şansı yok. Sana oradan para gönderirim. Ev bulur bulmaz da çocuklarla seni oraya aldırırım. Orada herkesin kaloriferli, çeşmelerinden sıcak su akan, elektriği olan evleri var; otomobilleri var. Bundan sonra, beyler gibi yaşayacağız. Ciğeri beş para etmez adamların maskarası olmayacağım burada.

— Yabancı bir memlekette ben ne yaparım, derken ağlıyordu Suzan.

— Peki ben burada ne yapacağım? Burada tutunacak bir dalım bile yok. Yeter artık, bıktım. Ben gideceğim ve sonra da seni aldıracağım. Öğrendim. Oluyormuş.

Sonbaharda Murat'tan mektup geldi; tertemiz sokaklardan, sokak lambalarından, sinemalardan, ışıl ışıl caddelerden, yürüyen merdivenli kocaman mağazalardan bahsediyordu. Altı kişi bir arada kaldıklarından ve hapishaneden farkı olmayan lojmandan hiç söz etmemişti. Almancayı hiçbir zaman öğrenemeyeceğinden, maden yerine yüksek fırın önünde kan ter içinde kalarak çalıştığından da hiç söz etmemişti. İnsanların sokakta kendisine nasıl baktıklarından, ne sarımsak ne de köfter bulamadığından, cevizlerin memleketteki gibi lezzetli olmadığından da söz etmedi. Burada yan gelip yatan hiç kimseyi görmediğinden, yalancı ve dolandırıcılarla karşılaşmadığından da söz etmedi. Her şey o kadar düzenliydi ki, herhalde buradaki hapishaneler bomboştur, diye düşünüyordu.

Murat mektup gönderiyor, para gönderiyordu ama Suzan'ı oraya aldırmaktan hiç söz etmiyordu. Gerçi, o da bu konuda talepkâr değildi; yabancı bir ülkede yaşamak ona hiç de cazip gelmiyordu; büyük mağazalar ve ışıklı neonlar ona göre değildi.

– Peki, ben şimdi ne yapacağım? Beni aldırırsa gitmek zorundayım. Onun yokluğuyla yaşamam da söz konusu olamaz. Özlüyorum Gül, anlıyor musun? Özlem ciğerimi yakıyor.

– Fuat da hep benim yanımda değil. Gecenin bir yarısı geliyor, sabahın köründe kalkıp işe gidiyor.

Erkekler hep böyle, demek geçiyordu içinden. Fuat'ın anlatmakla bitiremediği konular tükenmişti. Ama o, kitaplardan ve filmlerden, başka türlü de olabileceğini biliyordu. Gül, yanlış anlaşılacağından korkarak, kendisinden çok daha tecrübeli Suzan'a bir şey söylemek de istemiyordu.

Gül hiçbir zaman Sibel kadar zayıf olmamıştı ama doğumun üzerinden altı ay geçmiş olmasına rağmen hâlâ eski kilosuna inememişti. İştahı hiç azalmamıştı. Bir tepsi baklavayı yeme arzusu yoktu belki; ama yemek arası atıştırmalar, tereyağlı ekmek, şekerli yoğurt, köfter, elma veya simit hiç eksik olmuyordu. Karnı çıkmış, kalçaları genişlemiş ve yürürken memeleri sağa sola dalgalanır olmuştu.

– Maşallah, diyordu annesi ve kayınvalidesi, işte şimdi tam bir kadın oldun.

Tam bir kadın halinden, şişman bir kadın haline geçmesi için on sene gerekecekti. Kırk sene sonra ise alçak bir koltuğa, kalkması zor olduğu için, oturup oturmamayı iyi düşünmesi gerekecekti. Şimdilik, iyi beslenmiş denebilirdi; zayıflık denen moda ortaya çıkmadan önceki eski zaman dansözleri gibi.

Etine dolgun genç bir anneydi; memeleri süt dolu olan ve her gün dikiş makinesinin başına oturarak pedal çeviren, makine gıcırtıları arasında üç beş kuruş para kazanarak kocasına veren, etine dolgun bir anneydi; kocası da parayı bazen cebine koyar, bazen de hiçbir zaman dolmayacak olan para kutusuna.

Evin erkeği olarak para yönetimini de elinde tutan Fuat, kumara ve alkole para harcamasına rağmen, yine de evin ve dükkânın ihtiyaçlarını karşılıyordu. Gençliğindeki kumar alışkanlığı, orta yaşlarda talih oyunlarına dönüştü; ancak yaşlılığında tasarruf etmeyi öğrendi. Bugünden yarına, zengin olma hayalini hiçbir zaman bırakmadı.

Gül uzun yıllar içtiği sigaranın parasını ev harçlığından, Fuat'ın haberi olmadan çıkarmak zorunda kaldı; paranın harcanmasında söz sahibi olabilmesi için uzun yıllar büyük mücadeleler vermesi gerekti. Çocuklarının ihtiyaçlarını karşılamak için indirimleri ve ucuzlukları takip etmek zorunda kalacak, hatta bazen kendi ihtiyaçlarını bile unutacaktı. Kendisi böyle özverili davranırken, arkadaşlarına ve hatta yabancılara müsrifçe paralar harcayıp, çocuklarına bir bebek bile almayan kocasının bu tutumu onu incitiyordu.

Gül henüz kayınvalidesinin evinde dikiş dikmeye devam ediyordu ve çevrede iyi bir terzi olduğu iyice yayılmıştı. Esra'nın işi çok olduğu zamanlarda, bir kısmını Gül'e gönderiyordu. Gül müşterileriyle sohbet etmeyi seviyor, onlara çay ikram ediyor, hemen ödeme yapamayacak olanları defterine yazıyordu.

Günler birbiri ardına geçiyor ve Gül'ün iş yoğunluğu gittikçe artıyordu. Ceyda'ya göre daha huysuz bir çocukluk geçiren Ceren, geceleri sıklıkla ağlayarak uyanıyordu. O kış gecelerinde Gül başını yastığa koyar koymaz uyuyor, gecenin bir yarısı omzundaki ağlama sesiyle uyanıyordu.

Babası hâlâ her sabah düzenli olarak gelmeye devam ediyor, ayaküstü sohbetler ediyorlardı. İkmal imtihanlarını veren Nalan'ın başarılı bir öğrenci olduğunu Timur, sokakta karşılaştığı öğretmeninden öğrenmişti. Ayrıca, sonbaharda öğretmene verdiği ilaçlama tulumbasını da geri alamamıştı. Eğer yeni bir tulumba almak zorunda kalırsa, bir daha kimseye vermeyeceğine, birisinin bahçesini ilaçlarsa, ancak para karşılığı yapacağına dair yemin etmişti. Bir gün önce, Timur Gül'ün yanından ayrıldıktan sonra Ceyda, dede, demişti; gece o kadar soğuktu ki, ertesi gün Gül evden ayrılıp da sokağa çıkınca, soğuktan gözlerinden yaş gelmişti. Dikiş işleri iyi gidiyordu; ha, dün ipliği bitmişti; akşamları o kadar yoruluyordu ki, yattığı gibi uyuyordu; n'olur kardeşimin mektubunu bir daha okuyuver; saatimi nasıl kaybettiğimi hatırlıyor musun; beni bir defasında dövmek istemiştin, hatırlıyor musun; duvarın arka tarafındaki ağaçtan ceviz getirir misin, kuru kayısı getirmeyi de unutma; yakında başımda hiç saç kalmayacak, Fatma ile birlikte saçlarım da beni yalnız bıraktı. Tüm bu cümleler iki yaşamı birbirine daha yakınlaştırmak, birbirine sıkı sıkıya bağlamak için kurulan cümlelerdi.

Gül ev işleri, çocuklar ve dikiş işleriyle o kadar meşguldü ki, ilkbaharın geldiğinin farkına bile varmadı. Bir gün, makinesi iplik koparmaya başladı ve çalışamadı; işte o an, işten başını kaldırdığı o an kuş cıvıltılarının farkına vardı. Yeşillenmeye başlamış akasyaya baktı ve içini bir sevinç kapladı. Yine yaz gelecekti; yine yaz gelecek, kuş cıvıltıları her yanı kaplayacak, rüzgâr ıslık çalacak, koca su bahçeler arasında akacak, akşamları insanlar kapı önlerinde oturacak ve karşıdan karşıya bağırarak konuşacaktı; Melike ile Sibel gelecek, dertlerini unutacak ve kemikleri iliklerine kadar ısınacaktı.

Gül hiç yüksek sesle şarkı söylemezdi. Sadece kendi kendine mırıldanırdı. O gün bağıra çağıra şarkılar söylemek istiyordu. Neşeli hali sesine de yansımıştı.

Bu güzel ilkbahar gününü elinde bir mektupla çıkagelen Suzan sona erdirdi.

– Kolay gelsin, diyen Suzan'ın sesiyle irkilen Gül, işi bıraktı, ayağa kalktı. Makine susmuştu.

– Annen beni içeri aldı.

– Ne oldu? Çok acayip... Çok çaresiz görünüyorsun.

– Murat bizi aldırmak istiyor. Bir ev tutmuş. Bu yaz da gelmeyecekmiş. Halbuki söz vermişti.

– Sevinmedin mi?
– Ne yaparız ki oralarda?
– Ama herkes Almanya'ya gitmek için can atıyor. Kötü olsa, bu kadar insan niye gitmek istesin ki?
– Amaan, belki de haklısın. Ne bileyim ben. Kendi kendime evhamlanıyorum herhalde, derken Suzan sanki kendisi de inanmıyordu.
– Altı hafta sonra gidiyoruz.
– Ben de sana güzel bir elbise dikeyim, orada giyersin. Bana mektup yazarsın değil mi?
– Elbette yazarım.

Gül, Suzan ayrıldıktan sonra ağlayabildi. Dikimine o gün başladığı elbisenin üzerine düşen gözyaşı damlaları, armağanı oldu.

İlkbahar sevincini Suzan elinden almış, arkadaşsız günlerinin nasıl geçeceğini kara kara düşünürken, hiç farkında olmadan, yaz gelip geçmişti. Elma hasadında kaynı Levent, bir taşın üstüne oturmuş, birbiri ardına sigara içiyor, belki de ağaçtan elma toplayan kızların bacaklarını seyrediyordu. Her halükârda, ağaç gölgesinde oturmuş, tembellik yapmanın keyfini çıkarıyordu. Ta ki babası gelene kadar.

– Çalış oğlum, çalış. Yoksa kendi evinde asalak gibi mi yaşamak istiyorsun?

Levent kıpkırmızı oldu. Avucunun içinde sakladığı sigarayı yere bıraktı.

– Tembellik karın doyurmaz a oğlum. Kalk da iş yap.

Konuşmalara tanıklık eden Gül, kayınbabası gittikten sonra memnuniyetini dışa vurmadan edemedi:

– Ağır sözlerdi, değil mi?

Yaşamak zorunda kaldığı adaletsizliği ve acıları unutamamıştı. Küçük büyük demeden, hiçbirisini unutmuyordu; ne yoğurdu yediği bahanesiyle annesinden yediği dayağı, ne de Levent'in aklından çıkmayan sözlerini. Adalet yerini bulduğu için huzur duyuyordu. Ağzını açıp bir şey söylemektense, sessiz kalıp acımayı tercih ediyordu. Adaleti olmayan bu dünyada kim için, ne için bir şeyi savunacaktı. Melike mücadele ederken, Sibel kendi yolunu çizerken, o sabrediyordu.

Levent'e haddi bildirildiği için gülümsüyordu; serin sonbahar rüzgârı bile neşesini bozamadı. Fuat akşam eve gelene dek,

– Almanya'ya gideceğim. Orada iyi para kazanabilirim.

– Ne dedin?

– Bir yıllığına Almanya'ya gidiyorum. Biraz para biriktirip, gelip kendi işimi kuracağım.

– Ne işiymiş o?

– Bilmiyorum. Ama sermaye lazım. Para parayı çekiyor. Bizde ise hiç yok.

– Ben burada yalnız mı kalacağım?

– Bu evde insan yalnız mı kalırmış. Zaten sadece bir yıllığına. Askerlikten daha çabuk geri dönerim.

Gül yere bakarak; ama o zaman iki çocuk yoktu, diye düşündü.

– Geri geldiğimde artık para sıkıntımız olmayacak; odun-kömür kışı çıkaracak mı, kimden biraz borç bulabiliriz, diye düşünmeden yaşayacağız.

– Herkes Almanya'ya gidiyor, dedi Gül.

– Elbette. Çünkü zengin bir ülke. İnsan rahatça para kazanabiliyor. Hem Almanlar bizim eski dostumuz.
Fuat kararını verdikten sonra işlemleri çabuk bitirdi. Sekiz hafta sonra, Fuat'ı Almanya'ya uğurlamak için hep birlikte tren garındaydılar. Düşen ilk karlar, insanların saçlarında parıldayarak eriyordu. Gül ağlıyordu. Ceyda kalabalıktan korktuğu ve annesi ağladığı için annesinin bacaklarına sıkı sıkıya sarılmıştı.
O kış Gül için yapayalnız bir kıştı. Eğer çocuklar olmasaydı, kesinlikle, duvara bakarak geçirdiği zaman çok daha fazla olurdu. Suzan da yoktu, Fuat da. Artık babasının dükkânına daha sık gidiyordu. Ceren'i de yanında götürüyordu ama küçük kızın kızgın ocağın yanına gitmesine, sıcaktan terleyip dışarıda üşütmemesine pek dikkat etmiyordu. Dışarı çıktıklarında Ceren üşümekten ağlıyor, Gül de, dedesinin yanından ayrılmak istemediği için ağlıyor zannediyor, içinden gülüyordu. Fakat küçük kız, kış boyunca hastalıktan kurtulamayacaktı. Allah'ım kızımı koru, onu anasız babasız bırakma, haksızlıklardan onu koru, diye dua ediyordu. Dayanmam için bana güç ver.
Gül akşamları karanlıkta oturuyor, Ceyda'nın soluğunu bastıran Ceren'in hırıltılı nefes alışını dinliyordu. Bazen yerinden kalkacak hali olmuyordu. Artık helâya gitmem lazım, dediğinde, düşünceler kafasında uçuşmaya başlıyordu; bir gün önce rüyasında gördüğü Fuat'ı, annesini, babasını, Melike'yi ve Sibel'i veya elekçiyi, Suzan'ın düğününde ağlayışını düşünüyordu. Kendine geldiğinde, nasıl sıkıştığının farkına varıyordu.
Fuat, askerdeyken yazdığından daha az mektup ya-

zıyordu ve bunu, çok çalışmasına bağlıyordu. Delmenhorst adında bir yerdeydi. "D" ile başladığı için Gül de düzenli olarak mektuplaştığı Suzan'ın yaşadığı Duisburg yakınlarında olmalı diye düşünüyordu.

Suzan ile Murat, birçok İtalyan'ın yaşadığı yoğun yemek ve sarımsak kokusu altındaki bir binada oturuyorlardı. Böylece Suzan İtalyanca öğrenmeye başlamıştı. Mektupta, Almanların çok az konuşan insanlar olduğunu, onun için de dillerini öğrenmeye gerek olmadığını yazıyordu. Almanya'yı beğenmemişti; çok soğuktu, memleketinden çok daha soğuktu; insanları mesafeliydi; hiç kimse gülümsemiyor, insan her yerde kendini yabancı gibi hissediyordu. Ama Murat buraları çok sevmişti ve artık geriye dönmeyi falan düşünmüyordu. Çocuklar Alman okuluna gidiyorlardı. Yakında çocukların ona tercümanlık yapacağını umut ediyordu Suzan. Ancak iki sene geçmeden Napoli'ye taşınacaklar ve her ikisi de yaşamlarından memnun olacaklardı.

Gül ise cevap olarak ne yazacağını bilemiyordu; boş kâğıdın önünde oturuyor ve düşünüyordu. Yemek pişirdiğini, çamaşır bulaşık yıkadığını, kayınvalidesiyle sohbet ettiğini, Ceren'in altını değiştirdiğini, Ceyda'nın geçen gece üç defa uyandığını yazıyor, Ceren'in yine hasta olduğundan söz etmeyi gereksiz görüyordu. Elinde kalem, öylece dalıp gidiyordu, en son gördüğü filmi ve kendi hayatının ne kadar boş olduğunu düşünüyordu. Bomboş bir hayat; soğuk bir odadan ve kışın yapayalnızlığından ibaret olan bir hayat.

– Kilo mu aldın Gül? diye sordu odaya giren Gül'ün ayak seslerini tanıyan Zeliha. Gül anlamsızca,

babaannesine baktı; sanki yaşlı kadın bunu görecekmiş gibi.
– Adımların ağırlaşmış.
– Evet kilo aldım babaanne.
Babaannesine doğru gitti, elini öptü.
– Kızı evde mi bıraktın?
– Hı hı.
– İyi, iyi. Çocuk gürültüsünü kaldıramıyorum.
– Babaanne, veda etmeye geldim ben.
– Yolun açık olsun kızım, dedi yaşlı kadın ama sesi, sanki arzusu bu değilmiş gibiydi. Demek gâvur memleketine gidiyorsun. Sanki orada bir şey varmış gibi artık herkes oraya gidiyor. Sanki onlar bizden daha mı iyi? Ne ister bu insanlar yaban ellerde? Aman git kızım, git. Allah yardımcın olsun.

Gül'ün yola çıkışından bir gün önceydi. Bir ilkbahar, bir yaz, bir sonbahar ve ikinci bir kış geçmişti Fuat Almanya'ya gideli. Düzenli olarak para göndermişti. Yazın geldiğinde de dört hafta kalmıştı. Fakat, dört hafta o kadar çabuk geçmişti ki, Gül'e sanki rüya gibi gelmişti; Fuat'ın her akşam eve sarhoş geldiği ve kendisini uyandırdığı bir rüya gibi. Fuat, Ceyda'nın konuşmasına şaşırmıştı; Ceren'in yürümesine şaşırmıştı; tam anlamıyla şaşırmıştı. Gül'ün gördüğü kadarıyla, içinde hiç ayrılık acısı hissetmemişti; şimdi kızlarını bırakırken, kendinin de aynı durumda olmasını umut ediyordu.

Bir yıl demiş, ama yeteri kadar para biriktirememişti Fuat. Bir yıl daha ikisi birlikte çalışırlarsa belki olurdu. Sadece bir yıl, daha fazlasına ihtiyaçları yoktu. Doğup büyüdüğü şehrin göbeğinde, kaloriferli, banyolu bir evleri olsun, yeterdi. Ama ülkelerine dönmeyi neredeyse tamamen unutacaklardı; çocukları da yanlarına aldıracaklardı; çocuklar orada okula gidecek, büyüyecek, evlenecek ve kendileri çocuk sahibi olacaklardı. Dönüşü sürekli olarak erteleyecekler ve zaman gelecek, artık kendileri de ülkelerine dönmekten umutlarını kesecek, Almanya'da çocuklarının ve torunlarının yanında kalmaya karar vereceklerdi.

Ama Gül babaannesinin yanına veda etmeye geldiğinde, hiç kimse bütün bunları bilemezdi. Belki son defa görüyorum, diye düşündü Gül. Ondan sonra da bu düşünceyi pek çok insan için düşünecek ve bu düşünce aklından hiç çıkmadığı için, ayrılıklarda ağlamak bir alışkanlık haline gelecekti.

Gül, yazın kendisine Mert ile arkadaşlığından söz eden Melike'yle vedalaşamadı. Gül'ün Almanya'da geçireceği gelecek yaz Melike, birlikte olduğu Mert'i ailesiyle tanıştırmak için beraberinde getirecekti. Gül Mert'i ilk öğrenen olmuştu, ancak son tanışan olacaktı. Melike Mert ile evlenecek, iki çocukları olacak ve kocasının beden eğitimi öğretmenliği yaptığı okulda Fransızca öğretmenliği yapacak, kendi seçtiği bu hayatta mutlu olacaktı.

Gül, güneydoğudaki bir okulda öğretmenlik yapan Sibel ile de vedalaşamadı. Melike'nin müstakbel kocasını tanıştırmak için getirdiği yaz, Sibel'in de talipleri oldu. Artık beşinci mi altıncı mı neydi, gelen son talibine, herhalde bu da benim kısmetim, diyerek evet dedi. Gitar çalıp şarkı söyleyen genç, sadece çalışmakta olduğu çimento fabrikasındaki işinden memnun değildi. Çiftin çocukları ve çok fazla dostları olmayacak ama şehrin kıyısındaki küçük evlerinde huzur ve mutluluk içinde yaşayacaklardı.

Nalan İstanbul'a Melike'yi ziyarete gittiğinde, bir meyhane sahibinden hamile kalacak ve evlendikten sekiz yıl sonra boşanacaktı. Bir daha evlenmeyecek ve oyuncu olacak kızıyla gurur duyarak yaşamını sürdürecekti.

Emin ise, beş yılda bitirmesi gereken ilkokulu sekiz yılda bitirecek ve hiç kimsenin tahmin etmediği şekilde ailenin en zengin ferdi olacaktı. Borsadan ve ithalat-ihracat işlerinden kazandığı paralarla kırklı yaşlarda dünyalığını tamamlamış olacaktı. Ama para hırsı hiçbir zaman peşini bırakmayacaktı.

Gül, akraba ve dostlarıyla vedalaşmak amacıyla komşularını, halasını, ailesini, Esra ve Candan'ı ziyaret etti. Ceyda ve Ceren bir yıllığına, Gül'ün gözü arkada kalmadan Berrin ile Faruk'un yanında kalacaktı. Ne de olsa doğduklarından beri yaşadıkları ve mutlu oldukları evdi burası. Ayrılacağı için yüreği parçalanıyordu; ona kalsa çocuklarının yanında kalmak istiyordu. Ancak, ailenin bir an önce bir araya gelmesi için onun da çalışması gerekiyordu. Suzan'ın hep söylediği gibi, çocukların bir babaya ihtiyacı vardı.

– Hiçbir şey almana gerek yok, diyordu annesi, kayınvalidesi ve komşuları; orada nasıl olsa her şey var; hem de buradan çok daha iyisi.

Böylece Gül, elinde tahta bavuluyla ve her birisiyle tek tek vedalaştığı dost ve akrabalarıyla tren istasyonuna gelmişti. Sabah erkenden babası yanına gelmiş, hiç konuşmadan birlikte kahvaltı etmişlerdi. Gül babasının yüzüne hiç bakmadı ama babasının ekşi nefesini alacak kadar birbirlerine yakın oturdular. Timur burnunu çekerek başını kaldırdı.

– Gelecek yaz yine hep birlikte olacağız. Sen geleceksin, kardeşlerin burada olacak...

Bu sözlerle mutluluğunu ötelemiş oluyordu. Gerçekten de öyle olacaktı; kızlar her yıl bağ evine gelecekler ve Timur kızları ve torunlarıyla birlikte olmaktan mutlu olacaktı. Dertsiz ve kasavetsiz bu törenler, Timur'un ölümüyle son bulacaktı.

Gökyüzünde tek bir bulut parçası yoktu; ilkbahar olmasına rağmen, insan güneşin altında kıpırdamadan durduğunda bile boncuk boncuk terlerin bedenini gıdıklayarak aktığını hissediyordu. Timur'un tanıdığı Yavuz adındaki bir köylü, Gül'e İstanbul'a kadar refakat edecekti. Heyecanı son raddede olan Gül hiç olmazsa yalnız olmayacaktı. Tren hareket eder etmez Gül'ün gözyaşları daha fazla dayanamadı; Yavuz cebinden çıkardığı mendili Gül'e uzattı.

– Hiç üzülme kızım. Hepsi geçer. Yaban ellere gitmek zordur. İnşallah kavuşursunuz. Biliyor musun, benim ailem de Yunanistan'dan buraya göçle gelmiş. Talihimiz böyleymiş. Ağlamak bir işe yaramıyor. Allah'a şükür sağlığımız yerinde ve yaşıyoruz ya, ona bak sen. Gülümse kızım, gülümse bakayım; gün gelir bu günü de ararız. Dünya hepimizin bir gün terk edeceği misafirhanedir.

Gül'e kendisinin ve babasının hayatından anekdotlar anlatarak, biraz olsun genç kadını avutmaya çalıştı.

Sohbetiyle yolun kısalmasını sağlıyordu. Sigara içiyor, Gül'ün kendisine ikram ettiği domates, peynir ve ekmekle karnını doyuruyordu.

Gül, New York, İstanbul gibi büyük şehirleri sadece filmlerde görmüştü; istasyondaki gürültü, kalabalık ve tren gıcırtıları alışık olmadığı şeylerdi.

Yavuz'un yardımıyla, bineceği treni buldu. Yaşlı adam onu trene bindirirken, giyim kuşamından köylü olduğu anlaşılan zayıf, kırklı yaşlarda bir kadınla konuştu:

– Hemşire, sen de mi Almanya'ya gidiyorsun?
– Evet amca.
– Hemşire, bizim kıza dikkat eder misin, ilk defa gidiyor da.

Kadın Gül'e baktı. Başıyla onayladı. Çok sıcak değildi, ama güven uyandırıyordu.

– Gel kızım. Benim ikinci gidişim. Önümüzde uzun bir yolculuk var.

Yavuz ayrıldıktan sonra Gül'ü kolundan çekerek trene bindiren kadının adı Emine idi.

– Hadi gel, tren kalkacak şimdi. Ne bakıyorsun öyle, tanıdık birini mi gördün?

Gül başını salladı. Geniş omuzlu, genç bir adam dikkatini çekmişti. Sadece üzerindeki takım elbise değil, gencin tüm görüntüsü dikkat çekiciydi. Genç adama bakarken, adamın saçları dağınık olmasına rağmen Gül'ün aklına briyantin geldi. Sanki Fuat ve arkadaşlarını taklit eder bir şekilde, arka cebinde mermer görünümlü plastik tarak olacağını düşündü. Genç adam yürüyünce, Gül adamın yürüyüşüne bakarak, herhalde aktördür, diye düşündü.

Ancak o zaman, genç adamın yürüdüğü yöne bakınca Abdurrahman Amca'yı gördü. Önce bir an tereddüt etti; ardından hemen Abdurrahman Amca, diye bağırmak geçti içinden. Kendine güvenemedi; sustu.
– Hadi kızım gel. Yoksa treni kaçıracağız.
Emine, Gül'ü kolundan çekiştirerek trene bindirdi. Gül Abdurrahman Amca'yı görmekten çok mutlu olmuştu; elinde olsa ona doğru koşacaktı.
– Hadi kızım gel. Korkacak bir şey yok.
Kondüktör son uyarıyı yaptı. Gül son bir kez daha Abdurrahman Amca'ya bakmak için başını çevirdi. Yaşlı adamla genç önce tokalaştılar, sonra öpüştüler. Gül, Abdurrahman Amca'yı son kez gördüğünü düşündü. Emine ile girdiği kompartımanda, kendilerinden başka dört kadınla birlikte, bir başka yaşama doğru yola çıktılar.

III

Ölümden korkmuyorum. Gerçekten, inan bana, Azrail'in canımı almaya geleceği o andan korkmuyorum. Birkaç yıl önce olsaydı böyle demezdim. O zamanlar henüz mutluydum ve ölmek istemezdim. Allah'ım n'olur izin ver de bu mutluluğu yaşayayım, diye dua ederdim. Şimdi bunu bile yapmıyorum artık. Ölümün geleceği âna hazırım. Artık ölümden korkmuyorum. Gerçekten korkmuyorum. Ben görevimi yerine getirdim; iki çocuk büyüttüm. Onlara hep iyi bir anne olmaya çalıştım ve artık yerlerini buldular. Artık sorumlu olduğum kimse kalmadı. Sessiz sedasız gidebilirim.

Belki yalan söyledim, ama kimseyi aldatmadım.

Hayatım boyunca menfaatim uğruna hiçbir şey yapmadım. Kimsenin dedikodusunu etmedim ve de kimseden çalmadım. Belki de koşullar o noktaya getirmediği içindir; kim bilir?

Yatalak ve yatağa çakılı olarak yaşamak istemiyorum. İşte, en çok bundan korkuyorum. İster gurur de, ister vehim; hiç kimseye yük olmak istemiyorum. Hiç kimsenin, ölümüm için başımı beklemesini istemiyorum; bakana da zor, çekene de. İşte sadece bundan korkuyorum, ölümden değil.

Bazı sabahlar mutlu uyanıyorum ve aklıma ilk gelen şey, Allah kahretsin yine uyandım, oluyor. Uyanmasaydım da, sonsuza kadar uyusaydım olmaz mıydı?

Bir gün, işte o an geldi, dedim kendime. Öyle bir ağrı kapladı ki her yerimi, ruhum bedenimden ayrılacak, kalbim paramparça olacak sandım.

Son bir hamleyle kendimi yatağa zor attım. O kadar kötüydüm ki, ölüyorum, dedim. O anda sobanın üstünde mercimek çorbası olduğu aklıma geldi. Dua etmeye başladım: Allah'ım bana güç ver. Ayağa kalkacak ve sobayı söndürecek kadar güç ver. Allah'ım bana son bir güç ver, ondan sonra gel ve armağanın olan canımı al. Ben ölüme hazırım. Ama evin kül olmasına razı değilim. Dünyayı temiz olarak terk etmek istiyorum; temiz ve düzenli. Fakat, kalkacak ve sobayı söndürecek mecalim yoktu. Sonra, herhalde bayılmışım.

Tekrar kendime geldiğimde, ne kadar zaman geçtiğinin farkında değildim. Ayağa zorlukla kalkabildim. Mutfağa kadar duvarlara tutuna tutuna gittim. Çorba, sobanın üstünde fokur fokur kaynıyordu...

Artık korkum kalmadı. Ama eğer son bir dileğim olacaksa, sonbaharda ölmek isterim. İlkbaharı da yazı da seviyorum. Işığı da seviyorum. Dalgaların kıyıyı okşaması gibi, ışığın okşamalarını seviyorum. Fakat kışı hiç sevemedim. Kışı toprak altında da geçirebilirim. Sonbaharda. Eğer son bir dileğim olacaksa, sonbaharda ölmek isterim; ya da yaz sonunda.